연애의 조건

연애의 조건 I

초판 1쇄 찍은 날 | 2012년 4월 10일
초판 1쇄 펴낸 날 | 2012년 4월 20일

지은이 | 이지환
펴낸이 | 서경석

편집책임 | 이수민

펴낸곳 | 도서출판 청어람
등록번호 | 제1081-1-89호
등록일자 | 1999. 5. 31
어람번호 | 제5-0300호

주소 | 경기도 부천시 원미구 심곡동 163-2 서경B/D 3F (우) 420-822
전화 | 032-656-4452 팩스 | 032-656-4453
http://www.chungeoram.com
E-mail | chungeoram@chungeoram.com

ISBN 978-89-251-2803-0 04810
ISBN 978-89-251-2802-3 (SET)

이지환 장편 소설
연애의 조건 I

도서출판
청어람

...목차...

프롤로그

일요일 오전 10시.

비가 내린 후 아침, 공기는 말갛고 서늘하다. 푸른 잔디와 잘 정리된 싱싱한 화목花木 끝에 매달렸던 이슬방울이 바람에 쓸려 톡 떨어졌다.

북한산 푸른 자락 아래 청와대, 휴일의 정적은 맑은 새소리에 젖어 있었다. 한적한 산사山寺인 양 고즈넉한 풍경이다. 이제 막 대통령은 아침 식사를 끝내고 차 한 잔을 받아 들었다. 지그시 눈을 감고 따끈한 국화 향을 음미하는 순간이었다.

흠흠. 헛기침 소리가 났다. 들어오란 말도 채 하지 않았는데, 문이 먼저 열렸다.

"아버지, 정말 이러실 거예요?"

눈이 세모꼴이 된 여자가 들이닥쳤다. 예고도 없이 달려든 불청객. 딸 세영이었다. 등 뒤에는 울상이 된 비서가 어쩔 줄 몰라 하며 서 있었다.

그런 식으로 모처럼 맞이한 정동욱 대통령의 안온한 휴식이 여지없이 박살나 버렸다. 열이 머리끝까지 뻗친 얼굴이 되어 세영이 척척 걸어오더니 앞자리에 턱하니 앉았다. 작정하고 한판 야무지게 붙어보자는 뜻이었다.

"이건 절대적으로 가부장적인 횡포라구요!"

"내가 뭘 어쨌다고 아침 벽두부터 달려들어서는 앙탈이냐, 이 녀석아?"

여간해서는 지지 않는다. 강력하게 항의하는 딸년의 고함 소리에 손에 든 찻물이 찰랑거렸다. 이럴 때 보면 어찌 이렇게도 아비인 그의 고집을 닮았을까? 제 어미처럼 다소 온유하고 포근하면 좋으련만. 대통령은 그와 아내를 반반 닮은 딸을 짐짓 노려보았다. 눈에 넣어도 아프지 않을 딸아이다. 흐뭇하면서도 은근히 얄미워 눈을 부릅떴다.

"고함치지 말랬지? 가정교육 못 받았다 망신당한다, 이 녀석."

"저, 가요."

거두절미, 아버지의 말은 건성으로 넘기며 세영이 딱 잘랐다. 대통령 역시도 싱글거리며 딱 잘랐다.

"안 된다."

"그래도 가요. 성인인 딸이 제 돈 내고 여행 간다는데 아버지가 중간에 나서서 무조건 취소시키고 공항에서 끌고 오는 게 어딨어요? 권력을 이렇게 사적인 용도로 휘둘러도 되는 건가요? 강력하게 항의합니다."

"내 딸 내가 못 보내겠다는데 뭔 상관이냐? 안 된다 그랬지?"

"아버지!"

허공에서 부딪친 네 개의 눈동자가 똑같은 불을 뿜었다. 두 사람 모두 다 타협불가. 양보도, 항복도 절대불가. 쇠심줄 고집은 질기기만 했다. 반드시 자신의 뜻을 관철시키고야 말겠다는 의지가 철철 넘치는 눈빛들이다.

부녀지간 눈싸움은 거의 십여 분이나 계속되었다. 두 마리 용처럼 기승스런 얼굴로 서로를 노려보는 부녀의 얼굴은 꼭 닮아 있었다. 능수능란, 안면몰수, 회유협박, 눈물탄식, 다 소용없다. 그녀의 모든 수법은 다 아버지 내림이니까. 대가大家 앞에서 잔꾀를 쓸 수는 없다. 이번에도 역시 주저앉아야만 하는가.

벌써 반년째의 대결이다. 이번에는 반드시 관철시키고야 말리라. 세영은 다시 아랫배에 힘을 주었다. 새벽에 잘도 공항까지 도망갔는데 출국장에서 태클을 당할 줄이야. 아버지의 치밀함을 잠시 잊은 것이 실수였다.

고집으로는 통하지 않는단 말이지? 작전을 바꾸어야 하는가? 두 손 모아 가슴에 얹고 읍소작전을 시작했다.

"아빠아~! 저 너무 힘들다구요. 좀 쉬고 싶다구요."

"누가 쉬지 말랬니? 일 그만두고 공부나 더 하랬지?"

"칫. 공부가 일이지 휴식입니까? 공부는 할 만큼 했다고요. 귀국하라고 종용하신 분은 아버지 아니십니까?"

"내가 언제?"

당신이 불리할 때면 눈 하나 깜짝 않고 시침도 잘도 뗀다. 걸리지도 않은 노년성 치매를 탓하는 수법이라니. 아버지의 능청맞은 표정 앞에 세영은 주먹을 움켜쥐고 부르르 떨었다. 감히 재떨이를 던져 버리고 싶은 충동을 참느라 이를 악물었다.

"저 말이죠, 아버지가 이렇게 못 말리는 고집불통에다 폭군인 줄은 몰랐다구요."

"피차 마찬가지. 내 딸은 이렇게 막무가내로 고집 피우는 애물단지가 아니었단다."

말 못하여 죽은 귀신이 붙었나, 한마디도 지지 않는 부녀지간 입씨름은 막상막하였다. 세영은 한숨을 푹 내쉬었다. 이게 다 쓸데없이 아버지께서 영양가 하나 없는 대통령이 된 탓이라고요! 버럭 고함지르려다 말았다.

부모님은 어렸을 때부터 영특하고 야무진 세영의 판단과 자유를 존중해 주었다. 그녀가 지나치게 당당하고 자율적이며 독립적이 된 것은 다 두 분 탓이다. 세상을 향해 훨훨 날아가려는 딸의 든든한 울타리가 되어주었고 언제나 믿어주었다. 그런데 이제 와서 때늦은 간섭을 하시려 하다니. 생각하면 할수록 억울하다. 결국 참지 못하고 세영은 고함치고 말았다.

"물어내요, 뭐!"

"허어, 이놈이? 아비 앞에서 고함까지 치고? 더 하면 한 대 치겠다?"

"내 자유, 내 청춘, 내 연애, 억울해! 아버지께서 청와대에 오신

이후로 내 청춘이 다 물 건너갔다구요! 엉엉, 억울해, 억울해! 물어내라구욧!"

독일과 미국에서 청소년 시절을 보낸 세영은 예일에서 매스미디어 홍보와 정치학을 전공했다. 한국에 돌아온 것은 2년 전 겨울이다. 공부는 할 만큼 했으니 이제 국익을 위하여 일하라는 아버지의 뜻에 따른 결정이었다. 전공에 맞춰 민국당 하진석 의원의 보좌관으로 일을 시작했다. 아버지와 주변 사람들의 기대에 어긋나지 않게 살아야 한다는 강박관념이 그녀를 악바리로 만들었다. 밤잠도 잊고 일에 매달렸다. 태생부터도 정치가인 아버지의 내림인지 그녀도 타고난 권력지향의 광기가 있었다. 천재적이고 예리한 정치적 감각을 보여주며 하 의원의 4선을 이루어냈다. 기어코 그를 국회 사무총장으로까지 만들었다. 혼자 열 사람 몫을 해냈다.

어느새 나이 스물여덟. 일도 청춘도, 잘나가는 인생도, 모든 것이 순조로웠다. 올해 봄 아버지가 대통령으로 취임하기 전까지는 말이다. 세영이 안식년을 요구한 것은 그 직후였다.

전국 곳곳을 마다 않고 아버지를 따라다니며 선거운동을 보좌했던 피곤이 한꺼번에 밀려왔다. 아버지께서 민국당을 이끄는 수장이던 7년 전부터 공인公人이 된 가족이었다. 하다못해 일요일 점심 식사를 하는 일조차도 뉴스거리가 되곤 했다. 어머니나 동생들은 몰라도 세영만은 은근히 그것을 즐기기까지 했다.

하지만 그런 여유는 반년 만에 사라졌다. 모든 것이 짜증스럽고 싫증날 대로 싫증났다. 별로 달라질 것이 없으려니 했지만 아버지가 대통령으로 취임한 이후부터 압박과 감시는 더 심해졌다. 싫든 좋든 대한민국에 있는 한은 그녀에게 사생활私生活이란 존재하지 않았다.

현재 외국에서 공부하고 있는 여섯 살 아래 쌍둥이 동생들은 그나마 나았다. 하지만 큰딸이자 직접적으로 아버지의 선거운동을 수행하며 언론에 제일 많이 노출된 세영의 피로는 말로 표현할 수 없을 정도였다.

모든 것을 다 때려치우고 훨훨 한 2~3년 배낭여행을 떠나겠다고 선언했다. 하지만 절대불가를 외치는 경호실과 부친의 반대로 폼나는 계획은 그 자리에서 와사삭 밟혔다.

그러나 겨우 그깟 반대로 고집을 꺾는다면 담대한 뚝심과 불도저처럼 밀어붙이는 고집으로 소문난 정동욱 대통령의 딸 정세영이 아니지.

“아빠, 한 번만 봐주세요. 일 년만 나갔다 올게요, 네에?”

“고집부려도 절대로 소용없다, 이 녀석아.”

교양머리없게시리! 딸을 향하여 정 대통령이 짐짓 눈을 부라렸다. 하지만 그의 눈에는 감출 수 없는 애정과 대견함이 넘쳐 나고 있었다.

“고집을 부릴 것을 부려야지, 과년한 녀석이 홀로 어디로 쏘다닌다는 거야?”

“말라죽는 딸 얼굴이 보이지도 않으세요? 아버지 무정하신 것은 정말 알아줘야 한다구요!”

달칵 문이 열렸다. 차쟁반을 들고 한 사람이 들어왔다. 그로 인해 부녀지간 다시 시작된 입씨름이 일시 중단되었다.

"엄마."

"임자."

두 사람 다 들어온 사람이 자신의 편을 들어줄 것이라고 철석같이 확신하고 있었다. 질세라 이름을 부르는 얼굴에는 기대가 반짝이고 있었다. 휴우, 한숨을 내쉬며 영부인은 조용히 남편 곁에 앉았다.

"두 사람, 아직 덜 끝난 거예요?"

고개를 설레설레 저었다. 두 사람 다 정말 끈질기다 이런 뜻이었다. 고집이라면 누구에게도 지지 않는 남편과 그 남편을 꼭 닮은 딸아이. 생김새도 똑같은 붕어빵, 하는 짓도 판박이, 이 두 사람이 부딪쳤으니 천둥벼락이 치고 지진이 일어나는 것은 당연했다.

"여보, 그만하세요."

두 사람 앞에 찻잔을 놓아주며 영부인이 부드럽게 나무랐다.

"이 애 고집, 당신 고집보다 더한 거 모르세요? 정말 부녀지간 싸움 나기 전에 당신이 한발 물러서세요."

"아, 될성부른 고집을 피워야 내가 들어나 주지."

"당신도 아시다시피 정말 이 애, 그동안 고생 많이 했어요. 쉴 때도 되었지요. 잘못하다간 이 애, 정말 우울증 걸리겠어요."

"누가 못 쉬게 했어?"

정 대통령의 언성이 높아졌다. 영부인이 딸 편을 드는 것이 심히 못마땅하다는 얼굴이었다.

"조용히 휴식이나 취하면서 공부나 더 하라고 그랬지."

"이 나라에서 저 애가 어떻게 편안하게 쉬어요? 눈치 보이고 신경 쓰이죠. 애 소원대로 내보냅시다."

오우, 어머니, 잘하고 계세요! 파이팅! 세영은 주먹을 쥐고 응원했다. 아버지가 눈을 흘겼다. 세영은 모른 척 허공으로 시선을 보내며 마음속으로 휘파람을 불었다.

아버지가 이 세상에서 단 한 사람, 오직 어머니 말만 듣는다는 것을 일찌감치 눈치챘다. 무서울 정도로 냉철하고 추진력 높고 카리스마 백 퍼센트인 아버지. 근엄하고 점잖은 정동욱 대통령. 집안에만 들어오면 닭살 애처가에다 마누라님 눈짓 한 번에 벌벌 떠는 공처가임을 누가 믿을까?

쇠는 뜨거울 때 때려라. 어머니의 역성에 아버지가 흔들리는 것을 예리하게 포착했다. 세영은 새침한 어조로 미끼를 내던졌다.

"좋아요. 아버지, 타협해요."

"타협?"

"경호실 직원 한 명 달고 가요. 됐지요?"

"셋."

세영은 입술을 내밀었다.

"칫. 사람을 주렁주렁 매달고 대체 어디로 가라는 것입니까? 좋아요, 둘."

"좋아, 둘. 그리고 기한은 육 개월."

"일 년 반."

"팔 개월."

"일 년 삼 개월."

부녀지간에 오가는 말을 가로막듯 영부인이 손을 들었다.

"일 년. 널 혼자 내보내는 데는 충분하다고 생각한다."

"엄마!"

"내년에 돌아와서 다시 하 의원님 선거 도와야지. 내가 알아보았더니 강 실장이 제일 믿음직하더라. 둘이 같이 다녀와. 대신 여행경비는 네 저금으로 내는 거다. 이의 없지?"

세영은 단호한 어머니의 한마디에 조용히 꼬리를 내렸다. 이미 어머니께서 다 알아보고 결정하셨다. 쓸데없는 고집이나 타협의 여지가 없었다. 조용히 방으로 돌아가며 세영은 히죽 승리의 미소를 지었다. 그래도 이게 어디냐 싶었다. 심신의 긴장을 풀고 재충전하고 돌아오리라. 덤으로 실컷 즐기고 말이다.

'흠. 여행경비나 두둑이 뜯어내야지. 외숙부님 두 분에다 고모님 네 분. 거기다가 또 누가 있지? 하 의원님은 당연히 금일봉을 주실 테고…….'

1년간의 세계여행. 정세영의 달콤한 자유가 시작되었다.

⚜ ⚜ ⚜

'제기랄.'

청승맞은 어머니의 울음소리가 알람 대신이라니. 애당초 상쾌한 아침이란 틀려먹었다. 유립은 타조처럼 베개에 머리를 처박고는 목까지 튀어나오는 욕설을 속으로 집어삼켰다.

아무리 억울하고 분해도 말이다. 징징징, 시작했다 하면 석 달 열흘도 모자라는 하소연을 하고 싶었어도 말이다. 아들이 채 눈도 뜨지 못한 신새벽부터 냅다 달려오셨다니, 이거 너무 심한 것이 아닌가? 무조건 편들어주는 아들이라 해도, 아무리 착하다 해도 이건 아니지. 정말 재수없었다.

느릿느릿 침대에서 몸을 일으켰다. 아무렇게나 집어 던진 티셔츠를 잡아 머리에 꿰었다. 거실에 앉아 흑흑거리고 있는 여자를 향해 심드렁하게 내뱉었다.

"그만하세요. 듣기 싫어."

"그, 그래도, 분해서! 흑흑흑."

열받았으면 당사자인 이 회장님 목줄 잡고 패대기나 치시지요. 아무 상관 없는 아들에게 왜 달려와? 유립이 바람을 피우라고 등을 떠민 것도 아닌데.

후아함, 하품을 씹으며 유립은 주방으로 걸어가 커피부터 한 잔 내렸다. 그는 자타 공인 알아주는 커피 마니아였다. 독립할 때 제일 먼저 주방에다 들여놓은 것이 에스프레소 머신이다.

걸쭉할 정도로 진한 향기를 들이마셨다. 겨우 정신이 들었다. 그나마 다행이다. 어젯밤 클럽에서 놀다가 집에까지 따라온다고 앙탈하던 계집애를 잘라내고 왔기 망정이지. 까딱했으면 고슴도치 '최 여사'의 히스테리를 자극할 뻔했다. 가회동 최영혜 여사에게 이유립은 그야말로 모범적인 아들, 단 하나의 희망, 완벽하고 사랑스러운 연인이 아니던가? 최 여사 눈앞에서 하찮은 계집애랑 엉킨 모습을 보여주었다면 그다음 프로그램은 뻔하다. 30년 남짓 입에 달고 사는 레퍼토리가 하루 종일 리플레이되겠지.

1번 타이틀 '너 죽고 나 죽자', 2번 곡은 '내가 널 어떻게 키웠는데', 3번은 '나에게는 너뿐이다', 한恨 서린 30년 내공이 담긴 절창絕唱은 쉽게 무시하기 어려웠다.

"어찌 자네는 아들, 오직 아들밖에 없나 그래? 바들바들 떨며 애지중지해 보았자 말짱 허사인 걸. 나중에 이놈이 효도할 줄 알아? 장가는 어떻게 보내려고?"

오죽했으면 고모 지민이 대놓고 쏘아붙였을까? 물론 그때 유립은 불쌍한 최 여사 편을 들어 강력한 항의를 했다. 가정의 안녕? 어머니에 대한 애정? 웃기지 마라. 고모가 사라지면 고스란히 분풀이 당할 스스로의 정신건강을 위해서였다.

"울 어머니가 고슴도치과이긴 하지만요. 대놓고 그러시면 아들 고슴도치, 따라서 화나죠."

"들으라고 그랬다. 왜? 네 엄마 위해서 하는 말이니, 너 좀 놓아두고 제 일 좀 하라 그래라."

"엄마가 아들 사랑하는 일에 대해서 태클 거시면 곤란합니다. 고모님, 아들 없는 분풀이를 불쌍한 최 여사에게 하시면 비겁한 거죠."

"미친놈. 곧 죽어도 가재는 게 편이다, 이거지?"

"한 다리 건너 천 리. 팔은 안으로 굽는다고 표현하겠습니다."

등짝 한 번 맞는 것으로 간신히 고모와 어머니의 결투 사건을 수습했었다. 덕분에 어머니 애창곡 레퍼토리가 하나 더 늘었다. '그대 없인 못 살아.'

커피잔을 들고 몸을 돌렸다. 거실 소파에 앉아 훌쩍이다가 젖은 눈두덩을 손수건으로 찍어내는 어머니를 바라보았다. 시뻘건 얼굴로 바들바들 떨고 있는 그 얼굴이 처연하고 가련했다. 그만큼 혐오스러웠다.

최 여사가 원한다면 뭐, 그럭저럭 죽는시늉을 낼 수 있겠지. 하지만 이것은 다르다. 다른 것은 모르지만 이 문제만큼은 유립이 손댈 수 없는 문제였다. 관여하고 싶지 않은 유일한 것이다. 그는 냉정한 어조로 딱 부러지게 되물었다.

"그래서요? 저더러 지금 일본까지 따라가란 그 말씀이세요?"

유립을 바라보는 얼굴이 희망으로 빛났다. 눈치를 보면서도 고개를 끄덕였다. 물에 빠진 사람이 한 척뿐인 구명선을 바라보는 그런 시선. 아아, 어머니, 나의 슬픈 어머니, 이제 그만 단념하실 때도 되지 않았나요? 자신도 모르게 씁쓸한 얼굴이 된 유립은 천천히 고개를 저었다.

"이제 그만하세요. 아버지가 그런 건 하루 이틀도 아니고. 어지간하면 넘기세요."

"분해서 못살 것 같으니까 그렇지!"

"열 내시면 만수무강에 지장 있어요. 어머니, 이제 그만 진정하세요."

부친이 비서 한 명만 대동하고 일본으로 출장을 떠난 것은 사흘 전이다. 이 반년, 부쩍 일본 출장이 잦기는 했다. 게다가 이번에는 근 한 달이나 머무를 예정이라고 했었다. 배웅하는 사람 중에 미모의 직원이라도 끼어 있던 것은 아닐까? 아니면 밀회를 즐길 파트너가 미리 동경의 호텔쯤에 대기하고 있는지도 모른다. 그런 냄새는 비상하게 잘 맡는다. 어머니가 새벽같이 그에게로 달려올 만한 일이 생긴 모양이다. 빌어먹을 노인네 같으니라고. 그 나이쯤 되면 좀 깔끔하게 처리할 수 없나? 제길!

"어머니께서 직접 눈으로 보신 것도 아니잖아요? 괜히 넘겨짚어 속앓이를 왜 해? 그만해요, 네?"

"안 보면 모른다니?"

최 여사가 쨍 하니 목소리를 높였다.

"그 인간 하는 짓이야 뻔한 걸. 반년 동안 일본에 드나든 것만 해도 열 번이 넘는다. 응? 내가 따라간다는 것도 기를 쓰고 마다했단 말이다. 구린 데가 없으면 굳이 그럴 일이 없지 않니. 얘, 네가 어떻게 좀 해봐라."

유립은 다시 한 번 속으로 욕설을 집어삼켰다. 그것을 참아내느라 갓 뽑은 커피를 한 모금 들이켰다. 유난히 쓰디쓴 뒷맛이 목구멍으로 미끄러져 갔다.

'환장하겠네.'

볼일 있어 고생스런 해외출장 가는데 왜 따라가? 물 쓰듯이 명품 쇼핑하다가 참새들 입방아에나 오르내리라고? 비우호적이고 경원하는 사이이긴 하지만, 부친 이 회장은 녹록한 인물이 아니었다. 같이 사는 아내에게 들키거나, 남들 입질에 오르내려 가면서 스캔들 따위를 일으키거나, 추한 계집질을 할 정도로 멍청하지는 않은 양반이다. 인정해야 한다.

어머니의 의심이 과대망상이요, 치유되기 힘든 질투에서 비롯된 오해일 수도 있다는 것도 알고 있다. 아버지 이 회장에 대한 어머니의 집요함은 유난하니까. 거의 의부증이라고 해도 좋을 만큼 정도를 넘어선 것도 많았다.

그러나 어쩔 수가 없다. 소파 뒤로 돌아가서 어머니의 얇은 어깨를 다정하게 안아주었다. 그녀에게 허락된 것이 아들 유립의 동정심이거나 관심이라면, 이것이 전부라면 줄 수도 있다, 아직은. 어머니에게 있어 아들인 유립의 절대적인 사랑과 존재 말고는 아무것도 없다는 것을 너무 잘 알고 있기 때문이다.

그는 어머니를 향해 입술꼬리를 매혹적으로 휘었다. 다정하게 어깨를 어루만져 주었다.

"진정하세요. 그런 계집이 있다 해도 하룻밤 상대 아닌가요? 발로 걷어차 버리세요."

"유립아, 흑흑! 내가 언제까지, 언제까지 이러고 살아야 하니."

최 여사가 고개를 들어 가련하게 물었다. 눈물투성이가 된 얼굴에 곱게 먹은 화장이 지워지고 있다. 추하다. 유립은 경직된 얼굴에 경련 같은 미소를 지었다. 지긋지긋한 전쟁. 두 양반 중 한 사람이 죽어야만 끝날 전쟁. 아들이라지만 이 부부의 투쟁에 그가 개입하거나 서 있을 자리는 없다.

기억하는 아주 어린 시절부터 그의 부모는 이런 식이었다. 같은 침실을 사용하는 것도 보지 못했다. 서로가 다정하게 마주 앉아 이야기하는 것도, 어떤 일을 두고 의논하는 동반자도 아니었다. 반드시 참석해야만 하는 공식적인 모임에 마지못해 같이 나서는 것도 손으로 꼽을 정도였다. 아버지 이 회장에게 있어 어머니는 억지로 참아야만 할 잉여인간에 다름 아니었다.

부부의 불화는 지독히도 뿌리 깊은 것이었다. 철이 든 이후, 유립이 나름대로 파악한 바에 따르면, 그들의 관계는 체면 때문에 마지못해 산다, 혹은 아들인 너 때문에 억지로 산다, 이 정도였다. 워낙에 이기적이고 차가운 성품인 부친과 그저 안달복달 남자에게 매달리는 스타일인 어머니는 유립이 보기에도 최악의 커플이었다. 그런 사람들이 왜 결혼 따위를 했을까?

아마도 그가 이유였겠지. 힐끗 어머니를 바라보았다. 술 먹은 후에 퍼질러 앉아 울면서 푸념하기가 최 여사의 취미생활이었다. 조각조각 갈린 그녀의 말을 종합해서 파악한 바로는 이 회장은 유립 자신을 아들로 원하지도 않았거니와 태어나는 것조차도 원하지 않았다고 한다.

그런데 그는 태어나 버렸고 유감스럽게도 아들이었다. 그러니까 그란 존재는 모친이 부친의 목줄을 얽어맨 수단이었던 모양이다. 속으로는 상욕을 씹으면서도 유립은 어머니를 안고 더없이 다정하게 등을 쓰다듬었다. 순종적인 아들의 사랑을 원하신다는데야 그대로 해드려야지.

"어차피 그러려니 하고 살아오신 것, 대범하게 넘기세요. 그 양반이 그런 것 하루 이틀도 아니잖습니까? 기분 우울하시면 이모님이랑 어디 여행이라도 다녀오시죠. 제가 비행기 표 사드릴게요. 홍콩에서 명품 세일한다는데, 거기나 다녀오시는 게 어때요?"

"싫어. 얘, 누군 만날 쇼핑만 하는 사람인 줄 아니?"

어지간히 분통 터졌다는 듯, 최 여사가 픽 돌아앉았다.

유립은 허공을 바라보며 한숨을 내쉬었다. 쇼핑은 취미. 사치는 특기. 쟁쟁거리고 달라붙는 건 직업인 울 어머니가 쇼핑티켓을 거부하신다고? 큰일이로군. 그는 어린애 달래듯이 어머니 등을 토닥토닥해 주었다. 그리고는 상냥하게 다시 충고했다.

"이 바닥, 사는 게 다 그렇지 않습니까? 보아도 못 본 척, 알아도 모르는 척, 들어도 못 들은 척, 속 편하게 사세요."

"시앗 보면 돌부처도 돌아앉는다더라!"

"안심하세요. 그런 계집들이 떼로 몰려와도 어머니 자리를 빼앗아갈 수는 없다구요."

"흑흑흑."

"뭐 원하시면 그 계집 수소문해서는, 돌 매달아 바다에다 던져 버리죠. 그렇게 해요?"

반 농담, 반 진담. 유립의 말에 마지못한 듯 최 여사의 얼굴이 조금씩 풀려가고 있었다. 이건 다만 어리광을 부리는 것뿐이다. 푸념을 들어주고˙무조건 편들어주는 아들을 보고 싶은 때문이다.

"너만 아니라면 콱 죽든지 이혼이라도 하련마는……. 그럼 이런 꼴은 안 보고 살 수 있지 않니? 내가 너 때문에 산다."

'아아, 난 상관없으니 그냥 이혼해 버리지 그래요?' 라고 말한다면 이 양반, 이 자리에서 숨넘어가시겠지?

가능하다면 정말 두 양반 손을 잡아 법정에 세우고 이혼을 시켜 버리고 싶었다. 하지만 역시 그가 할 수 없는 일이었다. 최 여사는 죽었다 깨어나도 이혼을 하지 못한다. 아니, 하지 않는 사람이다. 경산그룹 사모님이란 타이틀과 그 뒤로 따라오는 부와 물질적인 안락함을 지키기 위해서라면 살인도 불사할 속물이라는 것을 아들인 그가 가장 잘 알고 있다.

울며불며 흑흑거리는 어머니를 적당히 달래고 어르고 설득했다. 좋아하시는 호텔로 모셔 푸짐한 조식을 드시게 하고 마침내 집으로 돌려보냈다. 덕분에 그는 종이쪽 같은 샌드위치를 씹는 신세였지만.

아침부터 완전히 지쳐 버렸다. 젠장. 아무리 바빠도 찬물로 샤워라도 하지 않으면 돌아버릴 것만 같았다. 얼음 같은 물을 뒤집어쓰며 유립이 욕설을 내뱉었다. 최고조에 달한 스트레스로 머리가 빠개질 것 같았다. 버릇처럼 진통제를 물 없이 두 알 씹어 삼켰다. 아무래도 며칠 바깥에라도 나가서 신나게 놀다 와야 할 모양이다. 한국에만 돌아오면 당연한 듯 써야 하는 모범적인 아들, 빈틈없는 이유립의 가면을 연기하려니 온몸에 닭살이 돋았다.

2~3년 내로 완전히 귀국해서는 본격적인 경영수업을 시작해야 한다. 그건 최 여사의 푸념질에 날마다 장단을 맞추어야 한다는 말에 다름 아니다. 미치겠다. 어떻게 견뎌내지?

하지만 어쩌랴? 죽었다 깨어나도 한국에서 그는 이유립이었다. 허리케인 렉스가 아니라.

유립은 차에서 내려 로비를 지키는 수위에게 예의 바른 미소를 지어 보였다. 막 출근을 시작하는 직원들에게 인사하며 엘리베이터를 기다렸다. 입가에 새겨진 미소의 주름만큼 가슴에 새겨지는 짜증과 갈등과 복잡함의 골도 깊어지고 있었다. 한국을 대표하는 경산그룹의 후계자. 이씨 종가의 애지중지 3대 독자.

그러나 애초에 태어나지 말았어야 할 불행한 인간. 제길. 이런 날, 누군가 있어 그에게 괜찮다, 괜찮다 말이라도 해주었으면 좋겠다.

그 옛날 까마득한 기억의 단층 속에 파묻힌 그날처럼, 손에 든 과자를 나눠주며 우리 같이 놀자 손을 끌어주던 그 계집애의 온기가 지독히 그리웠다.

유립은 사무실로 들어서며 거칠게 목을 죈 넥타이를 풀어헤쳤다. 오늘도 유난히 길고 더울 것만 같았다.

part 01

유혹의 바다

카리브해 세인트존스 리조트. 12월.

건기의 시작. 푸른 바다에 뜬 열대의 섬은 이미 40도에 가까운 더위로 앓고 있었다. 그러나 냉방장치가 잘된 리조트 실내는 긴 옷을 입어야 할 만큼 서늘했다.

푸른 야자수 아래 눈이 현란할 정도로 화사한 극락조화, 칸나, 부겐빌리아, 각양각색의 난초 등 열대 꽃들이 만발한 정원과 수영장이 내려다보인다. 은은한 음악 소리가 들려오는 3층 라운지 바Bar였다.

세영은 보라색 실크쿠션이 놓인 등나무 장의자에 앉아 있었다. 지금 그녀가 심각하게 내려다보고 있는 것은 자신의 맨발이었다. 앙증맞은 열 개의 발톱에는 음영과 농담濃淡을 달리하며 푸른색 계열의 패티큐어가 칠해져 있다. 눈만 들면 한가득 펼쳐지는 열대 바다를 닮은 모습이다. 긴 시간의 작업 끝에 만족스러운 결과물이 눈앞에 있었다. 충만한 한숨을 내쉬며 세영은 상큼한 눈동자를 치켜들었다. 다가오는 남자를 향해 환한 웃음을 날렸다.

"어제 내가 악몽을 꾸긴 했어."

"악몽? 길몽이 아니고?"

"당연히 악몽이지. 받아. 공짜는 끝이야."

가볍게 세영의 머리통을 쥐어박고 그 남자, 사촌 정욱이 옆에 앉았다.

한 해 내내 죽도록 고생하다가 간신히 얻은 망중한. 호화판 리조트에서의 공짜 휴가에 낚여서 이 악독한 진드기에게 착취당하고 있는 중이다. 일단 걸리면 인정사정 보지 않고 지갑 속 먼지까지 빨아먹는 거머리 아닌가?

두 사람은 차가운 음료수잔을 들고 나란히 바다가 내려다보이는 긴 의자에 드러눕듯이 몸을 기댔다.

"날 만난 건 자기의 행운이라고. 오늘 밤 복권을 사봐."

"이놈아, 그 돈 있음 술 퍼먹지. 돈이 없어 죽지도 못하는 사람이 나야."

가볍게 투덜거리는 정욱을 바라보며 세영은 깔깔 웃었다. 아무렇지도 않게 되받아쳤다.

"쳇, 믿을 말을 해라. 잘나가는 건축가 유정욱 씨께서 돈이 없으시다? 그러면서 이번에 새 차 뽑았다구? 혹시 이건 날 버리고 결혼하려는 조짐?"

"말을 말지. 야, 정세영. 인마, 알아도 모르는 척 몰라도 아는 척 좀 해줄 수 없니? 너무 잘난 여자 만나면 남자 피곤해져, 인마."

세영은 새삼스런 눈동자로 정욱을 훑어보았다. 멋진 남자가 바쁜 일정을 물리치고 너무 쉽게 성큼 나홀로 휴양지에 와주었기에 고맙다 싶으면서도 뭔가 수상하다 했다. 아마도 이 기회를 이용해서 묘령의 여인과 밀회를 약속한 모양이다.

"흠, 역시……?"

정욱이 다소 무안한지 흠흠 헛기침을 하며 허공을 올려다보았다. 그러나 부인하지는 않았다. 짐작한 것이 사실이란 말이다. 이 멋진 남정네를 차지한 행운의 여성이 대체 누구란 말인가? 형제보다 더 친하게 지내던 사촌이 나이가 차니 제 짝을 찾았다는 말이었다. 슬쩍 질투도 좀 났다. 세영과 정욱은 친척들 중에서도 유난히 사이가 좋았다. 삐죽 장난기가 솟구쳤다.

"나의 허락도 없이 연애질을 했다 이 말이냐? 이 배신자!"

"너 역시 무참하게 날 걷어차 버렸잖아. 새삼스레 허락이 필요했던가?"

"당연하지. 자기는 나의 첫사랑이자 고객이자 물주였잖아. 이런 식으로 날 버리면 발병나지?"

은밀한 유혹이라도 하듯이 세영은 몸을 기울였다. 속눈썹을 깜빡깜빡하며 야릇한 시선을 마구 내던졌다. 정욱이 하하 웃었다. 망고주스를 마시며 이죽거렸다. 비장하게 세영의 손길을 뿌리쳤다. 상처받은 표정을 억지로 지으며 칼침을 날렸다.

"너의 일편단심은 진혁 형 아니었냐?"

“그랬었지.”

“그런데 형이 결혼하자마자 나에게로 유혹의 마수를 뻗치더니 말이야. 이내 다른 놈한테 팔랑팔랑 날아가 버린 것이 불과 엊그제. 이 바람둥이 같으니.”

“배신은 나의 특기, 변절은 나의 신조. 돈 따르고 권력 따르는 곳으로 여자의 마음은 움직이게 되어 있지.”

“잘났네, 정말! 하긴 너니까, 이 뻔뻔함은 용서해 주마.”

정욱이 장난스럽게 세영의 머리를 수박덩이 고르듯이 톡톡 두들겼다. 그리곤 품평하듯이 세영의 몸 아래위로 훑어 내렸다.

몸에 찰싹 달라붙은 수영복 위에 하늘거리는 샤롱을 걸쳤다. 맨발에 화려한 패티큐어, 찰랑거리는 붉은 갈색으로 염색하고 굽실거리는 퍼머넌트를 했다. 여배우처럼 짙은 화장을 한 것이 썩 잘 어울려 보였다. 선남선녀인 고모부와 고모의 좋은 점만 닮아 사촌 역시 상당히 미인이었다. 트레이드마크처럼 쓰고 나다니던 안경도 벗어 버렸다. 한국에서의 모습과는 완전히 다른 모습이었다. 오죽 했으면 사촌인 정욱조차 활짝 웃으며 품에 달라붙는 이 미인이 대체 누구지 하고 한참 생각해야 했을 정도였다.

직사각형 같던 정장을 벗어던지고 가식적인 정치용 표정을 벗어던졌다. 감추고 있던 유혹과 매력을 가림없이 드러낸 순간, 그의 똘똘한 사촌은 과할 만큼의 여성스런 매력과 유혹적인 농염함이 뚝뚝 떨어지는 존재가 되었다. 딱 부러지는 카리스마와 빈틈없는 냉철한 일솜씨로 유명한 그녀, 독바늘이라는 별명으로 유명한 그 ‘정세영’인 줄은 아무도 짐작하지 못하리라.

“내가 못 본 일 년 사이, 진짜 쿨해진 거 알지? 섹시하고 부티나고……. 음, 진혁이 오빠만 그런 줄 알았는데, 정욱이 너까지 이렇게 멋진 남자로 성장할 줄이야. 역시 난 눈이 높다니까.”

“갑자기 후회되는군. 내가 여길 왜 왔지? 너 같은 여우에게 걸려 뼈도 못 추리니, 원.”

끔찍하다는 표정을 감추지 않았다. 정욱이 컵을 탕 놓았다. 세영은 이를 갈며 그에게 짐짓 손톱을 치켜세웠다.

“아으, 기분 나빠. 아무리 그래도 그렇지, 대놓고 싫은 표정을 지어? 실례야!”

“아닌 건 확실하게 잘라라. 이게 내 모토걸랑?”

세영은 체 하고 입을 삐죽였다. 이로써 37번째 작업 걸기도 역시 수포로 돌아갔다. 정욱이 쿡쿡대며 더 염장을 질렀다.

“너, 아직 덜 익은 거 알지? 어울리지 않는 유혹질은 그만해라, 이놈아.”

“칫, 여자 나이 서른 즈음 익다 못해 농해졌네.”

“어리바리한 놈들 잡아 실컷 즐겨. 심심하면 결혼이라는 것도 해보고 또 더 심심하면 이혼이라는 것도 해보고 그래도 심심하면 나에게로 와. 구제해 줄 테니까.”

정욱은 진심이었다. 고교 시절, 새침하고 단정한 세영에게 반해 가슴앓이를 한 동창들을 꽤나 알고 있다. 그녀만 콜Call하면 당장 달려올 놈들이 어디 한둘일까? 아직도 독신인 친구들 전화번호가 가득 적힌 수첩을 가지고 있지 않는가? 세영이 눈을 흘겼다. 눈에는 아직도 장난기가 펄펄 넘치고 있었다.

“그사이에 정작 찍은 놈이 결혼해 버리면 뭐야? 나만 닭 쫓던 개 되라구?”

“천하의 정세영이가 유부남 되었다고, 한 번 잡은 먹잇감을 단념해? 몰랐던 사실인걸?”

“흠, 역시 날 잘 아는군. 자기 애인더러도 날 반드시 경계하라고 이야기해 둬. 언제든지 훼방 놓을 수 있거든. 쿡쿡. 그보다 오후엔 뭐 할 건데?”

정욱이 물잔을 놓고 하품을 했다.

“뭐 하긴, 잠이나 자야지. 그보다 여행은 재미있었니?”

“언제나 나야 재미를 몰고 다니는 사람 아냐?”

“그런데 어째 얼굴이 시들하냐? 신나는 자유 얻어 폼나게 쏘다니는 팔자. 이마에 그려진 이 주름살은 대체 뭐냐?”

세영이 잔을 놓고 의자 등받이에 길게 몸을 뻗었다. 고양이처럼 나른한 표정에 그늘이 내렸다. 생기발랄하던 얼굴이 갑자기 식었다. 솔직하게 지루한 표정으로 하품을 해 보였다.

“글쎄, 너무 바쁘게 살다가 휴가를 얻은 건 좋았는데 말이야. 첫 반년은 신나서 죽겠더니, 어째 갈수록 허무해지는 거야. 뭔가 한구석이 텅 빈 것도 같고.”

“일벌레가 일을 놓쳐 그런가? 좀이 쑤시면 그만 놀고 복귀해.”

“그럴까도 생각 중. 하지만 일을 하는 내 모습을 생각해 봐도 재미없기는 마찬가지야. 역시 우울증 초기인가? 지금껏 바쁘게 살아오면서 아주 중요한 그 무엇인가를 놓친 것도 같고……. 여하튼 서른 된다 싶으니 기분이 묘해.”

"연애를 해라. 한동안 남자 양기를 못 받아서 그런가 보다."

정욱의 말에 세영이 핏 하고 눈을 흘겼다. 눈썹을 찌푸리며 투덜거렸다.

"연애? 그 일이 내게 가능하다고 그런 말 하냐? 찰거머리 하나 옆에 달고 데이트? 참 재미도 있겠다, 응?"

"그러고 보니 강 실장은?"

정욱이 고개를 돌려 실내를 이리저리 살폈다. 경호원 겸 비서인 강 실장은 보이지 않았다. 직무유기인 셈이다. 세영이 다시 몸을 곧추세우고 끌끌 혀를 찼다.

"독감이야."

"독감? 이 더운 나라에서 독감?"

"사실은 캐나다에서 감기 들어가지고설랑은 여기 도착한 건데, 정작 이곳에 오니까 너무 더운 거라. 신나게 수영하고 냉방 쌩쌩 틀었다가 된통 걸렸지 뭐. 어젯밤에 링거 맞고 지금 자기 방에서 끙끙 앓고 있다."

"그렇군. 그나저나 고모부님이 경호원들 다 떼고 너를 내보낸 것 보면 참 대단하시다?"

"강 실장을 워낙 믿고 계시니까. 일당백이잖아. 덕분에 난 터질 것 같은 섹시남을 보면서도 작업 한 번 못 걸었다구."

"정세영이 심심해서 몸을 뒤틀고 있었던 이유가 있었네. 걱정 마. 내가 왔잖아. 제대로 놀아주마."

"진혁 오빠네는?"

"내일 오후에 도착. 형 처가가 마이애미니까. 거기 내려서 며칠 볼일 보고 이리로 장인 어른내외 다 모시고 온다지 아마? 도착하면 같이 저녁 먹자고 말했다."

"잘됐네. 그러고 보니 진혁 오빠 본 지도 한참 되네. 너의 예쁜이는 언제 도착?"

"역시 내일."

"좋아. 그럼 오늘만큼은 널 독점할 수 있겠네. 내 방에 올라가서 놀자. 좋은 거 보여줄게."

"마, 졸려 죽겠다니까."

"이 좋은 곳에 와서 잠이나 잔단 말이야? 따라오라구! 한 번 걸린 이상 나의 마수에서 벗어나지 못할 거야."

정욱은 마뜩찮은 표정이었다. 하지만 세영은 냅다 그의 목줄을 쥐었다. 노트북에 가득 저장되어 있는 여행사진을 보여줄 사람이 없었는데 잘되었다. 싫다 난리 치는 그를 질질 끌고 로비를 나섰다.

"볼일만 끝나면 내 침대에서 자게 해줄 테니 잔말 말고 따라오란 말이야."

두 사람은 엘리베이터에 올라탔다.

엘리베이터 문이 닫히고 그들은 시야에서 사라졌다.

'정말 피 끓게 하는 여자로군.'

행여 떨어질세라 찰싹 달라붙은 모습을 보아하니, 단단히 걸렸다. 섹시 다이너마이트 같은 저 여자에게 잡혔으니 아마 뼈도 추리지 못하겠군. 유립은 씩 웃으며 맥주잔을 놓았다. 오랫동안의 세일링에 지친 몸을 노곤하게 의자에 걸쳤다. 정말 흥미로웠다. 실눈을 감은 그의 입가에 다시금 희미한 미소가 떠올랐다.

'보통내기가 아닌걸?'

그 여자가 혼자일 때부터 훔쳐보고 있었다. 사춘기 소년이 동급생의 옷 갈아입는 모습을 훔쳐보는 것처럼 두근거리며 짜릿해하며, 지독한 관음의 흥분에 떨며. 붙박이가 되어 도무지 눈을 뗄 수 없었다.

손바닥만 한 비키니 수영복 위에 화려한 꽃무늬가 프린트된 사롱을 걸쳤다. 차라리 그건 걸치지 않는 편이 더 나을 뻔했다. 얇은 천 사이로 언뜻언뜻 보이는 속살, 반쯤 공개되고 반쯤 가려진 몸매가 더 열기를 뿜어냈다. 그 안에 든 매혹을 상상하게 해 사람을 미치게 만들었다.

여자는 맨발이었다. 사람들이 오가는 라운지 바 장의자 앞에 매니큐어 병을 늘어놓고 앉아 있었다. 그곳이 마치 자신의 은밀한 사생활을 즐기는 프라이빗룸이라도 되는 듯 당당한 표정이었다. 마늘쪽 같은 하얀 발톱에다 열심히 패티큐어를 하고 있었다. 금세 두터운 신발 속에 감추어질 발톱에 왜 저런 짓을 하고 있을까? 처음에는 색다른 구경거리에 대한 호기심이었다.

그러나 이내 유립은 깨달았다. 여자들만이 누리는 은밀한 그 작업을 지켜보는 즐거움 또한 꽤나 짜릿하다는 것을. 열 개의 발톱이 하나하나씩 바다빛으로 물들어가는 것을 지켜보는 일은 상당히 즐거운 자극이었다.

여자는 왼쪽 엄지발가락에 화려한 문양이 새겨진 황금발가락찌를 하고 있었다. 보통 여자들은 잘 하지 않는 발가락찌 자체만도 끈끈하고 관능적인 느낌이다. 하얀 발가락에 끼워진 이국적인 문양의 발가락찌는 굉장히 엑조틱한 느낌이었고, 바라보는 남자들에게 은밀한 흥분을 불러일으키기에 충분했다.

치가 떨릴 정도로 거만하고 뻔뻔한 모습이다. 그럼에도 어느 누구 한 사람 손가락질하거나 힐끔거릴 수 없게 만드는 우아함과 위엄이 스며 있었다. 맙소사, 로비의 모든 사내들은 열망으로 몸을 떨었고, 여자들은 전부 질투에 떨며 그녀를 바라보고 있었다. 유립 자신처럼 사이렌에 홀린 선원들같이 넋을 잃어버렸다.

눈이 튀어나올 정도로 절세미녀라 할 수는 없다. 여자의 미모는 그 정도로 과장할 것은 아니었다. 지금껏 유립이 경험한 여자들과 비교해서 미모의 순서로 따지자면 중상 정도?

하지만 이상한 일이었다. 처음 본 순간부터 눈길을 뗄 수 없게 만드는 어떤 느낌이 있었다. 치명적인 색기? 그것만이 전부는 아니다. 어렴풋이 느껴지는 영혼의 진동 같은 것이었다.

나뭇가지에 매달린 풋과일처럼 다채로운 푸른빛을 입힌 발가락을 입안에 넣고 빨아보고 싶었다. 봄의 향기가 날까? 슬며시 종아리를 거쳐 동그란 무릎을 쥐고 허벅지 사이를 핥다가 그 위로 올라가면 어떨까? 검은 그늘이 잠긴 숲을 헤치고 연분홍빛 작은 꽃잎을 혀로 건드리고 싶었다. 독약을 삼킨 듯이 치명적인 입술 아래서 저 여자는 어떻게 반응할까? 몸을 뒤틀까? 신음 소리를 낼까? 말간 진다홍빛 립스틱이 발라진 작은 입술에서는 얼마나 달콤한 음악 소리가 흐를까? 뻣뻣이 치솟아 숨조차 쉬지 못할 정도로 흥분한 그를 달래줄 그것. 끈끈하고 뜨거운 동굴의 맛은? 천국일 거야. 하늘을 향해 치솟은 젖가슴을 움켜쥐면 달콤한 즙이 흐를 것만 같았다. 그것에 어린애처럼 붙어 빨아보면 넥타르의 맛이겠지.

여자를 바라보며 이토록 피가 끓고 온몸에 불이 일어날 것만 같은 육욕의 흥분을 느낀 것이 얼마 만인지. 전설처럼 아득했다. 서른 즈음까지도 항상 점잖은 체, 완벽한 체, 위선의 가면을 써야 하는 답답함과 강박관념에 대한 반발이었다. 국경을 벗어나면 유립은 상상할 수 있는 모든 자유와 방종을 자신에게 허락하곤 했다. 사방이 막혀 있는 감옥과도 같은 일상에서 탈출해 답답한 숨을 토해내는 의식이었다. 이것이 없었다면 그는 아마 일찌감치 미쳐 버렸으리라.

'하지만 좋지 않아. 유정욱의 정부情婦였다니.'

유립은 입맛을 다셨다. 목젖을 타고 오르는 씁쓸함을 어찌할 수 없어 차가운 맥주로 가셔냈다.

'어지간히 잘난 척, 착한 척하더니 말이야. 이런 데서 구리게 놀고 있었군, 자식.'

미워할 수 있는 한도 내에서 최상급으로 미워하고 싫어하는 인간을 고르라면 유립에게는 딱 하나. 유정욱이 있었다.

두 사람은 고교 동창이었다. 둘 다 명문고로 소문난 서울외고를 졸업했다. 졸업하자마자 금세 유립은 미국으로 유학을 떠났고, 정욱은 한국대 건축학과로 진학해서 소식이 끊겼지만.

지난해 한국으로 돌아왔으나, 웃기는 동창회 따윈 일절 나가지 않았다. 별로 친하지도 않던 친구들에게 굳이 연락 같은 것도 하지 않았다. 이런 식으로 웃기게 조우할 줄은 꿈에도 몰랐다.

거만하고 꼬여 있었어도 언제나 사람들은 집안 배경이나 그가 가진 위치 때문에 굽실대고 비위를 맞추었다. 그래서 일부러 더 나쁘게 굴었다. 매사 삐딱한 시선으로 시들하게 세상과 사람을 갉아대던 이기주의자였다. 그런 유립 자신과는 달리 정욱은 언제나 진심에서 우러난 밝은 미소를 짓고 있었다. 친절하고 너그러워 저절로 사람을 끌어당기는 녀석이었다.

정욱 곁에는 억지로 아첨하는 친구가 아닌 진짜 우정을 나누는 친구들이 있었다. 그것이 치 떨리도록 질투가 났다. '지피지기면 백전백승.' 그놈의 사정을 한번 봐주자 하는 심술이었다. 넌지시 친구들 곁에 묻어 그의 집에 한 번 가본 적이 있었다. 공군 고위장교라는 아버지, 가정주부인 어머니, 아래로 동생 둘. 그냥 평범했다. 돈 걱정하고 사는 집안은 아니겠군, 이 정도였지, 특별나거나 짱짱한 집안도 아니었다.

다만 달랐던 것은 한때의 방문객이던 유립에게도 만져지던 온기였다. 집 안에 흐르는 공기가 더없이 달고 따뜻했다. 그의 어머니는 덩치가 산만 하고 키가 한참 큰 아들을 두고 '사랑한다'를 연발하며 볼을 비벼주었다. 아들 친구들이 왔다고 직접 오므라이스를 해주던 그의 아버지. 어린 두 동생들은 스스럼없이 문을 열고 아이스크림을 내밀었다. 웃음소리, 오가는 사랑의 눈빛, 그것만으로 충분했다. 얼음 얼 듯 냉랭하고, 적막만이 전부인 가회동 집과는 너무 다른 세상.

그에게 결핍된 것이 무엇인지 똑똑히 알아버렸다. 새삼스러울 것도 없었는데, 왜 그날따라 자신이 가지지 못한 것이 그토록 뼈 시리고 아프던지?

녀석의 집에서 뛰쳐나오며 유립은 예전보다 수백 배 더 미워하리라, 괴롭혀 주리라 결심했다. 모든 것을 다 가지고 태어났다는 유립 자신이 유일하게 가지지 못한 행복, 그것은 부모의 사랑과 가족의 화목함이었다. 그에게는 없는 것을 다 가진 인간 유정욱, 절대로 좋아할 수 없는 숙적.

귀국해서 풍문으로 들은 소문도, 짜증나기는 마찬가지였다. 행운을 타고난 놈답게 순조로이 대학 졸업하고 편안하게 취업에 성공했으며 잘난 집안의 아가씨와 약혼을 앞두고 있다는 것이었다. 잘난 놈. 너는 평생 그렇게 햇살 받으며 잘살아라, 그러고서 넘겨 버렸다.

그런데 뜻밖에도 이런 곳에서 그의 밀회를 구경하게 될 줄이야. 어지간히 잘난 척하던 그놈의 숨겨진 사생활을 보게 되다니!

'뺏어줄까?'

검고 음험한 미소가 남자의 붉은 입술 사이로 슬쩍 다시 걸렸다.

'보는 앞에서 낚아채 주면 녀석 얼굴이 어떻게 변할까?'

실눈을 뜬 유립의 시선이 아까 두 사람이 함께 사라진 엘리베이터 쪽으로 다가갔다. 여자에 대한 소용돌이치는 욕망과 정욱에 대한 비뚤어진 경쟁심이 합해졌다. 수컷의 본능적인 정욕이 친구의 여자를 탐한다는 금단의 즐거움과 뒤섞였다. 입가에 새겨진 미소가 더 잔인해지고 음울해졌다.

'정말 재미있겠어.'

1년 동안 듣지 못한 한국 소식. 친지들의 이야기를 듣느라 밤 깊어서까지 정욱과 수다를 떨었다. 덤으로 그가 미래를 약속한 미래의 사촌 올케 이야기까지 긁어냈다. 도둑놈 같으니라고. 연인은 인제 겨우 스물둘, 작곡 전공인 아리따운 음대생이란다.

"너무한 것 아냐? 순진한 어린애를 낚아채다니! 천벌받을 거야, 유정욱."

"인마, 내가 유혹당했단 말이다."

"진짜?"

"젠장! 귀엽게 '오빠, 오빠' 하고 따라다니더니 말이야. 어느새 요게 나를 '아빠'로 부르고 싶은 욕심을 품고 있더라구. 꼼짝없이 걸렸다구."

"흥. 믿을 걸 믿어라 해라. 애초에 흑심 품어, 고이 키워 잡아먹은 눈치구먼. 집안 내력이잖아?"

원 스타인 막내 외숙부 역시 공사 생도 시절, 상관 집에 가정교사로 드나들면서 아무것도 모르는 순진한 고등학생 딸내미를 잡아먹고는 냉큼 혼인한 전력이 있었다. 정곡을 찔린 정욱이 눈을 흘겼다.

"마, 알아도 모른 척해 줄 수는 없는 거냐?"

정욱이 투덜거렸다. 미주알고주알 오랜만에 실컷 수다를 떨어대던 그가 자기 방으로 돌아간 건 새벽 3시였다.

눈을 뜨니 아침 10시. 식사를 마치고 바로 비치로 가서 수영할 생각이었다. 원피스 안에 수영복을 꿰 입는데 벨 소리가 났다.

"밥 먹자."

정욱도 느지막이 일어났는지 아직도 졸음이 매달린 얼굴이었다.

"가방 좀 챙기고. 엘리베이터에서 기다려 줘."

"그래라."

타월이며 선탠로션 등이 든 가방을 들고 정욱이 기다리는 엘리베이터 쪽으로 걸어갔다. 식당에서 식사를 마치고 두 사람은 식당 앞에 있는 수영장 쪽 좌석으로 자리를 옮겼다.

"오늘도 나랑 놀아줄 거지?"

"시간 없다. 부두로 마중 나가야 해."

"투숙객이야 어차피 직원이 요트 몰고 나가서 모셔올 텐데 네가 왜 직접 가? 아하! 너의 예쁜이를 누가 채갈까 봐서 무섭구나?"

"이해해라. 두 달이나 못 봤단 말이지."

"그래그래, 좋을 때다!"

세영은 콧바람을 흥흥거리고 말았다. 말을 하다 보니, 애인을 챙기느라 정작 초대해 준 세영을 도외시하게 된 셈이라 정욱도 좀 미안하다. 그가 피식 웃으며 늦은 인사를 치렀다.

"정식으로 고맙다는 말도 못했구나. 우리야 좋은 데 와서 실컷 놀게 된 셈이니 좋긴 하다만, 고모님께 미안하네."

"괜찮아. 어차피 이런 곳이 아니면 세상 어딜 가든 마음 편안하게 놀 수 없다는 걸 어머니도 아시니까. 대신 빚 갚아. 제대로 놀아 달라고!"

세영들이 머물고 있는 카리브해 세인트존스 리조트는 나란히 붙은 섬 두 개로 이루어진 곳인데, 리조트 회사가 무인도였던 두 개의 섬을 사서 개발을 한 곳이다.

워낙 고가의 리조트이기도 했지만 신분이 확실하지 않으면 예약조차 할 수가 없다. 또한 섬으로 들어서는 모든 투숙객들은 섬으로 들어서는 순간, 일체의 전자통신기기, 즉 노트북이나 모바일 폰 같은 것들을 휴대할 수 없도록 되어 있었다. 또한 투숙객들이 이 섬으로 들어오려면 신분 여하를 막론하고 톨루항에서 회사가 보낸 요트를 타고 들어와야만 했다. 그 외는 그 누구라도 어떤 방식으로든 섬 쪽으로 근접하는 것이 허락되지 않았다.

철저한 사전 예약제로 운영되고 있는 곳이며 예약하는 것조차 쉽지 않을 정도로 투숙객들을 선별하는 데 있어 까다로운 대신 이곳에 들어서는 순간, 손님들은 완벽하게 사생활을 보호받으면서 편안한 휴식과 온갖 즐거움을 누릴 수 있다.

위치도 섬일뿐더러, 집 밖으로 한 발자국만 나가도 다른 사람들의 휴대카메라에 얼굴이 찍히고 모든 동선이 실시간으로 트윗되어 전 세계로 생중계되는 이 시대에 그만큼 피곤해진 유명인들 입장에서는 철저하게 사생활 보호가 되는 이곳을 선호할 수밖에 없었다. 하여 매일같이 파파라치나 사람들의 시선을 의식해야만 하는 유명 스타들이나 각국의 셀러브리티들이 주로 이용하는 곳이기도 했다.

세영의 경우도 예외가 아니었다. 이 정도로 은밀한 휴양지임에도 불구하고 특히 조심성이 강한 강 실장은 세영을 위해 반년 전에 이곳을 예약할 때도, 그녀가 머무는 두 주 동안 한국국적을 가진 예약객은 받지 않도록 미리 요청을 했을 정도였다. 강 실장의 용의주도함 덕분에, 한국을 떠난 이후에 세영은 가장 마음 편하게 즐기고 있는 중이었다.

또한 한국을 떠난 지 오래인 세영이 다소 향수병에 걸렸을까 하여 또래 사촌들인 진혁과 정욱의 예약을 함께 해준 것은 세영에게 보내는 강 실장 나름의 호의였다.

더불어 열심히 놀아달란 요청에 정욱이 비장한 얼굴로 거절했다.

"미안하다. 한 번 나를 떠난 여자는 되돌아보지 않는다. 어리고 예쁜 내 자기가 곧 도착하는데 내가 왜 널 돌아봐야 하냐?"

여지없이 거절당하고 말았다. 세영은 쌀쌀맞은 정욱의 말에 입을 쑥 내밀었다.

"야속한 자기 같으니라고! 칫, 이제 내 전성기는 다 지나간 거야."

"왜?"

"그전에는 말이야, 손가락 까딱도 하기 전에 먼저 엎어지는 사내놈들이 부지기수이더니, 이제는 먼저 작업을 걸어도 거절만 당하다니. 내 팔자야! 아무래도 자기야, 내 인생에 남자 복은 없는 것 같지?"

"남자 복 그거 아무도 모르지. 이 세상의 반이 사내새끼들인데 정세영이 입맛에 맞는 놈 하나 없을까?"

정욱이 실실거리며 또 장난을 치려는 세영을 노려보았다. 오늘 도착할 연인과 요 계집애를 절대로 만나지 못하게 해야겠다고 새삼 다짐하는 얼굴이었다. 입만 열면 오해를 살 이런 말이나 하는 녀석이라니. 사악한 그녀의 본성을 모르는 그의 순진한 연인이 홀떡 뒤집어질 일이 생길 것 같아 미리 경계하는 듯싶었다. 상대가 이런 식이니 세영의 장난기가 못 말릴 정도로 더 불붙었다. 냉큼 앞자리에서 옆자리로 옮겨 앉았다. 한 손으로 턱을 고인 채 짐짓 입맛을 다셨다.

"내 입맛에 자기가 딱이니까 그렇지."

"난 놓아주고, 다른 데나 잘 살펴봐. 저 바닷가에 홀로 굴러다니는 다이아몬드 원석이 있을지 누가 아냐?"

"아이고, 내 복福에 어련할까? 그러지 말고 자기야, 좋은 말 할 때 내 유혹에 넘어오는 게 어때? 내 잘해줄게."

농염하게 속눈썹을 깜빡거리며 세영은 다시 수작을 걸었다.

정욱이 푸핫하 웃으며 허공으로 오렌지주스를 뿜어냈다.

"까분다, 이 자식!"

세영은 휴우 하고 심각한 한숨을 내쉬었다. 혼자 생쇼를 펼쳤다. 순진한 사촌 골려먹는 것이 이렇게 재미날 줄이야. 비련의 여주인공이 되었다. 정욱의 손을 잡아 안타깝게 토닥토닥 했다.

"우린 서로를 너무 잘 알아. 아무래도 우리 사이 재고해 봐야 할 것 같아."

"그러게 말이다. 나도 너처럼 화끈하고 멋진 여자를 놓치는 게 마음이 아프지만 어떡하겠니?"

정욱 역시 한숨을 쉬며 비극적으로 대꾸했다. 안타까워 견딜 수 없다는 동작으로 그 역시 세영의 손을 잡아 어루만졌다. 뼈와 살이 타는 애무씬을 펼쳤다.

"네가 아무리 화끈하고 죽여준다고 하더라도 우린 둘 다 결코 넘지 못하는 선이 있잖겠니? 미안하다, 세영아. 우린 절대로 이루어질 수 없는 사이야. 너도 날 버리고 행복을 찾아."

"흑흑흑, 자기, 잊지 못할 거야. 기다릴게. 담에 내 품이 그리우면 날아와. 언제든지 환영이니까."

세영은 거짓으로 눈물을 닦는 척했다. 가증스럽게 정욱의 옷자락을 잡고 버림받는 여자의 연기를 실감나게 펼쳤다. 남이 듣거나 말거나 어차피 여기에 한국사람이 누가 있다고? 들으라면 들으라지.

"아아, 자기가 떠나면 난 또 어떤 남자를 잡아야 하나? 나같이 화끈하고 뜨거운 여자는 하룻밤도 남자가 없으면 못사는데. 엉엉엉, 지갑째 돈이나 두둑이 주고 가. 헤어지면서 그 정도는 해줄 수 있지?"

가증스러운 세영의 연기에 정욱이 쏠리는 표정을 감추지 못했다. 그가 그녀의 머리를 톡톡 두들겼다.

"세영아? 정세영?"

"왜? 자기야?"

"험한 정치판에서 너무 오래 놀았구나? 무지 많이 닳아졌다? 이제 널 감당 못하겠어."

"자기는? 이 정도를 갖고 놀라고 그래? 순진하게. 정욱 씨, 세상은 다 그런 거야. 주고받는 거. 내가 하나를 주면 당신은 둘을 준다. 이건 나의 인생 모토라고."

정욱이 목젖이 보이도록 크게 껄껄 웃었다. 그러더니 손목시계를 내려다보더니 훌쩍 일어섰다.

"끝까지 까불어? 일단 난 퇴장할게. 성질 고약한 형이 등장할 시간이 된 것 같아. 내 자기 앞에서는 우리, 절대로 아는 척하지 말자."

"오케이. 잘해봐! 난 또 다른 사냥감을 찾아야지. 굿바이!"

세영은 손을 들어 그에게 잠시 작별인사를 했다. 모처럼 진혁 내외와 사랑스러운 아기들을 보게 되었다. 갑자기 기운이 돋기 시작했다.

1년 동안 발이 내키는 대로 돌아다녔다. 터키로부터 시작해서 동유럽을 건너서 지중해에 도착했다. 그리스와 로마를 찍어주고 바다를 건너 모로코와 리비아를 섭렵했다. 이집트에서 다시 스페인으로 넘어갔다. 거기서 만난 대학시절 룸메이트 사라와 안달루시아 지방을 도보로 여행하고 난 후 문득 돌아보니 심신이 온통 휴식, 휴식을 외치는 기분이 들었다. 아무리 새로운 세상 새로운 경험이 좋다고 하지만, 지금은 아무것도 하지 않고 쉴 때로구나 하는 직감이 들었다. 강 실장의 권유대로 호사스런 리조트에 드러누워 바닷바람을 즐기는 것도 나쁘지 않다.

자, 일단 바닷가로 나가 수영을 잠시 즐기자구. 그녀의 피부는 매일매일의 선탠으로 보기 좋은 황금빛이 되었다. 오늘은 진혁 내외를 비롯한 사촌들과의 반가운 밤이 될 것이다.

마지막으로 남은 주스를 죽 빨아 마셨다. 막 일어서려는데, 등 뒤에서 불러 세우는 목소리가 있었다.

"너, 얼마야?"

난데없이 들려온 한국어였다. 너무 놀라 사레가 들려 버렸다. 세영은 허리를 꺾은 채 입과 코를 막고 한참 동안 켁켁거렸다.

'이 무슨 엉뚱한 날파리?'

휙 고개를 돌렸다. 두 테이블 건너 앉아 있던 사내였다. 팔짱을 낀 채 바라보며 야릇하게 미소 짓고 있었다. 군인처럼 머리카락을 짧게 잘랐다. 눈빛이 매서웠다. 그가 슬며시 몸을 일으켰다. 키가 훤칠했다. 반바지와 헐렁한 민소매티를 입은 몸이 단단하고 균형 잡혀 있다. 그는 조금의 망설임도 없이 당당하게 다가왔다. 세영이 앉은 의자 앞, 아까 정욱이 앉았다가 떠난 자리에 와서 앉았다.

"돈 많은 새 사냥감을 찾고 있는 것 같은데 말이야. 너를 살 용의가 있어. 원나잇. 어때?"

"원나잇이라?"

세영은 턱을 치켜들고 생긋 웃었다. 그녀는 프로였다. 곤란하고 돌발적인 상황 안에서도 눈썹 하나 까딱하지 않는 훈련을 받은 사람이다. 정치인의 가장 큰 미덕은 절대로 내심을 알 수 없게 만드는 포커페이스라고 아버지는 가르쳐 주셨다. 터무니없고 가당찮은 제안과 의견이라도 세상에서 가장 진지한 것처럼 고개를 끄덕일 수 있다. 천하의 정세영을 감히 매춘부로 착각하는 남자 앞에서도 산들산들 미소 지을 능력이 있다. 그녀는 눈 하나 깜짝하지 않고 도도한 눈빛을 남자에게 던졌다.

"당신 제안, 상당히 흥미로운데 말이야."

모란꽃처럼 활짝 웃어주었다. 코발트빛 패티큐어를 칠한 맨발을 들어 방자한 동작으로 남자의 무릎을 톡톡 건드렸다.

"미안하지만 노No야. 오늘 영업은 끝났거든."

남자가 픽 웃었다. 잘생긴 입술이 검은 웃음을 물고 있으니 더 위험해 보였다.

맹수로군. 세영은 결론을 내렸다. 피가 철철 떨어지는 날고기를 즐기는 남자였다. 편하지 않은 정글에서 살아남은 얼굴이다. 평범한 한량처럼 보이지만 냄새가 난다. 부와 권력의 위험하고도 짜릿한 냄새. 한 번 움켜쥔 것은 절대로 놓지 않는 비틀린 고집에다 열정적이면서도 차가운 집념까지. 이 남자는 그녀와 동류同類인 것 같다. 필요하다면 능숙하게 몇 개의 가면을 쓰고 벗을 수 있는 능력을 지녔다. 이런 남자면 아주 빨리 권태를 느끼지는 않을 거다.

밑바닥을 읽어낼 수 없다. 오직 어둠만이 존재하는 새카만 눈동자가 응시하고 있었다. 감춤없는 욕망의 시선 앞에서 어쩐지 몸속의 페로몬이 들끓는 기분이었다. 앞에 앉은 여자를 검붉은 늪으로 끌어들이는 이 남자. 여간해서는 터뜨리지 않는 깊은 욕망을 자극하고 건드리는 이 남자. 마음에 들어. 오래된 고무줄처럼 느슨하던 시간이, 시들하던 세상이 갑자기 빳빳하게 날이 서기 시작했다.

그가 자신의 무릎 위에 놓인 세영의 맨발을 잡았다. 긴 손가락으로 슬며시 발등을 쓸어내렸다. 딱딱한 손톱의 감촉이 부드러운 발등에 흔적을 남긴다. 은밀하나 확실한 신호. 유혹이자 경고이다. 자신은 절대로 풋내기가 아니라는 뜻. 많아보았자 그녀와 비슷한 나이. 그런 녀석이 대담하고 당당하게 여자를 사냥하는 법을 시위하고 있었다.

"웃기는군. 너 같은 여자들도 영업시간 따로 정해놓고 일을 하나?"

"이것 봐, 멍청한 당신."

세영은 상큼한 미소를 날리며 손가락을 튀겼다. 급사에게 커피 한 잔을 청했다. 다른 한 다리도 그 남자의 무릎 위에 편안하게 얹었다. 모르는 척 천연덕스러운 얼굴을 하고 발가락 끝으로 그의 사타구니께를 슬쩍 건드렸다. 망설이지 않고 되받아치는 유혹 앞에서 남자는 눈썹을 치켜떴다. 알아들었다는 듯이 실긋 미소를 머금었다.

"몸 파는 일도 엄연히 직업이야. 아직 몰라? 우리 조직은 조합도 갖고 있어. 내가 하는 일은 역사상 가장 오래된 직업이라고."

"재미있군. 끝까지 노라는 뜻?"

세영은 고양이처럼 앙큼하게 미소 지었다. 몸을 가볍게 움직였다. 다시 한 번 더 발가락을 꼼지락거렸다. 그녀의 신호에 정직하게 반응하는 남자가 마음에 들었다. 그가 망설이지 않고 옆자리로 자리를 바꾸었다. 그리고는 가냘픈 허리를 잡아 가볍게 자신의 허벅지 위로 그녀의 몸을 옮겨놓았다. 부드러운 여체가 탄탄한 남자의 가슴에 안겼다.

"기분 좋은 감촉이군."

그가 탱탱한 엉덩이 선을 음미하며 나른한 어조로 중얼거렸다. 세영은 유혹적으로 윙크했다. 어디 한 번? 예일대에서 한때 전설적이던 정세영의 유혹 테크닉이 이 남자에게도 먹혀들까?

"이게 내 재산이잖아. 뭐, 우리 같은 전문 여성은 가는 남자 안 붙잡고 오는 남자 안 막는 것 아니겠어?"

눈을 가늘게 뜨고 미소 지었다. 세영은 살며시 남자의 볼을 어루만졌다. 허공 안에서 불꽃을 튕기며 네 개의 눈동자가 엉켰다. 그가 하얀 손을 잡아챘다. 아무 말 없이 하나하나 손가락에다 입 맞추었다. 딱딱한 손톱이 하나씩, 하나씩 단단한 이에 깨물려졌다. 짜릿한 자극. 메마르나 뜨거운 입술 안에서 긴장한 근육이 실처럼 풀어진다. 지금 원하는 것은 단 하나. 바로 너. 너의 뜨거운 육체. 그가 전하는 메시지는 확고했다.

장난으로 시작한 일이 갈수록 농밀한 의미로 변해가고 있었다. 강렬한 페로몬이 공기 중으로 퍼져 나갔다. 짙은 흑자黑紫의 장미 향내 같은 신호였다. 온몸이 촉촉하게 젖어들고 있었다. 긴장된 바이올린 선이 악사의 손길 아래 진동하는 것처럼 여체도 바르르 전율하고 있었다. 지금이 배란기라는 것을 기억해 냈다.

"당신, 내 맘에 들어."

"고맙군."

"재수없게 건방진 척 구는 것도 맘에 들고, 돈깨나 있어 보이는 것도 구미 당기고."

자로 잰 듯한 반듯함과 이성은 멀리 한국에 두고 왔다. 짜릿한 독주를 마신 것 같다. 강렬한 남자의 향기에 취해 버렸다. 이 남자 정도라면 하루 적당하게 방탕해도 좋을 것 같다. 갈수록 이해할 수 없을 만큼 대담해진다.

"좋아. 우리 거래하자."

"거래?"

"그래. 남자만 여자 사란 법 있니? 내가 당신을 사지. 원나잇, 어때? 총각?"

수염이 나서 약간 거무스름한 남자의 턱 선이 잠시 팽팽하게 당겨졌다 금세 풀어졌다. 그가 가슴에 안은 여자의 봉긋 솟은 굴곡을 내려다보았다. 그리고는 간단하게 대답했다.

"난 비싸."

"그래? 잘됐네. 나 역시 싸구려는 절대로 상대하지 않거든."

세영은 도도하게 내뱉으며 뜨거운 커피를 마셨다. 남자의 손이 다가와서 잔을 빼앗았다. 거기, 세영의 입술이 닿은 그 자리에 남자의 입술이 닿았다. 여자의 키스를 맛보듯이 그가 잔에 묻은 립스틱을 핥았다. 보란 듯이 눈을 응시하며 그녀의 흔적을 한 모금 마셨다. 짜릿한 쾌감이 등골을 타고 올랐다. 이런 것 말고 농밀한 입술을 먹고 싶었다. 길고 깊게 키스하고 싶었다. 이 남자랑 자면 진짜 근사할 거야.

음미한 립스틱의 느낌이 근사했던 것일까? 남자가 고개를 끄덕였다.

"좋아. 너라면 하룻밤 나를 팔 수도 있어. 조건은?"

"날씨도 좋은데 세일링하고 싶어. 근사한 요트, 그것보다 더 좋은 건 죽여주는 테크닉. 가능해?"

"뭐, 그럭저럭."

"클린하게 원나잇. 반드시 콘돔 착용."

"난 그 정도 매너는 지켜."

"끝난 다음에는 조용히 바이바이. 그리고 내 옛 애인 앞에서 절대로 눈치 까지 않기. 오케이?"

선명한 입술에 실죽 엷은 웃음기가 걸렸다. 그가 손을 뻗어 세영의 부드러운 목을 살며시 어루만졌다. 단단하고 길고 모양 좋은 손이었다. 단지 손가락 몇 개가 목을 어루만졌을 뿐이다. 그럼에도 불구하고 전신을 관통하는 오르가즘의 물결로 익사할 것 같았다. 온몸에 전기가 통한 듯 전율스러웠다. 정말 탐나. 갖고 싶어.

"대신 내가 얻는 것은?"

"알면서?"

다시 시선이 애무처럼 엉켰다. 두 몸이 눈빛으로 단번에 결합되었다. 그것만으로도 참을 수 없을 정도로 흥분되었다. 단번에 가버릴 것만 같았다. 이런 남자, 정말 처음이었다. 처음에는 단지 일탈의 장난이었다. 그러던 것이 삽시간에 지글지글 끓는 애욕으로 변해 버렸다.

세영은 사탕처럼 달콤하게 속삭였다. 너의 이름을 말해줘.

"당신 이름은?"

"렉스. 넌?"

"당신이 렉스라면 난 렉시아가 어떨까?"

그녀의 대답이 마음이 들었을까, 그가 싱긋 미소 지었다. 공기처럼 가볍게 세영의 몸을 안고 일어섰다. 귓불을 살그머니 깨물었다.

"같이 갈까?"

짐짓 부풀어 터질 것만 같은 젖가슴을 움켜쥐어 보았다. 나직하게 흐르는 유혹적인 비음. 대낮처럼 대담한 키스가 답례로 날아왔다. 유립은 속으로 심술궂은 미소를 삼켰다. 이제부터 이 여잔 내 거야.

청남빛 바다에 떠 있는 작은 섬 하나, 백조처럼 유유히 요트 한 척이 미끄러지고 있었다. 오직 푸름뿐인 하늘과 바다 사이, 미끈한 동체를 흔들며 요트는 인적 없는 섬의 얕은 바다에 닻을 내렸다.

"예쁜 섬이네."

여자가 돌아서서 생긋 웃었다. 유립이 보든 말든 상관없다는 얼굴이었다. 그의 눈이 욕망으로 검게 변하는 것을 태연히 무시하고 훌훌 원피스 자락을 몸에서 떼어냈다. 이내 주홍빛 비키니 수영복이 드러났다. 꽃무늬 박힌 손바닥만 한 천 두 장이 먹음직스러운 육체를 가린 것이 전부였다.

"잊지 마, 자긴 나한테 팔린 몸이라고."

"그래서?"

"언제 어디서든 서비스 정신을 잊지 말라는 거지."

유립은 여자가 내미는 자외선 차단용 크림을 물끄러미 내려다보았다. 네 개의 눈동자가 다시 엉켰다.

"왜? 싫어?"

당연히 그가 발라줄 것이라고 믿는 얼굴이었다. 더없이 당당한 동작이었다. 갑판 바닥 위, 깔아놓은 수건 위에 등을 보이고 드러누웠다. 유립은 기가 차서 헛웃음을 내뿜었다.

"내참, 어이없어서."

"시간 줄 테니까 나중에 가출한 어이 찾아 와."

"지금 농담이라고 하는 거냐?"

"당연하지. 사이좋게 지내려면 나의 수준 높은 개그를 잘 새겨듣도록 해. 자, 듬뿍! 한 군데도 남김없이, 빠뜨리지 말고. 난 피부가 약해서 잘 탄단 말이야. 밤에 당근처럼 익어서 끙끙대기 싫다구."

"야, 오는 게 있으면 가는 게 있어야지."

"내 비키니 끈을 풀 영광을 주겠다는 거지."

"아하."

유립은 씩 웃으며 선크림 병뚜껑을 열었다. 속으로야 한 번쯤 '내가 미친 것 아냐?' 하고 투덜대긴 했지만, 뭐, 별로 기분 나쁘지는 않았다. 단 한 번도 여자의 시중을 든 적은 없다. 시중을 받고 즐겼었지. 하지만 손 아래 감촉될 매끄러운 피부의 유혹이 너무 컸다.

여자의 등에 선크림을 발라주기 시작했다. 보기 좋게 그을린 황금빛 피부의 감촉은 말 그대로 실크 같았다. 등을 가린 비키니 끈을 느슨하게 풀었다. 죽 뻗은 등골을 따라 애무하듯이 원을 그리며 자외선 차단제를 발라주는 남자의 손길 아래서 여자가 뒤척였다. 나른한 고양이처럼 나지막한 신음을 토해냈다. 들쩍지근한 욕망과 쾌락의 기대가 반반 섞였다. 크림푸딩 같은 신음 소리였다. 저절로 얼굴을 뒤로 제쳐 키스를 빼앗게 만들었다.

잠시 맛본 전채가 마음에 들었나 보다. 등을 보이고 누웠던 여자가 돌아누웠다. 아까 그가 끈을 느슨하게 풀어버렸던지라 풍만하고 단단한 가슴을 간신히 가린 천이 반쯤 미끄러지고 있었다. 하얀 가슴 끝, 붉은 열매가 보일 듯 말 듯, 한 손으로 아래로 떨어지려는 천을 움켜쥐고 또 한 손으로 유립의 목을 끌어당겼다. 다시 키스하자는 말이었다. 남자의 탄탄한 근육과 여자의 몽클하고 탄력있는 젖무덤이 한 치의 틈도 없이 밀착되었다. 둘 사이에 있는 것은 비키니 브래지어를 움켜쥔 여자의 손 하나뿐. 유립은 혀를 내밀어 햇살이 미끄러지는 여자의 이마와 귓불에 살며시 키스했다. 나른하게 속삭였다.

"눈 감아."

여자가 배시시 웃었다. 검은 눈동자가 말끄러미 그를 올려다보고 있었다.

"왜?"

"키스 처음 해봐?"

"아하, 키스할 때는 처녀처럼 수줍게 눈 감으라는 말?"

더없이 유혹적으로 두 팔을 들어 남자의 목을 휘감았다. 여자의 가슴을 예의 삼아 가리고 있던 것이, 두 사람의 맨살이 접촉하는 것을 성가시게 방해하던 천이 어느새 아래로 스르르 떨어지고 있었다. 성적인 긴장으로 단단하게 굳어진 젖꼭지가 남자의 피부를 미칠 것같이 자극하고 있었다. 여자의 하얀 이가 남자의 귓불을 살짝 깨물었다.

"싫은데?"

두 개의 입술이 꽃잎 피듯 슬쩍 포개졌다. 화상을 입을 것만 같다. 닿을 듯 말 듯 입술 위를 애무하는 혀가 딸기사탕 맛이었다. 남자와 여자의 입술 사이로 동시에 한숨처럼 뜨거운 신음이 새어 나왔다. 남자가 다시 물었다.

"어째서?"

"첫키스가 아니거든."

"뻔뻔하게 눈 뜨고 있는 여자하고 키스하는 취향 아냐."

"취향도 까다로우셔. 하지만 이건 정말 기대 이상이야, 자기."

이미 묵직해져 아래를 압박하고 있는 남자의 아랫도리를 음미하면서 여자가 요녀妖女처럼 키득거렸다.

"걱정 마, 내가 키스할 거니까. 당신은 당하라구."

하나로 엉킨 혀와 입술 사이로 농밀한 쾌감이 오갔다. 하지만 영

모자라다. 원하는 쾌락은 산만 한데 주어지는 것은 겨우 물 한 방울, 갈증 나고 미흡해서 미칠 것 같았다. 남자가 으르렁거리며 여자의 입술을 강하게 깨물었다. 얼굴을 내려 목에 자국이 남을 정도로 거칠게 빨았다. 도토록한 쇄골 위로 키스했다.

모든 것이 허용되고, 모든 것을 나누기로 개방한 순간이다. 어째서 이토록 금지된 유혹을 맛보는 기분이 들지? 아마도 이 여자가 옛 친구의 정부라는 사실 때문일지도 모른다. 남의 것을 빼앗았다는 일종의 죄책감에서 오는 도착倒錯된 흥분일 거다. 그래서 더 짜릿한 거다. 여자의 작은 손이 유립의 수영복 아래로 스며들었다. 말랑거리는 손 안에서 꿈틀거리는 야만적인 짐승을 마음껏 음미하고 감촉했다. 여자가 뜨거운 입김과 함께 속삭였다. 아낌없이 찬탄해 주었다.

"굉장해! 미칠 것 같아."

"아래로…… 내려가자."

갑판 아래에는 침대가 놓인 객실이 있다. 흥분에 익어버려 쉰 듯한 목소리로 유혹하는 남자 앞에서 여자가 얄밉게 고개를 흔들었다.

"아직 아냐. 참으라고, 자기."

"날 이렇게 만들어놓고 도망가시겠다고?"

"무엇이든 제대로 익어야 맛이 나지."

그녀가 갑자기 유립을 세차게 밀어냈다. 한 팔로 풍만하고 예쁜 가슴을 가린 채 몸을 돌려 떨어진 수영복 브래지어를 끌어당겼다. 고리를 다시 채우며 실눈을 뜨고 곁눈질로 그를 살피고 있다. 그 얼굴이 먹음직스럽고 동시에 사악했다.

태연한 척 가장하지만, 아직도 가라앉히지 못한 거친 숨소리, 볼에 묻은 홍조가 깊은 곳까지 이미 젖어버린 흥분을 알려주고 있었다. 그만 달아오르고 가버린 게 아니라는 뜻이었다. 유립의 자존심이 다소 풀렸다. 남자의 기분까지 다 계산에 넣은 표정이다. 얄밉고 교활한 악녀, 그래서 더 유혹적이고 짜릿하다. 정말 강적이었다.

여자가 몸을 일으켜 맨발로 갑판 끝에 섰다. 남자를 돌아보았다.

"시간은 길어. 뜸 좀 들이자. 뭐든지 배가 고파야 더 맛있는 법이지."

첨벙 소리를 내며 여자가 바다로 뛰어들었다. 푸른 수면 위로 하얀 포말이 튀었다. 깊이 잠수했던 그녀가 물에 젖은 세이렌의 얼굴이 되어 다시 떠올라 손을 흔들어 그를 불렀다.

"들어와, 자기. 같이 놀아보자고."

10미터 아래 바닥이 다 들여다보이는 맑은 바다, 산호초 사이로 물고기들이 헤엄치고 있다. 그 사이로 여자는 해초 같은 긴 머리카락을 날리며 유유히 헤엄치고 있었다. 유립은 하늘을 한 번 올려다보았다. 강한 햇살이 열기 어린 땀방울처럼 쏟아지고 있었다. 이미 참을 수 없을 정도의 더위였다. 끝까지 채우지 못해 속에서 터진 불길과 태양에서 내려오는 오는 열기, 어느 쪽이 더 강할까? 결국 유립은 한숨을 쉬며 여자가 헤엄치고 있는 바닷물 속으로 풍덩 뛰어들었다. 뭐, 좋아. 여자의 말대로 잘 익고 뜸이 들어야 맛이 있는 것도 있는 법이니까. 그리고 저 앞의 여자는 충분히 익혀 찬찬히 맛볼 가치가 있는 여자였다.

인적이 거의 없는 섬 주변에는 하얀 모래가 깔려 있었다. 야자수가 늘어선 해안가에서 모래찜질을 하다가 기분 내키면 다시 에메랄드빛 물속으로 텀벙 뛰어들었다. 손에 식빵을 쥐고 뿌려대면 5분도 채 지나지 않아 산호초 부근에서 살던 열대어들이 수백 마리나 몰려들었다. 작은 물고기라도 빳빳하게 세운 지느러미가 제법 아프다. 맨 살갗을 쪼아대는 간지러움과 아픔으로 비명 지르고 깔깔댔다. 두 사람은 원시의 바다에서 노닐던 아담과 이브처럼 마음껏 물을 즐겼다.

잔잔한 바다는 따뜻한 물이 가득 찬 욕조 같았다. 맑은 물이 알몸을 타고 일렁이는 느낌이 얼마나 관능적이고 에로틱한지. 둘은 떨어졌다가 엉켰다. 손잡고 헤엄치다 공격처럼 기습키스가 덤벼들었다. 아주 짧게 맞부딪친 입술은 짜릿하면서도 짭짤한 자극이었다. 더 깊이, 더 많은 쾌락을 열망하는 눈동자가 부딪치고 이글거리는 욕망이 엉키고 관능의 기쁨이 흘러내린다. 쫓고 쫓기고, 다시 돌아 상대를 건드리고 유혹하고 탐색하고 맛보는 시간. 본격적인 섹스와는 또 다른 맛, 대낮의 장난스럽고 은밀한 유희는 밤하늘의 달빛처럼 은은하나, 깊이로는 용암처럼 뜨겁게 이글거리고 있었다.

해안가 나무 그늘 아래, 비치파라솔을 세워놓았다. 배에서 준비해 간 요리재료를 옮겨놓고 열심히 요리하던 현지 요리사가 물속의 두 사람에게 크게 손짓 발짓을 했다. 식사 준비가 끝났다는 말이었다. 해안가로 돌아간 두 사람은 요리사가 만든 맛있는 식사를 즐겼다. 이글거리는 숯불을 피워놓고 바로바로 구워내는 팔뚝만 한 바닷가재며 레몬즙을 뿌린 싱싱한 생선바비큐의 맛은 근사했다. 전부

다 살아 있는 것을 바로 요리한 것이다. 그 맛이란 이루 형용할 수가 없을 정도였다. 말 그대로 입에서 살살 녹았다.

유립이 허리를 굽히고 쿨러박스에서 맥주를 하나 꺼냈다.

"맥주 어때?"

"좋지."

맥주캔에는 허연 서리가 엉겨 있었다. 차가운 냉기가 뚝뚝 떨어졌다. 장난삼아 손에 쥐고 있기도 곤란할 지경인 차가운 것을 여자의 볼에 굴렸다. 반은 즐거움이다. 자지러지는 비명 소리가 이어졌다.

"앗, 차가워!"

복수, 절대로 지지 않는다는 말이었다. 맥주캔을 딴 그녀가 반격했다. 기습적으로 유립의 얼굴을 향해 얼음물처럼 서늘한 액체를 뿌려댔다. 반사적으로 두 손으로 얼굴을 가렸지만, 온몸에 퍼부어지는 얼음물 같은 맥주세례를 피할 수 없었다. 울컥 신경질이 돋아 유립은 거칠게 노려보았다.

"너어!"

"괜찮아. 내가 다 빨아 먹어줄게."

단 한 마디로 입을 막아버렸다. 거짓말이 아니라는 듯이 세영은 더없이 섹시한 동작으로 쪽 하니 키스해 주었다. 턱을 타고 흐르는 쌉쌀한 액체를 슬쩍 빨아 먹고는 이로 턱을 깨물었다. 울컥 치솟던 울화통은 단번에 사라지고 대신 흐물거리는 웃음만 남았다. 이런 여자라니. 모든 사내새끼들이 미치고 환장할 만한 여자였다. 그러니 재수없는 범생이 유정욱까지 약혼할 여자를 놓아두고 집착할 정도겠지. 결혼한 후에도 관계를 지속하겠다는 암시를 보이지 않던 가? 검고 복잡한 생각 사이로 여자의 목소리가 들렸다.

"과일 먹을래."

먹을 거면 먹을 일이지, 왜 그만 바라보고 있는 걸까? 쿨러에서 새 맥주를 꺼내며 유립이 시들하게 물었다.

"뭐냐?"

여자가 턱짓으로 가리켰다. 유립은 여자와 과일바구니를 번갈아 바라보았다. 기가 차서! 여자는 입만 벌리고 있다.

"손 없냐?"

"잘생긴 자기가 있는데 왜? 잊었어? 오늘은 내가 자기를 산 거야. 노예 주제에 여왕님의 명령을 들었으면 제대로 해야 할 거 아냐?"

"정말 가지가지 하는군. 너 원래 그렇게 제멋대로냐? 오일 발라라, 신발 가져와라, 인제는 과일까지 입에 넣어달라고?"

"괜찮아, 잘난 남자는 여자의 시중을 들어도 멋있게 보여. 원래 강한 남자가 관대한 법이잖아."

"날 갖고 노는군."

투덜거리며 유립은 오렌지 하나를 집었다. 상큼한 향기를 풍기는 과육 한쪽을 붉은 입술 안에 넣어주었다. 새큼달큼한 과일을 씹는 건지, 아니면 입술 안을 휘젓는 남자의 기다란 손가락을 잘근거리는 데 재미를 들인 건지, 바구니 속 오렌지가 없어질 때까지 여자는 내내 그런 식이었다. 식사조차 남자의 섹스를 자극하는 전희前戱인 모양이다.

"졸려."

식사가 끝난 후, 여자의 눈은 벌써 맹꽁이 눈이 되어 있었다. 둘은 바닷가 그늘에 나란히 드러누웠다. 시원한 해풍이 불어오고 야자수 그늘 사이로 잘게 부서진 햇살이 싱싱한 비늘처럼 떨어지고 있었다. 푸른 하늘에 하얀 구름이 둥둥 떠가고 있다.

"손잡아줄게."

"뭐라고?"

"잠잘 때 누가 손잡아주면 기분이 편안해진다구."

사양할 사이도 없이, 뿌리칠 사이도 없이 여자의 손이 다가와 그의 손을 꼭 잡아주었다. 거추장스러울 것이라고 생각했는데 뜻밖에도 굉장히 편안한 기분이 되었다. 들끓던 흥분과 소란한 쾌락이 가라앉았다. 잔잔한 바다처럼 평온한 정적이 스며들었다. 5분 전만 해도 철저하게 그의 검붉은 욕망을 자극하던 요부가 다정스런 누이가 되었다. 포근한 어머니의 향기를 풍기고 있었다.

"내가 어렸을 때 우리 엄마는 말이지, 잘 때마다 항상 이렇게 손잡아주시고 사랑한다고 속삭여 주셨어. 버릇이야. 누군가가 손잡아주지 않으면 무엇인가 미진하고 불안해."

"행복한 유년시절을 보냈다 자랑하는 말이냐?"

또다시 상흔이다. 해묵은 상처가 들쑤셔져 아프다. 행복한 기억을 가지고 성장한 모든 사람은 이유립의 적. 그는 냉소적으로 되물었다.

"그렇게 사랑받고 산 네가 지금 이렇게 남자 피를 빨며 제멋대로 놀아나는 것, 네 어머니가 아시냐?"

"내 인생인데 어때? 게다가 우리 가족 사업이 워낙 남의 등쳐먹는 거야."

빈정거리는 짓이었다. 여자더러 돈에 팔린 매춘부라고 욕한 것이었다. 모욕당한 것을 알았을 텐데도 여자는 태연했다. 오히려 그를 위로하듯이 불쑥 가시를 세운 그를 향해 미소를 흘렸다.

"나에게 화내는 것을 보니 당신의 결핍이 보이는군. 당신은 행복하게 자라지 못했다는 말?"

"웃기지 마."

"강한 부인은 강한 긍정. 흠, 불행한 유년시절을 보내 마구 비틀어지고 분노와 증오를 간직한 우울한 섹시맨 분위기?"

"놀리지 말랬지?"

으르렁거리는 남자를 향해 여자가 다시 미소 지었다. 잡은 손을 다정스레 토닥거렸다. 성난 사자라도 잠들게 할 수 있을 만큼 상냥하다. 유립의 속에서 깨어나 광포해지려는 맹수를 다시 잠재우는 안온한 느낌이 전해졌다.

"나눠줄게. 난 지금도 아주 행복하게 살고 있거든. 당신한테 하루 내 행복을 빌려준다고 해서 밑질 건 없어. 잘 자, 자기. 잠시 굿바이."

베이비 키스. 노곤한 낮잠처럼 착하고 편안한 키스.

기적처럼 불퉁거리던 분노가 식으며 토해내지 못한 울분도 잦아들고 들끓던 억울함과 내면을 읽혀지고 만 불안함도 사그라지고, 대신 찾아온 건 깨끗한 휴식. 안온한 침묵.

단지 손 하나 잡힌 거다. 욕망이 섞이지 않은 사랑스런 키스 한 번 받은 거다. 그런데도 한 번도 경험하지 못한 나른한 잠이 아주 쉽게 다가왔다. 혼곤하게 젖어가는 졸음은 평화와 조용한 휴식을 닮아 있었다. 오직 도발이고 충동이고 뜨거운 욕망인 이 여자, 본능의 불을 지피는 이 여자 곁에서 이리도 편안한 잠을 맞이할 수 있다니, 놀람도 잠시. 이내 유립의 눈꺼풀 위로도 평화의 어둠이 내렸다. 두 사람은 손을 꼭 잡은 채 잠이 들었다.

눈을 떴을 때, 해가 어느덧 서쪽으로 기울고 있었다. 푸르기만 하던 바다도 황금빛으로 익어가고 있었다. 한잠 푹 자고 일어난 후라, 피곤은 가시고 온몸이 상쾌한 활력으로 가득 찼다. 해안가에 주저앉아 발가락 끝으로 물을 찰박대고 있는 여자를 바라보며 그는 미소를 지었다. 잠이 들기 전보다 훨씬 더 가까워진 기분이었다. 다가오는 발자국 소리를 들었는지, 여자가 고개를 돌렸다.

"너무 편안하게 자는 얼굴이라 깨우지 않았어."

"아, 고마워."

유립도 여자처럼 모래밭에 주저앉았다. 두 팔로 여자를 끌어당겨 자신의 가슴과 다리 사이에 가두었다. 여자 또한 아무런 저항 없이 편안하게 그의 가슴에 내려 기댔다.

젖은 모래 위에 나란히 뻗은 네 개의 다리. 두 개는 강인하고 두 개는 유연하다. 파도가 밀려왔다 쓸려갔다. 스무 개의 발가락 사이로 물방울이 터지고 자잘한 모래알이 쓸렸다. 엄지와 검지발가락을 꼼지락거려 바다색 패티큐어가 발려진 여자의 발가락을 꼬집어보았다. 절대로 그냥 지는 법이 없다. 그녀의 발가락도 집게발처럼 다가와 그를 공격했다. 다시 파도가 물려들어 조용히 싸움하는 네 개의 발가락을 적셨다. 말 한마디 하지 않고 키득거리며, 발가락 네 개로 장난치는 이 순간, 욕정에 젖어 오직 싱싱한 육체에만 집착하던 오전보다 훨씬 더 가깝고 친밀한 느낌이었다. 그냥, 편안했다.

"간지러워."

"내일은 빨간색으로 발라봐."

"왜?"

"내가 입에 넣고 빨아보게. 체리를 삼키는 것 같을 거야."

"난 체리주스를 좋아해."

"그럴 줄 알았어. 넌 빨간색이야."

유립은 고개를 숙여 여자의 어깨를 살그머니 핥았다. 소금 맛이 났다. 여자의 황금빛 피부에는 바다와 해초 냄새, 열대의 햇살 향기 말고도 다른 게 있었다. 그를 치명적으로 흔드는 미약媚藥의 향기일까? 그를 향해 고개를 돌린 여자의 입술을 찾아 물었다. 오늘 밤 반드시, 그를 아직도 꼬집고 있는 귀여운 발가락을 깨물어주리라 생각했다.

여자의 말이 맞았다. 기다려야 맛이 있다. 뜸 들이고 잘 익혀야 더 탐닉할 가치가 있지. 어느새 두 사람은 육체의 욕망만이 아닌 영혼의 공감이 만들어진 사이가 되었다. 유립이 어떤 여자에게도 허락하지 않았던 이것.

"해가 지기 전에 잠시 스쿠버 다이빙 어때?"

"좋지."

배로 올라간 두 사람은 잠수복과 공기탱크, 부력조절기와 호흡기 등을 챙겼다. 잠수복을 다 입은 후, 앞서거니 뒤서거니 하면서 바다 속으로 가라앉았다.

한때 스쿠버 다이빙에 미쳤었다. 인간의 애증과는 상관없이 홀로이고 싶을 때, 울지 못해 병이 될 때면 바다 깊이 뛰어들곤 했다. 적어도 거기에는 지겨운 인간은 없었다. 그가 흐느껴 울어도, 미친놈처럼 분노하고 발광해도 그 누구도 간섭하지 않고 보지 않는 곳이니까. 깊이 잠수해 갈 때면 언제나 이계異界에 홀로 남은 듯 아뜩해진다. 철저하게 혼자이다. 자유이다. 절대고독을 닮은 바다 속에서 움직일 때면, 육체의 무게를 거의 느끼지 못한다. 부유감이 바로 무한자유를 닮아 있었다. 투명한 바다를 일렁이다 문득 고개를 들어 하늘을 올려다보면 휴식을 닮은 물의 하늘이 찰랑대고 있었다. 투명한 물의 벽이 그와 세상을 갈라놓고 있었다. 얼마나 자주, 이대로 검은 바다의 심연 속으로 사라져 버릴까 갈등하며 이를 악물었던지.

애초부터 그는 태어나서는 안 되는 인간이었다. 한 번도 축복받지 못한 존재. 사랑받지도 인정받지도 못했다. 그악스런 오기만이 남았다. 인정받고자, 사랑받고자 발버둥 쳤지만, 돌아오는 건 언제나 절대적으로 싸늘한 눈동자였다. 버림받은 만큼 나도 당신을 버려주리라. 그런 결심을 한 것도 제주도의 검은 바다 속에서였다.

하지만 오늘, 지금 이 시간, 검은 돌고래처럼 민첩하게 움직이는 여자의 뒤를 쫓아가고 있다. 서두를 것도 없이, 악착스러울 것도 없다. 기쁨에 노니는 한 마리 노란 물고기처럼 유유히 헤엄치고 있다. 외롭지 않다고 생각했다. 홀로 떠다니는 자유도 좋지만, 같이 움직이는 느긋함도 좋다고 생각하며 빙긋 웃음 지었다.

형형색색의 열대 물고기를 좇아 산호초 사이를 누비면서 미소가, 시선이 오간다. 서로에게 느껴지는 욕망은 시간이 갈수록 더 은밀하게 깊어지고, 같이하는 시간이 길어질수록 공감하는 경험들은 커져만 간다. 비슷한 것들을 좋아하고 비슷한 취향을 지닌 것을 발견하고 더 사랑스러워져 버렸다. 쫓고 쫓기고, 발정기의 물고기들이 구애하며 노니는 유희처럼 바다 안에서 두 사람은 물의 자유를, 출렁이는 애욕에 놀아난다.

얼굴을 마주 보고, 마스크 유리벽을 사이에 둔 채 눈을 맞추었다. 두꺼운 장갑을 낀 네 개의 손이 맞닿았다. 닿지 않는 입술로, 온기가 느껴지지 않는 손으로도 충분히 느껴지는 욕망, 그러한 안타까운 접촉과 입맞춤으로 서로를 흡입했다. 견딜 수 없어. 맛보고 싶고 가지고 싶어 죽을 것 같아. 잠수복을 입은 두 개의 건강한 몸이 하나로 엉켰다. 사랑의 춤을 추는 해마 두 마리처럼 좀 더 가까이 서로에게 다가가고 싶어 발버둥 쳤다.

더 이상은 이것으로 만족할 수 없어. 여자가 손가락으로 하늘을 가리켰다. 돌아가자는 말이었다. 이젠 서로를 가질 시간이라는 말이었다. 충만한 욕망으로 거의 익사할 것 같았다. 시계는 40여 분 남짓 지나 있었다. 강하게 오리발로 물을 차며 두 사람은 수면으로 떠올랐다. 정신없이 수면 위로 올라와 요트로 기어올라 갔다. 너무 급해 떨리는 손으로 물이 뚝뚝 떨어지는 잠수복을 벗어 던졌다.

"미치겠다."

그의 첫마디였다.

욕망하는 건 음식이 아니라는 것쯤은 눈 감고도 알 수 있었다. 이 정도의 말을 들었는데 새침하게 뒤로 물러서는 짓 따윈 하지 않는다. 세영 또한 그 정도로 순진하지 않다.

거의 광란이었다. 서로에게 미쳐 갑판 아래 침실로 뛰어들었다. 수영복을 채 벗을 여유도 없이 키스하고 어루만지고 쓰다듬고 깨물었다. 음란하게 뒹굴며 서로의 껍데기를 벗겨냈다. 침대에까지 갈 정도의 이성도 남아 있지 않았다. 두 개의 알몸이 약속이나 한 듯 엉켜 바닥에서 구르며 강하게 결합했다. 그렇게 단번에 서로의 세계로 침입했다.

젖혀진 목을 타고 흐르는 입술은 더없이 도발적이었다. 물기 젖은 피부가 마찰하고, 예민한 곳으로 다가오는 감촉은 죽을 만큼 황홀하다. 절대로 빠져나오지 못할 것 같다. 스며들어 하나가 되고 서로의 몸에 꼭 맞게 반응한다. 낮게 신음하며 무의식적으로 끌어안는 열 개의 손가락 아래, 하얀 피부에 붉은 꽃의 흔적이 남았다.

아학! 누구의 입술 사이로 새어 나오는 비명일까? 강한 남자가 여체의 안에서 자유분방 거칠게 움직이자, 뜨거운 쾌감에 자지러지는 교성이 달콤한 음악처럼 연주되었다. 억눌리고 해방되지 못한 긴장이, 거의 고통스런 욕망이 자유롭게 분출되는 쾌락 안에서 남자는 검은 환몽을 꾸었다. 더 많이, 깊이, 극한까지 가고 싶었다. 혼자만이 아니라 함께, 도달하지 못한 그곳까지 같이!

"좋아?"

거친 물음에 여자는 더 깊이 남자의 어깨를 끌어안았다. 강인한 팔과 다리로 그를 전부 감싸 버렸다. 무의식적인 본능만이 남은 움직임으로 더욱 뜨겁게 그를 갈구했다.

한 번도 갖지 못하고 보지 못한 것을 선물해 주는 이 남자. 온몸을 적셔주고 애무하고 달아오르게 만드는 이 남자의 모든 것. 원한다. 죽도록 원해. 다 가지고 싶어.

여자의 절규를 들은 것일까? 남자의 커다란 손이 또다시 여자의 몸을 강하게 당겨 안았다. 욕망에 젖은 입술이 꽃잎처럼 벌어진 여자의 입술을 비집고 파고들었다. 그의 키스는 치명적인 독주毒酒. 취할 것만 같아 여자는 자신도 모르게 헐떡였다.

"더, 더! 미칠 것 같아!"

천박할 정도로 노골적인 교성, 그것은 남자를 최고로 환장하게 만드는 최음제였다. 남자는 자신 속에 숨은 광기를, 뱉어낼 수 있는 최대치의 욕정을 거칠게 분출하고 가릴 것 없는 욕망을 채웠다. 과거에는 단 한 번도 느낀 적 없던 희열이 노도怒濤처럼 몰려들고 있었다. 모든 것이 머릿속에서 사라졌다. 오직 욕망과 질척한 본능뿐이다. 미칠 것 같은 쾌락과 희락에 젖어 유립은 더욱더 거칠게, 강하게 여린 몸을 유린했다.

그 순간의 그는 오직 발정 난 짐승일 뿐이었다.

"아악! 제발……!"

똑같은 리듬으로 흔들리는 여자의 몸도 땀으로 번들거리고 있었다. 이미 두 개의 동체는 온통 땀과 욕망의 분출물로 끈끈하게 범벅되어 있었다.

분명히 처음이 아니었다. 하지만 그녀의 몸은 마치 처녀인 것처럼 단단히 그를 조였다. 그가 만난 여자 중에서 최고의 감도를 자랑하는 예민한 몸, 손이 입술이 닿을 때마다 설탕물처럼 흘리는 신음소리는 말 그대로 그에게 용암 같은 열기를 불러일으켰다.

지독한 쾌락은 고통과도 같은 느낌이다. 꿈틀거리는 암컷의 몸놀림에 남자의 정복욕은 더 광포해졌다. 거의 대부분 여자를 극한까지 달구고 고문하듯 애무한다. 반쯤 죽도록 달뜨게 한 다음 함께 즐기는 섹스를 하는 편이었다. 하지만 이 여자와 함께하는 순간은 처음부터 끝까지 절정 그 순간만이 있을 뿐이었다. 극한까지 달아올랐다. 여자는 아직 절정에 오르기 전인데도 그는 이미 능선을 타고 오르고 있었다. 어쩔 줄 몰라 하며 미친 듯 매달려 신음하고 헐떡인다. 늘씬하면서도 풍만하고 새침 맞으면서도 음란하다. 그에게 딱 맞는 여자의 좁은 몸은 최고조의 쾌감을 선물했다. 이내 유립은 눈앞이 아찔할 정도의 절정을 맛보며 강하게 분출했다.

"너무…… 빨라. 으음? 자기야. 다시 한 번. 제발……! 갖고 싶어, 조금만 천천…… 히."

여자의 손톱이 어깨에 깊이 박혔다. 그녀는 아직 만족하지 않았다. 붉게 달아올라 음란하게 꿈틀거리며 그의 움직임을 다시 재촉했다. 가림없이 남자를 맹렬하게 욕망하는 표정이 더없이 사랑스럽고 보기 좋았다. 채우지 못한 감각의 충만을 위해 발버둥 쳤다. 안타까운 욕망의 눈물을 흘리며 허리를 비틀며 남자의 아랫입술을 강하게 깨물었다. 살짝 치고 빠지려는 간드러진 도발이다. 그 허리 놀림이 한 번의 분출 후에 잠시 가라앉아 있던 그를 다시 흥분시켰다. 다시 아랫도리가 묵직하게 곧추섰다.

곧장 강하게 찔러가자 콧노래 같은 교성이 비음으로 터졌다. 연체동물처럼 그를 감싸고 버둥거렸다.

"좋아, 아……! 아흠. 죽을…… 것 같아. 음, 으음…… 아윽! 싫어!"

날카로운 비명, 싫다 앙탈하는 이것은 극한의 쾌락이 가까워졌다는 신호. 황홀한 쾌감을 탐닉하며 온몸을 경련한다. 유립은 그의 몸 아래 깔려 꿈틀거리는 여자의 어깨를 잡아 자신 위로 올려놓았다. 여자는 종마 같은 남자의 몸을 올라타고 자유분방하게, 거칠 것 없이 광포하게 달렸다. 그의 강함과 단단함과 단 즙을 마지막 한 방울까지 핥았다. 이번에는 함께. 감당할 수 없는 쾌락의 파도가 밀려들었다. 두 사람은 동시에 서로의 품에 무너져 내렸다.

유립은 탈진해서 축 늘어진 여자를 안고 침대로 올라갔다. 품에 꼭 안고 눈가에 흐르고 있는 물기를 핥았다. 콧등에 돋은 땀방울을 빨았다. 미치도록 달콤했다. 지독하게 달아서, 세상의 그 어떤 맛보다 맛나서, 그만 중독되어 버렸다. 이 한 번의 찰나를 영원히. 완전히 소유하기를 꿈꿀 정도로 미쳐 버렸다.

반쯤 문이 열린 욕실. 샤워를 하는지 물 떨어지는 소리가 요란했다. 이윽고 칼로 자른 듯이 물소리가 딱 끊겼다.

젖은 머리를 수건으로 싸고 하얀 욕실가운을 입었다. 여자가 등 뒤로 손을 돌려 욕실 문을 닫았다. 상큼한 레몬 향내가 물씬 피어올랐다. 노을이 여자의 등 뒤로 빨갛게 익고 있었다. 목이 말랐다. 넘치게 마셨는데 왜 갈망으로 허덕이는 이 욕망은 식지 않는 걸까?

여자가 구겨진 침대 쪽으로 시선을 던졌다. 벌거벗은 그대로 반쯤 몸을 일으킨 유립에게 생긋 미소를 던졌다.

"정말 멋졌어, 자기."

"괜찮아?"

유립의 시선을 따라 여자의 눈도 남자의 손끝에 붙은 납작한 콘돔에 다가갔다. 콘돔도 쓰지 않고 여자에게 들어간 것도 이번이 처음이다.

"한 번은 봐줄게."

커다란 선심을 쓰는 것만 같다.

"나중에 원치 않는 올가미에 걸리는 일은 딱 질색이다."

"괜찮다고 그러네! 내가 발가락찌를 끼고 있는 한은 당신, 안심해도 돼."

반사적으로 유립은 여자의 맨발을 내려다보았다. 화려한 발가락찌에 비밀이 있었나?

"우리 같은 직업여성은 준비가 철저해야지. 언제 어디서 무슨 일이 생길지 어떻게 알아? 나 역시 화려한 이 나이에 무책임한 남자의 아기를 가질 생각 없거든. 피임 패치는 기본이야."

미치겠다. 책임질 일이 생기지 않을 거라는 데에 안심이 되어야 정상이다. 한데 왜 오히려 기분이 상하는지 정말 모를 일이었다.

여자가 머리를 싼 수건을 풀었다. 아직 젖어 윤기가 더하는 머리타래가 탐스럽게 쏟아졌다. 창으로 스며드는 서녘 햇살에 젖어 황금빛으로 빛나는 머리카락을 유립은 탐욕스러운 눈빛으로 응시했다. 한 줌 집어 들고 손가락 끝으로 쓰다듬고 싶었다. 망설이지 않고 그렇게 했다. 부드러움과 향기를 음미하며 그가 제안했다.

"우리."

"응?"

"계속 갈까?"

"뭐라고?"

"날 하룻밤 더 살 의향이 있냐는 말이야."

"미안하지만, 원나잇인데? 정부情夫 몰래 바람피우는 원칙 일 번. 절대로 한 번 이상은 안 가는 거야."

여자가 머리카락을 보석 박힌 핀으로 고정시키고 돌아서서 옅은 미소를 지으며 다가왔다. 침대 곁, 탁자에 놓인 사과를 집어 들었다. 하얀 보석 같은 이로 와사삭 깨물었다. 그것을 유립에게 던졌다. 그는 야구공처럼 날아온 사과를 날렵하게 허공에서 한 손으로 받아 챘다.

"별로 마음에 들지 않는 원칙이군. 내일은 내가 널 사겠어. 어때?"

"결국 끈끈하게 가자는 말이군. 원래 우리 둘, 쿨하기로 한 거 아니었어?"

여자가 한 발자국씩 가까이 다가오는 만큼 청결한 몸에서 풍기는 비누 냄새, 레몬 향기는 짙어져만 갔다. 유립은 팔을 벌려 여자를 끌어당겨 자신의 몸 가까이로 가두었다.

"원칙은 깨라고 있는 것 아닌가?"

여자의 치아자국이 난 사과를 그 자리에서부터 한입 베어 물었다. 향기가 강한 사과였다. 짜릿하고 상큼했다. 여자의 손이 유립의 입가에서 다시 열매를 채갔다. 그의 자국이 난 그곳에서부터 다시 한입 삼켰다. 달큰한 과즙이 흘러 턱을 적신다. 유립은 뜨겁고 축축한 혀를 내밀었다. 하얀 턱을 타고 흘러 목으로 흐르는 시큼한 단맛을 핥아 내렸다.

"어차피 넌 돈만 있음 널 파는 여자 아냐? 그 돈 내가 준다는 거야. 어때?"

여자가 픽 웃었다. 작은 장미꽃 같은 입술에서 흘러나오는 말은 차가운 고드름처럼 딱 부러지는 것이었다.

"돈? 내가 그딴 것으로 남자에게 유혹당할 줄 알았어? 바보 같으니."

"원하는 게 뭐야?"

유립은 진지하게 되물었다. 하얀 가운 사이 벌어진 섶 사이로 드러난 두 개의 쌍둥이 달. 그 정점에 핀 분홍빛 돌기에 눈을 빼앗겼다. 백치같이 해죽 웃으며 여자가 반 남은 사과를 망설이지 않고 자신의 가슴 골짜기 안으로 굴려 넣었다. 그리고는 가녀린 손가락으로 유립의 입술을 살며시 어루만졌다.

"빼앗아봐. 당신, 능숙한 사냥꾼이잖아? 돈으로 사지 말고 당신으로 날 얻어. 한 번 더 만족시키면 기꺼이 다시 유혹당해 줄게."

part 02

밤은 천 개의 눈동자

그들은 흐린 물속에 있다. 부드럽고 끈끈하고 은밀한 정적.

그들은 설탕에 절인 공기 속을 헤엄친다. 뜨겁고 음란하고 달콤한 물결.

서로를 흡입하는 손과 입술. 마찰하는 피부에서 전해지는 미약한 소음, 음란한 욕망 안에서 두 사람은 완전하게 하나가 된다.

밤은 천 개의 눈동자. 세상의 모든 연인이 미소 지으며 들여다보는 침실 안. 새로이 다시 시작된 관계는 이윽고 또 하나의 전설이 될 것이다.

우아한 발레리나의 몸짓처럼 그들은 정적과 어둠 안에서 알몸으로 움직인다. 격렬하게, 부드럽게 율동하며 숨을 고르며 하나가 되었다가 다시 둘로 분열한다. 그 순간의 진실로, 정직한 욕망으로 탐욕스럽게, 그악스럽게 상대의 호흡을 들이마신다. 만나고 욕망의 바다에 빠지고 잉태되고 태어나고 죽어가고 부활하고……. 세상에서 제일 익숙하고 진부한 이야기.

하지만 전혀 다르고 새로운 이야기처럼 선명한 색을 입고 다시 쓰이기 시작한다.

완전히 백지인 그들만의 책. 세영은 설레는 만남을 기록한다. 전율하는 영혼을 써 내린다. 유립은 수컷답게 섹스를, 질투와 포악한 소유욕을 긁적인다. 그들. 각기 다른 색을 가진 둘이 만나 하나가 되는 이 낯설고 두려운 경험. 반드시 일어나야 할 운명이 시작되었다.

땀이 흘러 짭짤한 소금 맛이 느껴지는 남자의 피부를 핥는다. 믿을 수 없이 부드럽고 탄탄하고 아름다운 수컷. 그것의 독한 향내. 그녀의 삶을 파괴하고 균열시키고 불화하게 만들 치명적인 폭풍을 온몸으로 받아들인다. 깊이 들어가면 갈수록 세영은 확신한다. 이 남자는 내 거야.

작은 손 안에서 헐떡이는 사내의 적나라한 욕망. 부도덕하고 축축하고 뜨거운 존재. 몇 번이고 그녀는 그를 이렇게 만들었다. 아직 영혼은 자신의 것이 아니지만, 이것만은 오롯이 그녀의 소유다. 사랑스럽다. 미칠 것같이 갈증난다. 이것을 통해 강한 심장을 탈취할 수 있기를. 봄의 나뭇잎같이 부드럽고 작은 혀로 그것을 삼켜본다. 이내 천둥소리처럼 귓전을 후려치는 남자의 신음 소리.

세영은 그의 욕망 어린 절규가 마음에 든다. 정말 마음에 든다. 단단하고 거인 같고 짐승 같은 수컷이 그녀의 입술 안에서 거세게

맥동 친다. 단말마의 비명처럼 꿈틀거린다.

몇 번이고 짓이겨진 그녀, 하지만 동시에 몇 번이고 승리한 그녀. 하지만 아직도 고프다 아우성치는 은밀한 동굴이 촉촉하게 꿈틀대며 입술 안에서 맴돌고 있던 힘을 갈구한다. 손가락에 묻은 욕망의 끈적한 잔해. 보란 듯이 하얀 손가락을 입에 넣고 씹어보았다. 그를 삼키고 싶다. 그를 먹어치우고 싶다. 갈고리같이 거친 팔이 그녀의 허리를 납작 움켜쥐고 자신의 가슴 안으로 끌어 올린다. 붉은 입술이 불을 담고 부딪친다. 돌출한 작은 돌기. 남자의 탄탄한 가슴에 솟은 것을 잘근잘근 씹으며 세영은 그가 다시 한 번 아까처럼 신음하기를 바란다. 미친 짐승처럼 거칠어지기를, 그리하여 그녀를 약탈하고 으깨어주기를 바란다.

그가 웃고 있다. 검고 깊은 밤, 불꽃이 이글거리는 정욕의 눈동자가 꾸짖고 있다. 유쾌하게. 거침없이 그녀에게 함몰한 스스로를 인정한다.

"너, 건방지게! 날 죽일 셈이야?"

마음에 든다, 이 남자. 그녀 때문에 헐떡이고 그녀의 욕망에 동조하여 뻔뻔하게 뒹구는 수컷의 갈증이 마음에 든다. 그녀의 존재로 미쳐 날뛰는 그 안의 짐승을 소망한다. 당신, 내 거야.

다시 한 번?

그가 묻고 있다. 눈으로, 혀로 다가오는 장난스런 손가락 끝이 그녀의 음란한 정욕을 부채질한다.

당연하지.

세영은 동의한다. 환영하여 두 팔을 벌린다.

몇 번일까? 그의 단단한 손가락과 매섭고도 능란한 입술의 인도에 따라 자맥질해 들어가는 낯선 세상. 절정 속에 부서져 빛으로 날아가며 또 한 번 죽는다. 당신 안 놓쳐.

하얗고 보드랍고 따뜻한 여자는 그가 원하는 모든 것이다. 좁고 뜨겁게 죄어드는 꿀의 밀원은 그가 가장 사랑하는 찰나의 진실이다. 발끝에서 머리끝까지 관통하는 죽음과도 같은 쾌락. 열정의 관능 안에서 수컷의 짐승이 발악하고 으르렁거린다. 몇 번이고 몇 번이고 불꽃으로 터지고 몰락한다.

천천히 하자고 마음먹었다.

하지만 급하다. 서두르고 만다, 풋내기처럼.

사실이다. 이 순간만큼은 그는 초라한 풋내기이다.

독하고 방탕하고 끔찍하고 죽을 만큼 좋다. 유립은 야수의 암컷처럼 엎드려 허리를 들어 올린 여자의 몸 안으로 야만스럽게 쳐들어갔다. 한 손으로 잡아도 남을 것만 같은 가냘픈 여자의 허리를 쥐고 자신의 리듬에 맞추어 흔들었다. 지금보다 더한 쾌락. 뜨겁게 미쳐 날뛰며 욱신거리는 몸을 서늘하며 동시에 뜨거운 동굴 안에서 식히고 싶다.

만월같이 부푼 여자의 하얀 엉덩이. 제길, 백만 불을 준대도 놓치기 싫다. 붉은 손자국을 남기며 그는 하얀 달을 더럽힌다. 능욕하고 짓밟는다. 거칠게 진입했다 빠져나온다. 이지러지는 달. 물결치는 검은 욕정.

그러나 끝끝내 손에 잡히지 않는 달은 그를 미치게 만든다. 죽을 것 같다. 여자의 몸. 여자의 향기. 여자가 주는 전혀 새롭고 낯선 쾌락의 단계로 걸어가며 이 순간, 죽어버리고 싶다.

그녀가 웃고 있다. 뻔뻔하고 음탕하게, 아니, 사랑스럽게 웃고 있다. 그가 주는 모든 것을 남김없이 받아 마시며 음미하며 눈을 감고 외마디 비명을 지른다.

유립은 그녀와 함께 검은 암흑으로 떨어진다. 아웃. 원나잇. 넘치도록 천국의 물을 마셨다.

절대로 끝내고 싶지 않아. 천 개의 밤을 우리들의 하룻밤으로. 다시는 그 아닌 딴 놈이 이 여자의 몸 안에서 천국의 샘물을 맛볼 수 없도록. 구속하고 가두어둘 테다. 속박할 거다. 여자가 원하는 황금 따윈 쓰레기같이 쌓여 있으니. 달콤한 샘을 간직한 이 여자를 얻을 수 있다면 그 쓰레기 속으로 익사할 수도 있다.

구겨진 시트를 몸에 감고 테라스의 탁자 앞에 앉아 해 지는 바다를 보았다. 어슴푸레한 보랏빛 음영이 눈 아래 바다를 뒤덮고 있다. 다시 하루가 지고 있었다.

—잠시 외출. 늦을 거야.

쪽지를 쓰다가 세영은 침대 쪽을 돌아보았다. 벌거벗은 등을 돌리고 남자는 깊이 잠들어 있었다. 옆자리의 세영이 침대에서 빠져나간 것도 모르는 모양이다. 규칙적인 숨소리를 내며 깊이 잠들어 있다. 역시 사랑을 나누는 일은 여자보다 남자가 더 많은 에너지를 소비하는 일인 듯했다.

서로를 소유하기로 결정한 지 이틀째.

두 사람은 세상이 시작되는 새벽에 일어나 해안을 달렸고, 아침을 같이 먹었다. 세영의 방 테라스에 바로 이어진 계단을 넘어가 개인 수영장에서 수영을 했다. 시원한 그늘 아래 드러누워 다른 관광객들과 마찬가지로 칵테일을 즐기며 추리소설도 같이 읽었다. 얇은 가면같이 쓰고 있던 차가운 미소를 버렸다. 그저 눈을 보면 본능적으로 짓게 되는 웃음. 아무 말 없이 오가는 미소, 침묵과 함께 날아오는 시선.

물속에서의 오랜 유영으로 서늘하게 젖은 피부를 보송한 타월이 감싸주었다. 이내 다가오던 키스는 그 남자의 감촉과 꼭 닮았다. 두 개의 입술이 부딪치자 갑자기 젖은 물이 흐르며 혀와 혀 사이에 꽃이 피었다. 두 개의 체온이 만나 잠들 수 없는 열대야를 만들었다. 방으로 돌아와 룸서비스로 점심 식사를 했다.

그다음은? 다시 베드 인.

섹스, 섹스, 섹스 혹은 열정. 진한 유혹. 거의 사랑 비슷한 것!

죽을 것 같았다. 아니, 미쳐 버렸다. 아무리 가져도 부족했다. 모자라다 앙탈하고 허겁지겁 탐닉하게 된다.

그에게 남김없이 먹힌 육체가 아릿하게 통증을 호소하며 비명을 지르고 있었다. 하지만 이런 것에 불평할 수는 없지. 영혼과 육체에 지독한 상흔을 남기는 이런 쾌락. 끔찍할 정도로 만족을 주는 연인을 만나기란 쉬운 일이 아니지 않는가?

부풀어 터진 입술에 미소를 물고 일어났다. 떠나기 전, 한 30분 정도 여유가 있다. 즐거운 맛을 한 번 더 보고 가야지.

침대가에 앉아 손바닥으로 남자의 등을 쓸어보았다. 탄탄하면서도 딱딱한 감촉. 손아래 근육은 오랜 운동으로 아름답게 만들어져 있었다. 다정한 손길에도 꿈쩍도 하지 않는 남자. 그래, 도발에 감히 저항하겠다는 거지? 이 남자 은근히 장난 아니게 고집이 셀 것 같았다. 얄미웠다. 그녀 자신도 모르게 손톱을 세워 구릿빛 등을 확 긁어버렸다.

"아얏, 이 못된 고양이 같으니라고."

그제야 간신히 눈을 떴다. 나른하게 투덜거렸다. 엎드린 그대로 얼굴만 돌린 눈에는 아직도 졸음이 반은 묻어 있었다. 남자의 속눈썹은 길고 풍부했다. 마스카라를 칠한 아랍 소녀의 그것처럼 아름다웠다. 그러고 보니 벌써 이 남자에 대하여 아름답다는 말을 두 번이나 사용했다.

남자의 탄탄한 근육 쪽으로 입술을 가져갔다. 작고 따뜻한 혀 아래 싱싱하게 물결치는 피부를 천천히 쓸었다. 유혹적인 혀의 놀림 아래서 남자가 움찔하는 것이 느껴졌다. 짭짤한 바다 맛이 나는 피부. 심해처럼 아득하고 신비롭고 거대한 남자. 정복되지 않는 수컷. 이대로 깨물어 버리고 싶다. 망설이지 않고 그렇게 했다.

"음. 좋은데?"

진저리 치면서도 그가 즐거이 굴복했다. 달큰하게 속삭였다. 노골적인 유혹에 몹시도 정직한 반응을 보인다. 정말 기뻤다. 손톱을 세워 단단한 남자를 찬미하듯이 다시 자극하고 긁어내렸다.

"수영?"

"스쿼시, 스키, 축구, 그리고 육상."

"만능 선수였네?"

"아마도 그런 것 같아."

그가 지분거리는 혀를 피하듯이 돌아누웠다. 시트가 흘러내려 허리 바로 아래에서 아슬아슬하게 걸렸다. 세영은 사악하게 미소 지었다. 망설이지 않고 시트에 감긴 그 부분, 용틀임을 시작하는 남자의 상징을 움켜잡았다. 오직 그녀만의 것. 그녀의 쾌락, 그녀의 갈망, 고뇌. 세영은 살며시 붉은 혀로 무엇인가를 갈구하듯이 입술을 적셨다. 당당하게 손을 내려 그를 가득히 움켜잡고 살살 움직여 그를 희롱했다. 검고 깊은 눈이 불을 담고 발간 입술을, 그것을 핥는 촉촉한 작은 분홍빛 혀를 응시하고 있었다. 세영은 작은 손에 힘을 주며 관능적으로 속삭였다.

"오우, 자기, 상당히 멋진 반응이야."

그들만 존재하는 이 공간. 이 시간 안에서 무엇을 하든 완전하게 자유롭다. 지칠 때까지 갈망하고 맛보고 원하고 소유하고 싶다. 세영은 망설이지 않고 얼굴을 내려 그것을 탐욕스럽게 삼켰다.

"망할!"

그가 쾌락에 젖어 나직하게 혀를 찼다. 재빨리 시트를 차내고는 몸을 일으켜 세영의 허리를 잡았다. 딱딱하게 부풀어 오른 분신 위로 가벼운 몸을 올려 앉혔다. 얇은 천 위로 그의 딱딱한 분신이 그대로 느껴진다. 긴 손가락이 다가와 두 사람을 가로막은 실크팬티 자락을 옆으로 밀어냈다. 꿀처럼 매끄러운 액체를 느낀 손가락이 만족스럽게 1센티쯤 올라가 세영의 촉촉한 붉은 돌기를 어루만졌다. 순수하게 음란하고 뻔뻔한 손가락의 희롱이 즐거웠다. 남자의 리드 앞에서 어느새 수동적이 된 여자의 몸이 공처럼 튀어 올랐다. 아름답고 검은 눈동자가 그것을 즐기고 있었다.

언제든지 원하기만 하면 가능하다. 작은 손과 입술로, 조여드는 근육의 움직임으로 그를 불처럼 타오르게 할 수 있다. 하지만 이 남자 또한 마음만 먹으면 가능하다. 역시 프로. 여자를 전율케 하고 뒤흔들 수 있다. 더 얄미운 것은 그러한 자신의 힘을 확신하고 있다는 것.

이대로 한 번 갈까? 검은 눈이 묻고 있었다.

도대체 무엇을 망설이는 거야? 세영은 잘생긴 귀를 물어뜯음으로써 대답했다.

허리를 움켜쥔 억센 손이 망설이지 않고 우뚝 솟은 자신의 몸 가락에 여자를 눌러 박았다. 일체가 된 두 사람의 몸이 똑같은 체온으로 불타오르기 시작했다.

"아직도 만족하지 못했다?"

하나가 된 그 부분을 손으로 어루만져 아직은 빡빡한 결합에 거대한 몸이 적응하기를 도와주며 그가 따졌다. 지칠 줄 모르고 요구하는 세영이 마치 살인자나 되듯이 노려보고 있었다. 그럼에도 검은 눈 안에 어린 것은 즐거움이었다. 대담하고 정직한 도발을 환영하고 사양하지 않는다는 뜻이다. 세영은 우아한 동작으로 그가 원하는 리듬에 맞추어 허리를 흔들며 달짝지근한 목소리로 되받아쳤다.

"내가 모처럼 잡은 사냥감을 잠만 재울 거라고 생각하지는 않지?"

"망할! 정말 음탕한 고양이로군."

그가 투덜거렸다.

미처 말릴 사이도 없었다. 억센 두 손이 세영의 몸을 뿌리 끝에서 뽑아내더니 침대 바닥에 엎었다. 철썩 하고 소리가 울려 퍼졌다. 그가 커다란 손바닥으로 세영의 도도한 엉덩이를 후려갈긴 것이다. 깔깔대는 웃음소리. 가학적인 쾌감과 야릇한 장난기와 서로를 갈구하는 육욕이 뒤엉킨다. 등 뒤에서부터 거친 손이 욕실가운을 들췄다. 튼튼한 이가 여자의 하얀 어깨를 가득 깨물었다. 짐승의 암컷처럼 뒤에서부터 꿰뚫리는 느낌. 숨이 턱턱 막힐 정도로 충일한 감각이다. 아래로 치밀어 오르는 힘과 함께, 깨물리고 일그러뜨려지는 비틀린 쾌락의 맛이 질척한 신음과 함께 가득 찼다. 그들은 다시 서로의 몸에 엉킨 채 천국의 물을 마셨다.

극한의 기쁨. 이윽고 침묵.

죽도록 기분 좋았다.

세상에서 이토록 가까운 거리가 존재할 수 있을까?

살[肉]의 욕망으로 만난 사이, 오직 껍질뿐이라고 생각했는데 어느새 마음 사이로 서로에게서 뻗어온 촉수가 서로에게 닿아 있다. 겨우 이틀. 이야기는 오직 육체로만 했다. 서로의 과거도 현재도 미래도 알지 못한다. 관심도 없다. 그런데 편안하다. 더없이 친밀하다. 이런 건 정말 처음이었다. 설핏 두려워질 지경이었다. 이런 관계에서도 깊이가, 진실이 가능한 걸까? 벌거벗은 남자의 축축한 맨살을 어루만지며 그런 생각을 했다.

이런 남자, 이런 느낌은 처음이었다. 그리하여 세영은 어느새 스스로에게 묻고 있었다. 혹시 이 남자가……? 라고.

어머니는 말씀해 주셨다. 여자가 운명의 상대를 만나게 되면 영혼처럼 몸도 반응할 것이라고. 물결처럼 떨려오고 실신할 것 같은 영혼의 오르가즘을 경험할 거라고 했다. 세영은 다시 한 번 그것을 확인하기 위하여 남자의 탄탄한 목에다 팔을 감았다. 아주 가까이 부딪친 두 개의 가슴, 두 개의 심장, 거칠게 뛰는 고동 소리. 서로를 그리워하여 서로의 짝을 부르는 원초적인 남자 그리고 여자의 향기.

세영은 웃고 싶었다. 아니, 울고 싶었다. 당신은 누구지? 나를 이렇게 방탕한 암컷으로 만드는 수컷인 너, 누구지? 서른 즈음에 이르러서야 세영은 드디어 그녀의 남자를 만났다. 반드시 소유해야만 하는 운명을 보았다.

"이봐, 무슨 생각을 하는 거야?"

말하지 않아도 지금 세영이 깊은 생각으로 앓고 있다는 것을 느낀 모양이다. 자신이 아닌 것에 생각이 미쳐 있다는 것에 자존심이 상한 듯했다. 남자가 짙은 눈썹을 찌푸렸다. 손을 내밀어 세영의 머리카락을 휘감고 살짝 끌어당겨 아프게 했다. 촉촉하게 젖은 입술을 손가락으로 건드렸다.

"한 번에 한 가지씩만 하자."

"내가 딴생각하는 거 어떻게 알았어?"

"보면 몰라? 나한테 집중해. 몸 따로 마음 따로 노는 여자, 매력 없어."

정신이 번쩍 들었다. 세영은 뇌리를 어지럽히는 모든 상념을 단호하게 털어냈다.

"키스해 줘."

꿀보다 더 달고, 비밀보다 더 깊은 입술을 탐닉하며 현재로 돌아왔다. 남자의 말이 옳다. 좋다. 그렇게 하자. 지금 이 순간은 그들뿐이다. 미래는 아무도 모르는 것.

아버지는 무엇이든 진정 원하면 자신의 것으로 만들 수 있다고 하셨다. 미래의 주인은 바로 그녀 자신. 정말 원한다면, 진정으로 소망한다면 이 남자는, 계속 같이하는 미래는 그녀의 소유이다. 내일, 아니, 한 시간 후조차도 알 수 없는 것이 인간의 삶이 아닌가? 적어도 이 순간은 확실하게 알고 있다, 같이한다. 그럼 된 거다.

여자, 그리고 남자가 만났다. 시작은 우스꽝스러웠지만, 자석처럼 서로를 끌어당겼다. 끔찍하게 좋았다. 같이하는 것에 중독되었다. 그것이 진실의 전부이다. 복잡한 모든 것은 한국으로 돌아간 다음부터 생각해도 늦지 않다. 아직은 이 남자에게 올인을 해도 좋을지 그것부터 따져 보아야 한다. 그녀는 영악한 여우니까. 독수리인 체하는 참새는 상대하지 않을 거니까.

"미안. 잠시 샤워."

"응."

그가 몸을 일으켜 욕실로 들어갔다. 이내 문이 닫힌 욕실에서 요란하게 물이 떨어지는 소리가 들렸다. 잠시 굿바이, 세영은 드레스를 입고 핸드백을 들었다. 침대 옆 사이드테이블에 쪽지를 남겨두고 방을 떠났다. 그가 없는 공간 안에서 그와의 관계를 다시 한 번 되새김질해 보리라.

진혁네 가족이 머물고 있는 빌라는 세영이 머물고 있는 사우스 아일랜드 쪽이 아니라 반대편 섬인 노스 빌라였다. 리조트에서 제공한 승용차를 타도 30여 분이나 걸린다고 했다. 이미 한참 약속시간에 늦었다. 그와 함께이면 언제나 시간을 잊어버린다. 뻔히 알고 있었다. 그런데도 괜히 도발했다. 전적으로 그녀의 잘못이다.

"대체 이 좁은 섬에서 이틀이나 코빼기도 볼 수 없는 이유가 뭐냐?"

커피를 따라주며 진혁이 따졌다. 세영은 그저 실실 웃기만 했다. 진혁 내외, 진혁의 두 아이, 정욱과 세영. 저녁 식사는 화기애애했다. 내내 궁금했던 정욱의 연인은 볼 수 없었다. 어젯밤 식사를 잘못해서 된통 체했단다. 침실에서 휴식하고 있다고 했다.

"계속 연락했는데도 계속 씹고. 무슨 일이야?"

"무슨 일은? 없어."

맹하게 생긴 얼굴을 하고 있지만, 눈치코치라면 천 단이다. 말 한마디 잘못했다간 큰일이 난다. 10분 안으로 뱃속의 내장까지 다 훑어내야 한다. 감자처럼 생긴 유진혁의 멍청한 두뇌 안에는 세계에서 가장 성능 좋은 컴퓨터 칩이 돌고 있다.

진혁이 예리한 시선을 들었다. 불빛을 받아 발그스름하게 보이는 사촌 누이의 얼굴로 향했다.

"좋은 일 있는 거냐? 냄새가 나."

"누가 화가 아니랄까 봐, 인제는 관상쟁이 흉내?"

"안 털어놔?"

꼭 큰오라비 티를 내려고 한다. 세영은 새침하게 잘랐다.

"싫어."

"진짜 섬씽 있구먼, 정세영."

"오빠, 내 나이 벌써 서른 되어 갑니다. 섬씽 안 생기면 그게 불효지."

"어리바리 괴상한 놈 만나는 것도 불효다. 알지?"

"음, 알지."

"고모부님 이름에 먹칠할 생각하지 말고 몇 년 얌전하게 살아. 어른들이 시키는 대로 선봐서 알맞게 혼인하고."

"오빠, 할머니 같아."

세영은 얼굴을 찡그리며 투덜거렸다.

"난 아직 결혼할 생각 없어. 적어도 아버지 임기 끝나는 날까지는 그래. 이 팔자에 제대로 된 연애질은 절대로 못할 거고. 먼 이국에 나와 잠시 잠깐 스트레스 푸는 것까지 간섭하면 안 되지. 너무 잔인한 거 아냐?"

"자유와 방종은 다른 거지?"

진혁이 간단하게 논평했다.

세영은 정욱을 향해 인상을 썼다.

"배신자. 오빠한테 나의 사생활에 관해 고자질했어?"

"설마. 다만 정세영이 몇 년 만에 만나는 우리들에게 코빼기도 안 비치는 건 근사한 남자 하나를 낚은 탓은 아닐까 추측했을 뿐이야."

"그렇군. 사실은 나, 그러고 있어."

"어떤 놈인데?"

"오다가다 만난 녀석. 네 말대로 눈 뜨고 잘 살폈더니 해안가가 아니라 로비에 다이아몬드 하나가 굴러다니고 있더라고."

"그래서 냉큼 주웠다?"

"어."

"네가 누군지 알고는 있는 놈이냐?"

"아니."

"대체 어쩌려고!"

진혁 내외와 정욱이 동시에 소리쳤다. 아무리 사생활이 보장되는 이국에서라지만, 세영이 놀아대는 꼴을 듣자 하니 수위를 넘은 듯 싶었다. 심각한 느낌이 들었다. 이 사실을 알게 되면 청와대의 점잖은 두 양반들, 열 번은 넘어가고 말 일이다. 세영은 심드렁하게 커피잔을 놓았다.

"상관없어. 그쪽 역시 즐기러 온 놈이야. 제 이름도 안 가르쳐 주더라고."

"뭐라구?"

"보아하니, 나하고 비슷한 처지. 목 죄는 넥타이 풀고 휴가 한철, 신나게 놀러 나온 모양이더라구. 우리 둘 다 어차피 원나잇, 오다가다 만나 마음 맞아 재미있게 놀고 있어. 왜 복잡한 일을 생각해야 해? 이곳을 떠나면 싹 지울 인연이야."

"믿어도 되는 거냐?"

"당연. 나, 아버지 눈에 차지도 않는 남자 만날 만큼 자존심 없는 여자 아니잖아?"

세영은 싱긋 웃었다. 와인잔을 눈썹까지 들어 보였다.

"한 번만 봐줘. 빡빡한 내 팔자에 굴러온 행운인데, 방해받을 생각 전혀 없어."

"어디 놈이냐?"

진혁의 말은 달리 해석하면 이렇다. 한국 놈은 안 돼.

"캐나디언."

"다행이군."

지구 반대편에 사는 놈이라면 뭐, 상관없다. 진혁과 정욱의 표정은 대강 그러했다. 헤어져도 다시 만날 일 없고, 세영의 정체를 알리도 없다. 알았다 해도 스캔들을 일으키며 귀찮게 할 리는 없다 싶은 거다. 어느 정도 안심이 된 모양이었다.

"내일은 뭐 할 거야?"

"글쎄."

"그놈하고 논다고 의리없게 우리 버리면 화낼 거다."

"요트 투어도 하고 마술쇼도 볼 거다. 같이 가자."

"모욕하지 마요. 내가 유치원생이냐? 이 나이에 마술쇼 본다고 모처럼 낚은 남자를 버리게?"

"철 안 들었으니 아기네, 뭐."

세영은 빙글거리는 정욱을 향해 눈을 부라렸다.

"죽을래, 유정욱? 넉 달이나 어린 주제에 나보다 먼저 결혼하는 것도 미워 죽겠는데 말이야. 야잇, 죽어죽어! 감히 나보다 예쁘고 어린 여자를 꼬셔? 철저하게 괴롭혀 주마! 못된 시누이 노릇 짭짤하게 해주겠다고!"

"누가 정치판에서 굴러먹었다고 안 할까 봐 아주 혓바닥에 기름칠을 했구나. 정세영, 말이나 못하면 밉지나 않지."

정욱이 한탄했다. 벌써 11시 반. 호텔로 돌아가면 자정이 넘을 것 같다. 그 남자는 그녀를 기다리고 있을까? 쪽지 한 장 남겨두고 사라진 여자를 두고 허탈해하며 이를 갈고는 있지 않을까? 세영은 잔을 놓고 일어났다.

"피곤해. 돌아가서 쉴래."

"여기서 자고 가라. 늦었는데."

"싫어! 멋진 남자가 기다리는데 여기서 내가 왜? 촌음을 아껴 즐겨야지."

"완전히 맛이 갔군."

"나도 그렇다고 생각해."

굳이 부인하지 않았다. 뭐, 어때? 명랑하게 대꾸했다. 정욱이 따라 일어났다.

"데려다 주마."

"됐어. 로비에다 승용차 서비스 부탁해 놨어."

"그래도 너무 늦었다. 같이 가자. 강 실장은 뭐 하고 너 혼자 보냈어?"

"자기 방. 내가 오빠들 만나는 거 아니까 편안하게 놀라는 거지. 푹 쉬라고 했어."

정욱은 로비까지 따라왔다. 세영은 감사의 뜻을 담아 그를 가볍게 포옹하고 작별인사를 했다. 지나치게 신중한 사촌은 끝까지 걱정스러운 얼굴로 당부했다.

"실수하지 말고 적당하게 연애해, 곰팅아."

"너나 잘하세요."

"네가 걱정이 아니라 고모부님 체면이 걸려……."

바로 그 순간, 정욱의 얼굴에 정통으로 주먹이 날아와 박혔다. 평화롭기만 하던 고급 리조트의 로비에서 때 아닌 난투가 벌어졌다. 무방비인 정욱이 유립의 억센 주먹에 보기 좋게 바닥으로 나가떨어졌다.

콰다당! 퍽퍽퍽!

인정사정없는 주먹이 소나기처럼 정욱의 배에, 얼굴에, 턱에 꽂혔다.

'나무아미타불.'

세영은 잠시 눈을 감고 유립의 주먹에 나동그라진 정욱의 명복을 빌었다. 이 남자의 소유욕, 정말 대단했다. 보나마나 오해해서 질투에 미쳐 날뛰는 것이 분명했다. 제 몫을 확실히 챙기고 소유권을 정확하게 주장하는 것도 꽤 마음에 들었다.

두 놈이 싸움질을 하거나 말거나, 야만적인 주먹질을 하며 뒹굴거나 말거나 그건 당신네들 일. 세영은 픽 웃으며 돌아섰다. 엘리베이터 쪽으로 걸어갔다. 알아서들 해결하시라구요.

"뭐 하는 거야? 이 자식아! 이 미친놈이!"

"한 번만 더 저 여자한테 수작 걸었다간 뼈를 발라줄 거다, 유정욱!"

"뭐라고? 이 자식, 무슨 말을 하는 거야? 어엇, 너는?"

기선제압을 당한 터라, 두 팔로 얼굴을 막고 일방적인 주먹질을 당하다 뜻밖에도 이름이 불렸다. 정욱이 깜짝 놀라 고개를 들다가 그를 알아보고 경악해서 소리쳤다.

그러거나 말거나 볼일은 끝내야지. 유립은 다시 야무지게 그의 아랫배에 주먹을 꽂아 넣었다. 온 호텔을 다 돌아다녔다. 돌아오지 않는 여자를 기다리느라, 로비에서 몇 시간을 빈둥거렸는지 모른다. 여자가 이놈과 함께 차에서 내렸을 때, 다정하게 웃어주고 꼭 안아주는 것을 보았을 때, 말 그대로 홱 돌아버렸다. 그 순간의 질투와 분노를 마음껏 풀었다.

어느 정도 실컷 분풀이를 하고 난 후이다. 유립은 거만하게 몸을 일으켜 팔을 내밀어 그를 일으켜 세웠다. 씩 웃어주었다.

"유정욱."

"너, 너어……?"

"뭐, 미안하게 됐다."

"이유립, 너? 이, 이 미친."

제 눈으로 보고서도 믿을 수 없다는 얼굴이었다. 정욱이 아연실색해서는 어쩔 줄 몰라 했다. 유립은 마주 씩 웃어주었다.

"난 내 것을 건드리는 놈은 죽여 버려야 직성이 풀리거든? 저 여자, 신경 꺼. 어제부로 내 소유물이 되었으니까. 너 대신 내가 샀거든. 자, 꺼져. 다시 보지 말자고. 네가 다시 한 번 저 여자 앞에서 얼쩡거리면 사는 게 좀 힘들게 될 거다."

그리고서 유립은 뒤도 돌아보지 않고 그곳을 떠났다. 황당해하는 남자만 남겨두고서.

"야, 이 새끼야!"

등 뒤에서 정욱이 씩씩대며 욕설을 퍼부었다. 악에 받친 목소리였다. 그러거나 말거나 유립은 손만 들어 흔들어주었다. 잘 꺼지게나, 친구.

유립이 씩씩대며 발로 문을 걷어차고 들어갔을 때, 뻔뻔도 하지. 여자는 너무나 태연했다. 더없이 말짱한 얼굴이었다. 야들한 슬립 차림으로 창가에 앉아 담배를 피우고 있었다. 사나운 얼굴로 유립이 다가가든 말든, 전혀 괘념치 않는다는 표정이었다. 오히려 보란 듯이 연기를 그의 얼굴 위로 토해냈다.

유립은 사나운 간수처럼 여자 앞에 버티고 섰다. 팔짱을 낀 채 으르렁거렸다.

"자, 설명해 보시지!"

여자가 깔깔댔다. 아무렇지도 않게 내뱉었다.

"저녁 식사. 먹어야 살 것 아냐?"

"망할!"

"화 많이 났어?"

"기가 차서."

"왜?"

"너 말야, 기본적 예의라는 것도 모르냐?"

"예의? 그게 뭔데? 어머나, 돈만 주면 움직이는 여자한테 의리니 예절까지 바랐단 말이야? 꿈도 야무지시지."

여자가 손가락 사이에 낀 담뱃재를 톡톡 털었다. 손을 뻗어 허브 사탕 하나를 집었다. 유립은 여자의 팔을 낚아챘다. 순간, 손가락 사이의 사탕이 탁 떨어졌다. 남자가 지그시 팔을 비틀었다.

"잘 들어. 예절이란 건 말이야, 내가 너와 함께 즐기고 나서 다른 여자와 저녁 식사를 한다고 냉큼 방을 비우고 외출하려는 마음을 가지지 않는 거야."

"식사는 상관없어. 그년하고 섹스만 안 하면 돼."

"망할! 섹스는 안 되고 키스는 된단 말이냐? 네가 하던 대로 나도 해봐? 다른 계집애랑 네 눈앞에서 끌어안고 시시덕거려 볼까? 엉?"

"죽고 싶어? 당신하고 그 계집 목을 찔러 죽여 버리겠어!"

"그래서 그 자식을 내가 죽인 거야."

유립은 오만한 목소리로 대꾸했다.

쯧쯧쯧. 여자가 혀를 찼다. 날벼락을 맞은 정욱을 애도하는 것이리라.

"젠장. 당신 말이야, 절제라는 것을 좀 배워야 할 필요가 있어, 알아?"

"절제 좋아하네. 그 자식, 다시는 내 눈에 띄게 하지 마."

"이봐요, 자기, 예절 강의 잘하는데 말이지."

더없이 나긋한 동작으로 여자가 바닥에 내려섰다.

"나도 한마디하자. 아무리 인정이 없어도 그렇지, 정식으로 굿바이는 해야 할 것 아냐? 내가 당신하고 사귀기로 했다는 것을 그 사람에게는 통보해 줘야지. 그런데 그렇게 야만적으로 굴어? 촌스럽게!"

유립은 고개를 홱 돌렸다. 종알거리는 이 여자 목을 졸라 죽여 버리고 싶다.

"나랑 있는 동안, 사이좋게 지내고 싶으면 한 가지 원칙은 지켜! 알겠어?"

"그게 뭔데?"

"네 시간 전부, 네 관심 전부, 네 웃음 전부 다 내 것."

여자가 너무나 사랑스러운 말을 내뱉고 있는 연인의 입술에 가벼운 흔적을 남겼다. 그리고 이글거리는 검은 눈동자를 똑바로 응시하며 속삭였다.

"나 지금 화난 것 같아."

"뭐?"

"이렇게 멋진 당신을 왜 내가 미처 만나지 못했던 거지?"

"빌어먹을!"

씩씩대는 남자를 한 손에 쥐고 있다. 말랑거리는 반죽처럼 가지고 놀고 있다. 남자의 입술에 여자의 붉은 입술이 다가갔다. 유혹적인 방향芳香을 내뿜으며 양귀비 꽃잎처럼 벌어졌다. 1센티미터 앞에서 남자의 훈김을 들이켜고 있다. 눈에는 아물거리는 미소가 담겨 있다.

"나도 원해. 모든 것, 적어도 지금 당신의 모든 것은 다 내 것. 그것이 아니라면 여기서 우리 끝내."

"내가 원하는 바야."

"맹세할 수 있어?"

"당연하지!"

두 개의 혀와 입술이 맹세처럼 얽혔다. 여자가 두 팔로 남자의 허리를 강하게 끌어안았다. 어느새 하얀 손가락이 남자의 셔츠 단추를 풀고 있었다. 치명적일 정도로 나른한 목소리가 그를 유혹했다. 둘만의 열정을 욕구했다.

"어디 한번 그 맹세를 증명해 봐, 자기."

왼팔이 묵직했다. 아주 오랫동안 그런 자세로 잠이 들었다. 아무리 단단한 팔이라 해도 이제는 조금씩 저려온다. 하지만 기분 좋은 무게감이었다. 누군가가, 그를 필요로 하는 여자가 품 안에 아직은 담겨 있다는 뜻이므로.

팔 안에 확실하게 들어 있는 따뜻한 여체를 느낌으로 확인했다. 슬쩍 미소 지으며 다시 잠이 들었다. 따뜻하고 안온한 물속에 온몸이 잠겨 있는 것 같은 기분이다. 편안하고 마냥 여유롭다. 급할 것도 없고 아쉬울 것도 없었다. 아주 오랜 시간 동안 기다려 온 듯한 사람이 팔 안에 있는 이 순간은 행복하다.

만난 지 이제 겨우 사흘째. 그럼에도 유립은 여자를 천년만년이나 알아온 것 같았다. 가림없는 원초의 모습을 한 채 완전하게 서로에게 몰입하여 하나인 이 순간. 지금의 시간이 무한히 계속될 수 있다면 얼마나 좋으랴.

영원永遠.

순간, 유립은 번쩍 눈을 떴다. 검고 깊은 눈동자에 차갑고도 섬뜩한 빛이 흘렀다.

영원永遠?

그런 단어가 이유립이란 남자 안에 존재하던가?

'맙소사. 이게 뭐야?'

선명한 입술 사이로 차가운 냉소를 밀어냈다. 너무 많이 마음을 풀어버린 모양이다. 단 한 번도 틈을 주지 않았는데. 어느새 유약한 감상을 줄줄 흘리는 스스로에게 비웃음을 던졌다.

진실인 것은 오직 찰나, 손 안에 들어온 만월 같은 젖가슴 두 개. 그래 보았자 앞으로 이삼 일이 전부이다. 그가 얻을 수 있었던 휴가는 기껏해야 일주일. 남은 시간은 겨우 이틀이었다. 모레면 부친 이 회장의 출장에 수행하기 위하여 새벽 비행기를 타고 뉴욕으로 날아가야 했다.

체크아웃을 하고 간단하게 바이바이. 망설이지 않고 여자를 산 건 어떤 관계에서든지 쿨할 것이라는 믿음 때문이 아니었던가?

끈끈하고 칙칙하고 물컹한 것은 딱 질색이었다. 건조하고 산뜻한 것을 선호했다. 순간을 즐기고 그것으로 끝. 다시는 뒤돌아볼 필요가 없는 무미한 것이 유립이 원하는 인간관계의 전부였다.

'이거 애초 계획과는 너무 다르잖아?'

별 볼일 없는 여자에게 너무 취했다. 빌어먹을 유정욱의 정부라는 이유로 흥미를 끈 여자일 뿐이다. 더할 나위 없이 좋은 섹스파트너, 그 이상도 그 이하도 아닌 이 여자.

'별다른 것 없어. 이내 시들해져. 다른 여자와 똑같다구.'

스스로에게 다짐하는 것이다. 유립은 홀로 중얼거려 보았다. 자꾸만 미련 맞아진 감정이 너무 귀찮다. 어느새 젖어든 강렬한 감정이 거추장스러웠다. 다소 거칠게 팔을 풀었다. 여자의 머리를 베개에다 옮겨놓고 어느 정도 거리를 두듯이 돌아누웠다.

이 정도에 끝내야 할까? 집착이란 것이 생기기 전에.

어젯밤 그 주먹으로 충분히 유정욱에게 엿을 먹인 셈이다. 보란 듯이 그놈 눈앞에서 여자를 탈취했다. 유치하지만 목적 달성을 했다. 그 정도면 이 여자의 이용 가치가 떨어져야 정상 아닌가? 그럼에도 딱 잘라지지 않는다. 이 밤도 두 사람은 같은 침대에 한 몸으로 누워 있다. 서로에게 집착하고 몰두했다.

여자가 어리광 부리듯 미약한 신음 소리를 내며 돌아누웠다. 작은 손을 더듬어 그를 찾았다. 당신, 거기 있어? 생각할 새도 없이 유립은 그를 향해 다가오는 작은 손을 잡아챘다. 사탕처럼 빨아주었다. 안심한 듯 분홍빛 입술에 연약한 미소가 걸렸다. 깃털 하나의 무게만큼도 느껴지지 않는 늘씬한 다리가 그의 허리를 휘감았다. 이내 편안해진 듯 새근새근 다시 잠이 들었다.

유립은 어둠 안에서 하얗게 빛나는 여자의 알몸을 홀린 듯이 바라보았다. 미약한 몸짓 하나에도 신경이 쓰이고 숨소리 하나만 달라져도 본능적으로 손이 가는 이 생경하고 희한한 존재. 만져도 만져도 아쉽다. 가져도 가져도 부족하게 느껴지는 갈증의 정체는 대체 무엇인가.

'너, 뭐야?'

대답을 들을 수 없는 질문이 마음의 어둠 속에 메아리로 울려 퍼졌다.

몇 장의 지폐. 굿바이라는 인사 한마디. 그것으로 깨끗하게 끝날 관계였다. 그 이상도 그 이하도 바라지 않았다. 아니, 바라지 않는다고 생각했다. 그런데 이상하다. 자꾸만 이건 위험하다고, 치명적이라고 본능이 속살거리고 있었다.

거침없이 다가와 그를 흔들어 버린 여자에 대한 지독한 혼란. 불쾌함. 그로 하여금 본능적으로 뒷걸음치게 하는 미지의 어떤 것. 두려움이었다. 어느새 그는 이 여자에 대하여 지나치게 많은 것을 기대하고 의미 부여를 하고 있었다. 그것이 견딜 수 없이 짜증났다. 어떤 사람도, 심지어 그의 어머니조차도 그를 이렇게 뿌리 깊이 흔들어놓지 못했다. 아무리 막아도 둑이 터져 버리는 욕망, 갈증. 차갑고도 타산적인 이성으로 도저히 제압되지 않는 무서운 어떤 것. 유립은 절대로 그것의 이름을 알고 싶지 않다.

"이틀이야. 젠장! 이틀 남았다고!"

변명하듯이 중얼거려 보았다. 이틀 후에는 하늘이 두 쪽 나도 이곳을 떠나야만 했다. 헤어져야 한다는 뜻이다. 몇 푼의 돈으로 산 여자 따위는 망설임없이 아듀Adieu다. 그가 떠나기가 무섭게 다른 사내를 유혹하고 포르르 날아갈 여자 아닌가? 혹시 유정욱 새끼에게 다시 돌아갈지도 모르지.

'미치겠군.'

이게 문제다. 그 안의 그가 속살거렸다. 그런 생각을 하는 순간, 머릿속이 불타 버린다. 도무지 이성적인 사고가 가능하지 않은 것이다. 팔베개를 벤 채 새근새근 잠이 든 이 여자를 절대로 다른 놈에게 양보하지 못할 거라 느껴 버린 탓이었다. 어떤 이름으로 관계를 맺든지 간에, 끝까지 놓지 못할 거란 것을 알아버렸다.

제길! 유립은 벌떡 몸을 일으켰다. 신경질적으로 얼굴을 쓸어 내렸다. 단 한 번도 깬 적 없는 원칙들. 이 여자 때문에 전부 깨뜨렸다. 이 여자, 그를 웃게 만들고 편안하게 잠들게 만들고, 같이 있는 내내 발정 난 짐승으로 만들었다. 섹스를 하지 않는 동안에도 같은 침대에서 잠이 들고, 말 한마디 하지 않고도 나란히 손잡고 앉아 있을 수 있었다. 미쳤지. 푸른색 패티큐어가 발린 여자의 하얀 발이 다가와 무릎을 건드리던 순간부터 유립은 자신도 제어 못할 비정상적인 급성 열병에 휘말렸다는 것을 인정해야 했다.

자신을 렉시아라고 말하며 배시시 웃던 여자. 그 여자의 유혹에 넘어가던 순간부터 허리케인 렉스는 급성 호흡기 증후군에 감염된 것이었다.

여자를 가만히 내려다보았다. 어둠 속에 뽀얗게 빛나는 피부를 손가락 끝으로 만져 보았다.

'이봐, 넌 도대체 어떤 여자냐?'

어깨를 흔들어 물어보고 싶다. 가능하다면 발가락부터 머리끝까지 물어뜯고 삼켜보고 뒤집어서 이 여자를 알아내고 싶다. 미련까지 씻어낼 정도로 완전하게 파악하고 싶다.

"당신, 안 자는 거 알아."

여자가 나른한 동작으로 돌아누웠다. 잠이 반쯤 물린 목소리였다. 그럼에도 갑자기 잠이 깬 유립이 무엇엔가 사로잡혀 있다는 것을, 불편하고 심란해한다는 것을 느낀 듯했다.

"밤은 잠을 자라고 있는 거 알지? 나쁜 머리 굴리지 말고 그냥 주무셔."

"뭐라구?"

"생각은 아침에 해도 늦지 않아. 한 번에 한 가지씩만 하라던 건 당신 아니었니?"

"네 머릿속에는 뭐가 들어 있냐?"

"왜?"

여자가 게슴츠레한 눈을 떴다. 신기한 동물 보듯이 내려다보는 유립의 시선 앞에서 해죽 웃었다. 완전한 백치같이 순진하고 요부처럼 관능적인 미소가 비몽사몽한 얼굴에 어렸다. 의미없이 흘리는 여자의 헤픈 웃음 한 송이에 속절없이 흔들리는 스스로가 한심스러워 유립은 고함을 꽥 질렀다.

"뭐냐고!"

"응?"

"네 정체가 뭐야?"

"당신 여자. 내 이름은 렉시아라고 그랬잖아."

"진짜 이름, 말 안 해?"

"알아서 무엇하게?"

무정한 한마디로 입을 막아버렸다. 여자의 하얀 두 팔이 넝쿨처럼 뻗어왔다. 그의 목을 끌어안는 순간 밀려드는 강렬한 사향 향기. 이상한 여자다. 이 여자는 아마도 목욕을 할 때 최음제 성분이 든 향료를 사용하는 것은 아닐까? 붉은 입술이 다가와 키스를 빼앗는 순간, 유립의 목구멍에서 튀어나오려고 으르렁대는 야수가 잠이 들고 만다. 제길. 이번에도 틀렸다. 풍만하고 단단한 여자의 젖가슴 사이에 얼굴을 묻고 씩씩댔다. 단번에 남자의 혼란과 분노를 망각케 하는 방법을 알고 있다. 망할 여자!

"지금은 자라고, 멍청한 남자야."

여자가 작은 손으로 유립의 머리카락을 쓰다듬어 주었다. 친구의 강아지가 배를 긁어주면 발라당 뒤로 넘어져서 좋아 바동거리는 것을 본 적 있다. 여자의 가슴에 얼굴을 묻고 부드러운 손이 머리를 쓰다듬어 주는 감촉을 즐기며 강아지의 그 기분을 알 것만 같았다. 제길, 죽도록 기분 좋았다.

"어차피 이곳을 떠나면 끝날 사이인데, 뭘 그렇게 심각하게 생각하고 그래? 내일 일은 내일 생각하자고. 우리 사이 지금의 진실만 정직하게 인정해. 렉스, 그럼 모든 것이 다 쉬워질 거야."

여자가 그의 눈을 들여다보며 속삭였다.

"지금 난 당신의 것, 당신은 내 것. 더 이상 무엇이 필요하지?"

그럼 더 이상 무엇이 필요할까? 지금 이 순간 둘이 함께 있는 것이 진실의 전부인데. 유립은 여자에게 팔베개를 해주며 다시 드러누웠다. 목에 걸려 내내 불편하게 만들었던 이야기를 슬며시 꺼냈다. 이왕 깬 원칙. 한 번 더 깬다고 문제될 것 있을까?

"이틀 있다가 떠날 거다."

"이미 알고 있는 사실. 그래서?"

"넌 어디로 갈 거냐?"

"글쎄. 오라는 데는 없어도 갈 데는 많지."

"서울로 와라."

"서울은 왜?"

여자의 목소리가 잠시 뻿뻿해지는 느낌이 들었다. 이상할 정도로 차분하게 여자가 되물었다.

"당신, 캐나디언이라고 하지 않았나? 토론토나 퀘벡, 이 정도로 날 불러야 정상 아닌가?"

"서울에 직장이 있어. 적어도 십여 년은 거기 있어야 해."

"……그렇군."

우리, 마음 맞는 동안은 같이 살지 않을래? 그렇게 제안할 셈이었다. 바로 그때, 요란스레 전화벨이 울렸다. 반사적으로 유립은 사이드테이블에 놓인 디지털시계를 바라보았다. 맙소사. 아침 5시에 허락도 없이 전화질하는 매너없는 인간이 어디 있단 말인가?

"잠시 실례."

여자가 흘러내리는 시트로 가슴을 감싸며 몸을 일으켰다. 사이드테이블에 놓인 구내전화를 들었다.

"여보세…… 아아, 정욱? 무슨 일이야?"

정욱? 유정욱? 그 자식이 왜 이 여자에게 다시 수작질인 거지? 그것도 이 새벽에. 내 룸 넘버까지 찾아내서 지랄이야? 자신도 모르게 유립의 표정이 구겨지고 말았다.

여자가 심드렁하게 내뱉었다.

"그걸 내가 어떻게 알아?"

아주 잠시 후, 수화기를 귀에 대고 있던 여자의 표정이 더없이 서늘하게 변했다. 찰나였지만, 분명 경악이 서려 있었다. 그녀를 바라보던 유립조차도 심상찮아 흠칫해서는 몸을 일으켰을 정도였다.

이내 여자가 예사로운 표정을 회복하며 잠시 그를 돌아보았다. 아까처럼 미소 짓고 있었다. 그러나 유립의 눈에는 그 입술이 하얗게 얼어붙고 있는 것처럼 보였다. 여자의 손에 들린 수화기 안에서 다시 무어라고 흥분한 목소리가 새어 나왔다.

"알았어. 그만해. 입 다물어!"

더없이 날카롭게, 냉혹하게 여자가 소리쳤다. 칼날 같은 목소리였다. 새파란 한기가 피어오르는 듯했다.

"거기서 그만. 내 일은 내가 알아서 해. 굿바이."

여자가 구내전화를 탁 소리 나게 닫았다. 한 2~3분, 그 자리에 가만히 서 있기만 했다.

"무슨 일이야?"

여자가 유립을 향해 고개를 돌렸다. 3분 전만 하더라도 더없이 달콤하고 온화하던 눈동자가 깊고 어두웠다. 입술에 물린 미소가 빙하처럼 쩡쩡 소리를 내며 갈라지고 있었다. 여자가 입술을 꼭 깨물었다. 이내 그녀의 입술에서 새어 나오는 말은 칼날처럼 거침없었다. 유립을 단번에 베어 넘겼다.

"렉스, 타임 투 세이 굿바이야. 우리 이만할까?"

이유립과 여자라는 것들의 관계 맺음을 표현하는 단어는 딱 두 개였다.

'걷어찬다' 혹은, '걷어차인다'.

물론 지금껏 그의 것은 전자, 걷어찬다.

그런데 이 순간, 이유립은 난생처음 '걷어차인다'라는 것을 뼈아프게 경험하고 있는 중이었다. 너무나 간단하고 너무나 명쾌했다. 이의를 제기할 수조차 없게 만드는 깔끔하고 잔혹한 이별선언이었다. 10분 전까지만 해도 그에게 허락했던 몸을 돌이켜 여자는 손에 닿는 대로 옷가지를 찾았다. 망할, 침대 발치에 떨어진 유립의 셔츠를 집었다. 알몸에 그의 체취가 남은 셔츠만 걸친 여자가 돌아섰다.

그를 바라보는 그녀의 눈동자가 반짝이고 있었다.

"동의한 거지? 어차피 우린 원나잇이었잖아? 날 위하여 신사답게, 쿨하게 잘라줄 거지?"

죄책감? 슬픔? 섭섭함? 미안함?

천만에!

망할 계집은 너무나 도도하게 그를 버린다고 선언했다. 검은 눈에 담긴 것은 오직 타산적인 이성, 열정이 깨어지고 난 후 가라앉은 나른한 권태뿐이었다. 전혀 미련이 없다. 훌훌 핸드백을 챙기고 화장대 안의 화장품을 쓸어 담는 여자를 바라보며 유립은 난생처음 말문이 막힌다는 것을 처절하게 경험했다.

그저 멍해져서는 여자를 노려볼 도리밖에 없었다. 물속의 금붕어처럼 입만 끔뻑끔뻑 열었다 다물었다. 아무리 노력해도 목소리가 나오지 않았다. 주먹을 움켜쥔 채 부들부들 떨기만 했다. 어떤 경우에도 교활하고 냉철하게 잘 돌아가던 뇌가 지나친 충격으로 인하여 패닉 상태가 된 것이 분명했다.

무엇인가 말을 해야 한다, 말을! 이건 아니라고 소리쳐야 한다. 이렇게 갑작스럽게 굴욕적으로 당할 수는 없다. 하물며 지금 그는 여자더러 같이 살자고 제안하려던 참이 아니었던가? 그런데 말 한마디 못하고 이렇게 단번에 잘려 나간다고? 먼저 걷어차여야 한다고?

망할, 망할! 뭐라고? 이것 봐, 너 지금 감히 나더러 네가 먼저 굿바이라고 한 거야? 다른 이유도 아니고 망할 놈의 유정욱, 그 개자식의 전화를 받자마자 칼로 무 자르듯이 나를 싹둑 잘라낸다는 거야? 이유립의 인생에 있어 이토록 굴욕적이고 비참한 순간이 있었던가? 왜 평상시는 잘만 나오던 욕설 한마디조차 나오지 않는 거냐?

"오, 망할!"

단 한 번도 다친 적이 없는 인간 이유립의 자존심이 쩍 소리를 내며 둘로 갈라지는 것이 보였다. 맹세코 이렇게 대책없고 뻔뻔하고 싸가지없고 양심은 약에 쓸려도 찾아볼 수 없는 여자는 처음이었다. 같은 침대를 쓴 베드 파트너의 셔츠를 걸치고 다른 놈을 찾아간다고 냉큼 굿바이를 하는 여자라니.

'이봐, 너 그렇게 살아도 되는 거야? 감히 내 앞에서 나를 상대로 그딴 수작을 하고서도 살아남기를 바라느냐고! 망할! 게임은 내가 끝내, 건방진 여자야. 네가 아니라 내가 끝내는 거라고.'

너무 기가 찬 탓이다. 유립이 대꾸 한마디를 하지 못하고 부들부들 떨고 있는 것을 동의의 침묵이라고 생각한 모양이다. '자기, 멋진데?' 하며 윙크를 했다.

"역시 이럴 줄 알았어. 당신처럼 세련되고 화끈한 남자는 정말 처음이야. 그동안 즐거웠어. 담에 또 보면 우리 인사는 하자. 응?"

잘도 병 주고 약 주고 있었다. 그를 들었다 놓았다 조롱하며 여자가 허리를 굽혀 바닥에 이리저리 흩어진 자신의 옷가지들을 주워 모았다. 허리를 굽힌 여자의 뒷모습이 눈을 쏘았다.

긴 셔츠 자락이 아슬아슬하게 허리를 타고 흘러 만월같이 하얀 엉덩이 반을 가렸다. 빌어먹을! 유립은 상욕을 내뱉었다.

눈앞에서 여자의 실루엣이 유혹적으로 움직이고 있었다. 이건 의

도적인 도발이었다. 보란 듯이 눈앞에서 미꾸라지처럼 빠져나가려는 모션을 취하며 그를 철저히 조롱하고 있었다.

당신, 과연 나를 놓을 수 있을까? 나를 다른 사내에게 순순히 보낼 수 있을까?

앙큼하게시리 그에게 미치는 스스로의 영향력을 시험하고 있는 것이다. 그만큼 뻔뻔할 정도로 자신이 넘치고 있었다. 독하디독한 향수처럼 실내를 채운 여자의 향기가 남자의 숨통을 끊었다. 유립의 눈이 이글이글 타올랐다. 시퍼런 심줄이 돋은 그의 손이 단단히 침대의 황동난간을 부여잡았다. 그 손으로 여자를 약탈할까 두렵다는 듯이 마지막 저항, 자존심의 전쟁이 벌어지고 있었다.

얇은 셔츠 자락으로 보일 듯 말 듯 가려진 거기. 황금빛 꿀이 흐르던 골짜기가 그늘을 드리운 채 유립의 눈앞에서 은밀하고 아슬아슬하게 흔들리고 있었다. 죽음과도 같은 쾌락의 원천, 끊임없이 맛보고 마셔도 싫증나지 않는 달콤함, 남자의 파라다이스.

'맙소사. 미쳤구나, 이유립.'

유립은 눈을 부릅떴다. 제멋대로이고 이기적인 저 악녀를 때려죽여 버리고 싶다는 잔혹한 폭력적 충동. 그만큼의 검은 열망이 소용돌이치고 있었다. 몸서리쳐지는 끔찍한 욕망이었다. 절대로 자신이 아닌 다른 누구에게 주고 싶지 않은 존재. 손아귀에 넣고 지칠 때까지 능욕하고 짓밟고 맛보고 싶은 금단의 이브. 망할! 그녀는 절대로 다른 누구의 것이 아닌 바로 그의 것이어야만 했다. 영원히, 평생토록.

갑자기 머릿속이 환한 대낮처럼 밝아졌다.

어찌 된 이유인지는 모르나 유립은 바로 그 순간, 자신이 아주 중요한 어떤 것을 깨달았다는 것을 알았다. 확실한 소유권의 문제였다. 앞에 선 여자가 누구의 것인지…….

영원히 내 것.

비틀리고 왜곡되어 집착과 눈물과 울음과 오욕이 되어버린 단어의 뜻이 아주 뚜렷하게 떠올랐다. 그는 여자를 영원히 소유하고 싶었다. 그가 친 울타리 안에 집어넣고 누구의 눈에도 뜨이지 않게 하고, 오직 자신만 만지고 맛보고 향기를 들이켜고 싶었다. 그건 소망이 아니라 사실. 앞으로 1분 후, 여자 또한 그녀의 주인이 누구인지 분명하게 알게 될 것이다.

"까불지 말고 이리 와."

나지막한 목소리로, 그러나 한없이 건조하고 도도하게 명령했다. 옷가지를 한 아름 품에 그러안은 여자가 몸을 돌이켰다. 눈이 동그랬다. 그녀는 칫 하고 투덜거렸다.

"왜 그래?"

"난 아직 시작도 안 했어. 대체 뭘 끝낸다는 거야?"

"정말 끈적거리는 남자로군. 하룻밤 원나잇스탠드라고 말한 건 내가 아니라 당신이 먼저였어. 대체 나에게서 뭘 더 바라는 거야?"

"나하고 무슨 게임을 하고 싶은 건지 모르지만, 이것 하나는 확실하게 알려주지."

유립은 몸을 일으켜 천천히 여자에게로 다가갔다. 허리를 굽혀 시선을 맞추었다. 한 치도 물러서지 않는 두 눈동자가 맞부딪쳐 불길이 일었다. 서로를 태워 버리고 마는 검은 불길, 오직 서로에게만

반응하는 격렬한 욕망, 손끝이 저려올 정도로 강렬한 욕정을 점화하는 시퍼런 불꽃이 너울거리며 타올랐다. 이성을 혼미하게 만드는 열정을 억지로 부인하며 나직하게 을렀다.

"혼자 시작하고 혼자 까불다가 혼자 끝장내는 게 네 스타일인지 모르지만, 나는 아냐. 겁도 없이 감히 나와 다른 놈을 양손에 들고 저울질해?"

"왜? 그게 어때서?"

여자가 손가락으로 유립의 딱딱한 맨가슴을 콕콕 찌르며 당당하게 비양심적인 소신을 피력했다. 정말 강적이었다.

"뭐라고?"

이를 가는 남자가 두렵지도 않은가? 배시배실 웃기는 하지만 눈동자는 고드름처럼 차디찼다.

"내가 이 장사, 하루 이틀 하니? 기브앤테이크. 어차피 당신도 며칠 후면 바이바이할 작정이었잖아? 갑자기 왜 안 어울리게 끈적하게 구니? 배신당한 순정파 철부지 연인같이 구냐구? 왜 그래? 당신이 지금 못 참아내는 건 당신이 해야 할 작별인사를 내가 먼저 했다는 것 아냐. 잘난 당신 자존심을 다쳤다는 것 때문이면서? 웃겨, 정말! 여하튼 사내들이란 다 이렇게 이기적인 파시스트라니까!"

"말 다 했어?"

"그래. 말 다 했어."

"그럼 말 따위 말고 다른 것을 하자. 나를 두고 다른 놈 찾아가야 할 정도로 내가 너에게 부족하게 준 모양이구나?"

여자가 픽 웃었다. 정욱의 전화로 인해 그가 상당히 격앙된 상태라는 것을 눈치챈 듯했다. 셔츠 안에서 흔들리는 부푼 융기를 움켜쥐려는 그의 손을 찰싹 때렸다. 한 발 물러서서는 흥 하고 콧방귀를 뀌었다. 그를 쏘아보며 일장 설교를 늘어놓았다. 숨 한 번 쉬지 않고 좔좔좔 흘러나오는 논리는 해괴하고 뻔뻔하고 기가 찰 정도로 교활했다.

"이것 봐, 생각하는 게 만날 이 모양이지? 당신이 지금 나에게 바라는 게 다 드러났네. 기껏해야 잘 맞는 섹스파트너밖에 더 돼? 그것에 굶주렸다면 나 빼고 나가서 다른 여자 골라. 안 말려."

"뭐, 뭐라구?"

"기본적으로 말이야, 여자가 남자에게 붙어 있게 되는 이유를 아니? 이 철부지 총각아. 처음부터 끝까지 섹스, 오르가즘, 원나잇. 이게 전부면 여자가 먼저 싫증나지. 아무리 정부情婦라 해도 파트너에 대한 기본적인 예의를 좀 배우라고. 알아들어?"

"기본적인 예의? 난 그놈처럼 잘난 집안 아들이 아니라서 말이야, 내가 아는 기본적인 예의는 이거야. 내 여자가 감히 내 앞에서 다른 놈 이름을 내뱉을 때 이렇게 한다는 것."

반항할 사이도 없이 유립은 여자의 몸을 짐짝처럼 납작 안아 들었다. 기대고 선 탁자에 올려놓은 후 망설이지 않고 두 다리를 잡아 양쪽으로 가르고 부드럽고 촉촉한 몸에 자신을 강하게 묻었다.

여자의 눈에 어린 두려움과 고통의 충격을 마음껏 즐겼다. 자신이 가진 원초적이고 잔혹한 힘을 만끽했다. 반항하고 아우성치고 미친 듯이 버둥대는 여체를 움켜잡았다. 검은 머리채를 휘어잡아 하얀 얼굴을 가까이 끌고 와 벌어지지 않는 고집스런 입술을 물어

뜬었다. 억지로 턱을 벌려 혀를 밀어 넣어 뜨거움과 부드러움을 약탈했다. 여자의 손톱이 날아와 단단한 볼에 상처를 입혔다. 유립은 입안에서 요동치는 작은 혀를 망설이지 않고 깨물었다. 감히 그를 상대로 장난질을 친 앙큼한 악녀에게 복수했다.

"나쁜 자식!"

작은 손이 매서운 바람 소리를 내며 볼 위에 작렬했다. 야생 고양이, 그가 얻은 영원의 이름은 바람, 가시, 아니, 도도한 공주. 유립은 망설이지 않고 더 잔혹한 벌을 주기로 한다. 여자의 작은 입술이 남자의 강한 힘에 몰려 아래로 미끄러졌다. 장미꽃술 같은 입을 억지로 열고 밤꽃 향내 짙은 축축한 것을 밀어 넣는다. 꿈틀거리는 짐승을 사탕 삼키듯이, 베어 무는 여자의 정수리를 내려다보며 유립은 폭발한다. 터지고 깨어지고 부서진다.

비릿한 피 냄새. 끈끈한 욕정의 맛. 이제야 살 것 같았다. 하지만 아직 멀었다! 이 정도로 끝낼 생각은 하지 않았다. 유립은 품속에 축 늘어진 여자를 안고 다시 침대로 갔다. 망설이지 않고 다시 그녀의 몸속으로 돌진했다. 다시, 또다시! 끝만 남도록 몸을 물렸다가 다시 한 번 강하게 허리를 밀어붙였다. 여자의 입에서 바이올린 현이 끊어지는 듯 날카로운 비명이 터졌다. 한 번 더, 다시 한 번 더. 거센 리듬으로 여자를 능욕하는 남자의 단단한 몸에서 굵은 땀방울이 흘러 뚝뚝 떨어졌다.

마냥 밀어내던 팔에 힘이 풀리더니 이내 사슬처럼 그를 세차게 옥죄었다. 승리했다. 유립은 조용하게 검은 미소를 물었다. 옆으로 떨어진 여자의 얼굴이 오만하게 쳐들렸다. 허공에서 네 개의 눈동자가 첨예하게 엉켰다. 똑같은 무게와 똑같은 힘으로 강하게 부딪쳤다. 여자가 고함을 질렀다.

"죽어버려!"

"이거나 마셔!"

오만한 명령에 여자는 진저리 쳤다. 하지만 그를 이길 수는 없다. 부풀어 터진 입술에서 흘러내리는 부도덕한 액체. 그를 가득 마신 여자를 유립 또한 한가득 삼켰다. 죽어도 길들여지지 않으려 하는 사나운 암컷을 지배하고 소유하고 길들이려는 잔혹한 전쟁이다. 지독한 쾌락에의 중독과 소용돌이가 메아리쳤다.

넘칠 듯이 마신 생명의 잔을 뒤로하고 유립은 여자를 끌어안은 채 융단이 깔린 푹신한 바닥으로 굴렀다. 만신창이. 벌렁 드러누워 여자의 몸을 가슴 위로 끌어 올렸다. 둘 다 엉망진창이었다. 하지만 근사했다. 둘의 심장이 맞붙어 하나로 박동하고 있었다. 같은 체취에 잠겨, 같은 것을 공유하고 나눈 이후, 그들은 서로를 격렬하게 증오하고 그만큼 열망한다. 우린 서로의 것. 어느 누구의 것도 아닌 바로 우리 자신들의 것.

머릿속이 너무나 개운했다. 이 여자를 절대로 놓지 못하게 될 거라는 건, 손을 잡고 아무 걱정 없이 잠이 들었던 그때부터 알고 있었다. 유립은 천장을 바라보며 천천히 입을 열었다. 한 여자에게 속절없이 함몰한 자신을 인정했다.

"우리……."

여자가 눈을 들어 그를 응시했다. 다시 머리를 끌어당겨 자신의 튼실한 어깨에 묻게 하며 유립은 담담하게 제안했다. 맹목의 열정에, 이유 모를 소유욕에 스스로 조용히 항복했다.

"어디 한번 어디까지 가나 끝장을 보자."

"당신, 내가 누군 줄이나 알고 그런 말을 하니?"

"누구든 무슨 상관이야?"

유립은 조용히 반문했다.

여자가 눈썹을 치켜 올렸다.

"원래 내가 좀 바보다. 한 번에 한 가지씩에만 미쳐. 이번엔 너에게 몰두하기로 작정했다. 대신 너."

유립은 두 팔로 여자의 몸을 조였다.

"끝까지 따라와. 중간에 도망가기만 해봐, 목을 졸라 버릴 테니."

"미쳤군, 렉스."

유립은 몸을 일으켰다 땀에 젖은 여자의 이마에 더할 나위 없이 섹시하게 키스했다.

"그래서 허리케인이라고 불리지."

시작은 음습하고 조용하나 시간이 갈수록 미증유의 힘으로 돌변하는 허리케인처럼. 겉으로는 조용하나 그 안에 누구도 감당할 수 없는 돌풍을 내재한 태풍의 눈처럼.

그러나 허리케인 렉스도 패배할 때가 있는 법이다. 그를 비웃기라도 하듯이 여자는 아주 가뿐히 그를 벗어났다. 아주 잠시 다른 데에 눈을 판 사이 완전히 종적을 감추어 버렸다.

part 03

열정과 집착

인간의 마음속에 소용돌이치는 고민과 망설임은 전혀 아랑곳하지 않았다. 비행기는 너무도 쉽게 푸른 하늘을 날아올랐다. 세영은 꽉 움켜쥔 주먹을 천천히 풀었다. 억지로 태연한 척했지만, 긴장했었는지 손 안에는 땀이 차 있었다. 기창에 얼굴을 대보았다. 눈 아래 작은 퍼즐그림처럼 멀어지는 푸른 섬을 가만히 내려다보았다. 이내 그 섬은 남겨두고 온 그 남자의 얼굴로 변했다. 빌어먹을.

세영은 버릇처럼 입술을 질끈 깨물었다. 피 나오도록 강렬한 그 아픔으로 심장 속에 소용돌이치는 검은 갈등을 몰아내고 싶다. 눈을 감아버렸다.

이유립, 이유립, 이유립!

"미쳤어, 정말!"

스스로도 인식하지 못한 사이, 입술 사이로 욕설이 터지고 말았다. 옆에 앉은 강 실장이 잠시 한눈을 팔고 있었기에 망정이지, 마음속에 소용돌이치는 심상치 않은 이 열병을 눈치채게 하고 말 뻔했다.

정욱이 아침까지 기다린 것도 거의 기적에 가까웠다. 아마도 득달같이 진혁이 머무는 호텔로 돌아가 사후대책을 논의한 게 분명했다. 결과, 세영과 유립이 서로의 정체를 알아차리기 전에 어찌하든 조용히 떼어내자 이렇게 결론이 난 것이다. 이미 일어난 일에 대해서는 오다가다 원나잇스탠드, 이 정도쯤으로 끝내고 없던 일로 덮어라 하는 것이 신중한 진혁의 의견이었다.

〈너, 그놈이 누군지 정말 몰라?〉

“어떻게 알아?”

〈이유립. 이름도 한 번 못 들어봤다고는 안 할 테지?〉

사람 이름 기억하는 것이 취미도 아닌데 그놈이 어떤 놈인지 어떻게 알아? 정욱과 진혁이 이구동성 펄펄 뛰고 있는 이유를 도무지 알 수 없었다. 영 시답잖은 반응을 보이자 수화기 안에서 정욱이 한숨을 푹 쉬었다.

〈……경산그룹 황태자.〉

“뭐라고?”

〈더 말해주랴? 고모님하고 결혼했던 남자 아들이다.〉

참으로 담대하고 만만치 않은 세영조차도 그 순간 뒤로 넘어갔다. 기절할 뻔했다. 단번에 잡아채 날름 먹어치운 맛있는 수컷의 정체가 다른 누구도 아닌 이유립이라니! 기가 찼다. 아니, 차다 못해

코에서 입에서 하얀 김이 새어 나올 지경이었다. 경산그룹 외아들 이유립. 다름 아닌 어머니의 전남편의 아들.

어머니가 아버지를 만나기 전에 다른 남자와 한 번 결혼했다가 이혼했다는 것을 들은 적이 있다. 자랑할 일도 아니지만, 숨겨야 할 일도 아닌 것. 명가의 딸인 엄마의 전남편 역시 걸맞은 집안의 남자라고 했다. 한국 유수의 기업인 '경산그룹' 의 후계자였다고 그랬다.

세영이 자라 어머니와 친구가 되었던 그 즈음, 한 번 여쭈어보았다. 왜 이혼했냐는 말에 어머니는 아주 담담하게 대답했다.

"인연이 아니었어."

"정략결혼 따위? 사랑하지 않았던 거예요?"

아버지의 딸인 세영으로서는 어머니가 그런 대답을 하기를 바랐던 것 같다. 그녀의 눈에 어머니와 아버지는 그야말로 천생연분, 완벽한 소울메이트이자 서로가 전부인 부부였으니까.

그러나 어머니는 고개를 흔들었다. 이제는 추억으로 화했다. 읽어간 책 페이지처럼 세월 뒤편으로 넘어간 시절을 솔직담백하게 반추했다.

"이 나이 되어 딸 앞에서 거짓말은 못해. 결혼할 때는 사랑한다고 생각했어."

"정말?"

"그럼. 사랑한다고 믿었으니 결혼했지. 또 그 남자로 하여금 나를 사랑하게 만들 수 있다고 믿었고. 얼마 지나지 않아 혼자만의 오만이라는 것을 깨달았지만."

"엄마처럼 아름답고 다정하신 분을 사랑하지 않았다니, 그 남자 눈이 삐었네."

"글쎄, 다른 건 모르지만 결혼은 하늘이 점지해야 한다고 봐. 사람마다 애초에 정해진 짝이 따로 있는 것 같아. 이 사람에게 좋은 짝이라고 해서 다른 사람에게도 좋은 사람이라고 할 수는 없거든. 당사자 두 사람이 맞아야 잘사는 거지, 다른 건 필요없어."

"어떤 사람이었어요?"

"음, 지금 생각하니…… 무척 외로운 사람이었던 것 같아. 그래서 끌렸던 것 같고. 여자들은 원래 고독한 남자에게 약하다잖니. 아, 그리고 참 잘생긴 남자였어. 이건 아빠에게는 비밀이야."

그런 말을 하며 웃으시던 어머니는 여전히 스물 처녀 같았다.

"지금도 가끔 생각하시나요?"

"아니라 하면 거짓말이겠지?"

"진짜? 우와, 엄마 나빠."

"그건 사랑하고는 상관없는 일이란다. 잘살고 있을 거야, 그렇게 생각해. 난 이미 충분히 넘치도록 행복하니까. 나만큼은 아니라도 그 사람 역시 인제 조금은 행복하게 잘산다면 좋겠는데 하고 바랐어. 항상 미안해. 그 당시 내가 조금만 더 현명하고 조금만 더 착했더라면, 그 사람한테도 좋은 쪽으로 선택할 수도 있었을 텐데. 그때의 나, 너무 어렸어. 이기적으로 내 생각만 했어. 나빴어. 지금은 후회해."

맑은 얼굴에 어리던 것은 가벼운 후회, 그리고 안개 같은 그늘이었다. 어린 생각에 세영은 엄마가 이혼을 요구한 거라고, 정말 사랑하는 남자, 아빠를 만나 버려서 그 남자를 버렸다고 믿었다.

그런데 아니었다. 나중에 슬쩍 외숙모님에게 전해들었다. 그 남자가 엄마를 배신한 것이었다. 결혼해서도 바람도 많이 피우고 아내였던 엄마의 속을 무척 아프게 만들었다고 했다. 다른 여자를 죽도록 사랑해서 먼저 이혼을 요구했었다고 한다. 그러니까 세영이 제일 사랑하고 이 나라에서 가장 멋진 아버지에게 유일무이한 여신女神인 어머니, 유현수 여사는 남편의 연인 때문에 쫓겨난 가련한 여자였던 거다. 불쌍한 우리 엄마.

이런 빌어먹을 일이 있나. 으드득 이를 갈며 다시 물어보았다.

"뭐, 그런 나쁜 놈이 다 있어? 그래서 엄마 쫓아내고 그 여자랑 잘 먹고 잘산대요?"

"같이 살기는 산다 하더라만, 별로 잘 안 맞는다고 들었어. 그렇게 요란스레 난리 치고, 한 사람 바보 만들어 다시 재혼했으면 잘살아야지 말이야. 썩 듣기 좋지는 않아. 아들 하나 낳았지. 아마 너랑 동갑일걸? 나름대로 벌받은 게 아닐까?"

"그렇군요."

"아무래도 서로가 껄끄럽지. 그래서 가능한 한 만나게 될 자리가 생기면 서로 피하는 모양새더구나."

정세영의 인생에 있어 절대로 얽혀서는 안 되는 유일한 남자가 있다면, 바로 그 남자의 아들 이유립이었다. 사랑하는 엄마를 아프게 하고 비참하게 하고 쫓아낸 나쁜 남자의 핏줄. 두 집안의 악연을 다시 떠올리게 만드는 남자를 만나 버렸다.

어머니나 아버지께서 이 소식을 보고받으면 그야말로 뇌출혈로 넘어가시겠군. 진혁과 정욱의 입을 매섭게 단속하며 세영은 냉소적으로 생각했다. 기껏 딸년이 선택한 남자라는 게 하필이면 어머니와 결혼했던 남자의 아들이라니. 젠장. 그녀의 남자 복은 어째서 항상 이렇듯이 최악일까? 그녀의 연애 인생은 왜 이렇게 항상 꼬이기만 할까?

이유립과 정세영. 언제 어디서 어떤 식으로 만난다 해도 어떻게든 반드시 피해야 할 상대들이 아닌가? 그런데 하고많은 남자들을 놓아두고 세영이 찾아내고 선택한 남자가 바로 그 사람이었다. 서로에게 미쳐 어쩔 줄 몰라 하게 되어버리다니. 허겁지겁 탐욕하고 삼키고 더 못 가져 안달복달하게 되어버리다니.

'운명의 패는 왜 항상 이런 식으로 최악인지 모를 일이로군.'

처음 사랑했던 사내는 최악의 쓰레기였고 위선자였다. 10년 만에 겨우 하나 찾아낸 남자는 더 지독했다. 관습적으로 허락되지 않을 사이일 뿐만 아니라 사랑하는 부모님에게 절대로 내세울 수 없는 최악의 배경을 가졌다. 사랑은커녕, 그들 둘이 만나 하룻밤의 인연을 맺었다는 사실 자체도 부모님에게는 가장 큰 모욕이 될 수도 있었다. 생각만 해도 끔찍했다.

율리우스와 이유립, 둘 다 지독하게 매혹적이다. 운명처럼 다가온 사람이다. 하지만 둘 다 최악이었다. 그래서 오늘도 먼저 돌아섰다. 이성의 영리한 부름에 굴복하여 조용히 과거로 밀어 넣었다. 아주 단호하게 종말 지었다.

10년 전 율리우스, 그 남자의 뺨에 보란 듯이 깊이 상처를 내주었다. 카리브해의 푸른 섬에 남겨두고 온 그 멋진 수컷에게도 야무지게 흔적 하나쯤 남겨놓았어야 하는 건데.

새삼스레 떠오르는 상처, 육신 심장이 아렸다. 사랑이라는 거짓에 상처 입고 배신의 칼에 찔렸던 그날이 생각났다. 세영은 아뜩하여 눈을 감았다. 언제나 그녀는 단호하게 끊어내는 일만 한다. 남자 복이란! 제길, 정말 엿 같았다. 어느새 생각은 10년 전으로 날아가고 있었다.

심장 한구석에 아직도 남은 깊은 상처의 줄기를 따라갔다. 눈물 같은 기억을 더듬고 있다. 첫사랑이라서 잊히지 않는 거지. 마음을 접는 건 참 힘들었다. 10년이란 긴 시간을 퍼부었다. 겨우 미망未忘의 지옥에서 기어나왔는데, 다시 또 어리석게 개미지옥 같은 함정에 빠지고 말았어.

그날은, 순수하게 사랑만 할 줄 알던 어리석은 소녀가 죽은 그날은,

'더없이 맑고 청량한 햇살이 쏟아졌었지.'

사랑하는 사람에게 주기 위하여 반지를 가슴에 품고 있었다. 미풍에 흔들리는 머리카락에서는 그가 좋아한다는 오렌지 향기가 풍겨나고 있었다. 택시에서 내렸다. 멋진 실크드레스. 폴 매린 매장에까지 가서 섹시한 속옷과 팬티스타킹을 샀다. 두 팔에는 한가득 붉은 장미꽃다발이 모차르트의 음악처럼 달콤한 향기를 뿜어내고 있었다. 팔에 안긴 장미꽃과 사랑에 빠진 처녀의 얼굴은 분간할 수 없을 정도로 아름다웠다. 멋진 청혼 후에 두 사람이 함께 마실 것은 신들의 음료, 차가운 꾸베 돔 페리뇽Cuve Dom Perignon.

모든 것이 완벽했다.

그날 먼저 청혼할 결심이었다. 성격상 무엇을 미적대거나 꾸물거리거나 어정쩡한 것은 참을 수 없었기에. 만난 지 14개월. 그녀가 보이지 않으면 죽을 것 같다는 달콤한 속삭임을 귓가에 흘려주는 연인. 그의 목소리에는 늘 아쉬움이 안개처럼 깔려 있었다.

그럼에도 율리우스는 결혼을 하자거나 약혼하자고 말하지 않았다. 졸업반인 그는 학기가 끝나면 집으로 돌아가야 했다. 그가 가자 하면 세영은 지구 끝까지 따라갈 작정이었다. 누가 어떻게 반대하든 상관없었다. 스무 살의 처녀가, 첫사랑이자 유일한 불길의 사랑에 빠졌다. 세상 전부는 바로 그 남자 율리우스 알렉키소스였다.

그를 생각하자 자신도 모르게 심장이 쿵쾅대기 시작했다. 발그레 볼이 붉어졌다. 지난밤도 숨 막히게 안아주던 건장한 팔. 사향 향기와 섞인 남자의 관능적인 체취가 깊은 곳을 촉촉이 적셨다. 이미 완전히 그에게 중독되어 있었다. 그녀의 연인은 여자를 행복하게 만들 줄 아는 남자였다. 그에게 유혹당해 처음 함께 잠자리를 같이했을 때, 세영은 남자와 육욕의 관능에 대해서는 아무것도 모르는 초보였다.

하지만 그녀의 연인 율리우스는 더없이 멋지고 능숙하고 잔인한 남자였다. 덤덤한 처녀였던 세영을 뜨겁고 끔찍한 오르가즘의 늪에 빠뜨리고 울게 만들고 몸부림치게 만들었다.

그녀의 연인은 그리스 출신의 멋진 남자였다. 뮤지컬 관람을 마치고 카페에서 커피를 마시다가 눈이 마주쳤다. 어머니와 동행이던 세영과는 달리 그는 조각처럼 아름다운 금발머리 미인과 함께였다. 그리스 신화의 군신軍神 아레스가 튀어나온 듯했다. 그가 흑요석처럼 번쩍이는 깊은 눈을 돌려 대담하게 윙크를 날렸다. 세영 역시 피하지 않았다. 분홍빛 입술을 반쯤 치켜 올린 은밀한 미소로 맞받았다.

그 사흘 후, 같은 장소에서 세영은 그 남자 율리우스를 다시 만났다.

[혹시나 해서.]

[피차 마찬가지.]

사랑의 유혹은 검은 눈 속에서부터 흘러내려 천천히 그녀를 적셨다. 비밀스런 관능의 향기가 흩날렸다. 두 사람 다 서로를 만나기 위하여 똑같은 뮤지컬을 사흘 내리 보았었다.

19살 늦은 봄. 히피처럼 어깨까지 내려온 검은 머리카락을 한 가닥으로 묶고 하얀 셔츠가 잘 어울리는 그 남자, 맨발에 샌들을 신은 그리스의 아름다운 군신軍神과 사랑에 빠졌다.

[비길 데 없이 소중한 장미.]

율리우스는 세영을 늘 그렇게 불렀다. 단단한 조개껍질 속에 담겨 누군가가 열어주기만을 기다리던 순백한 소녀가 그 남자로 인해 관능과 열정의 눈을 떴다. 밤의 다홍빛 달콤함을 음미할 줄 아는 진정한 여자가 되었다. 그녀를 로즈라고 부르는 그 남자를 세영은 카이사르라 불렀다. 투박한 그리스어로 귓전에 속삭이는 밀어는 꿀처럼 녹아내렸다. 세포 하나하나를 관통하는 열정적인 애무는 소녀의 어린 몸을 자지러지게 만들었다. 어떤 화제이든지 즐겁게 대화할 수 있었다. 몸과 마음, 영혼이 통하는 기쁨으로 수없이 많은 낮과 밤을 공유했다. 서로의 존재로 세상의 전부를 만들었다. 세영의 영육과 시간과 미래 전부가 그에게 묶여졌다. 율리우스 역시 그러함을 믿어 의심치 않았다.

이제는 행동할 차례였다. 율리우스의 졸업식은 다음 주. 그가 세영의 청혼을 받아들인다면 그들은 며칠 내로 결혼할 수 있을 것이다. 머릿속에는 그 남자 말고는 아무것도 들어 있지 않았다. 서울에 계신 부모님이 얼마나 경악할지, 그와 결혼하고 나면 얼마나 커다란 회오리에 휘말리게 될지는 입력되어 있지 않았다. 그녀의 모든 것은 그의 것. 연인을 위해서라면 세영은 지옥의 불구덩이에도 뛰어들 생각이었다.

[패트? 잠깐만 기다려 줘. 통화 중이야!]

문이 열리는 소리를 들었나 보다. 복도 모퉁이 끝에 있는 거실에서 방문객을 확인하지도 않고 소리치는 연인의 목소리가 들려왔다. 패트릭은 율리우스의 집에서 자질구레한 일을 맡아하는 고용인이었다. 살금살금 다가가 놀래줘야지. 장난기 삐죽 솟았다. 세영은 발끝을 들었다. 율리우스가 전화를 받고 있는 거실 쪽을 향하여 고양이처럼 소리 내지 않고 다가가기 시작했다.

[일요일에 도착할 겁니다. 네네. 걱정 마세요. 좋아, 패트. 그 방에 있는 짐부터 실어줘.]

다가갈수록 연인의 목소리는 뚜렷해졌다. 아마도 고향의 부친과 이야기 중인 듯했다. 세영은 히죽 웃었다. 무엇인가 마음에 들지 않을 때면 콧잔등에 주름을 지으며 눈살을 찌푸리는 그의 얼굴이 눈앞에 선했기 때문이다. 갑자기 율리우스의 목소리가 높아졌다.

[마리아? 오, 맙소사! 기가 막히는군요. 아버지, 제발 그러지 마

세요! 이미 제게는……!]

의외로웠다. 연인은 뜻밖에도 모국어가 아닌 이태리어로 대화를 주고받고 있었다. 차라리 알아듣지 못했으면 좋았을 텐데. 유감스러운 일이었지만 독일에서 태어나 청소년 시절 근 5년간을 유럽에서 생활한 세영은 이탈리아어로 어려움없이 대화할 수 있는 수준이었다. 하여 연인이 통화를 하는 내용을 고스란히 알아들을 수 있었다.

노한 듯 고함치는 목청이 뒤따랐다. 나직한 한숨이 흘렀다. 소파 등받이에 몸을 걸친 율리우스가 나직하게 코웃음을 쳤다.

세영은 우뚝 서고 말았다. 어제만 하더라도 사랑한다고 속삭이던 그녀의 연인이 차마 듣고 있어도 믿을 수 없는 모욕과 배신의 말을 뱉어내고 있었다. 가증스럽게 감추어둔 속내를 드러내 보이고 있었다.

[농담하시는 거죠? 언제부터 저의 사생활까지 간섭하시게 된 건가요? 알렉키소스 가문의 장자는 언제 어디서든 의무를 잊지 않는다는 것을 믿지 못하십니까? 아아, 물론이죠. 제가 어떻게? 그런 건 생각도 하고 있지 않아요. 제가 어떻게 그런 하찮은 동양 여자 따위하고 장래를 생각한다는 말씀을 하실 수 있죠. 모욕이군요! 제가 얼마나 동양계를 경멸하는지 아시잖……]

힘이 풀린 손에서 샴페인과 장미꽃다발이 툭 하고 떨어졌다. 두터운 거실의 카펫 위로 샴페인병이 떼그루루 굴렀다. 무엇인가 심상치 않다는 느낌을 받은 것인지 그가 문 쪽으로 고개를 돌렸다. 우두커니 선 세영과 눈이 딱 마주쳤다.

[로, 로즈? 맙소사…….]

경악하여 눈이 커다랗게 된 연인의 얼굴이 하얗게 질려가고 있었다.

억지로 정신을 차렸다. 끝까지 그녀를 지탱하게 했던 힘은 오직 하나, 자존심이었다. 세영은 가뿐히 입술 꼬리를 치켜 올렸다.

[카이사르, 당신이 '경멸하는' 그 '동양 여자'가 당신의 말을 그만 들어버렸네.]

[로, 로즈! 어, 어떻게?]

세영은 한 발 다가갔다. 그 남자를 위하여 고르고 고른 결혼반지. 도도하게 반짝이는 다이아몬드를 들어 망설이지 않고 가증스러운 배신자의 뺨을 획 그어버렸다. 평생 가도 지워지지 않을 흉터를 만들어주었다. 남자가 두 손으로 예리하게 베어버린 오른쪽 볼을 감싸며 한 발 물러섰다. 나직하게 신음했다. 손가락 사이로 붉은 피가 한줄기 흘러내렸다.

[아파? 아프다고 말하지 마. 이 정도가 아프다고 엄살 피우면 안 되지. 사내도 아냐.]

육체의 상처보다 더 참혹한 영혼의 상처를 입은 여자를 바라보며 그는 아무 말도 하지 못했다.

세영은 음산하게 웃었다. 시시하게 흘러내리는 눈물을 훔칠 생각조차 나지 않았다. 뇌리가 하얗게 비어 자신이 무슨 말을 지껄이고 있는지도 몰랐다. 충격과 경악에 젖은 배신자의 눈만 응시하며 맹세했다.

[당신이 저지른 배신의 대가야. 두고 봐. 당신 심장을 쪼개 버릴

테니. 카이사르, 기대하라고!]

[제발, 로즈. 내 말을 좀…….]

배신자의 피가 묻은 반지를 그 얼굴에 던져 버리고 미련없이 돌아섰다. 발치에 구르는 흉물스런 붉은 장미꽃다발을 보자 새삼스런 분노로 숨을 쉴 수가 없었다. 세영은 허리를 굽혀 핏물 흐르는 장미꽃다발을 주워 들었다. 석상처럼 선 남자의 얼굴을 거침없이 후려갈겼다.

[우리의 모든 시간을 부인해 주지. 우리가 공감한 모든 감정과 깨끗한 것들과 추억들을 더럽혀 주겠어. 나의 카이사르, 기다려. 나의 열아홉 살과 당신의 스물세 살을 기억의 단층에서 파내고 싶도록 만들어줄 테니까.]

서럽지만, 죽도록 아팠지만 종말을 부인할 수 없다. 환멸로 끝나버린 아름다운 것에 대해 더 이상은 미련 가질 이유도 없다. 어리석도록 순진한 심장은 이미 쪼개져 버렸다. 그렇게 세영은 율리우스라는 남자와 그와 나눈 시간들, 철부지여서 바보 같은 첫사랑을 거칠게 베어냈다. 난폭하게 잘라냈다.

사랑은 끝났다. 배신과 모욕으로 박살났다. 어떤 사랑이나 감정도, 신뢰라 말한 것도 절대로 영원하지 않다는 것을 값비싸게 배웠다. 침대 안에서 속삭이는 사내놈들의 말이란 얼마나 유치하고 허망한 것인가. 보잘것없는 유럽 사내들이 동양 여자들을 어떤 식으로 생각하는지 뼈저리게 새겼다.

이제부터 그녀는 어떤 사내를 만나도 멍청하게 가엾은 심장과 가냘픈 진실 같은 것은 주지 않으리라. 그들의 모든 것을 씹어 먹고 뼈만 뱉어내리라. 이용할 뿐이지, 이용당하지는 않으리라. 즐기되 전부를 걸지는 않을 것이다.

비로소 정신이 든 듯 그가 달려나왔다. 어깨를 잡아채는 남자의 손을 피하지 않았다. 다만 얼음이 뚝뚝 떨어지는 눈빛으로 그를 노려보아 스스로 물러서게 만들었다. 그 남자의 볼에는 영원한 사랑의 상징인 다이아몬드반지가 만든 상흔이 깊게 패어 있었다. 배신자의 피 색깔 역시 세영의 심장에 흐르는 것과 똑같은 붉은색이었다.

율리우스는 필사적으로, 거의 진심이라고 믿을 정도의 간절함으로 그녀를 잡으려 했다. 사랑한 시간을 배신으로 더럽혀 놓고도 아니라 비겁하게 변명하려 했다.

[제발! 제발 내 말 좀 들어봐, 로즈! 제발! 한 번만이라도…….]

엘리베이터가 와서 멎었다. 세영은 엘리베이터에 오른 후 돌아서서 그를 응시했다. 옅은 미소를 지으며 조롱했다.

[당신, 나라는 보석을 감히 차지할 자격이 없어. 침대 안에서 같이 즐기기에는 최고였지만. 내가 남긴 다이아몬드는 마음껏 즐거움을 준 너에게 지불하는 대가야. 아듀, 카이사르.]

엘리베이터 문이 닫혔다. 비로소 손을 들어 볼에 묻은 눈물을 훔쳐 냈다. 어리석고 아름다운 맹목이여, 부질없는 사랑의 덧없음이여, 미숙한 청춘이여, 안녕.

미풍이 부는 상쾌한 초여름이었다. 그날 밤 세영은 다시 찾아온 율리우스의 눈앞에서 보란 듯이 새빨간 새틴 드레스를 차려입고 그 남자의 클래스메이트인 남자와 춤을 추러 나갔다.

이른 새벽, 낯선 아파트에서 걸어나오는 세영을 그 남자의 은빛 승용차가 기다리고 있었다. 하지만 끝까지 외면했다. 그 남자가 그리스로 떠나기 전, 그녀가 더 빨리 한국으로 돌아왔다. 처음으로 경험한 파애破愛의 슬픔을 등에 짊어지고.

율리우스에 대한 미움조차 씻어내기까지는 꼭 10년이 걸렸다. 실연의 슬픔과 통증을 견뎌낼 수 있다고 생각한 순간, 어른이 되었다.

그리고 이날, 성숙한 여자가 된 그녀가 다시 한 남자를 만났다. 자신을 렉스라고 말하던 남자를 아주 빨리 영혼 안까지 받아들였다. 그 순간이었다. 이 남자라면, 하나로 엮여도 나쁘지 않을 것 같아, 사랑을 다시 시작할 수도 있다고 어렴풋이 생각했다.

그런데 그가 다른 사람도 아닌 이유립일 줄이야. 율리우스보다 더한 금단禁斷이었다. 정말 지지리도 운도 없지.

'명확하게 내 이름을 말해주었어야 옳았을까?'

그렇게 된다면 좀 더 잔혹하게 여지없이 확실하게 잘라 버리는 게 되었을 테지. 그게 옳았을지도……?

세영은 홀로 고개를 저었다. 어차피 말해야 할 것은 빨리 말해 버리는 것이 편하다는 것을 알고 있다.

하지만 그에게는 그러지 않기로 결정했다. 그냥 한밤의 신기루요, 안개라고 믿자. 카리브해 위에서 찌릿한 전류같이 스쳐 지나간 푸른 사흘은 두 사람에게 다 환몽이요, 꿈이면 되는 것이다. 눈을 뜨고 일상으로 돌아가면 까마득히 잊힐 시간. 아무리 계산해 보아도 가능하지 않은 인연은 이렇게 접어야 하는 거다. 방법이 없다.

살다 보면 인력으로 되지 않는 일들이 너무 많지 않는가?

그런 일들 중 하나가 일어난 것뿐이었다.

그러니까 사실 아무 일도 일어나지 않았다.

누군가 말했다. 사랑에는 해도 될 사랑과 해선 안 될 사랑이 있는 법이라고. 불공평하고 억울하지만, 절대로 해선 안 될 사랑이란 것이 분명 존재했다. 드러내도 될 사랑과 드러내서는 절대로 안 될 사랑이 있는 것처럼. 마음속에만 가둬두고 감춰두어 마침내 썩고 썩어 문드러져도 보여주어서는 안 될 사랑과 감정. 드러내면 전부가 상처받고 곤란해질 사랑 같은 건 애초에 부인하는 것이 좋다. 그 사랑과 감정이 약해서 그런 게 아니다. 단념하는 방법 말고는 다른 탈출구가 없으니 그러하는 것이다.

그럼에도 불구하고, 모든 계산과 빌어먹을 이성을 넘어서는 운명 같은 사랑 또한 존재하지. 원하지도 않았는데 전쟁처럼 벌어지는 그런 사랑. 단번에 파고들어 와 사람을 미치게 만들고 세상을 파괴하는 열정, 광기. 아무리 안 그런 척 이를 악물어도 끝나지 않는 통증이 아프다. 아파 미칠 것 같아 비명 지르고 싶다. 렉스, 이유립. 그의 이름 따윈 상관없어. 무어라 불러도 좋아. 그를 열망하는 이 마음. 흘러내리는 마음의 비릿한 핏물을 막을 수 없어.

지겹기는 했지만, 어린 시절부터 받아온 가정교육의 영향은 무서웠다. 유립은 들썩이는 숨을 억지로 삼키며 노크를 했다. 가장 기본적인 예의를 실행했다. 마음속으로 셋을 셌다.

하나, 둘, 셋.

끓어올라 넘쳐 오르는 숨을 천천히 끌어모았다. 죽었어, 계집애. 너, 정욱이 자식하고 같이 있는 것만 보여봐. 목을 꺾어버릴 테니까. 단전 아래에 힘을 주었다. 다시 한 번 거칠게 노크했다. 그래도 침묵한 채 열리지 않는 문을 향해 발을 들었다. 사정 보지 않고 냅다 강한 힘으로 쾅쾅 걷어찼다. 문이 열렸다.

"이거 미친놈 아냐?"

"어디 있어?"

샤워하다가 나온 것이 분명했다. 욕실가운 차림으로 젖은 머리를 흔들며 정욱이 짜증스럽게 물었다.

유립은 그를 거칠게 밀치고 방으로 무작정 들어섰다. 하지만 여자의 그림자도 보이지 않았다.

"빌어먹을. 그 여자 어디 있는지 말해."

"내가 너에게 가르쳐 주어야만 하는 이유는?"

비아냥거리는 정욱의 말을 완벽하게 무시했다.

유립은 그에게로 다가가 멱살을 틀어잡고 조용히 경고했다.

"4층 아래로 던져 주랴?"

그의 눈에는 살기가 번쩍이고 있었다. 충분히 그런 꼴을 당하고도 남으리라는 것을 짐작한 듯 정욱이 벽에 붙은 시계를 힐끗 보고는 심드렁하게 대답했다.

"내가 어떻게 알아? 가르쳐 주지 않았는데."

"망할!"

"어차피 원나잇스탠드. 오다가다 만난 여자 하나에 왜 집착해? 내가 아는 그 이유립답지 않다?"

"닥쳐. 내 사생활에 대한 논쟁을 너하고 할 이유 없어."

"그런데 왜 날 찾아온 거냐?"

"아는 여자라면서?"

"그래서?"

"뱉어. 아는 대로 다."

"싫다면?"

단호한 결의로 가득 차 있었다. 무슨 수를 쓰더라도 입을 열게 할 방도가 없어 보였다. 환장할 노릇이었다.

찾기만 해봐, 죽었어. 유립은 주먹을 다시 움켜쥐었다.

아침 식사를 하고 잠시 회사 스케줄 브리핑 때문에 서울 본사와 연락할 일이 있었다. 기껏 30분? 방을 비운 건 그 정도밖에 되지 않았다. 돌아와 보니, 분명히 침대에 누워 있던 사랑스럽고 따뜻한 육체는 보이지 않았다. 텅 빈 공허와 움푹 파인 베개만 남아 있었다. 정적으로 가득한 공기 안에서 그는 이미 예감했는지도 모른다. 여자가 사라졌다는 것을.

—굿 바이 Good Bye.

화장대 거울에 붉은 립스틱으로 휘갈겨 써진 단어가 박혀 있었다. 빌어먹을. 비겁하게 그가 잠시 눈을 판 사이, 바람처럼 유유히 그의 세상을 빠져나가 버렸다.

거대한 침대에 홀로 주저앉아 멍하니 하늘만 바라보았다. 청보라색으로 빛나는 열대의 바다를 타고 황금빛 햇살이 따갑게 내려치고 있었다. 그럼에도 등골에 서늘한 소름이 가득 돋고 있었다. 푸른 공기를 타고 짝을 잃은 새 한 마리가 날고 있었다. 마음 한구석이 쿵 하고 내려앉고 있었다. 잠시 동안 잊어버렸던 지독한 외로움과 아뜩한 상실감을 넘치도록 맛보았다.

떠나 버렸다. 버림받았다. 머릿속이 조금씩 흐려지면서 주위의 모든 것이 검은 실루엣처럼 바래가고 있었다.

60시간 전에는 존재조차 몰랐던 여자 하나가 사라졌을 뿐이다. 그런데 그의 세상 한 귀퉁이가 천천히 무너져 내리고 있었다. 치명적인 매혹만큼이나 치명적인 상처를 주고 말았다. 렉시아, 그의 소유, 그의 열망과 욕정의 실체, 사라져 버린 무지개 같은 것. 널 잃고는 살 수 없어. 온몸과 넋이 붉은 피를 흘리며 비명 지르고 있었다.

문득, 유정욱을 찾아가면 어떨까? 그녀에 대해 알고 있을 텐데. 아주 작은 실마리라도 찾을 수 있을 거라는 데 생각이 미친 것은 몇 시간 후였다. 그러나 이 자식, 조금의 협조도 할 생각이 없는 듯했다.

싫다고 마다하는 녀석의 입을 벌리게 할 방도가 딱히 떠오르지 않았다. 유립은 멱살을 잡은 손을 탁 놓고 돌아섰다. 등 뒤에서 정욱이 이죽거렸다.

"가냐?"

"잠이나 자빠져 자, 새꺄!"

"내가 거절했다고 해서 시시하게 그냥 돌아간다고? 꼴통 이유립답지 않아. 실망이야."

"묻는다고 대답해 줄 생각도 없잖아? 시간 낭비 안 한다는 거다."

"그 녀석이 어디로 갔는지는 말 못해주지만, 누구인지는 말해줄 수 있지. 그래도 친구 아니겠어?"

유립은 다시 돌아섰다. 자신의 여자를 두고 아주 친근하게 '그 녀석' 이라고 표현하는 것은 마음에 들지 않았지만, 아주 조금의 단서라도 찾을 수 있다면 상관없다. 그는 반드시 그 여자를 다시 찾아내고야 말 테니까. 망할 계집애, 사람을 우습게 보아도 정말 우습게 보았다. 찾아내서 목줄을 쥐고 한참 동안 흔들어놓아야 직성이 풀릴 것 같았다.

"정세영."

"뭐?"

정욱의 예리한 시선이 그를 관찰하고 있었다. 그 이름을 말했을 때에 그가 보일 반응을 살피는 것 같았다.

"정세영이라고."

"그래서? 겨우 이름 석 자 알려주고 어쩌라는 거냐? 나더러 직접 찾아내라 그 말이냐? 인터넷에 이름 석 자 올려놓고 그 여자를 아느냐고 수배라도 하랴?"

"찾지 마라. 너를 위해서다."

"뭐라고?"

"너를 친구라고 치고, 딱 한 번만 충고한다. 마음 접어. 찾지 마."

"웃기네."

"찾아낸다 해도 못 가지는 여자다. 멋지게 잘 놀았다면 그것으로 끝내."

"웃기지 마. 그 여자에 대해서 내가 어떤 짓을 하든지 네가 간섭할 이유 없다고 그랬지? 우리 일에 손 떼."

정욱이 어깨를 으쓱했다. 돌아서서 침대 위에 놓인 티셔츠를 집어 머리 위에 꿰었다.

"절대로 너하고 안 되는 여자거든. 그렇게 집착하면 죽을 만큼 힘들어질 거다, 이유립이."

"무슨 말이냐?"

"너랑 같이 있던 그 녀석, 내 사촌이다."

"뭐, 뭐라고?"

"더 정확하게 이야기해 줄까? 한국 대통령의 한 분뿐인 따님이시지."

이 자식이 지금 무슨 말을 하는 거야? 순간, 유립은 멍해지고 말았다. 천둥벼락처럼 머리통을 후려갈긴 이름 석 자. 종소리의 여운처럼 계속해서 뇌리를 때리고 있었다. 뻔뻔한 열정과 멋진 몸매를 무기로 단번에 남자를 낚아챈 그 여자.

맙소사, 안 들은 것이 훨씬 나을 뻔했다. 뭐야, 그 여자. 대통령의 딸? 재작년에 취임한 정동욱 대통령의 딸이란 말이지? 그러니까 결국 그의 아버지 전처의 딸이라는 거잖아? 평범한 매춘부가 아니라 그보다 훨씬 잘난 현대판 프린세스였다, 그 말인가?

"미치겠지?"

그만 소파에 털썩 주저앉고 말았다. 정욱의 얼굴에 스치는 미묘한 반응을 살필 겨를도 없었다. 두 손으로 머리털을 움켜쥐었다. 벅벅 긁어내리며 나직하게 상욕을 내뱉었다.

"씨발, 정말 환장하겠네."

난생처음 같이 살아도 좋겠다는 생각을 한 여자. 손을 잡으면 온기 그대로 심장으로 전해지지. 말하지 않아도 편안하게 그를 감싸주고 가라앉혀 주던 기운을 가진 그 여자. 그래서 난생처음 영원이란 것을 생각하게 되었고 집착이란 것을 만든 그 여자. 그녀가 바로 '그 여자' 의 딸이라니!

완전히 패닉 상태가 되어버렸다. 정신이 얼얼했다. 어머니 최 여사 인생을 구질구질한 시궁창으로 만들었다지. 부친 이 회장과 어머니 최 여사 두 양반 사이에 서서 평생 지독한 불화의 뿌리가 된 그 여자. 같은 하늘을 이고 절대로 살 수 없다고 그의 어머니가 날이면 날마다 저주하는 여자. 많은 날들 어린 유립을 끌어안고 흐느끼며 푸념하던 것들이 콸콸 막힘없이 흘러내리고 있었다. 감당할 수 없을 만큼 뇌리를 어지럽히고 있었다.

"진짜 미치겠네!"

유립은 허공을 향해 격한 숨을 푸하아 토해냈다. 세상에서 가장 안 어울리는 상대가 있다면 '그 여자' 의 딸인 정세영이다. 몰랐다 하더라도 유립이 세영과 관계를 맺었다는 사실이 알려진다면 그 자리에서 어머니는 뒤로 넘어갈 테지.

너무나 계산 잘하고 이성적이고 이기적인 이유립. 귀찮은 일일랑은 싫고 짜증난다. 모든 곤란함에서 한 발자국 벗어나 유유히 자신만의 즐거운 인생에 투자하는 것이 최고의 목표이지. 그러니 이 정도면 단번에 없던 일로 치부하고 냉혹하게 마무리하는 하는 것이 옳다. 재수없다 생각하며 쓴 입맛을 다시며 다시 돌아가는 것이 옳다.

그런데 환장하겠다. 그게 그의 모든 고뇌와 문제의 원천이었다. 왜 그런 생각일랑 들지 않을까? 탄탄한 가슴에 남은 작은 잇자국처럼 뚜렷하게 찍힌 흔적. 너, 정세영, 잊을 수 없다. 단념할 수 없다. 포기하지 못할 것 같다.

'도망친 이유가 그거로군.'

그녀가 사라진 건 정말 정욱의 말대로 감당할 수 없는 그들의 관계 맺음에 대한 두려움 때문일까? 저절로 코웃음이 쳐졌다. 그가 아는 한, 그 여자는 절대로 그렇게 착한 여자가 아니었다.

'결국은 나더러 따라오라는 건가? 널 얻고 싶으면 너를 찾아내서 고개를 숙이라는 거지? 모든 것을 다 짓뭉개고 너만 향하라는 거지?'

대답을 듣지 않으면 모를까? 유립은 세영이 결코 도망친 것이 아니라는 것에 목숨을 걸 수도 있었다. 앙큼한 고양이가 도발한 것이었다. 그들의 인생을 걸고 통 크게 도박을 벌인 것이다. 세상 전부와 그녀 한 사람 중 어느 것이 더 중요한가, 그에게 대답을 요구하는 것이었다.

"내가 당신에게 어떤 의미인가? 어떤 난관도 방해물도 상관 않고 모든 것을 물리치고 찾아올 수 있어? 그 정도로 가치가 있는 여자인가? 당신의 열망을 증명해, 렉스."

저만치 세영이 서 있다. 앙큼한 미소를 물고 그에게 묻고 있는 환청幻聽이 들렸다. 그 정도로 그를 뒤흔들 수 있는 자신의 영향력에 대해 자신감을 가지고 있는 거지. 더없이 자신만만하고 도도한 모습이었다. 망할 계집애, 불과 몇 시간 전만 하더라도 그의 품에 안겨 몇 번이고 몇 번이고 사랑해 달라 졸랐다. 그의 모든 것을 남김없이 다 가지고도 모자라다 칭얼댔다. 그래 놓고 유유히 빠져나가? 그에게만 난감함과 곤란함의 짐을 전부 남겨두고, 이런 지옥에 빠뜨린 다음에 말이다. 검붉은 분노의 불길이 더 치솟는 것을 느꼈다. 그래 놓고 이렇게 말짱하게 뒤통수를 쳐? 망할……!

"다시 만나기만 해봐라!"

주먹을 움켜쥐고 이를 벅벅 갈았다. 다시 만나기만 해봐, 정세영. 마구잡이로 엎어버려야지. 퍼런 멍이 들도록 통통한 엉덩이를 한 열 대쯤 패줄 참이었다. 다시 한 번 허공을 향해 으드득 이를 갈았다. 그러고 나서는? 물론 사랑을 나누어야지. 다시는 감히 그를 떠나지 못하게, 시답잖은 이유로 그를 밀어내고 도망칠 수 없게 완전히 길들이고야 말리라.

팔짱을 낀 정욱이 물었다.

"세영이 다시 만나면 어떡할 건데? 아, 이건 그냥 순수한 호기심이야."

"죽을래? 잡소리 까지 말고 거기 찌그러져 있기나 해."

팩하니 신경질을 내는 유립을 바라보며 정욱이 씩 웃었다.

"이유립, 너도 상당히 귀여운 데가 있구나?"

이런 놈하고 노닥거리고 있을 만큼 한가하지 않다. 유립은 벌떡 일어났다. 결론이 났는데, 엉뚱한 곳에서 망설이거나 더벅거리고 있을 필요가 없지.

문을 열려는데 뒤에서 정욱이 다시 물어왔다.

"어디 가냐?"

"알면서 왜 물어?"

"그만두는 게 좋을 거라고 충고한다."

"닥치라고 말했다."

"이 정도로 조용히 모른 척 끝내. 널 위해서야."

"충고냐?"

"우정 어린 '경고' 라고 할 수 있지."

"경고?"

돌아서서 노려보았다. 그러나 정욱의 표정에는 웃음기라곤 찾아볼 수 없었다. 진심이란 뜻이었다.

"네가 엉뚱한 생각하면, 싫어도 고모부님께 이야기를 전해야 하거든. 평지풍파 일으키지 않으려면 이쯤해서 접어라. 세영이, 그 자식도 감당 안 되니까 사라진 거야. 내가 아는 한, 그 녀석 절대로 이렇게 비겁하게 물러서는 적이 없었거든. 아무리 재보아도 안 될 것 같으니까 이런 식으로 끝낸 거다."

"거기서 그만!"

유립은 날카롭게 잘랐다.

"도와줄 생각도 없는 주제에 시건방지게 충고까지 늘어놔? 정말 재수없는 자식이다, 너."

"재수없기로는 네가 더하지."

"계속 까불다가는 나한테 한 대 더 맞을 거라는 건 알고 이렇게 깐죽이는 거지? 찌질이 유정욱이.”

“재수만땅 이유립이. 깐죽이는 게 아니라 점잖게 충고하는 거라고 해줘라. 어제의 주먹 빚은 갚을 생각 없으니 그만 가주실까?”

이 자식이 많이 컸네? 유립은 발길을 멈추고 깐죽이는 정욱을 돌아보았다. 교실 한구석에 처박혀 있던 멍청이가 10년 사이에 참 많이 컸다 싶었다. 눈에 뵈는 게 없는 것을 보면 말이다. 성질 같아서는 4층 아래로 냅다 던져 버리고 싶었다. 하지만 이런 놈 때문에 손에 피를 묻힐 수는 없지. 조용히 참았다. 입꼬리를 치켜 올리며 느른하게 미소 지어주었다.

“유정욱이, 마음도 좋구나.”

“마음씨가 좋은 게 아니지. 물불 가리지 않고 덤비는 너보다 영리하다고 말하는 거다.”

망할 놈. 끝까지 한마디도 지지 않는다. 지금은 아니나 나중에 반드시 한 번 작정하고 패줘야겠군. 유립은 등 뒤로 손을 흔들어 보였다. 조용히 몸을 돌이켰다. 입 꾹 다물고 엘리베이터 쪽으로 걸어갔다.

“천하의 이유립이 정말 불쌍하게 되었군.”

봉황은 잡새와 같이 놀지 않는 법. 등 뒤에서 정욱이 이죽거리는 소리가 벌레처럼 윙윙 날아다니는 것을 무시해 주었다. 지금 당면한 문제는 멍청한 저놈 따위가 아니라 정세영이라는 불여우 한 마리였다. 머릿속에서 무럭무럭 자라고 있는 배신감과 분노를 다잡으면서 얌전하게 엘리베이터를 탔다. 지금은 흥분하고 날뛸 때가 아니었다. 앞으로 행동의 진로를 어떻게 잡아야 할까 면밀한 분석과 전략을 짜야 할 때이다.

머물던 객실로 돌아와 유립은 망설이지 않고 슈트케이스를 열었다. 차곡차곡 짐을 싸기 시작했다. 세영이 서울로 떠났다면 그 역시 이곳에 더 머무를 필요가 없었다.

사실 그는 이미 어제 떠났어야만 했다. 아버지 명령을 어겨가며 여기 남은 건 딱 하나 그녀 때문이었다.

'이런 식으로 날 아주 잘 떼어냈다고 생각하고 있겠지만. 천만에 말씀 만만에 콩떡이다, 정세영이.'

유립은 입술 꼬리를 심술궂게 휘었다.

'워밍업은 여기서 끝냈지만, 본게임은 이제부터야. 나를 아주 멍청한 녀석으로 본 모양인데 말이야. 한국으로 돌아가서 본격적으로 한번 붙어보자고!'

유립은 성큼성큼 화장대 앞으로 걸어갔다. 손으로 거울에 적힌 'Good Bye' 라는 단어를 뭉개 버렸다. 검은 눈썹이 위로 휙 치켜 올라간 사내 하나가 심술궂은 표정으로 얼굴을 찌푸리고 있었다.

"시작한 것은 너일지 모르지만, 끝내는 건 우리 둘이 하는 거야. 알아? 바보 계집애야."

세영이 거울 속에 서 있기라도 하듯이 중얼거렸다. 연애란 시작하기는 쉬워도 끝장내기는 어려운 게임이라는 말을 들어본 적이 있다. 맞는 말이다. 이미 일어나 버린 일을 없던 일로 부인할 수는 없다. 절대로 가능하지 않다. 그 앞에 무엇이 기다리고 있는지 모르지만, 끝까지 가기로 했으면 그 맹세를 지켜야 하는 법. 감히 한입으로 두말을 한단 말이야? 유립은 바닥에 나동그라진 붉은 립스틱으로 뭉개진 흔적 위에 크게 휘갈겼다.

—웃기네!

part 04

침입

"엄마!"

"어서 와라, 우리 딸."

청와대 1층, 영부인 집무실. 어머니는 단정한 회색 투피스 차림으로 책상 앞에 서서 활짝 미소 지으며 팔을 벌렸다. 세영은 어머니 품 안으로 납작 파고들고 말았다.

일 년 만에 어머니를 만났으니 그저 반갑기만 해야 할 텐데 예전처럼 순수하게 기뻐할 수만은 없는 것이 그녀의 괴로움이었다. 다른 누구도 아닌 이유립과 저지른 고약하고 민망한 짓이 떠올라 어머니 얼굴을 제대로 볼 수가 없었다. 정작 어머니 얼굴을 보자, 자신이 저지른 짓이 가지는 불측한 무게가 더 크게 느껴져 너무 힘들었다. 미안하고 죄송한 만큼 절망스럽고 아팠다. 어린애도 아닌데,

누군가의 등 뒤로 숨고 싶었다. 언제나 기분 좋은 향기가 풍기는 어머니 품 안에서 세영은 그만 눈을 감고 말았다.

처음으로 집착하게 된 남자. 죽어도 갖고 싶었다. 그러나 먼저 돌아서고 포기했다. 욕심 많기로 둘째가라면 서러울 그녀가 얻으려고 투쟁도 하지 않고 먼저 스스로 단념해 버렸다. 시작하지도 못한 특별한 관계가, 운명의 사랑이 죽었다. 조상弔喪의 눈물을 흘려야만 하니까. 아주 특별한 위로가 필요했다.

세상에서 가장 사랑하는 사람, 어머니. 하필이면 왜 이지헌이라는 남자와 결혼했던 걸까?

"엄마."

"그래."

"미워요."

다짜고짜 딸이 불평하자 조금은 당황한 듯 영부인의 단아한 목소리가 다소 높아졌다.

"왜 그럴까?"

"어째서 엄만 나이가 들어갈수록 아름다워지시는 거죠? 불공평해요, 이건."

"엄마 눈엔 우리 딸이 세상에서 제일 예뻐. 어서 들어가자. 아버지 기다리신다."

"잠시만요. 엄마 냄새 좀 더 맡고 싶어."

엄마. 왜 그 남자와 이혼 같은 것을 하신 거죠? 어째서 그 남자가 다시 결혼하게 해 그를 태어나게 만들었어요? 원망? 아니다, 비애이고 슬픔이다. 원망은 어머니에게 해서는 안 된다. 그녀 자신에게 해야 한다. 어째서 그녀는 그 남자의 아들인 유립을 만나 버렸을까.

늘 그러했듯이 사소하고 가벼운 즐거움이어야 했다. 깊이 매혹을 당하지 말아야 했다. 하룻밤의 짜릿하고 자극적인 게임. 질탕한 유희를 즐기고 돌아서면 잊어버리는 사소함으로 만족해야 했었다. 돌고 돌아 다시 맞물린 연緣. 전 대代의 그들은 인연이 끝났다 여겼을 테지만, 아니었다. 다시 시작이었다. 운명은 아직 그들 두 가문에 남은 앙금이 있는 모양이다.

"엄마."

"왜?"

"사랑해요. 세상에서 제일 사랑해요. 아시죠?"

"알다마다."

세영은 입술을 깨물었다. 사랑하고말고. 어떻게 어머니를 배신하고 망신을 시킬 수 있어? 그에 대한 느낌도 정직한 열정이고 끌림이었을 테지만, 그건 감정적인 핵폭발일 뿐이다.

어머니에 대한 사랑과 의리는 그것보다 더 중요했다. 이 사랑에 대하여 책임을 져야 했기에 찾아낸 그 사람을 버렸다. 세상의 모든 것에는 항상 대가가 필요한 법이다. 그녀는 정말 옳은 선택을 했다. 그가 이유립인 이상, 엄마가 결혼했던 남자의 아들인 이상 두 사람은 영원히 금단. 그냥 치명적인 실수였던 거다. 없던 일처럼 덮어버리고 헤어지는 방법밖에는 없다. 까맣게 잊을 수 있을지 자신은 없지만, 늘 그렇듯이 살아낼 수는 있을 거다. 율리우스 때처럼. 그때도 잘도 살아남았지 않는가?

세영은 고개를 치켜들었다. 봄날처럼 웃으며 쾌활하게 소리쳤다.

"아버진 어디 계시죠? 선물 잔뜩 사왔는데."

"2층 사무실에 계신다. 어서 가보렴."

세영이 웃는 낯을 지우지 않고 등을 돌렸다.

"세영아."

"네?"

"무슨 일 있었니?"

부드러우나 속 깊이까지 파고드는 어머니의 시선이 그녀를 살피고 있었다. 혹시 가슴앓이가 들킬까 봐 웃는 얼굴에 더 힘을 주었다.

"왜요?"

"그냥 좀…… 네 분위기가 다른 때와는 좀 달라 보여서 말이다. 혹시 우리 딸에게 안 좋은 일이라도 생긴 건 아닐까 걱정되는구나."

"별일 없어요."

"……그래. 하지만 네가 무엇인가 털어놓고 싶을 때 언제나 기다리고 있단다. 말해주렴. 나에게도 잔소리할 기회 좀 주겠니?"

"약속할게요. 만약 이야기할 마음이 생기면 제일 먼저 어머니와 의논하겠다고 약속드릴게요."

"좋아. 아버지 뵙고 올라가렴. 먼저 쉬어라."

늘 어머니 앞에서 그러했듯이 기운차게 문을 열고 채 닫히지 않은 문을 통해 배낭을 메고 걸어나갔다.

어미란 자식의 일에 대해서는 듣지 않고 보지 않아도 예감하고 마는 존재이다. 세영은 등 뒤에 선 어머니의 예리한 눈을 알지 못했다. 영부인은 모퉁이를 돌아가는 딸의 모습을 한참 동안 바라보며 서 있었다. 단정하게 다듬은 눈썹이 살짝 찌푸려졌다. 몇 달 만에 보는 딸이다. 햇살같이 밝기만 하던 표정에는 감추었어도 드러나는 묘한 슬픔이 서려 있었다. 언제였던가? 10년 전쯤, 첫사랑을 아프게 실패한 후 깊이 상처받아 아파하던 그때처럼.

'저 애에게 무슨 일이 있었어. 지금 많이 슬퍼하고 있어.'

속상하고 우울하고 슬플 때면 더 많이 웃는다. 행복한 척하는 버릇을 알고 있다. 맏이라서 그런지 어리광보다는 의젓함을 먼저 배운 아이이다. 일찌감치 철이 들어 잔손 한 번 들이지 않고 대견하게 자란 딸아이였다. 무엇을 해도 실수하지 않고 제 일 가려 할 줄 알고, 어른스럽게 책임지는 성격이다.

묘한 것이 어미 마음이라, 대견하고 자랑스러우면서도 그래서 오히려 애잔하고 안쓰러워지는 것이었다. 저것이 저렇게 삭이고 혼자 견뎌내려면 속으로 얼마나 가슴앓이를 할까? 말 못하고 홀로 끙끙 앓으며 힘들어할까 생각한 탓이었다.

영부인은 몸을 돌려 책상 앞에 다시 앉았다. 잠시 곰곰이 생각하다가 인터폰을 눌렀다.

"김 과장님, 내일 강 실장 좀 보자고 전해주세요."

지척에서 딸아이를 수행한 경호원의 이야기를 들어봐야지. 그렇다면 무슨 일이 벌어진 것인지 대강 짐작할 수 있을 게다.

밤이 내린 청와대. 늘 절간처럼 조용하던 대통령 관저에 모처럼 화기애애한 웃음소리가 울려 퍼지고 있었다. 세영도 돌아왔지, 어머니의 생신이라 외국에서 공부 중인 쌍둥이들도 잠시 귀국했다. 근엄한 정 대통령도 몇 번이고 파안대소였다. 절로 10년은 젊어진 그런 표정이었다. 만면에 미소를 지으며 고개를 돌려 눈에 넣어도 아프지 않을 딸을 바라보았다.

"중국에서 반년 더 죽치겠다더니 갑자기 왜 돌아온 거냐?"

"인제 그만할래요, 아빠. 노처녀, 기운 없어서 긴 여행은 더 못하겠어요."

"슬슬 다음 선거 준비해야지."

"그럼요. 당연하죠."

"아빤 너를 믿는다. 한 십 년 있다가 네가 뒤를 이어야지."

"믿으세요. 제가 누굽니까? 아빠 딸 정세영이라구요."

호언장담. 젓가락을 휘두르며 여행 중 일어났던 재미난 일들을 늘어놓았다. 침을 튀겨가며 행복했다, 좋았다 하는 이야기만 내보였다.

"넓은 세상 돌아다녀 보니 그래, 인생을 같이 살 만한 사내놈 하나 보이지 않더냐?"

"그게요, 제 마음에 드는 남자는 다 짝이 있더라구요. 다른 여자 남자를 낚아챌 수는 없잖아요. 저도 자존심이 있는데."

아버지의 말에 세영은 과장된 한숨을 내쉬었다. 율리우스 이후 겨우 하나 건졌다 믿은 그 남자. 어머니의 남편이었던 남자의 아들이었다. 두 사람 다 최악의 상대. 사랑은 정세영에게 어울리지 않는 이름. 정 대통령이 농담 반 진담 반, 은근히 말을 건넸다.

"우리 딸, 슬슬 나이도 찼는데 이제는 좋은 사람 만나야지. 우리도 할아버지, 할머니 소리 한번 들어보자."

"아버지, 이거 배신이라구요!"

"내가 잘못 말한 거냐?"

"칫, 너무 아까워서 평생 결혼 안 시키고 곁에다 끼고 사신다 해 놓고서는……. 나이 들어 애물단지다, 이건가요? 이제는 등 떠밀어 시집보내려 하시게?"

"나이 차면 짝 맞추어 내보는 게 부모 노릇인 게지."

"흠, 수상한데요. 아버지 눈에 차는 사람이 혹시 나타났어요?"

"그래."

"아버지!"

"여보!"

세영과 영부인이 동시에 소리쳤다. 섭섭하다는 눈초리를 감추지 않으며 영부인이 남편을 가볍게 비난했다.

"저더러는 그런 말씀 한마디도 안 하셨잖아요."

"아, 나도 몇 년 지켜만 본 거지. 쓸 만한 놈인가 아닌가."

"아직 일러요. 아까워서 재 남 못 줘요."

"나이 찬 녀석을 언제까지 끼고 살 수도 없는 노릇이지. 이 녀석도 서른이네. 이 사람아, 짝 맞추어 혼인시킬 때도 되었지."

"그만두세요, 아버지. 제 남편은 제가 골라요. 정략결혼이니 뭐니 하면서 조건 맞춰 팔려가진 않는다구요."

세영은 정색하고 경고했다. 그러나 정 대통령도 지지 않고 받아쳤다.

"누가 그런 결혼을 시킨다더냐? 너 잘난 것 인정해 줄 줄 알고 외조 잘하고 착하고 점잖은 녀석이다."

진중하고 허튼소리 않는 남편이다. 오래도록 두고 보아 몰래 챙겨둔 사윗감이라 하니 궁금한 모양이었다. 벌써 결혼을 왜 시키느냐고 질색하면서도 영부인이 은근히 물었다.

"저에게 의논도 안 하시고 속으로만 꽁꽁 감춰두시고……. 섭섭해요. 그나저나 어떤 사람이랍니까?"

"능력도 있고 기골도 훤칠한 녀석이네. 집안이야 그만하면 맞추었고."

"아버지! 저는 싫어요. 분명히 말씀드렸어요. 싫다구요."

"왜?"

"모르세요? 저, 아버지 딸이랍니다."

"그래서?"

"정동욱 대통령 각하의 하나뿐인 영애 정세영. 제 됨됨이보다는 겉포장이 먼저 보이는 신세인 것 아시잖아요."

"선보면 다 정략결혼이냐? 아, 좋다. 나도 연애결혼 반대하는 것은 아니다만, 별 볼일 없는 녀석 데리고 오기만 해봐라."

"대체 아버지께선 절 뭘로 보시는 거예요?"

세영은 몹시도 자존심 상한다는 표정을 지어 보였다. 방긋 웃으며 자신만만 단언했다.

"원하시는 날에 멋진 남자를 대령해 드리죠. 제가 데리고 올 신랑감의 조건만 가르쳐 주세요."

"저거, 저거! 인생의 중대사를 마치 제 주머니 안의 물건처럼 말하는 것 좀 봐. 너 만나는 사람이라도 있으면서 그런 말을 하는 거니?"

영부인이 곱게 눈을 흘겼다. 부모의 노파심일까? 확실한 아이려니 하고 믿으면서도 두렵다는 표정이었다. 매사 지나치게 당당하고 자신감 넘치는 딸아이의 태도가 보기 좋으면서도 불안하다. 때로는 아슬아슬하게 느껴지고 저러다가 큰코 한 번 다치지 하는 생각이 어머니 입장에서 아니 들 수가 없는 것이었다.

"설마 제가 그 정도 능력 없을까 봐요? 말씀해 보세요. 제가 결혼할 남자가 어떤 조건을 갖고 있으면 반대하지 않으실 건데요?"

농담을 빙자하여 부모의 속내를 듣고 싶다는 거다. 딸아이의 앙큼한 생각을 읽어낸 듯 정 대통령이 너털웃음을 터뜨렸다.

"흠, 조건이라……. 그런 놈을 대령하겠다 그 말이지? 어디 한번 네가 고르는 놈 구경하자. 보아서 그만그만하면 네 뜻대로 하겠지만 시원찮으면 애비 마음대로 할 거다. 이의 없지?"

"당연하죠."

정 대통령이 세영을 정시했다. 농담 반, 진담 반. 안경 속에 가려진 눈빛이 진지했다.

"우리 딸하고 짝 맺을 사내, 네 엄마나 나나 별스럽게 바라지 않는다. 남자를 사귈 때 딱 세 가지만 보고, 되었다 싶으면 데려오너라."

"어떤 점인데요?"

"첫째 화목한 양친 슬하 평범하게 자란 녀석. 그래야 안팎으로 구겨진 데가 없다."

"네."

"둘째는 너만큼 배운 놈일 것. 말 안 통하는 부부 사이, 같이 못 산다. 그것만큼 지겨운 것 없거든."

"인정해요."

"마지막. 이게 제일 중요한데 말이다. 이 세상에서 너를 가장 사랑해야 한다. 너 아니면 죽고 못 사는 놈, 너 얻자고 물불 안 가리는 혈기는 있어야 사내딱지지. 목숨 떼놓고 덤빈다면야, 뭐 한번 생각해 주마. 됐냐?"

"역시 우리 아빠 멋쟁이라니깐요. 좋습니다. 다른 조건은 필요없으신 거 맞죠? 이 세 가지만 맞으면 제가 '어떤' 남자를 데려오든 허락하시는 거죠?"

세영은 생글 웃으며 못을 박듯이 다짐했다. 정 대통령이 실눈을 뜨고 딸을 노려보았다.

"흐음, 수상해. 어째 내가 네 덫에 걸린 것 같은 기분이 들지?"

"아버지, 왜 그러세요! 아까 하신 말하고는 다르잖아요? 말로는 혼인하라 하시면서 사실은 저를 처녀귀신으로 죽이시려는 거죠?"

이렇게 믿고 계신다. 이렇게 사랑해 주신다. 그야말로 눈에 넣어도 아프지 않을 딸아이라 여기신다. 그런데 세영은 두 분에게 어떤 배신을 했는가. 환하게 웃고 계시는 두 분을 바라보며 억지로 미소 지으려 애썼다. 이래서 안 되는 거야, 이유립. 그래서 도망친 거야. 그와 그녀는 이럴 수밖엔 없는 거다.

"정말 기대가 돼요, 저 애가 어떤 사람을 데리고 올지."

"우리 딸이 언제 실망시킨 적 있어? 기대해 보자구. 허허허."

"말로는 그러시면서 홀로 사윗감을 감춰두셨어요?"

아버지를 곱게 흘겨보는 어머니를 바라보았다. 어찌할 수 없이 우수에 젖을 수밖에 없었다. 짙은 죄책감과 맞물린 복잡한 아픔이 심장에 아로새겨졌다. 참으로 기이하고 더러운 운명이다. 30여 년 전에 어미가 매혹당한 남자의 아들에게 그 딸이 다시 홀리고 말다니.

'결국 집안 내력인가? 이씨 가문 남자에게 홀릴 팔자였단 말? 웃기지도 않네.'

방으로 돌아와 창가로 가 섰다. 다짐하고 다짐해도, 아무리 마음을 담대히 가지려고 해도 솔직히 힘들었다. 은은한 정원등이 켜진 정원을 내다보았다. 억지로 참았던 한숨이 다시 새어 나왔다. 관저를 둘러싼 소나무 우듬지를 멍하니 바라보았다.

'잘한 거야.'

주먹을 꽉 쥐었다. 다시 한 번 스스로에게 속삭여 주었다. 일탈도 어느 정도인 법이다. 다른 남자는 모르지만 절대로 그 남자만은 안 된다. 그녀가 아무리 당찬 여자라지만, 대담하고 담대하다지만 그렇다고 뻔뻔하게 모른 척 '이유립', 그 남자와 깊은 관계를 지속할 만큼은 아니다. 그건 어머니의 딸로서 절대로 해서는 안 되는 일이었다. 가장 사랑하는 분을 모욕할 수는 없지 않는가? 기억을 도려내서라도 그를, 그와 함께한 시간 전부를 잊어버려야 한다.

"할 수 있어."

아암, 할 수 있고말고. 율리우스를 지워내는 데 딱 10년이 걸렸으니, 그 정도의 시간이 지난다면…… 잊히겠지.

내일부터 열심히 운동이나 해야겠다. 피곤해서 그냥 지쳐 빠져 잠이 들 수 있도록. 다시 출근해서 일을 시작해야지. 좋아, 이번에는 민국당 압승이다. 그녀는 침대로 올라갔다. 두 팔로 동그랗게 만 무릎을 꽉 감싸 안았다. 얼굴을 깊이 파묻었다.

"잊을 수 없어."

상처받은 짐승의 신음. 자그마한 탄식이 새어 나왔다. 잊을 수 있을 것 같지 않아. 그래서 너무 무서워, 엄마.

3월 3일, 서울.

불우이웃을 돕기 위한 자선패션쇼에 참석할 예정이다.

"어디 불편하십니까?"

수첩을 뒤적이던 세영은 고개를 들었다. 운전하고 있던 박 팀장의 얼굴이 백미러 안으로 비쳐 보였다. 걱정스러운 표정이었다. 강 실장 역시 그녀를 돌아보고 있었다.

"왜요?"

"표정이 몹시 우울하십니다. 살도 많이 빠지신 것 같구요."

"운동 열심히 하는 거 알고 계시잖아요. 요 며칠 일도 많았고."

그냥저냥 얼버무렸다. 컨디션이 아주 좋은 편은 아니었다. 하지만 다른 사람이 걱정할 정도는 아니라고 생각했다. 물론 이 몇 달 내내 제대로 잠을 자지 못했지만.

밤마다 뒤척이며 그를 불렀다. 이미 젖어든 몸이, 금단을 맛보아버린 영혼이 그를 부르고 있었다. 열대야같이 끈끈하고 습기 찬 욕망으로 신음하며 뒹굴었다. 그를 갖고 싶어, 이유립. 그 남자를 안고 싶어.

갈망과 이루지 못하는 현실의 갈등. 몇 번이고 그를 찾아 달려가고 싶다는 충동으로 몸을 떨었다. 치열한 싸움에 시달렸다. 새삼스레 콤팩트의 거울을 꺼내보니 세상에, 눈 아래가 거멓게 변해 있었다. 화장으로도 가려지지 않았다. 다른 사람들까지 알아차릴 정도로 망가져 있었다.

"놀다가 다시 일하니까 피곤해서 그런가? 별일 없어요."

세영의 태연한 대답에 수행원들은 이내 안심한 얼굴이 되었다. 그들이 책임지는 세영의 건강에 문제가 생기면 심한 질책을 당하게 될 것이다.

"사실 오늘은 많이 피곤해. 보고서 쓴다고 새벽 3시에 잤잖아요."

오늘의 행사는 '소우회' 라는 단체가 주최하는 자선패션쇼였다. 독립유공자들의 불우한 후손을 돕기 위한 행사였다. '소우회' 는 거기서 거기, 엇비슷한 대한민국 상류층 자제들이 만든 봉사클럽이었다. 창립 멤버인 사촌 진혁 덕분에 세영도 발을 하나 걸쳐 두고 있었다. 그런 인연으로 참석해 달라는 부탁을 거절할 수 없었다.

"네가 와주면 뉴스되잖냐. 좋은 일 하자는 건데 협조 좀 해주라, 정세영."

'대통령의 딸' 이라는 간판을 필요로 하는 곳이 참 많기도 했다. 거기다가 낼모레 발표할 선거운동 홍보 시안 보고회도 있다. 끙끙대며 서류를 작성하느라 늦어 잠들었다. 녹초가 되어, 죽은 듯 쓰러져서 자고 일어났다.

이상하다. 개운하지가 않다. 채우지 못한 열망으로 아직도 가슴이 쓰라리다. 잊을 수가 없어. 잊지 못해. 미칠 것 같아. 이렇듯 세상은 화창한 봄날인데, 세영의 세상만은 캄캄하게 어둡다. 잊지 않아.

눈을 감고 뒷머리를 시트에 기댔다. 머릿속으로 오늘 행사에 대한 것을 다시 한 번 점검했다. 하지만 한때 그녀의 모든 것이던 일이 재미없다. 순간의 행복을 누렸던 대가가 너무 컸다. 떠난다는 결정을 내렸던 순간부터 마음에는 블랙홀 같은 큰 구멍이 생겨 버렸다. 시간이 지나면 사라질 것이라고 속였다. 다짐했다.

하지만 거짓말인걸.

어느덧 석 달, 잊지 못한 시간이 길어질수록 잊겠다는 스스로의 마음을 의심할 수밖에 없었다. 정말 그를, 유립을 잊을 수 있을까? 시간을 이길 장사가 없다 하는데, 그 말이 맞다면 석 달이 흐른 지금 그에 대한 기억이 다소 옅어져야 정상이다. 하지만 왜 그때보다 지금 더 그가 보고 싶은 것일까?

자선패션쇼는 강남구 '틴 하우스'의 대강당에서 벌어졌다. 행사의 책임자와 '틴 하우스' 관장이 영애 세영을 위해 지하주차장까지 영접하러 나왔다. 세영은 짙은 화장 같은 의례적인 미소를 지으며 단아하게 걸었다. 낭랑한 목소리로 디자이너들을 만나 인사했다. 가장 행복하고 단정한 표정으로 관계자들을 치하했다. 활짝 웃으며 사진을 찍었다. 아, 재미없다.

요식적인 행사는 이내 전부 끝나고 관객들이 기다리는 본격적인 패션쇼는 30분 후였다. 더 소란해지기 전에 행사장을 떠날 심산이었다. 세영은 그림자처럼 경호하는 강 실장을 돌아보았다.

"십 분 후에 주차장으로 내려가죠."

"알겠습니다."

관장실로 자리를 옮겨 차를 대접받은 후, 주차장으로 내려가기 위해 엘리베이터 앞에 선 순간이었다. 그만 훅 하고 숨을 멈추고 말았다. 엘리베이터 문이 열리고 그 안에서 그녀를 빤히 바라보고 있는 남자와 시선이 마주쳤던 순간이다. 유립이었다. 그녀가 먼저 버린 그 남자가 거짓말처럼 눈앞에 서 있었다.

그가 세영을 빤히 노려보며 턱짓을 했다. 좋은 말 할 때 빨리 타란 말이었다. 마치 최면에 걸린 것처럼 세영은 비틀거리는 다리로 엘리베이터에 올라탔다. 그에게로 다가갔다. 유립이 12층 꼭대기층을 눌렀고, 이내 닫힘버튼을 눌렀다. 엘리베이터 문이 닫혔고 좁은 사각의 상자 속에 이제 오직 둘뿐이다.

유립이 세영을 노려보며 싱긋 웃었다.

"오랜만이다, 자기."

오랜 달리기를 마친 선수처럼 가슴이 쿵, 쿵, 뛰고 있었다. 두려움만큼이나 강렬한 기쁨. 기쁨만큼이나 뜨거운 놀람. 놀람만큼이나 확실한 기대. 자신의 진짜 마음이 어떤 것에 가장 가까운지 헤아릴 여유도 없다. 세영은 핏기 가신 입술을 간신히 벌렸다.

"여긴 어떻게……?"

이내 깨달았다. 경산그룹 황태자란 유립의 위치라면 충분히 이런 모임에 나타날 수 있다. 다만 그동안 마주치지 않았고 관심이 없었기에 서로를 알아보지 못했을 뿐이다.

영혼을 파괴하고 옥죄는 것처럼 억압적인 침묵이 그들을 감쌌다. 뜨거운 열기가 바늘처럼 따끔따끔 피부를 쪼았다. 적어도 겉으로 보이는 미소에서만큼은 긴장과 두근거림을 감추고 싶었지만, 가능하지 않았다. 이렇게 열렬하고 무서운 눈으로 노려보는 저 남자가 한 발자국 앞에 서 있는데.

세영은 마음속 동요가 극심한 만큼 태연하려 안간힘을 다했다. 이 정도에서 당황하거나 두려워 어쩔 줄을 몰라 한다면 배짱밖에 없는 정세영이 아니기에. 이토록 짜릿하고 이토록 질붉은 색의 게임에서 패배할 순 없다.

전혀 당황하지 않은 것처럼, 생글생글 미소 지으려 노력했다. 아무렇지도 않은 것처럼 오다가다 만난 아무런 인연이 없는 사람들이 만난 것처럼. 하지만 태연하려 애쓰는 얼굴근육이 너무나 부자연스럽다. 아무리 아닌 척해도 끔찍하도록 경직되어 있다는 것을 그녀 자신이 더 잘 알고 있다.

'가능하지 않아!'

세영은 마음속으로 절규했다. 이 남자를 잊는다는 것, 그의 흔적을 부인하고 무시한다는 것, 애초부터 가능하지 않은 일이었다. 생애 처음, 시작도 않고 비겁하게 도망가 보았지만, 결국은 이렇게 만나 버리는걸.

마치 태풍의 눈 속에 들어와 있는 기분이었다. 이상하리만큼 고요한 시선으로 주시하는 유립의 눈을 똑바로 바라보았다. 끝내야 한다. 다시는 만나선 안 돼. 아는 척도, 미련 두어도 안 돼. 더없이 단호하게 잘라야 한다. 땡 하고 벨이 울렸다. 엘리베이터가 가장 높은 12층에 도착한 것이다.

"내리시죠, 아가씨."

사람들의 흔적이 보이지 않는 적막한 복도. 세영은 아랫배에 힘을 주었다. 죽기 아니면 까무러치기. 당차게 먼저 돌아섰다. 그의 턱 아래 다가가 생글 유혹적인 웃음을 흘렸다.

"안녕? 자기."

"자기? 아직도 내가 자기이긴 하냐?"

나지막한 음성이었지만, 불길했다. 되받아치는 목소리가 거칠고 난폭했다. 꾹꾹 억누른 분노가 그대로 느껴졌다.

"하룻밤에도 만리장성을 쌓는다잖아. 자, 그럼 잘 가. 바이바이."

한 발자국 채 떼기도 전에 팔을 잡혔다. 휙 돌이켜져서 남자의 몸과 벽 사이에 끼고 말았다. 아주 가까이, 입김마저 느껴지는 얼굴이 다가왔다. 네 개의 눈동자가 하나처럼 엉켰다. 그날처럼. 함께이던 그 밤처럼.

"얼렁뚱땅 이대로 넘어가지는 못하지, 아가씨?"

"뭘 바라는 거야?"

"내가 그냥 물러서지 않을 거란 건 알고 있을 텐데?"

"어쩌겠다는 건데? 협박이라도 할 심산?"

세영의 말에 유립이 힐쭉 웃었다. 소리 나지 않았으나, 몹시 심술궂었고 음울했다. 절대로 물러서지 않는 고집이 가득 서려 있었다.

"말해. 왜 도망간 거냐?"

남자는 앞뒤 꼬리 다 붙은 설명을 할 인내심이 없는 듯했다. 맞았다. 그에게는 무언가를 빙 돌려 표현할 참을성이 더 이상 남아 있지 않았다.

석 달이다! 무려 석 달.

빌어먹을. 이 여자 때문에 불면하는 일은 더 이상 참을 수 없다. 지긋지긋하다. 정세영이라는 환장할 이름을 가진 여자 하나 없다고, 보지 못한다고 세상 전부가 시들했다. 만사 재미가 없었다. 이가 갈렸다. 사내새끼 하나 완전히 병신 만들어놓았으면 책임을 져야 할 것 아냐? 빌어먹을 계집애. 아무것도 모른다는 듯, 다 잊어버렸다는 듯 잘도 웃고 있다. 죽도록 얄밉게 되물었다.

“어머! 무슨 말씀? 왜 그러세요, 자기?”

살의를 느꼈다. 없던 일로 하자는 말이었다. 불필요한 존칭마저 써가며 태연하게 그의 존재를 뭉개고 있다. 유립은 거의 기절할 정도로 부아가 치밀어 올랐다. 그러나 마지막 인내심을 긁어모아 꾹 참았다. 갈 곳을 잃어버린 분노의 다른 이름은 결국 그리움이었기에. 감추지 못하고 삭이지 못한 미련과 욕망이기에.

이렇게 가까이 그리운 향기가 있는데, 오래도록 갈망해 온 암컷이 앞에 있는데 참는다면 사내가 아니다. 유립은 거칠게 세영의 얼굴을 끌어당겼다. 하늘이 무너지든 말든 알아서 하라지. 허겁지겁 탐닉했다. 주린 아이가 어미의 젖을 찾듯 붉은 입술을 물었다. 자연스럽게 벌어지는 입속으로 혀를 밀어 넣었다. 열망하던 감각과 달콤함을 가득히 들이마셨다. 이제야 겨우 살 것 같았다.

아주 잠시, 멍하니 서 있던 세영이 남자의 거친 키스를 받아들였다. 잠시 호응해 반쯤 그의 등을 타고 오르던 손이 멈칫했다. 소스라쳐 그를 밀어냈다.

“여기선 안 돼! 제발.”

“왜?”

“내가 연락할 테니까. 지금은…….”

너무 많이 시간을 지체했나? 두 사람의 눈이 다시 올라오는 엘리베이터의 붉은 신호등을 동시에 좇았다. 이런 식으로 둘이 같이 있는 모습을 남의 눈에 보이게 되면 하나 좋을 것이 없다. 재빨리 유립은 호주머니에서 자신의 스마트폰을 꺼내 세영의 손에 들려주었다.

“울리면 받아.”

"이건……?"

"한 시간 후에 걸 테니까. 또 물 먹이면 죽여 버릴 거다."

허풍이 아니라는 것을 두 사람 다 너무 잘 알고 있었다. 세영은 떨리는 손으로 유립의 스마트폰을 핸드백 안으로 밀어넣었다.

문이 열리는 엘리베이터 안에는 야무진 인상의 여자가 타고 있었다. 그녀가 세영을 보자 안심한 얼굴을 했다.

"아, 나 바보 같아. 정신 딴 데로 팔다가 올라가는 버튼을 눌러 버렸지 뭐예요?"

너무나 태연한 목소리로 말하고 있다. 일행인가 보다. 경호원이거나 뭐, 그런 거겠지. 세영이 망설이지 않고 엘리베이터에 올라섰다. 그리고 돌아서서 바깥에 선 유립을 빤히 바라보고는 정중하게 물었다.

"같이 안 타십니까?"

"아, 일행이 있습니다."

유립이 대답하자마자 곧바로 승강기 문이 닫혔다. 남자는 주먹을 꽉 움켜쥐었다. 아주 잠시 맛본 입술의 달콤함을 또다시 회상하듯 혀를 내밀어 자신의 입술을 핥았다. 지독히도 들큰한 맛을 탐했다. 세영의 향기를 들이마셨다.

은밀한 낙원 같던 그곳, 카리브해의 리조트에서 세영이 했던 말이 새삼스레 떠오르고 있었다.

"당신, 내가 누군 줄 알고 그런 말을 하니? 어떤 경우에도 끝까지 갈 만큼 무모해?"

유립은 다시 올라오는 엘리베이터를 노려보며 단호하게 중얼거렸다.

"당연하지."

포기 못한다. 아니, 포기하지 않는다.

포기하겠다고 결심해서 포기할 수 있었다면, 예전에 했다. 정욱에게 그녀가 누구라는 것을 들었던 그때에 이미 잘랐다. 하지만 그럴 수가 없었다. 그녀를 택한다면 얼마나 힘들게 될지 잘 알고 있다. 모르고서 시작하는 일이 아니다. 그들을 아는 모든 사람들에게 상처를 주고 그들 스스로도 많은 상처를 입겠지.

그럼에도 결론은 포기할 수 없다는 것. 마침내 찾아낸 짝을, 유일한 여자를 놓을 수 없다는 것. 어떤 여자도 사랑하지 않았던 바람같은 남자, 허리케인 렉스가 찾아낸, 자신을 렉시아라 말하던 그 여자, 정세영을 얻어야 한다는 것. 곁에 두어야 한다는 것. 그녀에 대한 집착과 소유욕은 평생 지고 가야 하는 운명, 반드시 둘은 함께여야 했다.

어떤 어려움과 방해를 물리치고라도 그 여자를 얻을 것이다. 헤어져 만나지 못하고 미칠 것 같은 가슴의 통증을 앓았다. 갈망으로 허덕였다.

석 달 동안 생각하고 또 생각하고…… 그러면서 서서히 형태를 갖춰 나간 운명, 그녀에 대한 사랑, 오직 그것만이 진실이라는 것. 무슨 수를 쓰더라도!

안절부절. 피부 안의 핏줄기가 얼굴 밖으로 새어 나온 듯 화급한 열기熱氣. 세영은 홀로 거처하는 연희동 집 안을 내내 오락가락 맴돌았다. 갈등 가득한 얼굴로 탁자에 놓인 유립의 휴대전화를 노려보았다.

미친 짓이야. 다시 만나면 안 돼. 아니, 미칠 것 같아. 보고 싶어. 같이 있고 싶어. 그를 갖고 싶어.

그의 입술이 닿은 그녀의 입술이 전혀 다른 의지를 지닌 생물처럼 떨리고 있다. 아까 맛본 금단의 쾌락을 원하며 젖어들고 있다. 원해. 미칠 것 같이 원해. 그 남자를 원해. 이건 파멸. 그들 둘 다를, 아니, 두 집안 전부 다 웃음거리로 만들고 부모님을 욕되게 하는 짓이다. 절대로 가능하지 않아. 우린 같이 할 수 없어.

단지 그를 다시 만났을 뿐인데 뿌리까지 흔들려 버렸다. 이성을 잃고 어쩔 줄 몰라 하는 자신의 모습이 세영은 끔찍하게 싫었다. 몸서리치도록 혐오스러웠다. 단지 남자, 지금껏 만난 다른 수컷과 전혀 다를 바 없는 그 남자 하나 때문에 이렇게 흔들리다니. 미칠 것 같고 이성을 잃어 달뜬 신음으로 맴돌이를 하고 있다니.

너무나 깊은 갈등과 분열적인 두 개의 마음이 그녀를 갈기갈기 찢었다. 안절부절, 손톱을 짓씹으며 째깍거리는 초침을 세고 있었다. 거의 정신이 이상하게 변하는 기분이었다. 바로 눈앞의 사물조차 괴상하게 삐뚤어지게 보일 정도였다. 탁자 위에 놓인 작은 사물이 괴물이 되어 달려드는 기분이었다.

'믿을 수가 없어.'

지금의 이 여자는 정세영이 아니다. 부르짖었다. 신음했다. 지금 이렇게 안절부절못하고 바들거리고 갈등하는 이 여자는 절대로 정세영이 아니다. 무엇이든 자신의 의지로 행동하고 냉철하게 처리하던 그 여자가 아니다. 세영은 거의 광란적인 동작으로 유립의 스마트폰을 움켜쥐고 욕실로 뛰어들어 갔다. 망설이지 않고 모든 갈등의 그것을 변기 안에 집어넣어 버리려고 했다.

'못해.'

저절로 입술 사이에 신음이 흘렀다. 하지 못했다. 할 수가 없었다. 가능한 일이 아니었다. 원해. 그를 원해. 단말기를 움켜쥔 손이 오래도록 떨렸다.

전화벨이 울린 것은 그때였다. 잔뜩 긴장한 터에 화들짝 놀란 손이 땀에 젖었다. 전화기가 미끄러져 바닥에 떨어졌다. 그럼에도 벨소리는 끊이지 않고 계속해서 집요하게 울리고 있었다. 그녀를 두드리는 그의 존재처럼. 집착과 소유욕으로 빛나던 검은 눈동자처럼.

〈나와.〉

"어딘지 알고?"

〈△△ 아파트 지하주차장이다.〉

연희동 집에서 5분 거리인 곳이다. 유립이 그녀의 집까지도 뻔히 알고 있다는 뜻이었다.

이렇게 일이 시작되어 버린다. 망가지고 산산조각이 났던 세상이 다시 맞춰지고 있다. 유립, 그 남자의 시선 안에서, 뜨거운 입맞춤 안에서. 이제 비로소 제대로 숨을 쉴 수 있을 것 같아.

가능성은 어차피 반반, 세영은 입술을 깨물었다. 시작도 않고 포기하는 것은 세상에서 제일 그녀답지 않은 일이었다. 그가 만약 세영의 정체를 알게 된다면 어떤 반응을 보일까? 그래도 이렇게 단호하게 그녀를 열망하고 다가오려 할 수 있을까?

'이유립. 당신, 참새인지 독수리인지 정말 궁금해.'

시험해 볼까? 리트머스 시험지에다가 용액 한 방울을 떨어뜨려 놓고 화학반응을 관찰하는 과학자가 되어볼까? 내가 미친 것처럼 당신도 그래? 어떤 경우에도 날 얻을 자신이 있어?

세영은 휙 하니 몸을 돌이켰다. 화장대 앞으로 다가가 붉은 립스틱을 집어 들었다. 단호한 손동작으로 진하게 칠하기 시작했다. 전부 아니면 무. 당신의 전부를 걸어봐, 렉스. 그럼 나도 나의 패를 전부 걸어볼 테니까.

저쪽에서 헤드라이트가 반짝 빛을 비추었다. 검은 페라리였다. 운전석에 앉아 그가 그녀를 찌르듯이 바라보고 있었다.

문을 열고 조수석에 올라타자마자 억센 팔이 다짜고짜 휘감았다. 강렬하게 부딪쳐 오는 입술, 아까 못다 한 키스가 다시 시작되었다. 지독히도 농밀하고 진득한 맛, 꿀처럼 맑게 흘러내리는 타액이 두 개의 입술 사이로 이어졌다. 이것은 생명, 새로운 숨결, 우리가 함께하는 이 시간만이 유일한 실존. 고개를 들었다. 검은 눈동자를 바라보며 물었다.

"무슨 뜻?"

"정신 차리라는 거지."

확실한 각성제였다. 키스 한 번으로 둘이 나누었던 모든 감각과 기억들이 다시 눈을 뜨고 말았다. 기쁨과 열정이 하나가 되어 일렁이던 땀에 젖은 동체들과 쾌락들을 일깨워 버렸다. 그의 얼굴이 다시 가까이 다가오고 있었다. 두 개였던 입술이 한 개로 엉켰다. 아까처럼 뜨겁지는 않았지만, 그렇다고 차갑지도 않았다. 적당한 온기, 적당한 자극, 딱 그만큼, 세영이 원하는 정말 딱 그만큼의 관능과 유혹. 이 키스는 그녀가 원하는 완벽한 정답이었다. 약았어, 이 남자 정말. 미칠 정도로 부드럽고 그리고, 두근거렸다.

"키스, 허락한 적 없는데."

"이런 것, 허락받고 하지 않아."

"강제로 하는 것을 좋아하는 줄 몰랐는걸?"

"거짓말하지 마. 지금 너도 열망하고 있잖아."

나쁜 남자. 도무지 거짓말을 하지 못하게 만든다. 항복. 말캉한 혀를 말아 올리는 힘이 지독히도 달콤하고 강렬했다. 이런 것이다. 이 남자의 키스란 이런 것이다. 절대로 놓을 수 없어. 잃고 싶지 않아. 입술과 눈동자에 아로새겨진 감각 못지않게 직접적이다. 피부와 관능의 감각에 아로새겨진 느낌은 각인. 불길의 상흔傷痕.

그러나 세영은 애써 그 모든 것을 부인하고 낱낱이 털어냈다. 아주 가볍게 밀쳤다.

"굿바이했던 것으로 기억해."

"포기 못해."

"뭐라고?"

"포기 안 한다고."

유립이 딱 잘라 말했다. 더할 나위 없이 섹시하고 검은 미소가 입가에 어려 있었다.

"미쳤구나!"

세영이 비명을 지르듯이 소리 질렀다. 둘 사이의 공기가 팽팽한 긴장으로 출렁거렸다.

“내가 왜? 무엇 때문에? 당신에게 흥미있던 시간은 지났어. 원타임 원러브. 이미 끝났어. 아직도 모르겠어?”

“너, 아직도 날 원하잖아?”

“오만하시기는. 모래알같이 많은 게 사내자식이야.”

“나하고 자고 싶지? 너 아직 나한테 안 질렸잖아. 네 몸이 원하고 있을걸? 이렇게?”

다시 죽일 듯 섹시하고 유혹적인 키스가 덤벼들었다. 가장 은밀한 곳까지 촉촉이 젖어버렸다. 세포 하나하나가 쾌락과 전율로 두근거리고 있었다. 이 남자, 정말 프로 중의 프로였다. 도망가는 여자를 잡을 줄 안다. 거부하는 여자와 싸울 줄 안다.

“섹스 때문에 한 번 끝낸 남자하고 다시 시작하지 않아. 싱싱한 놈들 많은데 내가 왜 맛본 녀석을 다시 찾아야 해?”

“올인해 줄게.”

“뭐라구?”

유립이 굉장히 상냥하게, 정중하게 말했다.

“정세영, 너한테 올인하겠다고. 그러니 나한테 와라.”

숨이 콱 막혔다. 그녀의 이름을 정확하게 알고 있다. 그건 이 남자도 그녀의 정체를 알고 있다는 뜻이었다.

“정말 미쳤구나.”

“미쳤지. 이유립이 정세영이라는 여자한테 반한 순간부터 세상은 이미 미쳐 돌아가기 시작했어.”

"안 돼."

"왜?"

"몰라서 물어?"

"확실하게 거절해. 납득할 만한 이유를 대. 그럼 놓아줄지도 몰라."

"당신이 더 잘 알잖아?"

바보멍청이 같으니라고. 세영은 날카롭게 소리쳤다.

"당신은 이유립, 난 정세영. 더 이상 무슨 설명을 바라? 난 우리 부모님 망신시키는 짓 죽어도 못해. 우리가 만나는 거 금세 소문날 거고, 이런 식으로 얼굴 보는 것조차 금지될 거야. 앞으로의 수순이 보이지도 않아?"

유립이 픽 웃었다. 그녀의 말을 전혀 받아들이지 않겠다는 명백한 의지를 드러내고 있었다.

"원래 그렇게 착해?"

"뭐?"

"너 정세영. 부모님 생각하며 네 욕망을 접거나, 원하는 것을 단념하는 여자였느냐고?"

"지금 날 비난하는 거야?"

"미안하지만, 너 그런 여자 아니잖아? 별로 착하지 않은 여자로 소문났던데?"

"그래서?"

"나도 마찬가지야. 소문난 이기주의자거든. 철저하게 뿌리까지 자기중심적이라서 내 맘대로 할 거야."

"내가 이기적이긴 하지만, 그래도 알량한 효도는 좀 하거든? 내

어머니와 결혼했던 남자의 아들과 얽혀서 난리 칠 정도로 뻔뻔하지는 않아. 그게 내 기본적인 도덕심이야."

"도덕심 좋아하네."

유립은 대놓고 비웃어주었다. 눈이 세모꼴이 되어 세영이 손톱을 세웠다. 하나하나 긁어놓고 처음부터 끝까지 도발한다. 이런 남자 앞에서 태연하기란 너무 힘이 들었다.

"막가자는 거야?"

"처음 보는 남자를 침대로 끌어들여 애욕을 불태우고, 이제 끝났다 안면몰수, 작별인사도 없이 걷어차는 주제에 무슨 도덕심? 생긴 대로 살아, 정세영이."

"어쩌자는 거야?"

"포기 못한다고 말했어."

그는 딱 잘라 말했다. 세영이 두 손으로 그의 가슴을 밀어냈다. 마지막으로 애원했다.

"사람이 만나 열정을 느끼고 미치는 감정은 겨우 삼 주일이면 끝난대. 우리 둘이 함께한 건 겨우 사흘이야. 쌓인 것도 없고 공감하는 것도 없어. 제발 여기서 끝내자, 응? 나 좋아하지 않잖아? 당신도 그냥 유희였잖아?"

"웃기네. 누가 좋아한다 그랬냐?"

유립이 손을 들어 세영의 얼굴을 살며시 쓰다듬었다. 천천히 말을 이었다.

"말은 바로 하자. 너한테 미쳤다."

그는 선택했다. 그녀를 원한 순간, 얻기로 작정한 순간, 물러설

곳이 없다. 설령 모든 것을 다 잃는다 해도 이 여자 하나와 세상 전부를 바꿀 수 있다. 태어나 처음으로 소유하고 싶어 환장하는 이 여자. 유립은 세영의 부드러운 얼굴을 가만히 쓰다듬었다. 다정하게 키스했다. 동시에 더없이 잔혹하게 선언했다.

"한 번은 봐줄 테니, 도망가. 정세영, 어디 한번 그 알량한 양심을 가지고 숨어봐. 보란 듯이 부수어주고 찢어주고 쫓아가 줄 테니. 꼭꼭 숨어. 절대로 나타나지 마. 그래도 어찌하든 틈을 찾아내서 쳐들어가 줄 테니."

"진짜 미쳤어."

"그래, 미쳤다고 대답했어. 분명히 들어. 다시 한 번 나한테 잡히면 그땐 끝장이야. 잔말 말고 항복해. 알아들었어?"

"잘난 척 말고 제발 그 '끝장' 이란 것 좀 구경해 보자. 기어오든 날아오든 다시 날 잡고 나서 그런 말해, 어디!"

꽥 고함을 친 세영이 차에서 내렸다. 탁 소리가 나게 문을 닫고는 뒤도 돌아보지 않고 자기 차로 돌아갔다. 그리고는 저만치 서 있는 차 안의 유립을 바라보았다. 보기 좋게 가운데 손가락을 휙 들어 보였다. 당신, 재수없어. 혀까지 날름해 보였다. 그리고 이내 시동을 걸더니 바람처럼 사라져 버렸다.

유립은 씩 웃었다.

끝까지 저 계집애, '싫다' 고 하지는 않았다.

part 05

아주 작은 틈으로

"오 분 후에 도착해요."

〈그래. 호도빵 사오는 것 잊지 않았지?〉

"네, 그럼요. 어느 분 명령이신데?"

휴대전화를 조수석에 내던지고 유립은 뮤직 플레이버튼을 눌렀다. 차 안에 가득 울려 퍼지는 'She'를 큰 소리로 따라 불렀다. 아마도 일주일 내내 이 음악만 듣게 될 것이다. 하나에 미치면 질릴 때까지 탐닉하지 않으면 견딜 수 없다. 온몸이 그 노래로 포화 상태가 될 때까지, 피부 안팎이 똑같은 선율로 물렁물렁해질 때까지 미치는 거다. 정세영으로 미치는 거다. 그의 노래, 그의 집중, 정세영.

"어서 와라."

화실에 들어서니 제일 먼저 배릿한 물감 냄새가 다가왔다. 그 사이를 뚫고 구수한 커피 향기가 행복을 만들고 있다. 고모 지민이 커다란 캔버스 사이에서 고개를 내밀었다.

"거기 개수대 안에 컵 있다. 좀 씻어라."

"석 달 만에 만나는 조카, 부려먹기부터 하시다니! 너무하시는 거 아닙니까?"

"일하지 않는 자 밥 먹지 말라는 말도 있어, 인마."

"쳇. 안 본 사이 사랑이 식었어. 나에게로 향한 애정을 훔쳐 간 놈팡이가 대체 누구예요?"

"미친놈. 인제 늙은 고모를 상대로까지 수작질이야. 그냥!"

걸게 욕하면서 지민이 소파로 다가왔다. 막 내린 커피가 부글거리는 포트를 들었다. 유립이 씻어서 내미는 컵에 넘치도록 커피를 따라주었다. 유립이 커피 마니아가 된 건 마찬가지로 좋은 커피라면 사족을 쓰지 못하는 고모의 영향이기도 했다. 지민이 자신의 잔을 들고 다가앉았다.

"네 애비, 어디 아프냐?"

"왜요?"

"엊그제 제삿날 보니 얼굴이 영 그래서 말이다."

"다른 사람은 다 아파 죽어도 그 양반은 아닐 테니 안심하세요."

"쌀쌀맞기는. 쯧쯧, 어쩜 그리 판박이냐? 아이고, 이것도 이씨 가문 내력이다."

덤덤한 유립의 말에 지민이 한탄했다. 곯난 표정으로 등짝을 한 대 후려쳤다.

"쳇! 고모님, 언제나 나를 사랑하신다면서? 결국은 아버지 편만

들어.”

“내가 언제? 이 녀석아, 네 아비는 강철이냐? 그이도 낼모레면 칠순이다.”

“걱정 마셔. 아침마다 등산할 때 보면 훨훨 날아다니시네요. 주중에도 세 번은 골프 나가요. 젊은 나보다 더 짱짱해.”

“젊은 놈이 영감태기보다 못해? 오입질 작작 하랬지?”

지민이 냅다 다시 유립의 등짝을 후려치며 세모꼴로 눈을 뜨고 으르렁거렸다.

“허구한 날, 밤마다 방탕하게 놀아젖히는데 몸인들 성하겠어?”

“고모님, 섹스가 얼마나 좋은 스포츠인지 아직도 모르세요? 한 번 하는데 얼마나 많은 칼로리가 소비되는데? 다이어트 직빵이야.”

“입 터졌다 말은 잘해.”

“이것 봐, 정말 사랑이 식었다니까?”

“사랑받을 짓을 하고 나서 그런 말을 해, 인마.”

지민이 눈을 흘겼다. 함박웃음을 지으며 간살거리는 조카를 노려보며 쳇 하고 입을 내밀었다. 이럴 때 고모는 칠순 노인이 아니라 어린 소녀 같다.

“자식이, 교활하게 미남계를 쓰기는…….”

“어. 아직도 제 술수가 먹혀 들어가긴 하는군요? 고등학교 이후로 내 매력이 고모님한테는 한풀 꺾인 줄 알았거든.”

모르는 척 능갈치는 조카를 향하여 지민이 옆에 놓인 붓을 내던졌다. 유립은 씩 웃으며 머리를 옆으로 돌려 귀밑으로 아슬아슬하게 스치는 붓을 피했다. 지민이 주먹을 쥐고 허공을 휘둘렀다. 유립은 저절로 자라목이 되어 비굴하게 중얼거렸다.

"고모, 늙어서도 그렇게 폭력적이면 좋으십니까?"

"매 안 맞고 자라서 네가 이 모양이잖아?"

"나름대로 이유립이, 착하다는 평가받고 살아, 뭐. 고모만 만날 이러지? 젠장."

"자— 알 한다. 고모 앞에서 욕도 하고."

"고슴도치 최 여사 아들내미인걸?"

"말 못해 죽은 귀신 붙었냐? 제 아비는 입에 자물통 채우고 사는 사람인데, 너는 어찌 사내자식이 돼가지고서 나불나불 지껄이기도 잘하냐?"

"나라도 재롱떨어야 우리 최 여사가 좋아하지이."

"미친놈. 여하튼 애물단지라니까! 어려서도 커서도 마음고생만 시켜, 이건 그냥! 작작해. 이 자식아, 인제 이 고모도 늙어서 힘없어."

"힘없다면서 이렇게 아프게 등짝을 패? 만날 고모한테 맞아서 등판이 성할 날이 없구먼."

이날도 말싸움에서 지고 말았다. 지민이 그만 웃어버렸다. 유립도 따라 미소 지었다. 누구에게도 보인 적 없는 부드럽고 애정 어린 눈으로 고모를 바라보았다. 고마워요, 사랑해요, 고모. 손을 뻗어 커피를 다시 따랐다. 모지락스럽게 쏘아붙이는 욕설까지도 깊은 애정의 표시였다. 그것을 알기에 사랑한다. 더없이 감사한다. 저렇듯이 눈을 흘기며 주먹을 흔들어 보이는 이 사람이 없었다면 어린 그는 어떻게 살았을까?

염색을 하지 않아 눈처럼 하얀 머리카락을 한 가닥으로 묶었다. 사내처럼 펑퍼짐한 청바지 위에 물감이 튄 검은 앞치마를 두르고 있었다. 일흔이 다 되어가는 나이에도 반짝이는 젊은이의 눈을 하고 있는 이 사람, 고모 지민은 그에게 있어 가장 큰 마음 곁이었다.

기억할 수 없는 아주 오래전부터, 아니, 태어나면서부터 부모의 극심한 불화 안에서 괴로움을 당했다. 그가 기억하는 한 어머니의 인생은 아이를 앞세운, 이 회장에 대한 그악스런 투쟁 그 이상은 아니었다. 상상할 수 없을 정도로 추악하고 끈질기며 몸서리쳐지는 자존심과 집착과 증오의 전쟁 안에서 유립은 보통 아이들은 상상할 수조차 없는 황폐한 내면의 찢겨짐을 경험했다.

한 번도 원하지 않았던 아이. 오죽했으면 자신의 아이를 밴 여자를 캐나다로 내쫓았을까? 열 살이 될 때까지 집으로 불러들이지도 않았을까? 안방에서 큰 소리가 나기 시작하면, 유립은 두 손으로 귀를 틀어막고 이불을 뒤집어썼다. 절망에 빠진 어머니가 그의 목을 조르지는 않을까. 행여나 같이 죽자 팔을 잡고서는 달리는 자동차에 뛰어들지는 않을까. 어린아이는 공포에 질려 잠들지 못했다.

타고난 자존심으로 아프다 괴롭다 말을 하지 않았다. 하지 못했다. 하지만 바라고 또 바랐다. 왜 자신이 태어났을까? 차라리 태어나지 않았으면 얼마나 좋았을까? 그랬다면 그라는 존재로 간신히 연결된 부모의 치졸하고 더럽고 지독한 악연은 끝났을 텐데…….

항상 싸움의 결말은 어머니의 처절한 울부짖음이었다. 그를 끌어안고 콱 죽어버리겠다는 비명 소리였다. 언제나 돌아오는 건 얼음처럼 차가운 침묵이거나 경멸하는 시선일 뿐인데도 왜 그녀는 끝내 남편이라는 타인을 포기하지 못하던 걸까?

'지겨워, 지겨워!'

철이 들면 들수록 애초의 두려움을 잠식해 가던 것은 지겨움이었다. 울컥 구역질이 몰아쳤다.

'왜?'

수없이 자문했었다. 몇 번이고 몇 번이고 물었다. 저들은 인생을 망가뜨리면서도 스스로의 남은 삶을 위하여 서로에게 사로잡힌 더러운 고리를 끊어내지 못하는 걸까? 왜 단번에 끊어내지 못하고 헤어지지 않는 거지? 상처만을 남기고 아무것도 보여주지 않는 부모를 지독히도 증오하고 경멸하고 미워했다. 그러면서도 흠 하나 없는 모범적인 아들의 가면을 쓴 것은 마지막 자존심이었다. 부모가 그렇기에 아들이 그 모양이라는 소리는 듣지 말아야 한다는 일종의 강박관념 때문이었다.

때로는 상욕을 끓어 퍼부으면서, 때로는 충고하면서 유립의 부모 사이를 중재하려고 안간힘을 다한 사람이 바로 고모 지민이었다. 물론 그 시도는 대부분 실패로 끝났지만.

그만큼의 열정과 정성으로 지민은 유립을 지켜주고 끌어주었다. 세찬 물살에 휘둘려 찢어진 작은 나뭇잎 같은 어린 조카를 거둬 안았다. 예술의 길을 걷느라 결혼하지 않은 고모에게 있어 어린 조카는 자기 배로 낳은 아이처럼 느껴진 듯했다. 구석빼기에 틀어박혀 있으면 먼저 다가와 주었다. 바들바들 떨고 있는 작은 몸을 꼭 안아주곤 했다. 사랑한다 했다. 볼을 감싸 안고 눈을 똑바로 들여다보며

'태어나 줘서 고맙다' 고 말해준 유일한 사람, 사랑하는 고모.

"넌 세상에서 가장 소중한 사람이야. 살아 생명을 가졌다는 것만으로도 가장 멋진 일이거든. 이유립, 가슴을 펴고 크게 웃어. 하늘을 봐! 시간은 흐르고 네가 어른이 되면 저 하늘은 다 네 것이 될 거다."

어린아이가 절실히 필요로 했던 넉넉한 품을 준 사람. 오들오들 떨고 있는 그를 안고 자장가를 불러주었다. 볼을 죽 잡아당겨 치켜올리며 '웃어!' 하고 명령하곤 했지. 외국여행이라도 하고 오면 산더미 같은 선물 보따리를 풀어놓고 먼 나라 이야기를 조근조근 해주던 고모. 지옥 같은 시간을 거쳐 온전하게 살아남을 수 있었던 것은 오직 지민이 나누어준 사랑과 온기 때문이었다.

그렇게 차곡차곡 추억이 쌓였다. 유립과 지민 사이에 어머니인 최 여사도 침범할 수 없는 세상이 생긴 것은 당연한 일이었다. 오가는 공감과 특별한 이해는 또 얼마나 깊고 질던지. 그것을 어머니는 또 얼마나 질투했었나. 철이 든 이후, 그것조차 속상해하고 안달하는 어머니를 깨달았다. 언제부터인지 모르나 늘 불안해하고 불쌍한 어머니의 처지를 생각해야 했다. 의식적으로 고모와 거리를 두려고 했다. 그런 마음까지 먼저 이해해 준 사람, 절대로 섭섭하다 말하지 않고 넉넉하게 미소 지어주며 등을 떠밀어주었다. 그런 사람이 그의 고모 지민. 그녀는 불운한 아이에게 주어진 유일한 축복이었다.

"빵 내놔. 배고프다."

지민이 손을 내밀었다. 새벽에 호텔 스포츠센터에 들렀다가 딱 걸렸다. 그 호텔의 빵이라면 지민은 아버지 이 회장과 마찬가지로 거의 광적으로 좋아했다. 유립은 사가지고 온 호도빵과 사과파이를 내놓았다. 손가락으로 따끈한 파이 한 조각을 뜯으며 툴툴거렸다.

"빵 정도는 나가서 사 드셔. 예에? 잘난 내가 이 나이에 빵봉지 하나 달랑 들고 오락가락해야겠어요?"

"커피 주잖아, 인마! 근데 너 무슨 일 있지? 눈치 깠어."

지민도 손가락으로 아직도 따끈한 호도빵을 소담스레 뜯어냈다. 커피에 적셔 입안으로 가져갔다. 실눈을 뜨고 노려보았다. 유립은 한숨을 푹 쉬었다. 그리고 상냥하게 충고했다.

"고모, 자제 좀 하세요. 그 나이에 '눈치 깠다' 라든지, '인마' 라든지 하는 말은 굉장히 천박하다구."

"만날 스무 살짜리 어린애들하고 놀아서 배웠다, 왜? 짜식이 내 나이 반 토막도 안 되면서 말이야. 웬 늙은이 흉내? 자, 인제 네가 사온 뇌물 먹었어. 잔말 말고 불어. 무슨 일이야?"

"음. 역시 눈치는 빠르다니까, 이 교수님."

"식전 댓바람부터 빵봉지까지 들고 나타났잖아. 안 하던 짓 하는 데는 이유가 있어, 너."

커피 한 모금을 다시 목에 넘겼다. 아랫배가 당겼다. 폭탄을 터뜨리고 나면 이 세상에서 유일하게 그를 편들어주던 고모는 어떻게 나올까? 다른 사람은 몰라도 지민만은 이해해 주면 좋겠다. 지지해 준다면 좋겠다. 단 한 사람이라도 축복해 주는 사랑이라면 좀 덜 힘이 들 것 같다. 다른 사람은 몰라도 고모에게만은 공인公認받고 싶었다.

"고모"

"왜?"

"날 사랑하죠?"

"지금은 모르지만 예전에는 사랑했다."

농담을 건넸는데도 이번에는 웃지 않았다. 정색을 한 얼굴이다. 지민이 유립의 얼굴을 빤히 바라보았다. 간절함과 갈망이 담긴 눈동자를 뚫어져라 살폈다.

"바라는 게 있구나. 아주 절실해. 뭐냐?"

"도와줘요."

"말해봐. 무슨 짓을 저질렀니?"

"정세영."

"뭐?"

"아시죠?"

지민이 한 5초 정도 숨을 멈추었다.

평온하던 얼굴 안으로 극심한 동요가 움직이고 있었다.

천천히 숨을 다시 토해냈다. 제발 그녀가 알고 있는 그 아이만큼은 아니기를.

일흔 언저리, 이 나이 되어서도 놀랄 일이 남았구나. 두려움과 경악을 마음속으로 갈무리하며 느릿하게 확인했다.

"정세영이라…… 흠, 설마 '유현수' 딸, 그 정세영이?"

"응."

하늘님. 지민은 눈앞이 캄캄해짐을 느꼈다. 불길한 예감은 어찌 이리 정확하기만 할까? 보이지 않는 거대한 손이 있어 두 집안을 손아귀에 움켜쥐고 아직도 뒤흔들고 있었구나. 끝났다 싶은 운명이 이렇게 다시 새로이 그들의 삶으로 슬며시 모습을 드러내고 있었다. 아무리 태연하려 애써보아도 목소리가 저절로 흔들리고 있었다.

"안다만?"

"만나 버렸어."

유립이 담담하게 내뱉었다. 속이 다 후련했다. 감추고 속으로만 애를 끓여 병이 될 지경이었다. 갖고 싶어 몸살 나는 그 이름을 말해놓고 보니 이제야 살 것 같았다.

"갖고 싶어."

"미친놈. 바랄 걸 바라라!"

지민이 단번에 잘라 버렸다. 쨍 하니 큰 소리로 소리쳤다. 그러거나 말거나 유립은 제 할 말만 했다. 불치의 심장병을 고백했다.

"그 애랑 결혼하고 싶어. 평생 같이 살고 싶어. 사랑…… 같은 거 하게 된 거 같아. 얻게 도와줘요."

무어라 다시 고함지르려던 지민이 입을 꾹 다물었고 한 10초쯤 빤히 노려보았다. 싱글거리는데도 묘하게 슬퍼 보이고 몹시 초조해도 보이는 얼굴이다. 무릎 위에 놓인 주먹이 꽉 쥐어져 있었다. 손등에 퍼런 심줄이 돋아 있었다. 그만큼 저도 힘들고 곤란스럽다는 뜻이었다. 이런 이야기 죽어도 하지 않을 녀석인 줄 알았는데.

부모의 불행한 결혼생활 속에서 자연스레 배운 냉소. 모나고 삐뚤어진 심장을 누구보다 잘 알고 있다. 사랑이라 이름 붙은 것을 경멸하고 불신하던 녀석이 아닌가. 그런데 먼저 사랑을 말하고 있다. 행복하고 또 반쯤은 불행한 그런 얼굴로 열망을 담고 결혼이란 것을 소원하고 있다. 그만큼 절실하고 진심이라는 이야기. 이런 얼굴이 된 것도 처음 보았다. 그래도 이건 안 돼. 지민이 입술을 꽉 물었고 싸움이라도 걸 듯 따졌다.

"너, 지금 나더러 그 말을 믿으라는 거냐?"

"하지만 사실인걸."

"다른 것을 원해. 하늘의 별이라도 따줄 테니. 그 앤 안 돼."

"그 애만 필요해. 그 애 말고도 다른 것까지 바라다가는 급살 맞아 뒈지지."

"세영이는 교환 대상이 아니다?"

"음."

"미친놈, 나가 죽어!"

지민이 고함을 꽥 질렀다. 마른하늘에 날벼락, 말도 되지 않는 고집질을 부려대는 애물단지 앞에서 지긋지긋하다는 표정을 감추지 않았다. 유립은 한숨을 푹 쉬었다.

"나도 미친 거 알아요. 하지만 사실인걸. 환장할 것 같아. 매일매일 보고 싶고 같이 자고 싶고 걔 꿈만 꿔. 보고 싶어 미치는데 못 보잖아. 돌아버리겠어. 밥도 먹기 싫어. 일도 하기 싫고, 아무래도 상사병 걸린 것 같아."

"걸린 것 같다가 아니라 벌써 걸렸어, 이놈아."

"낫게 해줘요."

"나쁜 놈아. 하필이면 왜 유현수 딸이냐?"

유립은 손을 내밀어 고모의 머리카락에 묻은 물감을 지웠다. 하얀 머리카락에 초록색과 노란색의 물감이 튀어 있었다. 지민이 혀를 끌끌 찼다. 그도 맞장구치듯 한숨을 푹 내쉬었다.

"그러게 말이지, 나도 무진장 한탄하고 있다구. 재수도 없지, 젠장. 하필이면 그런 여자라니."

"그 집안하고 우리 집안이 얼마나 불편하게 엮인 사이라는 것 뻔히 알면서 이런 짓을 꼭 해야 하니?"

"그래도 갖고 싶은걸?"

그는 두 손으로 얼굴을 쓸어내렸다. 어린애가 사탕 조르면서 거짓눈물을 흘리듯이 열 손가락 사이로 빼꼼 지민을 바라보았다.

"나도 그만두고 싶었다구. 몇천 번이나 생각하고 또 생각했는데 말이지, 안 되더라고요. 이미 박혀 버렸어, 여기에."

간절한 얼굴을 하고 가슴을 손가락으로 짚었다. 오열을 토해내듯 투명한 내심을 완전히 드러냈다.

"나더러 이기적이라고, 미쳤다고 욕해도 좋은데 말이지. 할 수 없어요. 가져야겠어. 단 하나 소원이야. 제발 도와줘요. 네?"

이유는 없다. 왜 매혹당하고 미쳐 버렸는지에 대해서는. 설명할 수 있다면 피해갈 수도 있었을 거다. 아직 이성이 남아 있다는 뜻이니까.

하지만 세영에 대한 유립의 감정은 딱 하나뿐이었다. 정세영이니까 좋다. 그 여자이기에 욕망한다. 다른 이유는 없다. 얼마나 깔끔한가? 잡다함도 필요없고 구차함도 필요없다. 그냥 원한다. 그 여자만이 필요하다. 간단명료한 이것. 그것만이 진실.

"에라, 이 미친놈아."

생각하니 더 한숨이 나오고 기가 막히다. 지민이 주먹으로 유립의 등짝을 다시 한 번 모질게 후려쳤다.

"쯧쯧쯧. 연애질하겠다는 것도 기함할 판인데 그 애랑 결혼이란 것까지 하겠다고 날 찾아와? 쯧쯧쯧. 지금 너를 무모하다고 해야 하냐? 아님 용기가 가상하다고 칭찬해야 하냐?"

"정말 부당하고 불공평하다, 이 말이지. 우리가 태어나기도 전에 벌어진 과거의 칙칙한 인연 때문에 내가 찾은 유일한 여자를 포기하라고요? 너무한 것 아냐? 강요하지 마요."

"요컨대 무슨 수를 쓰더라도 일을 치고 말겠다?"

"음."

"세영이 녀석 생각은?"

"피차 마찬가지."

"망할 놈. 누가 제 아비 핏줄 아니랄까 봐? 막무가내로 가는 고집까지 쇠심줄이지?"

"역시 유전자 문제인가? 부자지간 똑같이 같은 가문의 여자에게 반해 버리다니. 이거 정말 코미디 같은 줄은 나도 안다구요."

아무렇지도 않은 듯, 시시한 일이라는 듯 이 사이로 덤덤하게 밀어냈다. 그 안에 숨은 간절함과 절박함을 읽어낸 듯 지민이 쯧쯧 혀를 찼다. 말려서 될 일은 아니라는 것을 그것으로 깨달은 듯했다.

"도와줄 것이 따로 있지, 될 일도 아닌 것을 억지로 밀어붙였다가 제대로 된 꼬락서니를 못 보았다. 순리대로 풀어, 이놈아."

"내가 찾은 순리가 정세영이란 말이지. 고모, 부탁해요, 도와줘요. 나, 정말 그 애가 필요해."

"야, 난 못해야! 네 엄마 원망을 어떻게 들으라고! 네 아비도 어지간히 좋아라 하겠다? 어디 이 말 네 아비한테 가서 고대로 해봐라."

유립은 커피잔을 빙글 돌렸다. 쓰디쓰게 웃어버렸다.

"노친네, 단칼에 자르시겠지. 하긴 제가 고모님처럼 미술을 하겠다고 했을 때도 딱 한 마디만 하시더라구."

지민이 빤히 그를 노려보았다. 재능을 가진 조카가 미술을 그만둔 것을 가장 아쉬워한 사람이 그녀였다.

"뭐라고 하던?"

"미친놈!"

켁켁켁. 지민이 커피를 입으로 내뿜었다. 따라서 쓴웃음을 지을 도리밖에 없었다. 돌벽 같은 아버지 앞에서 더 이상은 아무 말도 할 수 없었다. 조각도를 내던지고 조용히 엎드리는 수밖에는. 어머니 최 여사의 레퍼토리 No.2 '내가 널 어떻게 키웠는데?'를 배낭에 짊어지고 조용히 유학을 떠날 도리밖에 없었다.

어머니 최 여사의 반응은? 아마도 목이라도 맨다 난리를 치겠지. 보지 않아도 비디오였다. 수건으로 탁자 바닥에 튄 커피물을 슥슥 지우며 지민이 간결하게 정리했다.

"끝난 거네? 네 아비 그 성질머리, 변한 것 하나 없다. 그 애랑 만나면 아마 네 어미는 내가 목을 매마 난리 칠 것이고, 네 아비란 것은 성질답게 미친놈 취급. 사면초가四面楚歌 아니냐? 이건 안 되는 인연이란 뜻이다. 어른들이 반대하고 맺은 인연 끝까지 가는 것 못 보았다. 이 정도로 그만하는 게 어때? 나에게 묻는다면 나도 한마디 할 작정이지만."

"무슨 말씀을 하실 건데요?"

"빌어먹을 놈!"

시침을 뚝 떼는 고모 앞에서 유립은 한숨을 내쉬었다. 사정을 할 수밖에 없었다. 어떤 치졸한 방법을 동원한다 하더라도 세영을 꾀어낼 작정이다. 어떤 곤란한 일을 겪는다 하더라도 옆에 둘 작정이었다. 산 넘어 산. 얄미운 녀석은 그에게 시험을 던진 셈이었다. 그들 둘 앞에 가로놓인 산을 넘어 그가 자신을 찾아오는지 두고 보겠다는 깜찍한 도발이다. 무슨 일이 있더라도 그 산을 타고 오를 작정이라고 미리 선전포고를 했다. 물러서지 않는다.

"제발 그러지 마세요. 고모라도 제 편을 들어주셔야지."

"솔직히 정말, 정말 싫은데?"

"왜요?"

"현수네, 영부인 말이다. 그 집안하고 다시 얽히기 싫어서 그렇다. 우리 집안, 그이에게 못할 짓 너무 많이 했어. 서로 얼굴 붉힐 일 다시 하고 싶지 않다. 그거, 사람 짓 아니다."

"싫어도 이미 얽혔다니깐."

지민이 픽 웃었다. 자신만만한 말이 가소롭다는 그런 얼굴이었다. 세상 모든 일에 제 맘대로 될 거라 믿는 오만한 조카를 동정하는 눈빛이었다.

"두고 볼 일. 네 집에서도 난리가 아니겠지만 그 집안에선들 가만히 있을 줄 아니?"

"절대로 안 됩니까?"

"아마도. 만약 네가 세영이하고 정말 결혼까지 할 정도로 진지하다면, 조심, 또 조심하는 게 좋을 거다."

"절대로 놓치지 않을 거야, 도와만 줘요."

어떤 식으로 달래고 윽박지르고 회유해도 소용없다는 것은 조카의 목소리만 들어도 알 수 있는 노릇이었다. 말리면 더 강해지는 것이 집착이요, 미련과 미완의 열망이지. 생고집과 쓸데없는 배짱만이 이놈의 이씨 집안 사내 내력이다.

저는 죽어도 아니라 부인한다. 그러나 하는 짓 하나하나가 다 아비 지헌을 그대로 닮았다. 지민은 훌쩍 일어서며 한숨을 내쉬었다. 돌아서서 가만히 조카를 바라보았다. 얼굴 윤곽에서부터 한쪽 눈썹을 치켜 올리는 것 하며 고집스레 당겨진 턱까지, 어찌 그리 판박이인지. 외모로만 보자면 미인인 어미 닮아 좋은 것만 물려받아 그런지 아비보다 한결 나았다.

하지만 씨도둑은 못한다고 했다. 어찌 그리 성질머리를 고대로 콕 찍어냈을까? 제 아비 강한 성정 따라 말고 다소간 좀 부들부들하고 유했으면 좋으련만. 겉으로는 서글서글하고 상냥해 보여도 젊은 녀석이 제 아비보다 더했다. 질긴 쇠심줄에다 고무줄 같은 생고집이었다.

바람같이 허허롭고, 마음붙이 없어 휘돌아다니는 것이 안쓰러웠다. 그러나 이내 좋은 짝 만나 자리 잡으려니 하고 기대했다. 한데 서른 즈음 조카가 정착을 결심하고 원하게 된 여자가 현수의 딸 세영이라니.

지민은 다시 깊은 한숨을 쉬었다. 유립이 현수의 딸에게 매혹을 당하다. 역시 부자父子지간. 핏줄 내력인가. 여자를 보는 눈까지 그대로 닮았다는 것이다.

일여 년 전 쯤 잠시 만난 세영의 모습이 떠올랐다.

어렸을 때부터 귀엽다 싶었지만 자랄수록 더 나았다. 자주는 아니라도 1년에 한두 번 현수를 만나 차를 마셨다. 그럴 때마다 엄마 치마꼬리 곁에 붙어 따라나왔기에 지민은 세영이 자라나는 모습을 보아왔던 것이다. 어른들이 대화를 나누고 있을 때면 심심할 법도 한데, 혼자서 조근조근 색종이를 접거나 동화책을 읽으면서 놀던 모습이 눈에 콕 박혔다.

그날도 어머니의 부탁으로 좋은 차를 전해 드리러 왔다면서 연구실에 나타났었다. 당당하면서도 밝고 참했다. 그때의 세영을 생각하며 자신도 모르게 그만 입을 열고 말았다.

"자식이 눈은 밝아가지고."

"그러게 말이지. 고모도 알다시피 내가 명품 마니아잖아요."

유립이 아주 당연하다는 듯이 대꾸했다.

지민은 어이없어 껄껄 웃고 말았다.

"깨물어 먹고 싶도록 귀여운 녀석이지. 제 부모보다 백배는 나아. 녀석, 여자 고르는 눈은 있다니까."

그날은 늘씬한 청바지 차림이었다. 꽃 한 다발이 문 앞에 서 있는 듯 젊고 향긋한 매혹이 넘쳤다. 까만 눈망울에 생글생글 싱그러운 미소를 짓고 있었다. 면면이 예쁨받을 복이 차고 넘쳤다.

"바쁘셔서 직접 찾아뵙지는 못하지만 늘 궁금하시다구요. 종종 기별 주십사 하셨어요."

상냥하고 소탈하니 말도 잘한다. 예의 바르나 사람을 편안하게 해주는 아이였다. 제 부모 강한 기질을 닮은 듯도 하나 겉으로는 드러내지 않는 슬기로운 얼굴이었다. 열정적이면서도 넘치지 않고 단아하면서도 당차다. 유현수가 딸 하나는 어지간히 잘도 키웠구나, 저절로 부러워 한숨이 났다. 우리 유립이 짝이 저런 아이면 참 좋겠다 생각했었다. 다만 그뿐이었다. 한데 한순간 스쳐 지나간 소망이던 그것이 이렇듯 사실이 되어버릴 줄이야.

'내가 진짜 고슴도치였구먼.'

늘 올케 최 여사더러 '고슴도치, 고슴도치' 하고 비아냥거렸다. 한데 기실 생각해 보면 진짜 고슴도치는 지민 자신이었다. 칠순, 이 나이 되어 하지 않아야 할 실수를 하려 하고 있으니 말이다. 이성적으로 생각해서 절대로 하지 말아야 하는 짓을 저지르고 있으니 말이다. 단지 조카의 간절한 눈빛 때문에 옳지 않은 짓마저 감수하려는 이 주책이라니. 잘되어도 원망, 못 되어도 원망. 나중에 두 집안의 질책을 어찌 감당할까?

이리저리 방을 서성이는 지민의 모습에서 어두운 갈등을 읽어낸 모양이다. 등 뒤에서 유립이 고모의 어깨를 답삭 끌어안았다.

"어떻게 말하고 말려도 내 마음 안 변해요. 심장을 홀라당 빼앗아갔어. 돌려받아야 한다구. 내겐 고모님뿐이에요. 제발 도와줘요. 고모, 제가 그 녀석을 완전히 사로잡기 전에 양가에서 알면 우리 둘, 영영 끝장인 것 아시잖아요?"

지민이 유립의 손을 쳐냈다. 정색을 한 채 딱 잘랐다. 마지막으로 경고했다. 정말 간절하게 만류하려고 했다.

"그러니까 애당초에 그만두라는 거다."

"못해요."

"정말?"

"내가 죽는다니까."

방법이 없다는 뜻이다. 이미 유립은 인생을 걸고 결심했다는 뜻이다. 어찌하든 둘을 맺어주는 수밖에는 다른 도리가 없다. 지민은 입술을 꼭 깨물었다. 끊어져 절연絕緣되었다고 생각했는데 30년 만에 다시 얽히고 말았다. 이건 전대前代의 풀지 못한 응어리를 두루두루 풀어내란 뜻인지도 모른다. 지금의 선택이 치명적인 실수임을 알고 있다. 그럼에도 유립에 대한 무조건적인 사랑 또한 치명적인 무게이므로. 이렇듯이 변명 아닌 변명으로 지민은 자신의 행위를 변명하고 있었다. 한숨과 더불어 씹어내듯이 뱉었다.

"그래, 내가 어떻게 해주련?"

그가 작업실 벽에 기대져 있거나 이리저리 바닥에 포개진 그림을 휘둘러보았다.

"조만간 전시회 한번 하시죠?"

"교활한 놈. 영리하기는!"

지민이 발을 내밀어 정강이를 모질게 걷어찼다.

"세영이를 초대해 주세요. 그 자식이 내가 접근할 수 없는 굴속에 틀어박혀 있으니 도무지 작업 들어갈 방도가 없어."

"그래서 연기를 피워서 끌어내겠다. 그다음은?"

"불씨를 피워야죠. 절대로 끌 수 없게. 아무도 손대지 못하게 확실한 불길 말이죠!"

유립은 싱긋 웃으며 자신만만 단언했다. 기다려, 정세영. 내가 갈 테니까! 어디 한번 떨면서 기다려 봐!

4월 초순. 삼성동 '호好' 갤러리.

칠순 나이에도 불구하고 정력적인 작품 활동을 계속하고 있는 노老대가. 예술종합학교 회화과 종신교수로 재직 중인 이지민 화백의 신작전이 열렸다.

전시회 첫날이었다. 손님들을 초청한 자리였다. 단아하게 꾸며진 별실 테이블 위에는 맛깔스런 음식이 가득 차려져 있었다. 그 앞에는 초대객들이 삼삼오오 모여 있었다. 칵테일잔을 세련된 동작으로 들고 절대로 목청을 높이지 않는 그들. 여유로운 얼굴로 예술과 인생을 논하고 있다. 무게 중심 잡힌 교양있는 손님들 사이로 하얀 옷을 입은 급사들이 잽싼 걸음으로 쟁반을 들고 움직이고 있었다.

짙은 청색 양복을 말끔하게 차려입고 유립은 한쪽 벽에 기대어 서 있었다. 누가 보아도 흠 잡을 데 없이 세련된 신사로 돌변했다. 한 손에 바카디 한 잔을 들고 서서 느긋하게 작품을 감상하는 듯한 몸짓을 하고 있는 중이었다.

하지만 사실 모든 신경은 문 쪽으로 가 있었다. 사냥감이 호기심을 가질 만큼 주도면밀하게 사냥터를 마련했다. 이제 싱싱한 피 맛을 볼 때인가? 그는 혼자만 알 수 있는 희미한 미소를 지었다. 세영을 떠올리는 순간, 그의 품에 안겨 꿈틀거리던 그녀의 뜨거운 몸짓을 기억하는 순간 짜릿한 기억들이 한꺼번에 폭발했다. 뜨겁고 화려했던 그들만의 사흘 밤을 떠올리면 언제나 온몸의 피가 끓어오른다. 부끄러운 부분이 염치도 없이 딱딱하게 충혈되고 있었다. 스스로의 격정이 다소간 민망했다. 유립은 벽 쪽의 그림으로 돌아섰다.

눈 하나 가득 몰려드는 꽃송이. 유립은 손가락을 내밀어 화면의 꽃술 부분 검은 점을 어루만졌다. 지민은 야생화 한 송이의 모습을 100호의 커다란 화판에 극사실적으로 묘사했다. 활짝 벌린 꽃잎은 여자의 비밀스런 곳처럼 은밀했다. 한껏 몸을 벌린 꽃은 지극히도 에로틱했다. 바라보는 것조차 민망할 정도였다.

짜고 치는 고스톱이야. 알잖아? 빨리 걸려들어 와, 정세영. 유립은 마음속으로 그의 암컷을 불렀다.

'너의 꿀을 꽃잎을 핥듯이 빨아 먹겠어. 연분홍의 달콤함을 흘리는 끈적한 밀원을 손가락으로 열고 부지런한 꿀벌처럼 넘나들며 남김없이 약탈하겠어. 나타나, 정세영. 내가 보낸 신호를 읽었다면 빨리 내 앞으로 달려와. 그러면 용서해 주지. 날 버리고 도망간 것을 눈감아주겠다고.'

지민이 보낸 초대장을 받고 난 후, 영부인이 직접 전화를 걸었다. 사정상 불참한다고 말했다 한다.

"대신 딸아이를 보내서 축하할게요. 이 자리가 무엇인지, 원. 몸 한 번 움직이는 일도 이렇게 어렵네요."

어머니 대신으로 인사를 전하는 자리이니, 천재지변이 벌어지지 않는 한 이 자리에 반드시 나타날 것이다. 영리한 녀석이니 단번에 눈치챘을 거다. 흉포한 맹수가 잃어버린 짝을 부르고 있다는 것을, 발정기의 맹수처럼 활활 타는 욕정을 주체하지 못하며 차갑게 식혀 줄 반려를 기다리고 있다는 것을.

바로 그때, 두런두런 문 쪽이 약간 소란해졌다. 유립은 돌아보지도 않고도 방금 누가 나타난 것인지 알 것 같았다.

'내게로 와, 내게로. 내가 너를 찾았으니. 이제는 네가 내게로 와.'

옆으로 슬쩍 몇 발자국 옮겼다. 두 번째 그림 앞으로 자리를 잡았다. 흐드러진 야생화 꽃밭이 펼쳐진다. 백두산의 두메 양귀비를 그린 그림이다. 눈이 아플 정도로 강렬한 붉은빛. 바로 너. 음울하고 황폐한 나에게 온 원색의 빨강. 독한 아편. 중독되어 절대로 끊을 수 없는 마약. 내게로 와, 정세영. 내게로!

그의 울부짖음을 들었을까? 쇠를 끌어당기는 자석처럼 오직 그녀로 향일하는 열망의 향기를 맡았을까? 또박또박 가까워지는 구둣발 소리가 들렸다. 천천히 다가오는 향기. 젊은 몸과 깊은 영혼에 새겨져 절대로 떼낼 수 없는 존재가 그에게로 오고 있었다.

너무나 자연스럽게, 우연한 조우인 양 세영이 옆에 와 섰다. 마침내 그의 곁으로, 손 안으로 다시 돌아왔다.

"음, 제목이 독특하군요. 연애라니."

들쩍지근하고 끈끈한 교성이 흐르던 붉은 입술이 열렸다. 남자를 갈구하며 신음하던 요염한 입술이 속삭인다. 낯선 사람인 것처럼, 무정하고 덤덤하게 말하고 있다. 유립 또한 능숙하게 우연한 만남을 연기했다. 감정 하나 담기지 않은 목소리로 점잖게 대꾸했다.

"꽃의 화려한 색과 향기는 꿀벌과 나비를 부르는 꽃들의 간교한 구애니까요."

"간교한?"

"모든 꽃들은 간교하죠. 꿀벌이나 나비가 없으면 수정할 수 없으니까. 독한 향기로 취하게 하고 홀린 다음 무정하게 꽃잎을 오므려

버리지."

"여성 혐오자시로군요."

"한 여자에 대해서만 그렇습니다만."

약속처럼 서로를 향해 고개를 돌렸다. 강렬한 시선이 불꽃을 튀며 마주쳤다.

연분홍 꽃이 프린트된 크림색 치마 위에 하얀색 실크블라우스, 연한 분홍색 반팔재킷을 입었다. 한 올도 흐트러지지 않게 위로 틀어 올려 진주핀으로 고정시킨 헤어스타일이 단아했지만 낯설었다. 이 모습이 바로 대통령의 영애 정세영 양. 사람들의 이목이 집중된 이곳에서 한 점 동요함도 없이 가식적인 미소를 지은 채 꼿꼿이 등을 펴고 있다. 조금의 흔들림도 보이지 않는 새카만 눈동자가 그를 향하고 있었다. 귓불에는 작은 진주귀고리가 달랑거리고 있다. 귀공녀. 그 어떤 감정 하나도 드러내지 않고 안으로만 갈무리한 말간 얼굴. 표정이라고는 하나도 없는 가면이 그를 향하고 있었다.

먼저 세영이 살짝 미소를 지었다. 볼 하나에 보조개가 패었다. 혀끝으로 그것을 살짝 건드렸을 때, 딱딱한 그를 담은 꿀주머니가 경련하듯이 수축했었다. 그를 비명 지르게 하고 늘어지게 만들었다. 그의 시선이 어디로 가 있는지 눈치챈 듯했다. 여자의 입가에 머금어진 미소가 더 농밀해졌다.

"독특한 해석이 흥미롭군요. 그럼 다음에."

그녀가 먼저 그를 스쳐 지나 다음 그림으로 건너갔다. 혼잣말처럼 아주 짧게 속삭였다. 화끈하게 재회의 인사를 던졌다.

"나 노팬티야, 자기."

말끔한 양복을 단정하게 차려입고 그림 앞에 서 있었다. 서늘하게까지 느껴지는 남자의 뒷모습이 제일 먼저 눈에 담겼다. 아무리 사적인 방문이라 해도 경호원이니 뭐니 해서 약간의 소란함이 아니 생길 수 없었다. '나 왔소' 하고 공개적으로 출현했다 소리친 셈이다. 그럼에도 불구하고 그는 고개조차 돌리지 않았다. 한 손을 바지 주머니에 찔러 넣은 채 미동도 하지 않았다. 더없이 무심한 모습이었다.

지난번에는 네가 먼저 도망갔으니 이번에는 네가 돌아와. 그게 공평한 거야. 딱딱하고 완강한 뒷모습이 경고하고 있었다.

세영은 자신도 모르게 남자의 고집스런 등을 바라보면서 상긋 웃고 말았다. 역시 예상대로였다. 도망칠 수 없는 덫을 펼쳐 놓고 구석에서 기다리고 있는 거다. 치명적인 일격을 감추어놓고 있겠지.

한 번은 그냥 놓아줄 테니 어디 도망가 보라고 했던가? 다시 만나면 그땐 놓치지 않겠노라고 오만하게 선언했었다. 어떤 방법으로 그가 침입해 올지 그녀 또한 내내 기대하고 기다리고 있었다.

사흘 전이다. 어머니가 그녀를 불렀다. 예전부터 친밀한 관계를 유지하고 있는 이지민 교수의 신작 전시회 초대장이었다. 이지민 교수는 이유립의 고모, 즉 어머니의 예전 시누이였다.

"그런 인연 말고도 학교 선후배이기도 하고. 좋은 분이야. 불편하지 않아. 이미 지나간 인연에 대해 들추고 사람 힘들게 하는 분이 아니거든. 굉장히 소탈하고 경우 바른 분이지. 인간적으로 무척 좋아하는 분이란다."

언젠가 한 번 어머니는 그런 말을 한 적 있었다. 아주 많이 찍힌 방점처럼 긴 시간이 흐른 후, 인간들의 선명한 감정들이 아슴하니 지워진 거기. 다 썩어도 남는 줄기 속 옹이처럼 고여 있는 우호와 인간적인 우정이란 것이었다. 명절이면 선물도 주고받고, 자주는 아니나 뜸하니 한 번씩 자리도 가지는 눈치였다.

"삼 년 만에 전시회를 여는 건데 갈 수가 없을 것 같구나. 그 날 공식적인 스케줄이 잡혀 있거든. 그러니 네가 대신 좀 다녀오련?"

"제가 가도 될까요?"

"직접 초대장까지 보내셨는데 가보지 않으면 예의가 아니지. 참, 마음에 들면 한 점 사도 좋아. 난 그분 팬이거든."

하얀 종이에 불과한 초대장의 의미. 어머니에게서 받아 들고 돌아서면서 세영은 이것이 바로 유립의 침입임을 깨달았다. 그녀를 향해 곧장 손을 뻗어온 것이다. 망설임없이 단호하게 그녀를 낚아채는 남자의 거친 욕망이 뚜렷했다. 단번에 이런 식으로 가뿐하게 다가오는 욕망이 무서웠다. 동시에 짜릿하고 두근거렸다. 누구도 감히 그녀를 이렇게 흔들고 미치게 하고 달뜨게 한 적은 없었다. 오직 이유립이란 남자만 가능한 일,

'멋진걸, 자기.'

눈으로 먼저 핥았다. 그를 음미했다.

양복을 입은 그를 처음 보았다. 리조트 안에서는 내내 헐렁한 반바지에 셔츠 차림이었다. 물론 옷을 입은 모습보다는 죽여주게 아

름다운 알몸일 때가 더 많았지만.

여자나 사냥하며 시간을 죽이고 권태의 피 냄새를 즐기던 남자처럼만 보였다. 혹은 바람기 많은 부잣집 불량스런 자식처럼 보이던 허리케인 렉스. 똑같은 남자가 지금은 경산그룹 후계자 이유립으로 변해 서 있다. 유능하고 빈틈없는 젠틀맨의 모습을 하고 서 있었다.

그가 원하는 대로 먼저 다가갔다. 그녀의 운명에게로, 그녀의 약탈자에게로 천천히 가까워졌다.

유립이 힐끗 고개를 돌렸다. 우연처럼 힐끗 눈빛이 날아왔다. 검은 눈동자 속에는 얼음 같은 푸른빛이 흐르고 있었다. 냉담하고 고요한 눈동자가 그녀를 잠시 응시했다. 분홍빛 부풀은 입술 위로, 갑각류의 껍질 같은 건조한 슈트 위로 도드라져 솟은 젖가슴 위로, 샤넬 라인 스커트 아래 뻗은 다리로…….

남자의 눈빛이 천천히 여체를 어루만지며 내려간다. 느린 강물처럼 천천히, 깊은 곳을 적시며 애무하며 은밀하게 관능적으로 탐색하며…… 비수처럼 예리한, 음악처럼 달콤한, 독약처럼 치명적인 유립의 눈빛이 옷감을 뚫고 들어와 몸에 남은 자신의 흔적을 샅샅이 살피고 있었다. 그 정도로도 그만 실신할 것 같았다. 이 남자! 짜릿한 눈빛 하나로도 그녀를 적시고 애무하고 능욕하고 있다. 끔찍한 오르가즘을 선사한다.

세영의 입술에도 그만 붉은 미소가 뚝뚝 흘러내렸다. 입으로는 담담하고 사무적인 대화를 나누고 있다. 누가 들어도 이상할 것 없는, 그야말로 의례적인 이야기이다.

하지만 두 사람은 말하지 않는 말로, 오가는 눈빛으로 짜릿한 전희前戲를 즐긴다. 탐욕스럽고 갈망에 찬, 그러나 손 하나도 댈 수는 없는 안타깝고 감질나는 시선. 관능적인 비밀의 애무.

미칠 것 같다. 도망치고 싶다. 1분이라도 더 있다간 사람들의 눈도 아랑곳하지 않고 그를 덮치고 말 것이다. 벌써 다홍빛 샘은 다가올 열정의 폭풍을 예감하며 쾌락의 꿀물로 넘쳐흐르고 있었다. 그의 유혹을 밀어내듯이 그를 지나 발길을 옮겨 버린다. 낯선 이들이 나눌 법한 작별인사를 나눈다.

"그럼 다음에……."

"기대하죠."

도도하게 냉담하게 그를 지나쳤다. 그러면서도 짜릿하고 앙큼한 폭탄 하나를 터뜨렸다.

'어떻게 해결할 거지, 자기?'

그녀를 낚아채는 방법을 정확하게 아는 남자에게, 그녀를 찾아 기어코 여기까지 나타난 연인에게 재회의 작은 선물 하나를 주고 싶다.

그녀가 그런 것처럼 유립 또한 끔찍한 욕정의 광기로 떨고 있겠지. 당장 그녀를 낚아채 사람들의 눈 따위는 의식하지 않고 지금 이 자리 맨바닥에 눕혀서는 강탈하고 능욕하고 맛보고 핥아 내리는 상상을 하고 있겠지. 불꽃같이 이글거리는 시선 안에 숨은 야만의 광기가 보인다. 만져진다. 오직 세영 자신으로 인하여 터져 버리는 그의 욕망, 열정, 감춰둔 야성을 맛보고 싶다.

"나 노팬티야, 자기."

재미있다. 훗 하고 그가 짧은 숨을 들이켰다.

'따라와. 내가 신호를 보냈잖아. 나를 약탈하러 오라고! 이 정도로 오만한 남자가 그 짓도 못해?'

세영은 당당하고 여유로운 걸음걸이로 메인 전시장을 향해 걸어갔다. 유립이 그녀를 빤히 바라보는 것을 즐기며, 얇은 스커트 안에서 회오리치는 환상을 마음껏 만끽한다. 이유립 앞에 서면 정세영은 늘 발정 난 암컷이 되고 만다. 그녀의 남자이기 때문에. 그녀의 운명 앞이므로 염치없이 뻔뻔하고, 창부처럼 요염하게 달뜬 관능의 화신化身이 되고 만다.

급사가 들고 있는 은쟁반에서 마르가리타 한 잔을 집어 들었다. 입술 위에 대는 듯 마는 듯하면서 아주 천천히 걸었다. 비 온 뒤 깨끗한 길을 산책하는 노인처럼 한가롭게 전시장을 돌아본다. 언제쯤 나타날 거야, 당신.

뚜벅뚜벅. 그녀의 발걸음을 좇아 같은 박동으로 울려 퍼지는 구둣발 소리가 들렸다. 딱 세 걸음 바깥에 그가 서 있었다.

느릿느릿 상대편의 전의를 탐색하며 링을 도는 권투선수처럼 세영은 유립을, 유립은 세영을 탐색한다. 추적하고 가늠하고 눈치를 살피고 기회를 노린다. 더 이상 멀어지지도 않고 가까워지지도 않는 거리. 전시장을 끝까지 한 바퀴 돌았다. 이 망할 남자, 대체 왜 이렇게 꾸물대는 거야?

세영은 술잔을 쟁반에 놓는 척하고 휙 몸을 돌이켰다. 그를 쏘아보았다.

체리 맛 젤리 같은 웃음을 물고 유립이 건너편에 서 있었다. 능글맞고 달콤하고 또 느물거리는 미소. 얼마나 그것을 그리워하고 갈구했던가? 앙큼한 여우 같으니. 건너다보는 남자의 눈이 번쩍 푸른 빛을 발했다.

"웃기지 마. 내가 또 말려들 줄 알아?"

"어디 끝까지 버텨보시겠다?"

"한번 해볼래?"

그가 손에 든 잔을 들고 다가왔다. 아무렇지도 않은 동작으로 빈 잔을 급사에게 내밀었다.

"바카디 한 잔 더."

"쓴맛이 나는 술이 맛있나요?"

아주 순진한 얼굴로 고개를 갸웃갸웃하며 물었다. 정말 처음 만난 것처럼 서툴게, 순수하고 얌전한 귀공녀답게 사교적인 미소를 물고였다. 유립, 역시 끔찍할 정도로 예의 바르고 빈틈이 없다. 바른생활 사나이의 교본처럼 한 올도 흐트러짐없는 세련됨으로 응대한다. 순간 강한 의지를 나타내듯이 단호하게 위로 치켜 올라간 눈썹이 약간 흔들렸다.

"나쁘지는 않죠."

"남자들을 이해 못하겠어. 왜 쓴술을 마시면서 달다 하는 것일까요?"

애교 섞인 여자의 말에 유립이 히죽 웃었다. 한 발자국 다가왔다. 그만큼 목소리도 낮아지고 은밀해졌다.

"누군가에게 쓴맛을 보여줘야 하거든요."

그가 휙 몸을 돌이켜 전시장을 빠져나갔다. 세영은 눈 하나 깜짝 하지 않고 유립의 뒷모습을 눈으로 좇았다. 망할 남자. 끝까지 그녀를 갖고 놀고 있었다. 감히 그녀의 손아귀에서 잘도 빠져나가 버린다. 가만두지 않겠어!

잔걸음으로 세영은 문 앞에 선 강 실장을 지나쳐 갔다. 금세 긴장하는 그녀에게 여자들끼리만 통하는 멘트를 남겼다. 절대로 간섭받지 않겠다는 의지를 통보했다.

"생리통인가 봐. 미치겠어. 교수님이랑 약속도 있고요. 안쪽 사무실에서 한 십 분만 쉴게요. 적당하게 둘러대 줘요."

세영은 화장실이 있는 복도 끝으로 걸어갔다. 모퉁이를 돌면 작품을 전시하는 작가들이 간단한 휴식을 즐기고 인터뷰를 할 수 있는 작은 공간이 있다. 유립이 미리 신호 삼아 그 문을 10센티 정도 열어두었다. 세영은 망설이지 않고 활짝 열었다. 재빠르게 손을 뒤로 돌려 문을 잠갔다. 꿀처럼 끈적이며 투명하게 흐르는 교태의 눈웃음을 날리는 것을 잊지 않았다.

"안녕? 자기."

"시간 낭비하지 말자고."

거칠게 키스부터 빼앗겼다. 세영은 두 팔을 들어 단단한 몸을 덩굴손처럼 감았다. 이즈음 내내 반 미치도록 그리워했던 남자의 향기를 들이마셨다.

유혹적인 쓴맛. 바카디를 마신 남자의 입술은 위스키의 향과 함께 예고대로 쓴맛이 났다. 세영이 마신 마르가리타의 향기가 유립의 입안으로 녹아내렸다. 쓴맛 나는 혀와 달콤한 맛의 혀가 엉켰다.

연리지처럼, 비목처럼, 혼란처럼, 광기처럼!

불쑥 예고도 없이 커다란 손이 블라우스 깃을 열고 가슴 안으로 침입했다. 커다랗고 서늘한 손이 부드러운 속살로 침입해 왔다. 겨드랑이와 어깨와 부푼 젖가슴과 움푹한 배꼽이 있는 아랫배를 거침없이 어루만졌다. 완전한 소유권의 주장이다. 당당하고 확고하고 난폭한 손길, 짜릿한 관능의 물결이 그녀를 덮쳤다.

길고 단단한 손가락이 발딱 고개를 치켜드는 젖꼭지를 잡았다. 비비고 문지르고 간지럽힌다. 더 이상은 아무것도 하지 않았다. 입술로는 그녀의 혀와 치아를, 입술을 거칠게 약탈한다. 기계적이고 동시에 아주 잔인한 접촉. 단지 입술과 손가락 두 개만으로 유립은 세영의 영혼을 지옥 같은 오르가즘의 나락으로 떨어뜨렸다.

한동안 손가락 장난을 계속하던 그가 브래지어를 가슴 위쪽으로 밀어 올렸다. 얇은 실크블라우스 위로 오디처럼 익은 진홍빛 유두가 도드라졌다. 유립이 고개를 숙이고 가슴 골짜기에 얼굴을 묻었다. 기갈 들린 사람이 생명수를 들이마시듯이 허겁지겁 젖꼭지를 물었다. 실크블라우스에 타액이 젖었다. 유두 부분만 침에 젖어 딱 달라붙은 거기. 빨고 또 빨았다. 한 손으로 그녀의 머리타래를 움켜쥔 채, 뒤로 반쯤 넘어가 더욱더 부풀어 보이는 젖가슴을 끝없이 맛보고 핥았다.

갑자기 서늘한 공기가 달아오른 몸을 식혔다. 세영은 몸서리를 쳤다. 유립이 다리 사이로 손을 뻗어 스커트를 허리 위까지 끌어 올린 것이다. 하얀 불빛 아래 방만하게 벌려진 두 다리 사이. 하얀 허벅지 위로 새카만 숲이 짙은 그늘을 감춘 채 활짝 드러났다.

그가 침을 삼켰다. 아찔하고 순수하게 외설스러운 빛이 남자의 눈에 어렸다. 한쪽 입꼬리를 아래로 떨어뜨리며 나른하게 논평했다.

"정말 노팬티였군."

갑자기 그 일은 시작되었다. 손가락 하나가 숲을 헤치고 그늘로 스며들었다. 입술과 혀로는 딱딱하다 못해 고통스러울 정도로 충혈된 젖꼭지를 건드리고 할짝거린다. 강한 혀의 리듬과 같이 관능적이고 예민한 손가락이 세영의 비밀의 샘을 리드미컬하게 문지르고 짓이겼다. 느릿느릿, 아니, 강하고 빠르게…… 부드럽게 놀리듯이, 때로는 폭압적이고 고통스럽게 그곳을 넘나든다. 주름진 동굴, 끈적이는 맑은 액체가 손가락을 타고 흐른다. 마침내 입술 사이에서도 농밀한 신음이 터졌다. 세영은 아우성이 터지는 입을 자신의 손으로 막았다. 억압된 흥분과 관능의 욕망이 그녀를 거의 광란의 지경으로 몰아갔다.

"난 더 못 기다려!"

세영은 절규했다. 그러자 유립이 사악하게 웃었다.

"기다려. 너무 서둘면 재미없잖아."

"날 죽일 셈이야?"

"내가 널 만나려 몇 달이나 기다렸으니 너도 삼 분쯤은 기다려야 공평한 거지."

"맙소사, 야비한 자식! 섹스로 날 고문하다니."

물어뜯는 듯한 세영의 말에 유립은 죄책감 하나 없이 당당하게 맞받았다.

"사돈 남 말 하고 있네. 너도 섹스로 날 낚았잖아."

"싫어! 하고 싶어!"

"좋아. 어디 한번 네 마음대로 해봐!"

커다란 선심이라도 쓰는 양 유립이 오만하게 허락했다. 세영은 그의 검은 머리카락을 두 손으로 움켜쥐어 잔뜩 뜯어주었다.

이럴 수가! 그는 아직 바지 벨트 하나 풀지 않았다. 단지 다소간 거칠어진 숨결과 이마에 번지는 땀방울뿐, 단 한 군데도 흐트러짐 없는 단정한 양복 슈트를 걸친 남자의 품에 그녀는 갇혀 있다. 천박한 노예처럼, 욕정에 미쳐 버린 암컷처럼. 자존심이 팍 상했다.

"나쁜 자식! 복수하고 말 테야!"

"젠장! 앙큼한 고양이 같으니라고!"

유립이 혀를 찼다. 그의 눈이 검붉었다. 여자의 스커트는 허리 위까지 끌어 올려진 채, 단추가 죄다 풀려져 양 갈래로 찢어진 블라우스 깃 사이로 출렁 만월 같은 젖무덤이 튀어나와 바르르 흔들리고 있다. 짙붉은 욕망에 익어 몸부림치는 세영. 가림없는 모습이 그의 눈 안에 적나라하게 담겨 있었다.

여자의 손이 흥분으로 떨며 유립의 바지 허리띠를 풀었다. 우뚝 솟은 딱딱한 살덩이가 팬티 안에서 천을 뚫을 듯이 당당하게 치솟아 있었다. 세영은 작은 혀로 붉은 입술을 날름 핥았다. 맛있겠다. 유립이 대답 대신 세영의 한 다리를 움켜잡아 자신의 허리로 돌려 감았다. 까불지 마. 그는 그렇게 말하고 싶은 얼굴이었다.

이어 그녀가 손으로 살살 어루만지다가 꽉 움켜잡고 아래위로 욕망을 달구듯이 어루만졌다. 발 끝 하나로 체중을 지탱하며 손과 입술로 격렬하게 경련하는 남자의 반응을 즐겼다.

"너, 정말 혼나고 싶니?"

그가 야수처럼 으르렁거렸다. 세영은 새침한 표정을 지으며 남자의 팬티를 끌어 내렸다. 불쑥 고개를 치켜든 오만한 그를 반가이 맞이했다. 손가락 끝으로 부드러운 끝을 문지르며 쏘아붙였다.

"왜? 날더러는 기다리라며?"

피식 웃음부터 나왔다. 이런 심각한 상황에서 미친놈처럼 웃고 말았다. 아무리 힘들고 답답한 상황에서라도 세영은 유립을 웃게 만드는 능력이 있었다.

찬미와 열광을 담아 유립이 허리를 강하게 튕겼다. 거칠고 단호한 힘으로 촉촉하고 부드러운 연인 안으로 자신을 밀어 넣었다. 숨 쉴 순간도 없이, 미친 관능과 정욕에 함몰하여 그들은 다시 일체가 되었다.

두 개의 몸뚱이와 여덟 개의 팔다리가 하나의 색으로 엉켰다. 짧고 거칠고 격렬한 호흡. 남김없이 녹아든 욕망이 그들을 아득한 바닥으로 추락시킨다. 서로를 다시 찾았다. 소유했다. 영원히 이 순간이고 싶었다.

part 06

우리는 비밀이다

주머니 속에 들어 있던 휴대전화가 움직였다. 손가락으로 슬쩍 컴퓨터 화면에서 휴대폰과 연결된 화면을 지정했다. 세영. 사무실에서 찍어 보낸 거다. 서류를 들고 책상 앞에 기대서 있었다. 지금 두바이와 서울에 떨어져 있는 그들. 화면 아래 찍힌 문자.

〈나 어때?〉

회색 투피스 차림. 붉은 립스틱의 입술 아래 자신만만한 미소를 함빡 머금고 있다. 그가 서울을 떠나기 전날 밤, 땀투성이가 된 나신으로 그의 품에 안겨 가르랑거렸었지. 긴 머리타래를 목 뒤로 찰랑 넘기며 요염하게 미소 짓던 모습과는 180도 다른 얼굴. 유능하고 빈틈 하나 없는 비스니스 우먼이다.

다시 문자가 떴다.

〈안고 싶어.〉

'안기고 싶어' 가 아니라 '안고 싶다' , 역시 정세영답다.

히죽 웃고 말았다. 그녀의 모습으로 인해 지루해서 죽을 뻔한 시간을 간신히 견뎌낼 수 있었다. 문제가 생긴 원유 수입 건 문제로 일주일 내내 출장이었다. 대장께서 가라고 하는데 어떡하나. 나가야지 별수가 없었다. 속 잘 드러내지 않고 음험한 아랍 놈들 비위 맞추기란 참으로 힘들었지만, 그럭저럭 일은 거의 마무리되고 있었다.

가끔 유립은 이 회장이 그에게 바라는 것이 무엇인지 궁금할 때가 많았다. 경영정보실 팀장으로 앉혀놓았으면서 시키는 일은 말단 신입사원 저리 가라였다. 순전히 몸으로 뛰는 일만 지시한다. 이번 달만 하더라도 이국의 호텔 밥을 열흘 이상이나 먹어야만 했다.

'하지만 해외출장도 나쁘지 않아.'

지난번 일본 출장 때는 감쪽같은 밀회를 즐길 수 있었다. 겨우 하루 낮 하루 밤을 같이할 수 있었을 뿐이지만, 둘이 함께인 시간은 달콤한 아이스크림처럼 맛있게 녹아내렸다.

둘은 하라주쿠 메이지 신궁으로 올라가는 길을 산책했다. 이제 막 아른아른 푸른 잎이 피기 시작하는 봄날 깨끗한 아침, 연한 신록의 터널 사이로 손을 잡고 느긋하게 걸었다. 도쿄도청 전망대에 나란히 서서 푸른 바다를 바라보았다. 연인을 가슴에 안고 말없이 망망한 수평선만 응시하고 있는데도 더없이 충만했다. 난생처음 늘 헛헛하고 가난하던 심장을 잠시 잊었다.

한적한 주택가에 위치한 작은 찻집에서 초콜릿과 보드카 맛이 나는 러시아 커피를 마셨다. 다른 손님들이 한눈판 사이, 기습적으로 고개를 기울여 달콤한 입술을 훔쳤다. 소담한 블루베리케이크와 가토쇼콜라 한 조각. 세영이 포크로 검은 케이크 한쪽을 듬뿍 떠서 입에 넣어주었다. 행복은 그런 것들 사이로 가만히 흘러내렸다.

밤은 물론 애욕과 열정의 시간이었다. 거의 잠도 자지 않고 사랑을 나누었다. 세영이 새벽 비행기를 타야 하는데도 한 번만 더, 칭얼거리다가 그만 시간이 늦어버렸다. 컴컴한 도로를 택시로 질주하던 일도 지금은 달콤한 추억. 간절한 떨림이다.

하지만 그의 잦은 출장 때문에 엉뚱하게 최 여사와 이 회장이 말다툼을 했던 것은 다시 생각해도 짜증나는 일이었다.

일본 출장에서 돌아오자마자 겨우 이틀 집에서 머물렀다가 두바이로 나간다 말했다. 그 대목에서 최 여사, 무진장 열받은 얼굴이었다. 거실에 앉아 신문을 보고 있는 이 회장에게 달려가더니 앙앙대며 시비를 거는 눈치였다.

"애더러 같이 살자, 들어오라 해놓고는 어떻게 된 게 얼굴 보기가 더 힘듭니다."

"하는 일이 많으니 그런 거지."

"안 해도 될 일까지 시키시는 것 같으니까 그렇지요. 허구한 날 해외출장이나 내보내고 공장에나 내려보내시는데, 애가 말단 종업

원이에요?"

"나 없으면, 저놈이 알아서 끌고 나가야 하는 큰 짐 아닌가. 내가 뒤에 있을 때에 이리저리 구석구석 돌아다니며 눈으로 보고 몸으로 알아두면 나쁠 게 뭐 있어?"

"남들은 하나뿐인 외아들, 본부장이니 이사니 번드레한 자리 주고 애지중지하더니만 어떻게 된 게 데려온 자식도 아니고 말입니다. 그리 쌀쌀맞게 구박이랍니까?"

"큰 회사 살림이 어디 장난인 줄 알아? 이제 겨우 서른 즈음인 놈이 무슨 이사? 무슨 본부장? 내 눈에 흙이 들어가도 그리는 못해. 입 다물고 조용히 일이나 배우라고 해."

누가 언제 큰 자리 달라고 했나? 이 회장 말대로 나이 새파란 놈이 팀장 자리 꿰차고 있는 것도 민망한 노릇인데. 회장 아들이니, 당연히 낙하산 인사. 다 그렇고 그렇지 뭐, 하고 뒤에서 수군거리는 입들이 끔찍하게 싫었다. 자존심이 있지. 착실하게 몸 부서지게 일하고 있다. 뭔가 보여주려고 뼈 빠지게 노력하고 있는 중이었다.

높은 자리, 준대도 싫다. 빛 좋은 개살구, 책임과 의무뿐인 것을 벌써 눈치챘다. 잘난 이씨 가문 3대 독자, 종손 자리만으로도 등이 휘어지고 있는 중이다. 1년에 제사만 아홉 번. 환장할 노릇이다. 부모도 내다버리는 이기적인 시대에 그 정도만 해도 훈장감이지.

느긋하니 잘 먹고 잘 놀 궁리뿐인 그가 영 욕심 없어 보인다 이거지. 언제나 오버하는 최 여사. 다른 집안 자제들과 비교 분석하니 당신 아들 노는 꼴이 영 욕심에 차지 않는다는 말씀이다. 또 일을 친 것이다.

그날 아침 공항으로 떠나기 전, 서재로 불려 들어가 청천 날벼락을 맞았다.

"너, 벌써 건방진 생각 하고 있어?"

"무슨 말씀이십니까?"

"좋은 자리 안 준다고 골 부렸어?"

"또 왜 이러십니까?"

이 회장의 시선이 유립에게 다가왔다. 어느새 불끈 이마에 푸른 심줄이 돋아난 아들을 응시했다. 입 열어 말만 하면 5분이 채 지나지 않아 싸움 꼴이 나는 부자지간. 먼 길 떠나는 아들더러 더 이상은 잔소리를 못하겠다는 얼굴로 그가 먼저 한발 물러섰다.

"네 어미가 왜 저딴 소리냐?"

"어머니께서 무어라고 하셨는데요?"

"회사에서 번듯한 자리 안 주고 고생만 시킨다고."

"서른 즈음에 팀장 자리도 버겁습니다."

"불만 없다는 거지?"

"네."

누가 달랬다고 난리래? 속으로 구시렁거리면서도 공손하게 대답했다. 영감 앞에서 말대꾸 한번 잘못했다가는 비행기 시간까지 바꾸는 사태가 벌어질 거다. 겉귀로 듣고 안으로는 흘려버리면 되는 일이다. 복잡하게 굴 것, 뭐 있는가.

"아직은 일러."

유립의 대답에 가시 박히고 꼿꼿하던 목청이 한풀 꺾였다. 놀랍게도 달래는 목소리였다.

"저도 알고 있습니다."

"능력을 못 믿어서가 아니라 내가 이 자리에 있는 한은 네게는 질 수 있을 만큼만 짐을 줄 생각이다. 너무 젊어서부터 일에 치여, 사는 게 고단하면 그게 더 사나운 팔자인 거다."

"누가 뭐랍니까?"

"바탕이 튼튼해야 오래간다. 아래를 볼 줄 알아야 위가 헤아려지는 법이고. 이리저리 돌아다니면서 몸으로 깨달으라는 거다."

"명심하겠습니다."

말수 적고 내심을 드러내는 데 항상 인색한 부친이다. 그런 이 회장으로서는 의외라 할 정도로 많은 말이었다. 게다가 구구절절 옳으신 말씀. 유립도 순순히 인정했다. 회사 소유주라고 해서 꼭 높은 자리 차지해야 한다는 법이 있나? 전문경영인 시대에 돌입한 지가 언제인데. 솔직히 경영 따위에는 별로 재미가 없었다. 가업이니 뒤를 이어야 하겠지만, 좋아하지도 않는 일에 목숨 걸 생각은 없었다. 부친이 죽고 나면 일선에서 물러나 유유자적 취미생활이나 즐길까 생각하고 있는 중이었다. 물론 최 여사가 들으면 뒤로 넘어갈 테지만. 그녀로서는 언젠가 자신이 낳은 유립이 경산그룹의 황제가 되어 모든 것을 보란 듯이 차지하는 것이 일생일대의 꿈이니까 말이다.

회의가 끝났다. 차를 타고 호텔로 돌아오며 휴대전화를 눌렀다. 세영의 보얀 얼굴이 나타났다. 둘의 입가에 똑같이 은밀하나 유혹적인 미소가 그려졌다.

〈언제 오는데?〉

"금요일 밤."

〈못 나가. 아버지랑 저녁 같이 해야 해.〉

"바라지도 않는다."

〈대신 일요일쯤 시간 낼게. 우리 레슬링 한판 하자.〉

"웃기지 마. 남들 눈 무서워 오지도 못할 거면서."

〈칫, 무슨 생각 하는 거야? 격투기장 가자는 거야. 블러드믹키가 뜬대.〉

또 당했지? 세영이 작은 휴대폰 화면 안에서 얄밉게 웃었다. 침대 위에서 둘만 하는 레슬링이 아니라 피 튀기는 살벌한 격투기장 구경 가자는 이야기였다.

"시간 날지 모르겠다. 도착해서 전화할게."

〈알았어. 참, 거기서 나 안 본다고 바람피우지 마, 렉스.〉

"너나 딴 짓 하지 마라. 내가 다 감시하고 있다, 정세영이."

〈어머, 왜 그러셔요? 요즈음 나의 신조. '조신, 정숙', 몰라?〉

"조신? 정숙? 대체 어떤 년이냐? 요새 여자하고도 바람 피냐?"

되받아치는 말에 세영이 허리를 새우처럼 굽히며 웃음을 터뜨렸다. 유립도 낄낄거리며 전화를 끊었다. 겨우 2~3분 남짓 통화인데, 오며 가며 쌓인 피곤과 짜증이 다 풀려 버렸다. 여하튼 이 여자, 걸어 다니는 엔도르핀이다. 이러니 사랑할밖에.

청와대.

실내에는 은은한 음악이 흐르고 있었다. 모처럼 한가한 주말의 늦은 오후였다. 세영은 청와대 안 트레이너실 안에서 정 대통령과 함께 요가를 하고 있었다. 벌써 한 시간째, 땀이 비 오듯이 흐르고 있었다. 강사가 내미는 수건으로 얼굴의 땀을 훔치며 정 대통령이 세영을 바라보았다.

"요즈음 얼굴 보기 영 힘들구나."

"바빠요. 죽을 시간도 없다구요. 아시잖아요."

세영이 스포츠 이온음료를 집어 들며 대꾸했다. 국회의원 선거가 반년 후로 다가오고 있었다. 민국당 홍보팀장 중 한 사람인 세영이 분주하리라는 것은 누구나 다 알고 있는 사실이다. 이즈음은 민국당 홈페이지를 통째로 교체하는 프로젝트를 지휘하고 있는 중이었다. 일주일에 세 번은 야근이었다.

"인석아, 아무리 바빠도 그렇지, 주말에 한 번은 같이 저녁 먹어 줘야 할 것 아니냐? 네 엄마가 몹시 섭섭해하더라."

"시간 나면 엄마랑 놀아주어야 하고, 간신히 쉬는 주말에는 아빠랑 같이 운동하고 식사하고……. 연애는 언제하고 남자는 언제 만나요? 노처녀 딸 사정도 좀 봐주세요. 아빠 딸 청춘, 이렇게 시들어 가고 있다구요, 뭐."

투정 반 엄살 반. 세영은 짐짓 투덜거렸다. 일 때문에 바쁘기도 했지만, 자유시간 대부분은 몰래몰래 남들 눈을 피해서 유립과 밀회하는 것으로 채워져 있었다. 그렇기에 자연히 부모님과의 시간이나 친구들과의 약속에 소홀해질 수밖에 없었다.

몇 시간의 틈만 나도 같이 있고 싶어 안달하는 그들. 하지만 안타깝게도 그들 둘 다 지나치게 바쁜 족속들이었다. 오며 가며 그들을 주시하는 시선들이 너무 많았다. 그래서 더 안타깝고 애틋하다.

심드렁한 대답에 정 대통령이 실눈을 떴다.

"그래? 그러면 요즈음 내가 들은 건 다 뭐냐?"

순간 아랫배가 긴장으로 당겨졌다. 등골에서부터 진땀이 좌악 흘러내리는 기분이었다. 혹시 유립과 밀회하는 것을 눈치채셨나? 그러나 대통령의 얼굴은 지나치게 평온했다. 이유립의 정체를 아버지가 알았다면 이렇게 잠잠할 수는 없다. 재빨리 머리를 굴린 후, 끝까지 뻔뻔하게 잡아떼기로 작정했다.

"무슨 말씀을 들으셨는데요?"

"끝까지 얘기 안 할 거냐?"

"아, 그러니까 무슨 말씀을 들으셨냐고요. 아버지의 능력 많은 딸, 만나는 남자가 한둘도 아닌데 그렇게 추상적으로 말씀하시면 어떻게 대답해요?"

"만나는 남자가 있기는 있었구나?"

"현재는 없다고 말씀드릴 수 있겠네요."

"작년 리조트에서 만났다는 녀석은 뭐냐?"

"세인트존스? 강 실장이 뭐라 그래요?"

세영은 너무나 태연한 얼굴로 되물었다. 그녀가 리조트에서 한 남자를 만났다는 것은 알고 있지만, 유립이라는 것을 강 실장은 아직 모른다. 그때 그녀는 독감으로 거의 두문불출이었다.

"캐나다 남자, 나이 이름 신분 아무것도 알지 못함. 그쪽도 마찬가지. 오다가다 마음 맞아 하룻밤 같이 놀았어요. 그리고 바이바이, 이상 끝."

"다시는 만날 일 없다?"

"네. 태평양 저쪽의 남자거든요."

세영의 대답이 그럭저럭 흡족하게 느껴진 모양이다. 정 대통령의 안색이 다소간 부드럽게 풀렸다.

"네 입장이 많이 답답하다는 건 안다. 하지만 조심해서 나쁠 건 없어. 알지?"

"그럼요."

조심 또 조심해야지. 언젠가는 밝혀야 할 때가 오겠지만, 아직은 아니다. 아직은 그녀의 연인이 이유립이라는 것을 누구에게도 말할 수 없다.

"그렇다고 너더러 재미없게 살라는 말도 못하겠고. 너, 아비가 골라놓은 적당한 녀석. 한번 만나볼 테냐?"

"어, 아빠. 저를 소개팅시켜 주시려는 거예요?"

"그럼."

"아버지 눈에 찬 사람이라 구미가 당기는데요? 약속해 주세요. 만나볼게요."

발끈하리라 여겼던 세영이 순순히 말을 받았다. 흥미있다는 듯이 눈까지 반짝이자 대통령은 그만 깜빡 속아 넘어가고 말았다. 앙큼하게 딸 세영이 감히 그를 기만하리라고는 한 번도 생각하지 않은 지나친 믿음 때문이었다.

"아, 질투나. 저만 쏙 빼고 부녀지간 다정한 시간 보내기예요?"

두 사람이 관저로 돌아오니 영부인이 맞이해 주었다. 토요일 오후인데도 원주에 건립된 장애우 도서관 개관식에 참여하고 돌아왔다. 피곤할 텐데도 그런 기색 하나도 보이지 않았다. 금세 연자죽을 쟁반에 내오며 눈을 흘겼다.

"이제 알았어? 같이 놀기에는 임자같이 늙은 여자보다는 세영이가 훨씬 좋지."

"사랑이 식으셨네요."

"사랑이야 예전에 식었지. 우리가 만날 청춘인가? 인제는 정으로 사는 거지."

"사랑도 좋고 정도 좋네요. 늘 잘해주시는데 뭐. 드세요. 모처럼 직접 끓였네요."

하얀 사발에 연불그레한 죽이 담겨 있었다. 쌉살하면서도 고소하고 은근한 단맛이 혀에 휘감겼다.

"아, 맛있다."

"임자 솜씨 오랜만에 보는군. 이리저리 불려 다닌다고 분주할 텐데, 주방에 들어갈 시간도 있었어?"

"청담동 새언니가 연실蓮實을 보냈네요. 당신 요새 기력이 없으신 것 같아 끓였어요. 물김치 해서 잡수세요."

"고맙네. 오후 스케줄은 다 끝난 게지?"

"그렇다네요."

"간만에 한가해졌는데 잠시 놀러 나갈까?"

"어디로요?"

영부인이 대통령 쪽으로 마른반찬을 당겨놓으며 물었다.

"당신 좋아하는 차라도 마시러 나가자구. 만날 유리감옥 안에 있는 것 같아 나도 답답해."

"전 좋아요. 두 분 다 스케줄 없으시면 놀러 나가요."

세영은 찬성했지만 영부인이 고개를 흔들었다. 명치끝을 손가락으로 꾹 눌렀다.

"당신이 세영이나 데리고 다녀오세요. 전 좀 피곤하네요. 돌아오면서 멀미를 한 것 같아요. 점심때 그곳에서 식사를 한 게 좀 체한 듯싶어. 소화제 먹고 일찌감치 쉬고 싶어요."

"거 많이 불편해? 주치의를 불러야 하나?"

"좀 체한 거 가지고 무슨……. 소화제나 한 병 마실게요."

그렇게 해서 예정에도 없는 데이트가 생겼다. 부녀는 오랜만에 청와대를 벗어나 산책이나 하고 수제비나 먹자 이런 의논들을 했다. 청바지에 헐렁한 면티, 야구모자를 둘러쓰고 나오니 정 대통령도 간편한 점퍼 차림으로 거실에 앉아 있었다. 두 사람은 마당으로 걸어나갔다.

"어디 외출하십니까?"

관저에 같이 거주하며 수행하는 경호원이 앞을 가로막았다.

소탈하게 대통령이 대답했다.

"음, 우리 딸하고 데이트. 삼청공원 쪽으로 돌아서 수제비집이나 다녀오려고 그러지. 이 과장도 나랑 같이 가지. 술이나 한잔하자."

"저만 모셔도 괜찮겠습니까?"

"아, 집 앞인데 뭘. 안심이 안 되면 우 팀장도 따라가지."

"알겠습니다."

"거 말이야, 자네들도 양복 벗고 나와라. 영 눈에 뜨여서 말이야."

돌아서 방으로 들어가는 경호원 등에 대고 대통령이 소리쳤다.

"아버지 자신을 생각하세요. 한국에서 제일 유명한 얼굴인데 사람 눈에 안 뜨이기를 바라는 게 잘못이지."

세영이 투덜거렸다. 언제 한 번 인사동에 차茶를 사러 어머니를 모시고 나갔다가 죽는 줄 알았다. 순식간에 수십 명의 사람이 모여들어 스마트폰으로 찍어대고, 실시간으로 인증샷 트윗질에 올라 얼마나 곤란했던지. 근 한 시간 넘게 옴짝달싹도 할 수 없었을 지경이었다.

멀찍하게 경호원 두 명을 딸리고 부녀는 청와대 후문 쪽으로 천천히 걸어가기 시작했다. 삼청동 쪽으로 내려가는 길은 그곳을 통과하는 것이 제일 빠르다. 세영은 아버지 팔짱을 꼭 끼었다. 5월이라 해가 길어졌다. 시간이 7시 즈음인데도 아직 붉은 노을이 어른어른 하늘에 걸려 있었다.

"참, 너 혹시 그리스 쪽에 아는 사람이 있냐?"

"네? 왜요?"

"아, 지난달에 그리스 대사가 바뀌었잖니. 신임장 수여하고 나서 차 한잔하는데 말이다, 세영이, 네 이름이 나왔어요."

"그래요? 흠, 누구지? 이상하다. 워낙 제가 잘나서 세계 전역에 친구가 있기는 하지만요, 그리스 쪽에는 없는데요."

"그리스에 유명한 해운회사가 있어, 'ISE' 라고. 세계에서 가장 많은 선박을 가지고 있고, 해운사업 쪽에서는 수위를 다투는 곳이라지. 미국이며 유럽 쪽에도 아주 잘 알려진 억만장자 집안이라고 하더군."

"일면식 없는 회사예요. 들어본 적도 없구요. 그 회사하고 제가 왜 연결된 거죠?"

"그 회사가 규모는 커도 가족사업이라고 하더구나. 재작년에 오너가 죽고 양아들이 회사를 상속했는데 말이다, 그 사람이 너의 친구를 자처했대요. 대사가 말하던데?"

"뭐라구요?"

"그 회사가 사업다각화를 꾀하는 중이지. 터키에서부터 그리스까지 8세대 통신망을 설치하는 사업을 시작했어. 그래서 조만간 회장이 TK사社와 합작을 위해서 한국을 방문할 예정이라고 하더구나. 그때 널 만나고 싶다는 뜻을 전해왔다."

그리스의 남자. 그녀를 알고 있고 다시 만나기를 희망하는 사람이라면 딱 한 명이다. 10년 전에 이미 땅속 깊이 묻어버린 관 속에서 망령이 튀어나왔다.

율리우스. 아니다, 그럴 리가 없어. 세영은 주먹을 꼭 움켜쥐었다.

가슴 안이 깊이 패여 시커먼 연못이 되었다. 부글부글 검푸른 빛으로 썩어가는 첫사랑. 벌써 앙상한 해골이 되어 저승에 누워 있는 이름이다.

'만약 그 사람이 당신이라면, 카이사르. 감히 뻔뻔한 면상을 들고 나타나지는 마. 무덤 속에 그대로 누워 있어. 당신을 다시 보면 반드시 죽여 버려야 하거든.'

세영은 자신도 모르게 어금니를 악물고 있었다. 다 잊었다고 생각했는데, 아니었다. 이름 하나를 떠올렸을 뿐인데 아물지 않은 상처의 딱지가 뜯긴 듯한 끔찍한 통증이 느껴지는 것을 보면 말이다.

'아직도 내가 어리석은 스무 살 계집애라고 믿고 있어? 당신의 이름을 들으면 온몸을 던져 다시 발치에 엎어질 거라 믿어? 그 사내가 만약 당신이라면 그만둬. 율리우스, 그대로 죽어 있어. 더러운 배신의 과거를 들추지 마.'

"짐작 가는 사람이라도 있냐?"

"음, 미국에서 공부할 때 알던 사람 같은데요? 자세히는 기억나지 않지만, 분명히 그리스 쪽 사람도 있었던 것으로 기억해요."

나타나지 마. 죽어버린 것을 되살리지 마. 율리우스, 이미 흘러 지나간 시간의 강물을 거슬러 올라오려는 어리석은 짓을 하지 마.

세영은 이미 그들의 모든 시간을 깡그리 부인했다. 간신히 봉합하고 쓸어내 버린 배신과 치욕을 다시 되살려 내기는 싫었다. 끔찍했다. 미치도록 유립이 보고 싶었다. 그의 가슴에 얼굴을 묻고 강렬한 체취를 들이마시면 이 불온한 가슴 떨림이 진정될 것 같았다. 다 지웠다고 생각했는데. 바보같이 상처의 흔적은 아직도 남아 욱신거리고 있었다.

30여 분 남짓 걸어, 두 사람은 '보리밥과 수제비' 라는 간판이 달린 작은 음식점으로 들어갔다.

"삼청동 수제비집은 너무 번잡해서 말이야, 정신이 없어요. 갈 만한 곳이 아니야."

"그럼요."

자매인 여주인 두 명이 운영하는 곳이다. 손님이 오면 금세 끓이고 부치고 해서 내오는 음식 맛이 좋았다. 정 대통령이 유난히 이 집 음식을 좋아했다. 가끔 사람을 보내 비빔밥이며 수제비를 공수

해다 먹을 정도였다.

소박한 실내, 탁자에 미리 와서 앉아 있던 두 남자가 몸을 일으켰다. 부자지간인 듯 얼굴이 많이 닮았다. 바로 이 대목에서 세영은 지금 아버지가 어떤 음모를 꾸미고 있는지 탁 감을 잡았다. 지금 그녀는 소위 말해서 '선'이란 것을 보려는 찰나였다.

"어이구, 강 박사. 벌써 와 있었네?"

"집이 바로 언덕 너머 저어기입니다."

정 대통령이 너털웃음을 지었다. 어색해하는 딸 앞에서 변명이라도 하는 얼굴이었다.

"앉지. 그보다 세영아, 이분은 아빠 후배이고, 지금 국책연구소 소장으로 재직 중이신 강 박사님이시다. 허물없이 마음 나누는 친구라서 불렀다."

"안녕하세요. 정세영입니다."

세영은 고개를 숙이고 인사하며 건너편 젊은 남자를 슬쩍 훑었다. 당신이 바로 아버지 눈에 드신 '문제의 그 사나이'로군.

첫눈에 보기에는 훤칠하고, 호감 가고, 머릿속에 든 것도 있어 보이고, 말도 잘 듣게 생겼다. 어른들이 좋아할 만한 사내였다. 이유립이란 최고급의 남자를 만나 버린 후가 아니라면 제법 먹음직하다 싶었을 정도였다.

말도 몇 마디 나누지 않았고, 정다운 눈길 따위는 아예 건네지도 않았다. 하지만 성질 격한 세영이 자리를 차고 나가지 않은 것만으로도 어른들로선 희망적인 관측이 가능했나 보다.

오해는 늘 지나친 기대에서부터 시작되는 법이다. 이래저래 해서 그 남자가 다음날 사무실 앞에 나타났어도 놀라지 않았다.

"그러니까 댁이 공식적으로 저하고 사귀어도 좋다는 허락을 받은 남자라는 거죠?"

"아직은 아닌데요. 세영 씨가 허락해야 가능한 일입니다."

밉지 않다. 제법 서글서글하게 넘어간다. 물리학을 공부하는 교수란다. 아버지에게 미안한 일이지만, 그녀는 물리학에 대해서 아무것도 모르고 또 그런 공부를 하는 남자도 별로 알고 싶지 않았다. 책상물림답게 취미도 우아했다. 웹서핑과 악기 연주? 악기 대신 남자를 연주하고 싶고 웹을 헤엄치는 대신 실제로 바다에서 서핑과 수영을 즐기고 싶은 세영으로서는 무척 난감한 상대라 아니 할 수 없었다. 정중하게 물리칠 수밖에 없었다.

조금 아쉬웠다. 아무리 이유립과 저릿저릿한 연애질 중이라지만 한눈 정도는 팔아줄 용의가 있었다. 간식도 먹고 살아야지. 먼저 한 번 속궁합 맞춰보고 괜찮으면 두어 번 심심풀이로 만나주겠지만, 아서라. 이 남자 뒤에는 아버지가 있다. 늘 하던 대로 하고 나면 뒷감당하기 힘들다. 아깝긴 하지만 어쩔 수 없다. 가능한 한 정중하게, 상냥하게 거절했다. 속으로 '내가 많이 착해졌네'를 뇌까리면서.

"저기요, 저에게 호의를 보내주시는 건 감사한데요. 저요, 아내감으로 별로 좋은 여자 아니거든요."

"처음부터 맞춘 사람 어디 있습니까? 살아가며 둘이 맞춰가는 거죠."

"낯선 남자랑 만나 억지로 사랑하고 살림 차려 살아가는 노력할 만큼 나 시간 많지 않아요. 그런 거 별로 매력도 없고 재미도 없어요. 우리 아버지가 대통령이라 해도 숨겨둔 재산도 별로 없구요. 친인척 관리 칼같이 하시는 분이라서요, 빛 좋은 개살구일 거예요. 처가 덕 볼 일도 없을 거예요."

"세영 씨는 제가 마음에 차지 않나 봅니다."

"그런 것 같네요. 어르신들이 인사시켜 주신 인연으로 이렇게 같이 앉아 있기는 하는데요, 괜히 다시 만나 차 마시고 밥 먹고 이러지 말자구요. 그러면 어른들에게 희망을 주거든요. 또 귀찮게 볶아댈 거란 말이죠."

"저더러 사람들이 모두 다 좋은 신랑감이라고들 하던데요. 애당초 못마땅하게 보려고 하지 말고 기회 좀 주시죠."

이 정도로까지 거절을 외쳤으면 조용히 물러날 일이지. 끝까지 유들유들, 부드럽게 넘어간다. 보기보단 강적이다. 세영은 휴우 하고 울적한 한숨을 쉬었다. 보기보단 이 남자, 은근히 성질머리 있다 그 말이다. 이래서 아버지 눈에 들었나 보다. 정공법으로 나가기로 했다.

"솔직히 말할게요. 저요, 사귀는 남자 있어요."

"정말입니까? 사전 브리핑으로는 그런 사실이 없던데요?"

거짓말하지 마라 하는 얼굴이었다. 세영은 휴대전화를 꺼냈다.

"여기 불러서 증명해요? 우리 애인, 좀 사나운데."

"용기 있는 자만이 아름다운 여인을 얻는다지요. 이즈음에서 물러나는 사내, 바보 등신입니다."

불러라 그 말이었다. 세영이 거짓말하고 있다고 생각하는 모양이었다. 30분 후, 두 사람 앞에 한 남자가 나타났다. 위압적인 존재감을 보여주며 눈썹을 치떴다. 불륜 현장을 급습한 남자답게 골내며 캐물었다.

"오호, 정세영이 선보는 자리?"

"응."

"바람피우지 말랬지!"

"아버지 명령이었단 말이야."

새로운 남자가 씩 웃었다.

"안 되겠군. 조만간 아무래도 청와대로 직접 쳐들어가야겠어."

"자기가 꾸물거리니까 이런 일이 벌어지잖아."

"그렇다고 이렇게 만나? 거절해야지. 나도 네 앞에서 보란 듯이 한번 바람피워 주랴?"

"죽을 줄 알아. 까불지 마."

세영이 팩하니 골을 냈다. 앞자리의 남자는 황당하다는 얼굴로 두 사람의 말싸움을 바라보고 있었다. 낭패한 기색이 역력했다.

"이 정도가 되었는데도 민망하게 계속 앉아 계실 겁니까?"

이런 식으로 아버지가 천거한 남자를 단번에 작살내고 말았다. 불쌍한 남자가 사라지고 난 후, 정욱이 그녀의 머리통을 때렸다.

"장난치지 말랬지!"

"그럼 시간도 없는데 멍청이처럼 저 진드기를 상대하고 있으란 말이야? 바빠 죽겠어. 내일도 야근이야."

"야아, 착해 보이고 그럭저럭 괜찮은 상대 같은데. 잘해보지 그래? 고모부님이 고른 사내라면 나쁘진 않을 거야."

“더 좋은 다른 남자 있는데 왜 쓸데없이 저런 남자를 상대하겠어?”

“너, 나 모르게 연애해?”

“응.”

“누구하고?”

“너도 아는 사람.”

“뭐라고? 설마…….”

“그 ‘설마’가 맞아. 새삼스레 뭘 묻고 그래? 이유립. 다시 만나고 있어.”

정욱의 얼굴은 그야말로 볼 만했다. 이, 이…… 손가락으로 삿대질을 하면서 금붕어처럼 입만 딱딱 벌렸다. 무어라 말을 하기는 해야겠는데 차마 나오지 않는 모양이었다. 세영은 정욱의 손가락을 얌전하게 접어 탁자에 올려놓았다.

“왜 그래? 그게 그렇게 큰 충격이야?”

“너, 너. 너어!”

“너무 그렇게 무서운 얼굴 하지 마. 내가 놀라잖아. 내가 뭘 어쨌다고 그래? 살인을 한 것도 아니고 에이즈에 걸린 것도 아니잖아. 그런데 왜 그렇게 충격적인 얼굴을 해?”

“다른 놈도 아니고 이, 이……!”

“아무리 생각해도 내 남자더라고. 그 사람도 포기 안 한다고 하던데? 자기는 너무 이기적이라서 남 생각하면서 자기 욕망을 접지는 않을 거라더군.”

“그 자식이 할 만한 말이다. 싸가지! 그래서?”

아니, 아무리 그 남자가 싹퉁머리가 없다고 하더라도 말이다. 대놓고 그 남자의 연인 앞에서 싸가지라고 말하면 기분이 나쁘다. 세영은 입을 삐죽했다.

"듣는 사람 기분 나빠. 어떻게 내 남자를 싸가지없다고 대놓고 욕을 하니? 매너없이!"

"싸가지없는 놈이니까 싸가지가 없다고 하지. 자식이 밥맛없이 모범생인 척하면서 뒷구멍으로 호박씨 까는 것을 내가 모를 줄 알아? 자식이 말이야, 버릇없이 기분 나쁘게 눈 내리깔고 혼자 씩 웃을 때, 얼마나 소름 끼치는 줄 알아? 정세영. 초점 흐리지 말고 말 안 해? 너, 대체 무슨 생각으로 이런 짓을 하는 건데?"

"사랑하는데도 이유가 있어야 하니?"

"사랑? 사— 라— 앙?!"

정욱이 고함을 빽 질렀다. 어이없고 가소로워 도대체 견딜 수 없다는 표정을 노골적으로 지어 보였다.

"지금 그걸 믿으라는 이야기냐? 얼마나 봤다고 사랑타령인데? 엉? 틀림없이 네가 그 자식 다시 꼬였지? 그 자식이 아무리 싸가지기는 하지만 이런 미친 짓까지는 안 하는 놈일 텐데. 야, 왜 하필이면 그놈을 말아먹으려는 거냐?"

갑자기 돌변했다. 같은 남자다, 이거였다. 정욱이 머리털을 움켜쥐고 벅벅 긁었다. 하염없이 당할 유립의 처지가 헤아려지고 필요도 없는 동정심이 마구마구 돋는 모양이었다.

"아, 그놈이 너무 불쌍해지네. 그놈이 뭔 죄를 지었다고 감히 네 발길 아래 두려는 거냐? 하고많은 사내 중에서 네가 고른 놈이 왜!

왜? 이유립이어야 하느냐고오! 정말 돌겠네! 너네 둘만큼은 절대로 안 되는 사이인 것, 잘 알잖아! 이 망할 계집애야!"

"쳇, 소심하긴. 왜 우리가 절대로 안 되는 사이인데?"

세영은 정색을 하고 정욱에게 따졌다.

"그 사람과 내가 피가 섞이기를 했어? 우리 둘이 결혼한 유부남 유부녀도 아니잖아. 나나 그 남자 집안이 형편없이 차이져서 부모님들이 기절할 것도 아니고 말이야. 이리저리 재보아도 우리의 관계에 대하여 비난받을 이유가 없어, 왜 그래?"

"그 말 그대로 네 부모님 앞에서 해라. 응?"

"못할 것도 없지. 우리 엄마가 그 남자 아버지와 한때 결혼했던 사이라고 해서 내가 그 남자와 얽히지 못할 이유도 없어. 뭐! 오히려 긍정적으로 생각해 봐. 정욱아, 이건 전대의 은원 관계를 해소할 수 있는 절대적 운명이라고 생각하지 않아?"

"은원 관계? 웃기네. 너, 지금 삼류무협지 쓰냐?"

정욱이 콧방귀를 뀌었다. 두 손을 깍지 끼고 진지하게, 아주 무겁게 충고했다. 더 이상 자신은 상관하지 않겠다고, 자신은 이제 완전히 발을 뺀다고 솔직하게 말했다.

"벼락 맞지 않으려면 이 정도에서 잘라. 절대로 이유립이하고는 얽히지 않는 게 네 신상에 좋다고. 두 집안 발칵 뒤집고 풍비박산 내서 뭘 하겠다는 거야? 어차피 고모부께서 너희 둘 절대로 용서 못 하실 텐데."

"……결혼할 수 있을까?"

"뭐라고?"

켁켁켁. 너무 놀란 그가 마시던 홍차를 허공에 내뿜었다. 더럽게 시리! 세영은 눈을 있는 대로 흘겼다. 아슬아슬하게 앞에 놓인 케이크 접시를 사수할 수 있었다.

"너, 너, 너어!"

"지금까지 본 바에 의하면 결혼을 할 정도로 싹수머리가 있는 사람 같아. 하지만 신중하게 굴어야지. 좀 더 사귀어보고 나서 결정할까 해."

"신중? 얼어죽을! 지금 네 입에서 그런 말이 감히 나와도 된다고 생각해?"

"비웃지 마! 난 지금 일생일대의 도박을 하고 있단 말이야."

세영은 포크를 놓았다. 비로소 억지로 감춰둔 진심을 슬며시 드러냈다. 불안과 초조함이 그녀의 눈동자 속에 잠시 내비쳤다.

"솔직히 무서워. 내가 겉으로 자신만만하게 말한다고 해서 겁이 나지 않거나 두렵지 않을 거라고는 생각하지 마. 앞날을 생각해 보면 나도 끔찍하단 말이야. 하지만 그 남자, 내 거야. 안 놓쳐."

맑은 눈 안에 소름 끼치도록 차가운 빛이 어렸다. 세영은 붉은 입술을 깨물며 단언했다.

"심장이 그렇게 말해. 마침내 찾아낸 사람이야. 모든 것을 다 버려도 얻고 싶은 남자라고!"

"야, 정신 차려! 내가 몇 번을 말해? 그 자식은 안 돼. 그 자식 겉만 그럴듯하지 쭉정이라니까!"

"남들이 쭉정이라고 해도 내게는 전부야. 그러니 끝까지 가야지. 여기서 다른 사람의 반대로 물러서거나 도망치고……. 그래서 그 남자를 다른 여자에게 빼앗기면 난 죽어. 나 스스로에게 열받고 미련 맞아서 힘들고 그리워서 죽을 거라고! 나중에 무엇이 있든 난 끝까지 가. 그러니 그 남자가 내 맘과 같은지, 나처럼 자신의 모든 것을 버리고 나를 택할 남자인지 알아야 한다고!"

"돌았구나."

정욱이 심드렁하게 내뱉었다. 자신이 어찌 말하거나 말려도 그녀를 이기지 못한다는 것을 눈치챈 듯싶었다. 두 손을 뒤집어 내밀었다.

"좋아. 잘난 정세영이. 네 강력한 의지를 이해한다만, 대신 지지고 볶아도 둘이서 해. 난 너 말렸어. 분명히 말렸다고! 나중에 가서 원망하지 마."

"원망을 어떻게 해. 우리 사이가 잘되면 네가 일등공신이 될 텐데."

"뭐라고?"

세영은 정욱의 목줄을 잡아 일으켰다. 살랑살랑 미소 지으며 꼬드겼다.

"오늘 밤은 너랑 나랑 공식적인 데이트야. 좋지?"

"내가 왜 너하고 데이트해야 하는데?"

"지금 그 사람 만날 거거든. 넌 내 방패막이해 줘야지."

"미쳤어? 난 못해!"

정욱이 강력하게 반발했다. 그러거나 말거나 세영은 그의 재킷주머니에서 자동차 열쇠를 집어내어 손가락 끝에 걸고 달랑달랑 돌렸다.

"중신아비 잘되면 술 석 잔이란다. 우리가 잘되면 차 새로 바꾸어줄게."

"됐거든."

"내 자기가 돈 좀 있잖아. 벤츠 스포츠카 또는……."

"빌어먹을! 그 말 진짜지?"

"그럼, 그럼."

돈과 권력 앞에서 고개 숙이지 않는 사람을 보지 못했다. 정욱은 '미쳐, 미쳐!'를 연발하면서도 세영을 조용히 유립과의 약속장소에 데려다주었다.

"주말에 뭐 할 거야?"

벌거벗은 채 엎드린 남자의 등골을 손가락 끝으로 덧그렸다. 탄탄한 근육이 손바닥 안에서 움직이고 있었다. 밤은 깊어가고, 헤어질 시간은 자꾸만 다가온다. 짧아서 안타깝고 안타까워 더 애틋한 이 사람. 반쯤 눈을 감은 유립이 나른하게 중얼거렸다.

"글쎄, 집에서 영화나 볼까?"

"뭐?"

"트와일라잇 스토리."

"허접하다던데."

"아, 괜찮아. 스토리, 작품성 다 필요없어. 난 여배우만 봐."

유립이 돌아누우며 사악하게 웃었다. 눈을 찡긋했다.

"뭐야?"

"그 멋진 제시카 타이슨이 구십 분 내내 비키니를 걸치고 설치는 영화를 안 봐준다는 건 남자로서 죄 짓는 일이지.”

손바닥으로 얄미운 말만 골라 하는 남자의 가슴패기를 때려주었다. 가능하다면 콱 깨물어 피를 내주고 싶다.

“나랑 연애 걸면서도 여자배우 몸매를 구경하고 싶니?”

“여배우의 몸매란 눈으로 먹는 간식이거든.”

“눈으로만 먹어? 당신 내키면 진짜 먹어주잖아.”

사실을 인정하여 유립은 겸손하게 고개를 끄덕였다. 그리고는 한 팔로 안은 세영의 동그란 가슴을 어루만지다가 강하게 빨아주며 소곤거렸다.

“하지만 이번에는 보이스카우트의 명예를 걸고 눈으로만 감상해주지. 약속해.”

“보이스카우트의 제일 신조가 거짓말이었지?”

“물론.”

솔직함은 미덕인 줄 알았는데, 야무지게 깨물리고 말았다. 여하튼 여자들의 질투심이란!

샤워하고 돌아온 세영이 화장대 앞에 앉았다. 이어 눈썹을 그리다 말고 앞에 놓인 유립의 가방 쪽을 기웃했다.

“이게 뭐야?”

가방 아래, 비닐봉투 속 삐죽 고개를 내민 것을 꺼내 들었다. 며칠째 만들다가 말다가 지금까지 온 프라모델이다. 반다이의 건담 수송선 ‘Salamis and Mazeran’. 도색까지 하려면 사흘은 더 있어야 할 듯싶었다. 의외로 잔손질이 많이 가는 녀석이었다. 이베이 빈티지 사이트를 뒤지다가 오랜만에 건진 물건이다.

“건담 모델.”

“몰랐네. 의외로 섬세하구나.”

세영이 한쪽만 그린 눈썹이 찡긋거렸다. 만화 주인공처럼 귀여웠다. 이 여자 엽기적인 짓도 참 잘한다. 다시 안고 싶다. 아랫도리가 또 불끈거렸다.

“조각 전공하고 싶었거든. 못하게 되어서 방향 틀었다. 술 퍼먹고 웩웩거리는 것보다는 남는 게 있잖아.”

그의 오피스텔에는 그가 완성한 프라모델 수백여 개가 장식장 속에 들어 있다. 10여 년 내내 수집한 피규어 세트도 마찬가지였다.

“이런 것을 좋아하는 줄 몰랐네.”

“혼자 시간을 잘 보낼 수 있거든.”

“그래?”

“너도 매일 싸움질만 하는 부모 밑에서 자라봐. 악악대는 소리 듣기 싫어서 귀에다 이어폰 꽂고 무슨 짓이든 하게 되니까. 이런 것이나 만지작거리고 있으면 시간은 잘 가.”

“어렸을 때 부모님이 많이 싸웠나 봐.”

거울 안에서 두 사람의 눈이 마주쳤다. 유립은 두 팔로 목을 기대면서 권태롭게 뇌까렸다.

“지금도 많이 싸워.”

예전에는 큰 소리로, 지금은 외면하는 것으로. 영원한 평행선. 30여 년을 부부로 살았어도 접점이 없는 그들 사이에 세영의 어머니가 있다. 어둡고 불길하고 긴 그림자라 불리던 존재. 한때 저주하고 미워했던 그 여자.

"귀하게 큰 도련님인 줄 알았더니."

"날 도련님으로 만들어주려고 어머니가 하녀가 되셨지."

유립은 몸을 일으켰다. 그가 제일 싫어하는 동정도 아니다. 슬퍼하는 것도 아니다. 그저 말간 눈동자로 들어만 주는 편안한 여자의 이마에 가볍게 입술을 댔다. 그들 부부의 불화의 원인 대부분이 이 여자의 어머니에서 기인한 것이었다. 이 얼마나 우스운 인생의 아이러니인가. 죽도록 미워할 거라 마음먹은 '그 여자'의 딸에게 미쳐 버리다니.

"두 분을 미워해?"

"아니, 가엾어."

특히 어머니 최 여사가, 지금껏 혼자 서지 못하는 유약함이, 아직까지도 포기하지 못하고 기대하는 슬픈 여심女心이.

"취미가 참 묘하네. 영화 감상, 프라모델 만들기. 주로 혼자 하는 일만 좋아하는군. 친구랑은 같이 안 놀아?"

"친구가 꼭 필요하나?"

오히려 유립이 묻고 싶은 것이었다.

"그럼 당연하지! 좋은 친구란 인생의 즐거움이라고. 친구가 필요하지 않는 이유를 세 개만 대봐."

"하나. 신경 쓰기 귀찮아."

"둘?"

"날 알지 못하는 주제에 친구랍시고 허락없이 침범해서 친하게 구는 거 짜증나. 우정을 가장해서 나에게 무엇인가 바라는 것이 있을 텐데, 안 그런 척하는 거 구역질나지 않냐?"

"못 말리네, 이 남자."

무엇보다, 유립은 씩 웃으며 세영의 콧잔등을 튀겼다.

"너도 나 같은 경험을 하면 친구, 그거 진저리쳐질 거다."

"안 좋은 추억이 또 있구나?"

"보스턴에서 학교 다닐 때 말이야, 네 식대로 하면 '베스트 프렌드' 라 여기던 녀석이 있었다. 이 자식이 내가 만나던 계집애랑 침대에서 엉켜 있더라고. 환장하겠더군."

"불쌍하게 됐네, 이유립."

"그러게 말이지. 사내로서의 자존심이 팍 구겨졌었지. 계집애는 별로 안 아까웠는데, 친구가 아까웠었지. 그런 놈을 '친구' 라 부를 수 있다면 말이야. 캐나다에 있을 때부터 알았던 놈인데. 제길, 다시는 친구를, 특히 여자를 사귀고 있을 때는 만들지 말자가 신조가 되었지."

"그렇군."

"두 연놈이 눈 맞아 내 뒤통수를 치는 경험은 한 번이면 족하거든. 왜?"

그를 말끄러미 응시하고 있는 눈동자를 그 또한 마주 보았다. 세영이 손을 내밀어 유립의 단단한 볼을 살며시 어루만졌다.

"걱정 마. 약속할게."

"음?"

"난 절대로 당신 뒤통수치지 않는다고. 일단 당신하고 헤어지고 난 다음에 당신 친구를 먹어줄 테니까."

"'고맙다' 라고 해야 하는 거냐, 아님 너 엎어놓고 엉덩이를 후려

패야 하는 거냐?"

어이가 없어 허리에 팔짱을 끼고 딱딱거렸다. 그러자 세영이 깔깔 웃었다. 반쯤 그리다 만 입술 사이로 새어 나오는 이건 웃음이 아니라 바삭하게 갓 구운 비스킷 부서지는 소리. 그녀의 립스틱은 체리의 단맛이다. 거울 안에는 나신의 남자와 하얀 목욕가운을 입은 여자가 서로의 목에 팔을 감고 입술을 탐하는 모습이 오래도록 박혀 있었다.

"배고파. 뭐 먹고 싶어."

"그래, 뭐 좀 먹자."

유립은 룸서비스를 주문했다. 세영이 좋아하는 따끈한 파스타, 그리고 허브아이스크림. 지금 당장 새우크림파스타를 먹지 못하면 죽어버리겠다고 설치는 세영더러 따졌다.

"너 분명히 지난번에는 미고 오렌지파이를 제일 좋아한다고, 나더러 비 오는 날 신촌까지 가서 안 사다 주면 죽는다고 하지 않았냐?"

덕분에 강남에서부터 차 밀려 짜증나는 신촌까지 갔다 와야만 했다. 어머니 최 여사가 아무리 징징거려도 일단 집에 들어가면 골목 이상을 벗어나지 않는 그가 말이다. 미쳤지.

"나는 말이지, 좋아하는 게 너무 많아서 날마다 품목이 달라져."

"뭐가 그리 좋은 게 많냐? 나이 서른 되어가지고."

세영이 초록빛 허브아이스크림이 담긴 그릇에 숟가락을 푹 찔러 넣었다.

"당신, 엄마, 아빠, 동생들, 가을, 봄의 초록 잎사귀, 옥잠화, 분홍색 장미꽃, 오후의 창에 들이치는 햇살. 음악 감상, 진주귀고리, 강물에 햇살이 반짝이며 물고기가 튀어 오르는 것, 새 책 냄새, 간장게장, 오래된 친구, 축구, 스키장, 내가 해낼 수 있는 일들, 지금 먹고 있는 새우파스타, 이것 말고도 한 삼천 가지는 남았어."

"많기도 하군."

"있지, 나이가 들면서 좋아하게 된 것이 더 많아지더라구. 보고 듣고 경험하는 것들이 많아져서 그런가 봐."

"이상하네. 난 살다 보니 좋아하는 것이 자꾸만 줄던데."

세영이 유립을 빤히 바라보았다. 입술을 내밀며 훈계했다.

"냉소적인 그 시각을 고쳐. 기본적으로 당신은 말이야, 인생에 대해 무관심하고 무감동한 사람이야. 사랑 못 받고 자랐다 해서 그렇게 삐딱할 필욘 없잖아."

"비웃는 것? 아님 설교?"

"양쪽 다."

유립은 복수 삼아 연인의 하얀 어깨를 깨물어주었다. 이상하다. 이 여자의 입에서 나온 말은 폐부를 찌르고 날카로우나 상처가 되지는 않는다. 오히려 상흔들이 아무는 느낌이다. 아무도 이렇게 대놓고 찌르거나 지적하거나 고쳐 주지 않았다. 당신 아팠지만, 그렇다고 계속 아프지는 말라 말해주지 않았다. 이 빛 부신 긍정, 솔직한 무례함, 정세영이기에 이렇게 사랑스러운 거다.

"분명히 자기에게도 있을 거야. 좋아하는 것 말해봐, 나도 같이 사랑해 줄 테니."

"으음, 글쎄. 일단 고모."

"이것 봐. 좋아하는 게 있잖아. 그리고 또?"

"에스프레소 커피."

"좋아."

"토요일 아침 햇살……. 로댕의 지옥문, 대리석, 윤기 나는 마루, 잘 다려진 와이셔츠, 말끔하게 정리된 프로젝트, 검은색 페라리, 검정색 양말, RC—Car, 운동, 스도쿠와 피규어 세트, 초밥과 곱창볶음, 청계천 산책, 된장찌개 그리고 섹스. 이 정도…… 일까? 정세영이, 세모로 뜬 요 눈꼬리는 뭐냐?"

"왜 나는 안 나오는데? 나한테 자기는 일착이었다구."

세영이 물어뜯듯이 따졌다. 첫 번째로 그녀의 이름이 나와야지 말이야. 검정색 양말은 좋아해도 애인은 안 좋아하는 남자하고 과연 계속 만나야 하는 걸까? 유립이 피식 웃었다.

"나, 너 안 좋아해. 말했잖아."

"그럼?"

"완전 미쳤지. 환장했지."

그가 두 팔로 연인을 번쩍 안아 들었다. 붉은 입술에 묻은 아이스크림을 혀로 핥으며 다시 천상의 침대로 모셨다. 세영의 모든 것을 오직 그만이 침범한다는 느낌 자체가 지독한 희열이었다. 쾌락을 넘어선 쾌락. 짜릿하고 강렬한 독점의 쾌락이다. 하물며 그들 앞에 놓인 것은 전부 다 금단. 금지의 색들. 비밀을 공유하고 쾌락을 공유하고 보이지 않는 시간을 나누어 가진다. 포기하기에는 너무나 뜨거운 열정, 포기하지 못할 뜨거움과 애욕의 영혼, 지금 이 순간 그의 모든 것. 세영, 그녀의 하얀 젖가슴을 오래도록 빨아 먹은 다음 속삭여 주었다.

"넌 내 에스프레소 위에 얹어진 휘핑크림이지."

그들의 검붉은 밀회는 새벽에서야 겨우 끝났다.

일요일 오전.

유립과 이 회장 부자父子는 아침 식사를 마치고 거실에서 차를 마시고 있었다.

정원의 철쭉꽃이 한참 소담하게 피어 있었다. 꽁지를 치켜든 까치가 나이 든 대추나무와 감나무 사이를 방정맞게 깍깍대며 오가고 있다. 창가에 선 모과나무의 연분홍 꽃이 지고, 그 옆의 매화나무에는 짙푸른 열매가 다닥다닥 맺혀 있었다. 고모 지민이 있었다면 분명히 '저거 그냥 썩히지 말고 따서 매실청 만들어라' 하고 한마디 했을 거다.

지민이 잔소리를 할 만했다. 그가 열아홉 살에 돌아가신 할머니가 그런 일을 곧잘 하셨다. 철마다 정원 유실수에서 딴 열매며 잎이며 뿌리로 차와 술을 담그시곤 했지. 배앓이를 한다 하면, 집에서 담은 매실청을 찬물에 한 숟가락 타서 먹여주곤 했다. 어머니 최 여사는 그런 것을 별로 좋아하지 않아 할머니께서 돌아가신 후 자연히 열매들은 까치밥이 되고 말았다.

"썩히든 말든 남의 집 살림에 웬 잔소리가 그리도 많은지, 원. 내 나이 육십인데 아직도 시누이에게 잔소리나 들어야겠니?"

지민이 한마디한 것이 무엇 그리 대수라고, 싫으면 그냥 듣고 잊어버리면 얼마나 좋을까. 그런 말이 나오고 난 다음, 며칠 내내 최 여사는 열받아 어쩔 줄 몰라 했다. 유립을 상대로 지민에 대한 뒷담화와 푸념질을 하며 억울해했다. 사실 들어보면 별것도 없었는데.

최 여사는 고모에 대해 매사 건건이 사무친 원망이 깊이 맺혀 있는 게 분명했다. 세월이 이리 흘러 지나도 지워지지 않는 옹이가 콕 하니 박혀 있었다. 그러니 무슨 말을 해도 못마땅하고 짜증이 먼저 나는 거다. 숨을 들쑥날쑥해 가며 골을 내는 것이 버릇이었다. 물론 아들 유립 앞에서만 가능한 일이지만.

부친과 고모는 오직 둘뿐인 남매로 자라 정이 아주 두터운 편이었다. 게다가 조부모께서는 다 돌아가셨다. 나이 들어 남은 마지막 피붙이인 셈이다. 워낙 적막하고 차가워 사람들과 사사로운 교분도 거의 없었다. 그런 이 회장의 입장에서 보면 지민은 부모 대신, 벗 대신 오며 가며 속 털어놓는 마음붙이일 것이다. 그래서 최 여사가 지민에 대해 종알대는 것 자체를 질색하는 편이었다. 어지간해서는 입을 꾹 다물고 귀머거리 벙어리 흉내였다. 사사건건 자질구레하게 밀려오는 잔소리를 못 들은 척했다.

그러나 지민 이야기만 나오면 첫마디에서 댕강 잘라 버리기가 일쑤였다.

"한 분뿐인 손위 형님더러 버릇없이 뭔 소리야? 천박하게 윗사람 두고 불손하게 굴지 마."

"나는 천박해서 바가지나 긁을랍니다. 아니, 윗사람 노릇이 집에만 오면 남의 살림보고 잔소리하는 거랍니까?"

"남 원망하지 말고 자기부터 반성 좀 하시게. 이 사람아, 어찌 그리 세월 가도 애기같이 철딱서니없이 그리 사나? 쯧쯧."

이즈음 되면 뿌리 깊은 열등감에서 기인한 최 여사의 히스테리가 터지는 것이었다.

그럴 때마다 유립은 아주 현명하게 처신하는 편이었다. 벌떡 일어나 정원사더러 매실을 따게 했다. 울어서 얼굴 퉁퉁 부은 어머니더러는 호텔로 모시고 가서 당신 좋아하시는 고급 스파와 마사지를 받으시게 했다. 주방 아줌마더러 매실청을 담그게 만들었다. 모든 걸 짊어지고 고모를 찾아갔다.

"제발, 최 여사 좀 울리지 마쇼. 교양 높은 이 교수님이 참으시지 말이야, 왜 잔소리는 해서 불쌍한 아줌마를 화딱지 나게 만드느냐, 이 말이지."

"그래서 네가 짊어지고 왔다?"

"그렇지. 철마다 주방 아줌마더러 따서 담그라고 그랬거든? 내가 퍼다 줄 테니까 가회동 집에 와도 그냥 못 들은 척 못 본 척하셔, 고모. 할머니 생각하면서 그러는 건 아는데 말이지, 인제 그 집은 최 여사 집이야. 고모 집이 아니라고."

"휴우, 그래, 알았다."

지민이 땅이 꺼져라 한숨을 쉬었다. 아무것도 모르는 화초며느리 하나 들어와 빈 구멍 참으로 많이도 만드는구나. 의무 대신 권리 주장이라, 곳간 살림 열쇠를 거머쥔 이즈음, 혼인도 안 한 늙은 시누이 노릇도 참 어렵다 싶었다. 그래도 조카 놈은 알고 있으니 다행이다 싶었지만, 종부 노릇, 웃어른 노릇, 한 치 빈틈없고 매사 알뜰하던 어머니 생각에 한숨이 절로 났다.

"그저 네 색시는 본 데 배운 데 많은 알뜰한 놈 만나야 할 텐데.

그래야 그 집을 제대로 건사하지. 인마, 가회동 본채, 이백 년 지나온 종갓집 고옥古屋이야. 그리 어수룩이 건사해서 될 일 아닌 거 알지?"

"내가 나중에 고모 눈에 차는 멋진 애로 뽑아 들인다는 말이지. 종부 노릇 잘하게 교육시키겠다 이 말이지. 그러니 지금은 불쌍한 최 여사 맘 편하게 해줘요. 남편에게 박대당하는 슬픈 인생. 돈 쓰고 사모님 노릇 즐기는 것으로 푸는 양반 아냐."

그 일 이후, 아들이 자기편을 들어 시누이 기를 꺾었다 싶었던 모양이다. 의기양양해진 최 여사는 고급 룸펜 아줌마들이 모이는 사교계에 나가 한참 동안 아들 자랑에 침이 말랐다지. 덕분에 이유립은 일등 신랑감으로 한층 더 주가를 높이고 있다는 어이없는 소문이 있었다.

이 회장이 신문을 놓고 자신의 빈 잔을 채웠다. 포트를 들고 유립을 바라보았다.

"더 주랴?"

"제가 따를게요."

포트를 받아 들었다. 커피는 지나치게 연했다. 유립은 진한 에스프레소 마니아인 데 비해 이 회장은 보리차처럼 연하고 말갛게 마시는 스타일이었다. 그래서 이 집에서는 커피를 열 잔 마셔도 카페인이 충족되지 않았다.

"담배 끊었냐?"

"에이, 끊은 지가 언젠데? 적어도 스물두 살 이후에는 안 피운 게 확실합니다."

"좋을 것 없다. 확 끊어버려."

"안 피운다니까요."

담배를 왜 피워? 마리화나라면 몰라도. 유립은 속으로 냉소를 지었다. 어, 그러고 보니 언젠가부터 집에서 담배연기가 사라졌다. 애연가이던 이 회장이 금연을 시작한 모양이다. 기억을 더듬어보니 이 몇 달 어디서고 그가 담배를 물고 있던 모습을 보지 못한 듯싶었다.

"적적한데 개라도 한 마리 키우시죠?"

"네 어미가 귀찮아해서."

노력해서 한마디 건넸지만, 또 이 모양이다. 부자지간이 같이 앉아 있으면 뭘해. 세 마디 이상을 넘기지 못하는데. 상대가 적막하니 유립도 따라서 과묵해지고 만다.

집이라지만 이미 분가해서 살고 있는 처지였다. 한 달에 너덧 번 드나드는 것이 고작이다. 이 회장 부부와 고용인 서넛을 두고 사는 집이라 꼭 집 안이 절간같이 적막하고 한기寒氣가 돌았다. 아무리 무르익은 봄날 햇살이 한가로운 일요일 아침이라고 해도 마찬가지였다. 가능한 한 빨리 떠나고 싶은 생각만 들었다.

갑자기 무엇이 생각났는지 이 회장이 참, 하고 혼잣말을 했다. 탁자 위에 놓인 초대장이며 우편물을 뒤적거리더니 하나를 뽑아 그에게 내밀었다.

"가볼 테냐?"

유립이 이 회장이 내미는 것을 두 손으로 받았다. 1년에 두 번 있는 민국당의 후원회 초대장이었다. 한 달 후였다. 현직 대통령이 당적을 가진 여당 후원회이니 아마도 엄청 미어터질 거다.

만찬과 함께 외국에서 맹렬하게 활동하는 예술가들의 공연 두 개가 공식적인 순서로 적혀 있었다. 그리고 빈 여백, 적혀 있지 않은 그다음의 순서는 서로 눈 맞은 인간들끼리 은밀한 구석을 찾아 삼삼오오 흩어지는 뒤풀이겠지. 온갖 뒷거래와 음모와 금지된 유희들이 함께 어울려 밤의 너울 안에서 잡탕처럼 걸쭉하게 끓어 넘치겠지.

유립은 초대장을 탁자 끝에 올려놓았다.

"부부동반 초대장인데요. 어머니랑 함께 나가시죠, 왜."

들은 척 만 척이었다. 이 회장이 초연하게 찻잔을 들었다. 그리고 말 한마디 없이 그 찻잔을 다시 내려놓는 동작으로 아들의 제안을 냉혹하고 깨끗하게 거절했다. 하긴 그가 유립의 말을 듣고 최 여사와 동반하여 나가리라고 기대하진 않았다. 어차피 의례적으로 건넨 인사치레였다.

구구절절 말이란 사실 필요없다. 부친을 설득하거나 바꿀 수 있을 거라는 기대를 버린 지 오래였다.

어머니 최 여사와 부친 이 회장이 평생 그랬듯이 아들 유립과도 이 회장은 역시 결국은 평행선일 수밖에 없다. 부자父子는 너무 닮았고 동시에 너무 달랐기에, 결코 마주치지 못할 인생을 각자 책임지고 달려가고 있을 뿐이다.

"정치 쪽하고는 줄 대지 않는 게 원칙이셨잖아요."

"내키지 않는 자리래도 나가야 할 때가 있는 법이지."

"하긴 그렇지요."

"싫든 좋든 정치 쪽하고 줄을 대야 하는 것이 재계이긴 하지만, 드러내 놓고 너무 친한 척하는 것도 마이너스일 때가 많았다. 그래서 이쪽저쪽 아예 다 피한 건데, 그것도 구설수더구나. 때로는 불리할 때도 있더라. 뭐든지 중용이 좋겠지."

"네."

"다녀오너라. 어차피 지금쯤이면 네 얼굴도 슬슬 드러내기 시작해야 할 터이니."

"알겠습니다."

그것으로 할 말은 마친 셈이다. 이 회장이 몸을 일으켰다. 거실을 나가려다가 몸을 돌렸다. 잠시 망설이는 표정이었다.

"너, 사우나 가?"

"같이요?"

까딱했으면 마시던 커피잔을 씹어 먹을 뻔했다. 아주 잠시 경악하다 못해 거의 패닉 상태였다. 30년 만에 새삼스레 아버지 흉내를 내고 싶다는 건가?

유럽과 마찬가지로 그 일은 이 회장에서도 은근히 난감한 일이었던 모양이다. 한 번도 해보지 않은 일이다, 이거지. 아들의 대답도 듣지 않고 휙 몸을 돌렸다. 쌀쌀맞게 말했다. 꼭 골 부리는 어린아이 같았다.

"아, 바쁘면 관두고."

"아, 아니요! 별일 없어요. 같이 가세요."

달력에 기념일로 적어놓아야겠다. 따스한 시선 한 번도 주지 않던 이 회장이 아들더러 같이 사우나라도 가자고 먼저 청하고 있으니.

방에 올라가 휘휘 셔츠를 벗어던지고 속옷을 갈아입으면서 유립은 혼잣말을 했다.

"이 양반, 왜 이러지? 죽을 때가 다 된 거 아냐? 평생 안 하던 짓도 하고."

노크 소리도 없이 문이 열리고 최 여사가 들어왔다. 환장한다. 유립은 팬티를 끌어내리다가 다시 올리며 버럭 소리쳤다.

"아, 노크 좀 하라니까!"

"내 아들 방 들어오는데 노크는 왜 하라고 그러니?"

"팬티 갈아입는 중이었다구. 최영혜 여사님, 서른 넘어가는 아들 알몸 보는 거, 굉장히 민망한 일 아닙니까?"

"내 아들 실한 거, 구경 좀 하자."

"내가 실해봐야 어머니한테 좋은 거 없어. 내 마누라에게나 좋은 일이지."

그러면서도 유립은 최 여사가 건네주는 속옷을 목 아래로 꿰었다. 아들 시중들어 주는 것, 아들 응석 받아주고 해 먹이고 뒷바라지하는 것이 인생의 즐거움이라는데 어떡하나. 맞춰 드려야지.

모처럼 온 아들, 한 밤 자고 이내 가려는 것 같아 섭섭했다. 자꾸만 멀어지는 것 같고 그녀를 벗어나는 것 같다. 아들에게까지 외면당하는 것 같아 속이 상했다. 실쭉한 얼굴로 최 여사가 물었다.

"벌써 가려구?"

"아버지가 사우나 가자는데."

"너랑 같이?"

그녀로서도 놀랄 일이었나 보다. 눈이 휘둥그레졌다.

"네. 등도 같이 밀고 그러면 좋지, 뭐. 다녀올게요. 아니다. 엄마도 같이 가실래요?"

"나, 나도?"

"음, 사우나하고 로비에서 만나지. 같이 점심이나 먹읍시다. 내가 살게."

삽시간에 최 여사 얼굴이 환하게 펴졌다. 사실 아들하고 다정하게 팔짱 낀 채 쇼핑이나 하고 싶었다. 은근히 떠보려고 올라온 거다. 그런데 한술 더 떠서 남편까지 껴서는 셋이 사이좋게 외출하자는 거다. 이런 좋은 일이!

"그래그래, 같이 가자, 얘. 나 빨리 준비할게."

"거 너무 곱게 치장하지 마세요. 아버지 기다리는 거 잘 못하신다구. 어차피 목욕할 거, 화장하면 뭐해? 금세 나와요."

당부했어도 소용없었다. 어느새 30분. 거실에 앉아 기다리는 이 회장 얼굴에 내 천川 자가 그려졌다. 그러거나 말거나 초등학생 소풍 가듯 들뜬 얼굴로 최 여사가 나타났다. 사우나 가는데 웬 샤넬 투피스? 생뚱맞게 붉은 립스틱? 아이고, 맙소사.

두 남자의 일그러진 표정도 알지 못한 채 최 여사는 천연덕스럽게 차 뒷좌석에 올라탔다. 그리고는 내내 즐거운 계획을 세우기에 여념이 없었다.

"우리 목욕하고 나서 점심 먹고 말이지, 오후에 백화점에 가서 네 옷도 좀 사자. 저녁에는 저어기 영종도 가면 노을 구경도 좋은데."

"집에 있는 여자가 영종도 노을 좋은 건 어떻게 아나?"

입 다물고 가자는 이야기였다.

그러거나 말거나 최 여사는 그저 행복한 표정이었다.

"공항 가면서 보니깐 좋더만요. 얘, 유립아, 거기 신도시에 말이다, 힐튼 호텔 브런치 맛도 정말 좋지 않았니? 그때 너랑 나랑 골프치러 가서 먹은……."

이 회장의 이마에 그려진 내 천川 자가 더 깊어졌다. 이러다가는 가는 도중에 부부 중 누구 한 사람이 먼저 내리지 싶었다. 유립은 재빨리 한없이 길어지는 어머니 수다를 중간에서 끊었다.

"네, 네, 분부대로 합지요. 모처럼 같이 나오신 거, 제가 잘 모시겠습니다. 따라만 오십쇼."

"내가 너 아니면 뭔 재미로 살겠니? 아이고, 제발 당신도 아들 반이라도 배우시구랴."

역시 이 회장은 입을 꾹 다문 채였다. 유립은 힐끗 뒤쪽을 살폈다. 정말 어디서 맞춰 와도 이렇게 사사건건 맞지 않는 부부는 보기 힘들 것이다.

"그보다 제가 말씀드리지 않았던가요? 이 애, 요즈음 좋은 데서 어찌나 혼삿말이 잦은지 말예요. 인제 장가보내야지요."

"어머니."

"쓸데없는 소리."

입 다물라는 경고였다. 그러거나 말거나, 두 남자의 질색에도 아랑곳없이 최 여사는 자기 이야기만 풀어놓았다.

"압구정 황 여사가 어찌나 날 괴롭히는지, 호호호, 내로라하는 집안의 참한 아가씨들이 줄을 섰답니다."

"어머니 아들이 별로 참하지 않은데, 참한 여자 만나봐야 뭔 소용이 있어요? 그리고 분명히 말해둡니다만, 저 결혼시장에 팔려 나가는 짓 안 합니다."

농담 반 진담 반 명확하게 뜻을 밝혔다. 결혼 문제만큼은 간섭하지 마시오. 이 회장이 유립을 바라보았다.

"눈에 차지 않는 허튼짓하고 다니지는 마라."

"허튼짓이 쓸데없는 여자와 놀아나는 것이라면 안 하는 게 분명합니다."

"결혼은?"

아무래도 이상하다. 아침에 무엇인가 잘못 먹은 게 분명해. 유립은 다시 한 번 속으로 중얼거렸다. 아들이 살았는지 죽었는지도 관심없던 이 회장께서 갑자기 결혼 문제를 들먹인다. 이것, 예감이 좋지 않았다.

"해야죠."

"만나는 여자는 있어?"

"없습니다만."

"마음에 담아둔 사람은?"

"있으면요? 데려올까요? 어차피 제가 원하는 대로 혼인시켜 주실 것도 아니시면서."

"데려와."

백미러 안에서 부자의 시선이 마주쳤다. 영감님, 정말 이상하네. 유립은 툭툭하니 되받았다.

"정말입니까?"

"얼굴 보고 나서 이야기하마."

"아이고, 얘 여자 없어요. 괜히 말만 이러는 거지."

최 여사가 중간에 톡하니 나섰다.

"내가 모르는 여자가 어디 있다고? 얘는 내가 질색하는 일은 아예 할 생각도 안 하잖아요. 얘, 말해봐라. 정말 약속한 대로 엄마가 고르는 애랑 결혼할 거지?"

"엄마랑 같이 살 여자야? 내가 데리고 살 여자잖아."

유립은 퉁명스럽게 내뱉고 말았다. 기분 좋게 화해모드로 가는 이 아침에 갑자기 아들 속을 뒤집는 이유는 뭔가. 이 대목에서 최 여사가 파르르 질렸다. 말 한마디가 무어 그리 대수라고 그것마저도 섭섭한 것이었다.

"그래서? 그래서 네 맘대로 하겠단 말이니?"

말 잘 듣는 아들이 결정적인 순간에 태클을 걸었다. 날이면 날마다 되풀이하는 아름다운 꿈, 맘에 꼭 맞는 며느리 들여 시어머니 위세 부리며 원없이 살아보자 하였던 환상이 파사삭 부서졌다.

이크, 벌집을 건드렸다. 유립은 재빨리 수습을 시도했다.

"아니, 내 맘대로 하겠다는 건 아니고."

"듣기 싫어!"

"내 결혼, 어머니가 신중히 생각하시는 건 알지만요. 당사자는 난데, 일단 내 맘에 맞고, 그리고 집안 뜻도 맞고 그래야 하는 거지. 엄마만 좋다고 되는 건 아니라는 거지."

"엄마가 어련히 알아서 골라줄까 봐. 혼인 문제로 속만 썩혀봐!

가만 안 둘 테니까. 이상한 데 눈 팔고 그래 봐, 그냥."

"가능한 한 네 뜻 받아줄 테니까, 있으면 빨리 데려와."

"네?"

진짜 이상하다. 못 들은 척, 입 꾹 다물고 아들과 어미의 실랑이질을 듣고만 있던 이 회장이 툭하니 던졌다.

"빨리 일가 이루고, 제 할 일 찾아 챙기면 그게 어른이다. 네 나이 서른인데 안사람 보아야지."

"정말 애 혼인시키실 작정이세요?"

"그럼 홀로 늙혀? 지금껏 여자 하나 없는 게 오히려 이상하지."

아무래도 정신과 상담을 받게 해야 하는 것 아닐까? 유립은 전과는 영판 다른 이 회장의 행동에 당황했다.

탈의실에서 옷을 벗고 있는 부친의 등을 노려보며 잠시 고민에 잠겼다. 변호사와 유산상속에 대해 미리 의논해 두는 것도 나쁘지 않을 것 같았다. 회사 운영 전반에 대해 미리 브리핑을 받아야 할 듯도 싶었다. 그가 모르는 사이. 노인네가 경악해서 정신적 충격을 받은 일이 생겼을지도 몰라. 잘못하다가는 빚더미나 물려받고 알거지되는 꼴이 날 것도 같은 예감이 들었다. 미리미리 그의 몫은 챙겨놓아야 할 것 같았다.

"등 좀 밀어봐라."

머리를 감고 돌아서는데 이 회장이 불렀다. 생전 안 하던 짓을 하자니 아무래도 선뜻 나서기가 힘들었다. 잠시 머뭇거리니 그가 물었다.

"왜? 어색하냐?"

"아니, 어색한 것은 아니고요."

유립은 비누거품이 묻은 스펀지를 들고 이 회장의 등을 밀어주기 시작했다. 다가가기 어렵고 거대한 아버지의 존재. 항상 크고 건장하고 실팍하다 생각했는데 의외로 야위었다. 삐죽하니 등뼈가 드러날 정도였다. 이상하다. 남보다 더 먼 사이라고 생각했는데, 손끝으로 만져지는 이상한 느낌. 이것이 핏줄의 정이란 건가. 피부도 윤기를 잃고 까칠하게 보였다. 아무래도 나이를 속일 수는 없나 보다. 유립은 자신도 모르게 퉁명스레 묻고 있었다.

"이 나이에 다이어트하세요?"

"왜?"

"살이 많이 빠진 것 같아서요."

"……소식하려고 노력하는 중이다."

"나이 들면 밥심으로 산다는데 너무 그러지 마세요."

"병치레하면 다 그렇지, 뭐."

"나이 생각하세요. 지금도 건강하시지만, 사는 동안은 활기차고 건강하셔야죠."

잠시 말이 없었다. 더운물이 나오는 샤워기를 아버지 등에 갖다 댔다. 입 효자 노릇쯤은 못할 것도 없다.

"건강 검진 제때제때 받으시구요. 나이 드실수록 몸 관리하셔야죠. 그게 여러 사람 편안하게 하는 길이라구요."

"하긴 긴 병에 효자 없다더구나."

"긴 병에 효자는 없어도, 돈에는 효자 난다고 하더라구요. 걱정 마세요. 아버지 유산이야 제가 다 물려받을 테니 병환 중에 제가 최

선을 다해서 간호는 해드리죠."

"버릇없지만 솔직해서 좋구나."

이 회장이 돌아서서 샤워기 더운물 아래 머리를 감으며 한마디했다.

유립은 먼저 탕 속으로 걸어 들어가며 내뱉었다.

"굳이 착한 척해보아야 속지도 않으실 테니까요."

"……나쁘지 않아, 너 정도면."

이 회장이 유립의 어깨 너머를 바라보며 되받았다.

영감님, 진짜 약 먹었나? 어지간히 당황했다. 놀라서 탕 안에서 미끄러질 뻔했다.

발악하듯이 상장을 들고 와도, 명문대에 합격을 해놓아도 개 닭 보듯이 입 꾹 다물고 넘어가던 이가 웬일로 그를 인정하는 발언을 한담? 반드시 부친과 정신과 주치의를 만나게 해야겠다고 다시 한번 결심했다.

이 회장이 탕 안으로 들어오자 물이 출렁거렸다. 허리 아래를 가린 타월이 물에 둥둥 떴다. 잠시 아랫배가 둥실 드러났다. 허리 아래 작은 수술자국이 유립의 눈에 담겼다. 하얀 자국이 선연한 것으로 보아 그다지 오래된 것이 아니었다.

"왜 그래요?"

"뭐가?"

"그 수술자국."

"수술자국이지 뭐냐?"

"왜 그랬냐니까."

"의사가 수술하래서."

"아, 네."

그럼 제멋대로 수술하는 사람도 있다더냐? 말하기 싫다는데 말을 왜 시킬까 보냐. 유립은 입을 꾹 다물었다. 이 회장도 입을 다물고 앞만 바라보고 있었다. 내내 부자는 그렇게 싸움하듯이 허공을 보고 앉아 있기만 했다. 이건 목욕이 아니고 고문拷問에 다름 아니었다. 더워서 땀이 나는 게 아니라 난처하고 짜증나서 이마에 땀방울이 흘러내리는 지경이었다.

그런데도 한 시간 후 탕에서 나오며 이 회장이 한마디 툭하니 던졌다.

"같이 오니 좋구나. 언제 또 오자구나."

"아, 네에."

물론 싫습니다.

7월의 햇살은 따갑게 이글거리고 있었다. 지방 공장까지 내려갔다 왔다. 신규 투자를 한국에 해야 하는지, 외국 공장 쪽으로 내보내야 할지 갑론을박이었다. 푹 시어버린 파김치처럼 지쳤다. 남들은 퇴근할 무렵 털레털레 사무실로 돌아갔다. 심부름하는 직원이 우편물을 책상마다 나누고 있었다.

"팀장님 건 책상 위에 미리 가져다 놓았어요."

"아, 감사!"

유립은 화장실에서 후적후적 찬물로 세수를 했다. 그러고 나니 겨우 정신이 좀 드는 기분이었다. 사무실로 돌아와 벗어던진 양복

재킷에서 이 회장이 준 초대장을 꺼냈다. 행사는 한 달 후, 늦어도 이번 주말까지는 참석한다는 답장을 해야 할 것이다. 컴퓨터를 부팅하며 한 손으로 우편물을 뒤적였다. 그러다가 하나를 빼냈다. 손에 들고 있는 것과 책상에 놓아진 우편물을 번갈아 바라보았다. 페이퍼 나이프를 집어 봉투를 뜯었다.

—이유립 님, 참석하시어 자리를 빛내주시면 영광이겠습니다.

정세영.

사무적이고 정중한 문장이었다. 그러나 그가 초대장을 뒷면으로 돌렸을 때에 붉디붉은 립스틱으로 찍힌 입술 흔적이 있었다. 한낮의 태양광선을 직격으로 맞은 것 같았다. 짜릿하고 요염한 초대였다.

아무것도 적혀 있지 않은 여백, 그들의 보이지 않는 3부 플랜. 어때, 렉스? 세영이 하얀 여백 안에서 붉은 입술로 속삭이고 있었다. 그러고 보니 그들은 열흘 이상이나 만나지 못했었다.

젊고 싱싱한 육신이 연인의 장밋빛 입술 흔적 안에서 욕망으로 끓어 넘치기 시작했다. 유립은 고개를 들어 사무실을 휑하니 돌아보았다. 마구 어질러진 흑단의 거대한 책상. 숫자로 반짝이는 모니터가 책상 유리판 아래 깜빡이고 있었다.

한 손을 들어 책상에 놓인 너저분하고 어지럽고 귀찮은 것들을 확 쓸어버렸다. 힘주어 모서리를 잡고 물끄러미 텅 빈 책상 위를 노려보았다. 검고 딱딱하고 건조한 평면 위에 깜빡이는 숫자들과 보고서를 차갑게 응시했다. 음험하고 반역스러운 빛이 남자의 검은 눈동자 속에서 소용돌이치고 있었다.

물처럼 몸에 감기는 붉은 실크슬립만을 걸친 세영을 이 책상에 눕히는 것을 상상했다. 딱딱한 숫자와 비정한 손익계산, 감정 따위는 전혀 개입되지 않은 통계표가 흐르는 모니터 위에 연인의 하얀 나신을 거꾸로 눌러놓고 싶다. 천천히 꿀이 흐르는 매끈한 등을 혀로 탐색하리라. 차가운 책상에 짓눌려진 젖무덤은 짓이겨진 꽃망울 같을 것이다. 반으로 갈라진 만월에 그의 메마른 입술이 가 닿으면 세영은 어떤 신음 소리를 낼까?

주식 분석, 상반기 실적 평가, 회계 감사, 비리 문건, 사원들의 인사고과서, 살생부, 급여 명세서, 그 위에서 신음하며 음탕하게 꿈틀거리는 어린 뱀같이 환락의 춤을 추는 널 더럽히겠어. 파란 심줄까지 비쳐 보이는 하얀 두 다리를 움켜쥐고 아이스크림을 삼키듯이 속살을 핥아 내린다면? 상상할 수 있는 한, 그 이상의 것을 상상하며 천천히 벨트를 풀리라. 아주 가까이 다가온 꽃잎 안에 갈구하는 연인의 쾌락 속에 천천히, 아주 천천히, 아니, 난폭하고 거칠게, 강하고 빠르게 달려들고 싶었다.

정세영, 이 빌어먹을 마녀 같으니라고!

유립은 이를 갈았다. 딱딱해져서 부러질 것만 같은 욕정. 불편하기 이를 데 없는 충동과 채워지지 않은 갈구로 마른 입술을 혀로 핥았다.

단지 립스틱으로 찍은 입술자국이다. 그 앞에서 천하의 이유립이, 계집의 술수라면 하나에서 열까지 꿰고 있는 렉스, 그가 망신스럽게 채우지 못한 욕망으로 사시나무처럼 떨고 있었다. 고작 마녀 세영이 사악하게 발가락 끝 하나를 내밀어 건드려 보는 요사스러운 자극에 이토록 달뜬 망상으로 떨고 있다니. 널 꺾어버리겠어, 정세영. 널 부숴 버리고 마셔 버리겠어. 제길! 빌어먹을 여자 같으니라고!

헐떡이는 짐승의 숨을 억지로 가라앉히며 휴대전화를 살렸다.

"사무실이다."

〈그래서? 같이 놀자구?〉

"몇 시까지 올래?"

밤 9시 반. 텅 빈 사무실에는 아무도 남아 있지 않다. 푸른 불빛 아래 유립만이 유령처럼 앉아 있다. 찾아올 밤의 요정을, 검붉은 쾌락을 기다리고 있다.

세영의 얼굴을 보는 순간, 발정 난 짐승처럼 덤벼들 수밖에 없었다. 달콤하고 짜릿한 키스, 치명적인 매혹 안에 침몰하는 순간, 유립의 세상은 다만 부드러운 젤리일 뿐이다. 아무것도 오래둘 수 없다. 노염도 분노도 자존심도 헛된 일일 뿐. 찢어발기듯이 아름다운 몸을 가린 옷을 벗겨 던져 버렸다. 연분홍빛 새틴슬립만 입은 그녀의 눈부신 나신이 고스란히 드러났다. 이미 흥분한 듯 젖꼭지가 얇은 실크 위로 빳빳이 솟아 있다. 유립은 세영의 히프를 안아 책상 위에 올려 앉혔다. 목에 걸린 목걸이의 광채가 에로틱하게 반짝이고 있었다.

"같이 놀자는 게 이런 뜻이었어?"

"아쭈? 모르는 척?"

세영이 달콤하게 눈을 흘겼다. 안 그런 척 내숭이다. 어두운 사무실, 모든 것이 무채색이고 각진 선을 그리는 이곳에서 그녀만이 유일하게 곡선이다. 극채색의 향기이다. 흡입하고 만지는 중독, 정세영.

"당신은 여자하고 만나면 살로만 노니?"

"피차 마찬가지일 텐데?"

"다른 남자하고는 이러지 않는다구. 당신하고만 그래. 이 방면으로 대단하잖아."

작은 손이 그의 셔츠 단추를 풀고 있다. 유립은 그 손등에다 입맞추었다.

"정말 귀엽다니까. 남자 자존심을 세워주잖아."

분홍빛 달콤한 입술 사이로 새어 나오는 신음이 심장 언저리를 저릿저릿하게 만들었다. 마약 같은 체취 안에서 향기를 탐닉하고 헐떡일 때, 그의 뇌리를 채우는 건 오직 흥분된 쾌락뿐이다. 머리부터 발끝까지 사내의 전율을 불러일으키고 울렁거리게 만드는 교성이 메아리쳤다. 두 사람 다 한 번도 해보지 않은 위험하고 도발적인 놀이. 빈 사무실에서 함께 서로를 흡입하고 소유하는 이런 일들, 서로이기 때문에 가능한 거다. 전혀 부끄럽지 않고 세상에서 가장 자연스러운 일로 느껴지는 거다.

흥분에 거칠어진 숨소리 전부가 상큼한 쾌락의 신호였다. 위험한 욕망을 맘껏 발산하게 만드는 나지막한 유혹의 목소리. 유립은 이미 그것만으로도 절정에 도달해 버릴 지경이었다.

그의 손과 입술이 바빠지는 것에 비례해서 여자의 신음 소리도 갈수록 녹신해지고 달콤해져 가고 있었다. 그건 강한 애원이었다, 더, 더 강하게 안아달라는. 좀 더, 좀 더 그녀 깊은 곳으로 가까이 와달라는 농밀하고 관능적인 초대. 이미 산산조각 부서진 남자의 이성을 마비시키며 검붉은 쾌락을 선사하는 아름다운 안달 같았다.

하나로 모인 감각이 오직 예민한 감각의 말단 끝에서 움직이는 느낌이었다. 바짝 조이듯이 감기는 부드럽고 촉촉한 감촉. 찰싹 달라붙어 머리까지 불타는 열기였다. 피부가 화상을 입을 정도로 뜨거운 연결점, 자극적으로 얽힌 네 개의 팔과 다리가 같은 비트로 리드미컬하게 움직였다. 열고 비집어 들어간 빡빡한 감각. 이내 말할 수 없이 음란하고 자극적으로 조여지는 예민한 감각. 유립은 거친 신음을 내뱉었다.

깊숙하게 파고들어 가 온몸을 흥분시키는 신경이 다 그곳으로 집중된 것과 같은 지독한 감각의 관능이었다. 세영 역시 고통과 쾌락이 뒤섞인 느낌에 비명을 질렀다. 역동적으로 침입당하고 움직여지는 느낌에, 더 이상은 아무것도 생각할 수 없었다. 빨아들일 듯 조이는 느낌 그것 하나, 침범당하고 소유당하면서 느껴지는 고통 섞인 자극 하나. 하나로 교합된 두 개의 동체가 감각하는 육체의 희열, 오직 그것 하나. 거세게 밀려오는 해일처럼 서로의 몸을 덮치는 환락의 농염함에 두 사람은 동시에 쾌락에 미친 비명을 내질렀다. 바들바들 떨며 격렬한 절정의 물결 안에서 난파했다. 그리고 정적. 서로의 향기에 취한 나른함만이 어둠으로 내려앉았다.

"좋았어?"

"말로 표현할 수 없을 만큼."

"이건 뭐 부드러운 전채라고 생각해."

부드러운 몸을 안아 들고 유립은 사악하게 속삭였다.

"집에 가서 다시 시작하자. 더 짜릿한 본편을 기대하라고!"

간신히 눈을 뜬 세영이 상기한 얼굴로 노려보았다. 가시를 세운 채 대들었다.

"내가 생각한 이상으로 당신, 지독한 악당이구나?"

"얌전한 체하는 여자가 악당을 더 좋아하지."

"흥."

그러면서도 세영은 녹아날 듯 진한 키스를 돌려주었다. 바로 그때였다. 그들의 함께한 비밀이 못마땅하다는 듯이 요란스레 전화벨이 울렸다. 세영의 핸드백 안에서였다. 둘을 연결하고 있던 그 무엇이 삽시간에 뚝 하고 부러지는 소리가 들렸다. 세영이 유립의 품 안에서 미끄러져 나갔다. 한 손으로 땀에 전 머리카락을 넘기며 휴대폰을 찾아 들었다.

"여보세요? 아, 엄마."

희미한 불빛 아래 세영의 등이 경직되고 있었다.

"네, 지금 아직도 밖이에요. 사람 만나는 중."

그녀가 유립을 돌아보았다. 정확한 의미를 알 수 없는 복잡한 미소가 흘러내렸다. 한 손으로 바닥에 흩어진 옷가지를 주워 모았다.

"아냐. 남자 아냐. 아니라니까! 왜 자꾸 그래?"

거짓말쟁이! 유립은 입 모양만으로 소리쳤다. 그러자 세영이 주먹을 들어 보였다.

"아니, 그냥 아는 사람. 이제 들어갈 거예요."

그냥 아는 사람. 부모에게 이름조차 알릴 필요도 없는 다만 무명씨無名氏. 당연한 대답인 줄 알면서도 기분이 팍 상하고 말았다. 그가 전화를 받았대도 똑같은 대답을 했을 거다. 그럼에도 비겁하게 말을 주워 삼키는 세영을 보는 순간, 마음에 가득 차 있던 따뜻한 행복이 꺼져 버렸다. 몸이 식는 것보다 더 짧은 순간에 마음이 접어졌다.

둘이 연애질을 시작한 것도 벌써 석 달. 그런데 아직도 그들의 관계는 은밀한 비밀이다. 누구에게도 축복받지 못하는, 다만 그림자, 신기루, 해가 뜨면 사라지는 덧없는 이슬, 그만큼 불안한 사랑, 아슬아슬한 연결의 지점.

"언제쯤이면."

엘리베이터를 타고 주차장으로 내려오는 짧은 순간, 그것만이 지금 그들에게 허락된 전부, 아리고 허허로웠다. 세영이 그를 올려다보았다.

"우리, 지금 서로에게 속해 있어. 그것으로는 안 될까?"

"태양 아래에서도 우리 함께 가능할까?"

밤이 아닌 밝은 낮에서도, 너와 내가, 우리라는 이름으로 영원히 함께.

"언젠가는."

"그래, 언젠가는."

스스로를 속이는 두 목소리가 어둠 속에서 나직하게 울렸다.

"좀 자라, 집에 도착하면 깨워줄 테니."

유립이 벗은 재킷을 건네주었다. 세영이 머리를 좌석 등받이에 기댔다. 음악과 그들만이 존재하는 이곳, 불안한 순간의 파라다이스. 꿈을 꾸듯이 반쯤 눈을 감고 있던 세영이 나직하게 속삭였다.

"나 말이지."

"응."

"자기랑 차 타고 어디로든 가는 도중이 제일 편안해."

"왜?"

"들킬까 염려하지 않아도 되고 조마조마하지도 않으니까."

"그런가?"

"목적지에 도착하면 귀찮은 일들이 생각나지만 이렇게 둘이 같이 가는 동안은 편안하고 좋잖아. 결혼이나 이별 같은 종착역에 도착하지 않고 연애만 하는 사람들처럼."

세영 또한 이 불안한 연애가 미진하고 힘들다는 뜻이었다. 포스스 한숨을 쉬며 자문하듯이 속삭였다.

"평생 연애만 할 수 있을까?"

그럴 수는 없다는 것을 잘 알고 있다. 그들의 위치와 나이가 절대로 허용하지 않을 테니까. 그들을 둘러싼 사람들이 가만 놓아두지 않을 것이다. 너무 잘 알고 있어 달아날 구멍을 찾지 못한다.

하지만 그녀가 원하는 것은 다 해주고 싶다. 유립은 단호하게 대답했다.

"네가 원한다면 우리 평생 연애만 하자."

"정말?"

"그럼, 네가 원하는 게 바로 내가 원하는 것 아니겠어?"

"착해졌네, 이유립 씨. 원래 성격이 그렇게 달콤해?"

"단 건 뭐든지 질색이다."

"그런데 왜 나한테만 이렇게 생크림처럼 구는 건데?"

"성질 더러운 정세영, 너하고 연애질하려면 내가 달라져야지? 나 진짜 인간 된 것 같지 않냐? 너한테 미치는 건 아주 즐거운 중독이거든. 너무 달지만 행복하다."

세영이 쿡쿡 웃었다. 유립은 한 손을 내밀어 그녀의 머리카락을 쓰다듬어 주었다. 꿈결같이 부드러웠다. 내내 손가락에 감고 있고 싶다.

"너한테 올인했다니까."

"타고난 성질머리까지 바꿀 정도로?"

"물론이지."

"그러지 마."

"왜?"

"그러다가 힘들어지면 어떡해?"

"내가 왜 힘들어질 거라고 생각하냐?"

"우리가 헤어지면……."

삽시간에 불안이 밀물처럼 차올랐다. 이 여자 설마 그의 뒤통수를 칠 생각을 하고 있는 건가? 유립은 강하게 브레이크를 밟아버렸다. 끼이익, 금속성의 음향을 내며 차가 멈추어 섰다. 급정거하는 바람에 놀란 목을 문지르고 있는 세영을 노려보았다.

"정세영."

"놀랐잖아. 아야, 목 아파. 왜?"

"나랑 헤어질 생각하고 있냐?"

"아니."

"구라 까지 말고 대답 안 해?"

"그 나이에 '구라 깐다'는 말 같은 것 좀 하지 마. 천박해."

그러거나 말거나 유립은 무서운 눈으로 노려보았다.

세영이 말괄량이처럼 혀를 쏙 내밀었다.

"아직은."

"아직은?"

"응. 당신의 테크닉과 섹시함을 능가하는 남자 중의 남자가 아직 안 나타났거든."

잘도 병을 주고 잘도 약을 준다. 이 망할 여자. 해실거리는 얼굴을 한 대 쥐어박아 주려다가 꾹 참았다.

그는 이미 연애의 중심까지 들어와 있는데, 그녀는 아직도 관계의 언저리에서 서성거리고 있다. 그를 가득 원하는 것 같으면서도 한 발을 빼고 있는 것 같다. 초조하다. 환장하게 얄밉다. 분명 잡았다 싶은데 헤어져 혼자 되면 구름을 잡은 것처럼 허공 안을 헤매고 있다. 절대로 올인하지 않는다 이거다. 그를 슬근슬근 갉작거리고 자극하는 맛을 마음껏 즐긴다는 이 말이다.

다른 상대였다면 벌써 이마에 퍼런 핏줄이 빠지직 하고 튀어나왔을 거다. 그런데 살랑살랑 웃으며 교활하게 예쁜 척하는 이 여자 앞에서는 그 일이 가능하지 않다. 여하튼 오늘도 손해나는 장사였다.

진짜 환장한다. 왜 이 여자와 같이 있으면 전에는 알지 못했던 것, 덮어두었던 것, 없애 버렸다고 생각한 것들이 쏟아져 나올까?

구질구질해서 미치겠다.

하지만 진실을 부인할 수는 없다. 세영을 만나기 전까지는 참된 상처란 것을 몰랐다. 상처가 되기 전에, 먼저 밀어내고 무시하고 눈 감는 데 익숙해져 있었다. 어느 것도 진심의 표피 안으로는 들이지 않았다. 이기적인 인간은 언제나 자기 보존 본능이 탁월하게 발달해 있다. 투명하나 아주 딱딱한 갑옷을 둘러쓰고 살고 있다. 그런 인간이 껍질을 벗어던지고 타인에게 전부를 거는 것이 얼마나 치명적인 위험인지 아주 편리하게 잊어버렸다.

유립은 짐짓 목소리를 깔고 나지막하게 으르렁거렸다.

"잘됐군. 그럼 한번 물어나 보자. 너, 지금 내게서 얼마나 떨어져 있냐?"

"글쎄."

세영이 유립을 건너다보았다. 반짝이는 검은 눈동자가 한 3천억 광년 정도쯤 떨어진 카시오페이아 별자리 같다. 잡을 수 있을까? 이 별에 그의 문패가 달린 집을 지을 수 있을까?

"아직도 일 미터 오십 센티 정도는 떨어진 것 같아."

2미터 안. 침대를 같이 쓰나, 피부 아래 1센티 안에 들어 있는 심장까지는 아직 들어가지 못했다는 이야기. 환장하게 불안하다. 빌어먹을 그만 이야기는 제발 하지 마. 진짜 헤어지기 전까지는. 밀물처럼 목까지 치밀어 오르는 언어의 파편들. 시험하지 마. 괜히 사람 마음 뒤집지 마! 고함지르고 싶었다. 가슴 벌렁거려 미치겠다.

그러나 유립은 아주 현명하게 그런 말은 입에 담지 않았다. 더 깊이 꾹꾹 눌러 담아 밀어 넣어버렸다. 대신 건들거리는 척하고 심각하지 않은 척하며 다시 정중하게 물어주었다.

"언제쯤 내 안 전부에까지 걸어와 줄래?"

"당신 하는 거 봐서. 지금은 내내 예쁜 짓을 하기는 하지만, 언제 돌변할지 모르잖아. 남자들 진짜 성깔머리는 오래도록 지켜봐야 하는 거랬어."

"누가 그딴 쓸데없는 말을 가르쳐 주던?"

"우리 엄마가."

"나야말로 안과 겉이 같은 초지일관이다. 아직도 모르겠어?"

세영이 코웃음을 쳤다.

"렉스, 당신 과거를 생각해. 어떤 여자가 당신 말을 믿겠어? 세상 모든 여자들의 눈물을 이불 삼아 당신 마음대로 즐기던 때가 미안하지도 않니?"

"솔직히 그렇게 놀던 벌을 받고 있다고 생각한다."

"잘 아네. 그러니까 적당하게 해, 오버하지 말고."

"난 말이다, 여간해서는 아프지 않는데, 한 번 앓으면 지독하게 앓거든. 지금껏 연애질하면서 늘 포장지 이상을 벗긴 적이 없어. 그런데 너 만나서 알맹이까지 먹고 나니 환장하겠다. 더 갖고 싶어서. 되게 재수없게 걸린 것 같아."

유립은 솔직하게 말했다. 끝이 보이도록 앓고 나면 세상이 달라 보이지. 그 끝에 무엇이 기다리고 있다 해도 극한까지 앓아버리고 싶다. 너라면 치명상이 되어 빈사지경이 된다 해도 감수하겠다.

연인의 말에 세영이 가늘게 한숨을 내쉬었다. 미소 짓는 얼굴이 어쩐지 울적하다. 무슨 일이 있었나? 묻고 싶었지만, 또 참았다. 이야기하고 싶으면 말해주겠지. 다그침을 당하면 한 발 더 물러설 테니까. 이건 밀고 당기는 시소게임. 적당한 균형, 적당한 밀고 당김, 프로답게 능숙하고 침착하게, 유립은 세영을 위해 한 발 내밀었던 발을 다시 물렸다. 세영이 손을 내밀어 유립의 볼을 어루만졌다. 나지막이 경고했다.

"영원한 건 없어. 올인하지 마. 모든 것을 건다는 게 얼마나 위험한지 알아?"

"너 정도면 모든 것을 걸 만한 가치가 있지. 자신을 과소평가하지 마, 아가씨."

영원한 건 없지만, 영원을 만들 수는 있다.

유립은 두 손으로 세영의 어깨를 끌어당겼다. 아주 진지하게 무게를 잡으면서 동시에 처량한 강아지처럼 낑낑댔다. 과거의 경험으로 미루어보자면, 여자의 모성 본능을 자극하면 상당히 효과적이었다.

"세영아."

"응."

"좀 동정해 줘. 나 진짜 불쌍해. 무진장 불쌍한 놈이야."

"기가 막혀서. 가련한 척하지 마, 좀. 안 어울려."

세영이 코웃음을 쳤다. 그러거나 말거나 유립은 싱글싱글 웃으며 능갈쳤다. 그녀의 이마에 자신의 이마를 가볍게 부딪쳤다.

"안 그런 척하는 거야. 실제로는 정말 불쌍하게 살고 있거든. 너 만나서 덜 불쌍하게 살려고 하는 중이야. 협조 좀 해주라."

"내가 어떻게 해줄까?"

"헤어지자는 말만 안 하면 된다."

아직 이 마음이 그에게 머물고 있는 이상은, 영원은 그가 만들 테니까. 비굴하고 치사하게 굴어서라도 잡고 싶은, 잃고 싶지 않은, 유일한, 살아 있는. 이유립의 너, 정세영.

part
07

줄다리기

물이 부르르 끓어올랐다. 혼자 들끓던 전기주전자가 이내 조용히 잦아들었다. 마치 그것이 신호라도 된 양 안방 문이 열렸다. 영부인이 편안한 홈웨어 차림으로 나왔다. 세영은 고개를 돌리고 명랑하게 인사를 건넸다.

"일어나셨어요? 너무 편안하게 주무시기에 깨우지 못했어요."

"휴일이잖니. 이렇게 달게 잔 건 정말 오래간만이야."

금요일 밤에 세영이 혼자 거처하는 연희동 집에 모처럼 어머니가 나오셨다. 영부인으로서는 근 반년 만에 행사가 없는 주말을 맞은 셈이었다. 홀가분하게 사저私邸로 나와 하룻밤 딸하고 수다를 떨며 보낸 밤이었다. 모처럼만에 느긋한 아침을 맞았다. 그래서인지 10여 년은 젊어진 듯 여유롭고 편안해 보였다.

대통령 내외가 청와대로 들어간 지도 어느덧 3년째. 그동안 비워 둔 집이 어떤지 한번 둘러보려는 참이었다. 수년간 그대로 방치했던 오래된 집을 리모델링하기로 결정했다. 그 일에 대해 의논도 할 작정이다. 두 시간 후에 인테리어 업자들이 오기로 되어 있었다.

영부인이 딸 곁으로 다가와 주전자를 들여다보았다.

"뭐 끓이니?"

"사과대추차요."

"향기 참 좋다. 누가 감기 들었나 봐?"

"사무실 홍 실장님이오."

세영의 대답에 어머니가 혀를 끌끌 찼다.

"저런. 그이가 과로했나 보다."

"일도 많고 스트레스도 많죠. 개도 안 걸린다는 여름감기 들려서 골골거리고 있더라구요. 보온병에 한 병 담아서 갖다 드릴 작정이에요."

그리고 유립도.

자기도 모르게 세영의 입술이 삐죽 부풀었다. 그 남자, 나이 서른이면 제 앞가림쯤은 해야 하는 것 아닌가?

철든 척, 성숙한 척 혼자 폼은 다 잡고 다니면서도, 왜 그다지도 멍청한지 모를 일이었다. 감기가 들었으면 제가 먼저 스스로 조심해야 하는 것 아닌가? 개도 걸리지 않는다는 여름감기를 건장한 사내가 앓으며 골골거리고 있으니, 곁에서 보고 있는 그녀가 다 짜증이 날 정도였다. 말로는 홍 실장에게 주련다 하였지만, 이날의 정갈한 사과대추차는 오로지 유립을 위한 것이었다.

오랜 감기에 지쳤을 때는 사과와 대추를 함께 끓인 차가 좋다고 외할머니께 배웠다. 사과는 반드시 국산 홍옥을 써야 하고 질 좋은 보은대추 열 알에다 생강 반쪽을 넣어야 한다지. 껍질째 반 갈라 씨를 파내고 얄팍하게 저며 썰고, 대추는 씻어 건져서는 30분 정도 달인다 하셨다. 펄펄 끓여 우러난 그 물만 차 대신 마시면 이틀이면 감기쯤이야 거뜬하다 말씀하셨다.

"이 차를 끓이니 외할머니 생각이 나네요."

"그렇구나."

단아하고 곱게 살던 삶과 똑같이 동화童話 같은 귀천이었다. 목욕하시고 새 잠옷 갈아입으시고 정갈하게 주무시다 조용히 가셨다. 잠드신 요의 바닥에는 3년 전에 돌아가신 외할아버지 사진이 놓여 있었다. 손때 묻은 작은 사진. 먼 길 함께 가는 벗인 양 그렇게 손 닿게 심장 가까이. 아마도 두 분이 같이 걸어가시는 하늘길에는 노을빛 곱게 물들고, 좋아하시던 국화 향이 자욱이 번져 났으리라.

"제가 감기 걸리면 목에 손수건 감아주시고, 요것 숟가락에 떠서 훌훌 불어 먹여주셨잖아요."

"널 정말 예뻐하셨지."

"어렸을 때 제가 잠투정 심하게 한 건 외할머니랑 외할아버지께서 절 너무 예뻐하신 탓이라 그러셨잖아요. 방바닥에 한 번도 놓지 않고 하도 업고 안고 얼러서 사람 손 타 그렇다고 하셨잖아요."

"그런 것들, 기억나니?"

"그럼요. 다 기억나죠. 연희동 할머니는 제가 너무 어려 돌아가신지라 기억이 없지만요. 외할머니는 그래도 제가 대학 다닐 때까지 곁에 계셨으니까 아직도 생생해요. 그런 따뜻하고 좋은 기억이 가득하다는 건 축복이에요. 저만큼 외할머니 사랑 듬뿍 받고 자란 사람도 없을 거예요."

고개를 끄덕이던 영부인이 다가와 주전자 뚜껑을 열어보았다.

"증상이 어떠니?"

"열이 올랐다 내렸다, 몸이 으슬으슬 춥고 오후만 되면 머리가 아프다네요. 여하튼 요즈음 감기가 더 독해. 주사 맞아도 소용없대요."

"여름 독감이 유행이라잖아. 워낙 에어컨들을 틀어대서 적응력이 그만큼 사라진 거지. 감기 들어 머리 아프고 열나면 민트차도 좋아."

"민트차요?"

"음. 아버지가 좋아하시지. 간단해. 민트 잎을 대여섯 장 따다가 물에 살짝 씻어 팔팔 끓는 물에 넣어. 은은하게 향이 우러나면 걸러서 꿀을 넣어 마시는 거야. 자연요법이랄까?"

그러고 보니 어머니 집무실 창가에 가지런히 놓인 연둣빛 허브화분들이 생각났다. 독일에 살 때도 손바닥만 한 작은 정원에 열심히 허브들을 가꾸곤 하셨지.

"듣기만 해도 향기가 나네요. 홍 실장님께 민트화분 하나 사다 드려야겠어요."

신문을 들고 거실 소파로 걸어가는 어머니 뒷모습을 잠시 바라보다가 세영은 주전자를 불에서 내렸다. 유립에게 당장 민트화분을 서너 개 사다 안겨야지, 생각했다. 제 몸 하나 건사하지 못하는 사내하고 연애란 것을 하려니 별 희한한 짓까지 다 한다 속으로 푸념하면서.

겉으로는 강골인데 속은 허했다. 속빈 강정 같다, 그 남자. 그러면서도 새벽 수영은 왜 다니냔 말이다. 일찍일찍 퇴근해서 푹 잠이나 자면 좀 나아지련만. 허구한 날 야근이란다. 밤 10시가 넘도록 회사에서 일한다고 앉아 있다. 능력없는 남자가 일한다고 늦게까지 회사에 붙어 있는 법이라고 비아냥대자 고개를 끄덕였다.

"그래, 맞아. 나 능력없어. 어딜 봐서 내가 회사 경영하게 생겼냐? 난 타고나길 한량이라고."

"그런데 왜 이 짓을 하고 있대?"

"하래잖아."

"누가?"

"우리 영감이."

"자기가 진짜 하고 싶은 것을 해. 촌스럽게 지금도 부모님 뜻에 따라 자기 뜻을 굽히니?"

"너같이 팔자 좋은 녀석은 가능한 일이지만, 난 아니다. 정세영이, 난 불쌍한 놈이라고. 누구에게든 인정받고 잘 보이려고 안달하고 버둥대는 인간은 원래 비겁한 법이야."

남 보기는 흠 하나 없고 온전하고 강한 척해도 철없는 짓 하고 있는 것 보면 한숨만 났다. 깊이 감춰둔 외로움을 꾹꾹 누르고 허세만 부리는 그 남자. 낑낑대는 길 잃은 강아지 같은 눈동자를 가진 주제에 제가 항상 어른 노릇하고 두목 노릇만 하려 한다. 평생 무엇을 증명해야 하는 사람처럼 숨쉬는 것조차 투쟁적으로 하고 있었다.

'아닌 척하면서 골 부릴 때 보면, 꼭 세 살 난 어린애라니까.'

장성한 어른이라 남들이 말하니, 그런 척 보이려 연극은 하고 있었다. 압력밥솥에 든 음식처럼 모든 것을 꾹 눌러두고, 무조건 참고 교활하게 제 성질 가리고 있다.

하지만 세영의 눈에는 환히 보였다. 저도 모르게 툭툭 튀어나오는 그것은 욕심, 누군가의 칭찬을 바라는 결핍의 심장. 대개는 사춘기 적에 졸업하는 그 짓거리를 그는 아직도 끝내지 못하고 있는 거다.

그렇듯이 많이 가졌으나, 하나 정도 제 못 가진 것에 안달해 어쩔 줄 몰라 하는 어린애. 지금 그에게 있어 그 '하나'는 바로 세영 자신이었다. 그러니 이렇게 되지도 않는 고집 피우면서 곁에서 맴돌이를 하는 것이겠지. 자신이 욕심 사나운 만큼 그녀에게도 똑같은 것을 요구하고 있는 것이겠지. 자신의 연애방식 그대로 무작정 몰입하고 거칠게 덤벼드는 맹목과 투쟁을 원하고 또 강요하고 있다. 진짜 바보 멍청이 같으니라고.

'난 이미 전부 허용하고 허락한 걸.'

하지만 멍청한 그 남자는 세영이 그에게 자신을 전부 허락한 것을 아직도 알지 못한다. 아슬아슬한 이런 상황에서 그를 계속 만나고 있다는 사실이 얼마나 엄청난 의미인지를 헤아리지 못한다.

한 번이라도 남의 눈에 들키면 끝장이라는 것을 뻔히 알고 있으면서, 그를 포기하지 못하고 있다. 너무 사랑하는 어머니와 아버지를 실망시키고 배신하면서까지 그와의 관계를 지속하고 있는 중이다. 이것이 얼마나 큰 모험이고 무모하고 커다란 용기를 필요로 하는 일인지 왜 모를까? 한 여자의 절대 선택에 대해서 이토록 무심할 수 있을까?

사람 마음은 나무 그늘 같은 것이다. 누군가에게 펼쳐 쉼이 되고, 도움이 되고, 안식이 되어야 하는 법. 그런데 그 남자, 제 몸 꼭 감싼 나뭇잎 한 장처럼 제 틀 안에만 꽁꽁 갇혀 있다. 제 눈으로 제 세상만 바라본다. 눈을 들어 바깥을, 세상을, 타인을 헤아릴 줄 모르고 그럴 필요도 느끼지 못하고 있다.

그래서 세영은 호락호락 항복할 생각이 전혀 없었다.

누가 그렇게 쉽게 내어줄까 보냐?

그 남자, 제가 원하는 것을 손에 넣으면 뒤도 돌아보지 않을 거다. 바람처럼 다음 목표를 향해 뛰쳐나갈 거다. 불가능한 것을 원하고 반드시 소유하고자 똑같이 억지스럽게 기어올라 갈 거다. 버림받자고 그 남자하고 사랑이란 것을 시작하지는 않았다.

그 남자 사전에는 길들임이란 것도, 안주란 것도 없다. 무조건 바깥으로, 위로만 뛰쳐나가려고 하고 솟구치려만 한다. 철딱서니없는 그런 남자와 연애란 것을 하려면 그 남자보다 만 배는 더 교활해져야 한다고 생각했다. 만만치 않지만 그만큼 맛볼 가치가 있는 그 남자. 탐나는 만큼 더 갈고닦아야 한다. 목줄을 쥐고 당겼다가 풀었다가 하면서 길들여야 한다.

이유립. 그녀의 고집 세고 멍청한 연인은 결혼이란 것을 하고 한 여자에게 도장 찍히려면 아직도 멀었다. 상처투성이 삶의 길을 걸어와 음울하고 냉소뿐인 심장의 절규를 지르면서도 절대로 인정하려 들지 않지. 철이 들려면 한참 멀었다. 허세 가득하고 잘난 척만

할 줄 아는 덜 자란 남자하고는 평생을 같이할 결혼을 할 수야 없지. 그는 더 성숙해야 하고 더 책임감 있어져야 할 것이다. 그때까지는 절대로 잡혀주지 않을 거다. 사랑한다 말하지도 않을 거다.

잘 우러난 사과대추차를 어머니께서 좋아하시는 라일락빛 퀸즈웨어 찻잔에 따랐다. 거실 소파에 앉아 있는 어머니 앞에 놓아드렸다.

“아침은 어떡하실래요? 상 차려 드려요?”

“아니. 좀 있다가 관저 들어가서 아버지랑 점심 같이 먹어야지. 콩국수 드시고 싶다 해서 해드리려고.”

“직접요?”

“요즈음 입맛 없으신지 유난히 찾으시는구나. 일이 과중하시니, 진지라도 잘 드셔야 안심이 되지.”

단체로 남자들이 여인네들에게 어리광 부리는 시절이 돌아온 것인가 보다. 어지간해서는 약한 소리 하지 않으시는 아버지마저 어머니 무르팍에서 얼굴 비비시고 있다니.

영부인이 찻잔을 들며 어수선한 집을 돌아보았다. 문이 열린 이 방 저 방마다 싸다 만 짐들이 이리저리 널려 있다. 아직도 정리가 덜된 채 물건들이 담긴 하얀 포장박스들이 어수선하게 놓여 있었다. 리모델링 때문에 짐들을 전부 이사센터에 보관하려고 포장하는 중이었다.

“집이 다 고쳐지려면 얼마나 걸릴까?”

“디자이너는 적어도 석 달은 예상하던데요?”

“석 달이면 될까?”

"글쎄요, 워낙 규모가 커서요. 지은 지 오래된 건물이라 손볼 것이 많나 봐요. 단순히 도배 장판 하는 수준이 아니잖아요."

"그건 그렇다만. 그사이 거처가 없어져서 어떡하지? 잠시 관저에 들어와 있을래?"

"네버, 네버! 절대적으로 사양합니다."

어머니의 섭섭한 기색도 아랑곳없이 세영은 일언지하에 거절했다. 사저에 나와 있어도 경호원이 두 명이나 따라다녀 답답해 미칠 지경이었다. 그것만으로도 힘들어 죽겠는데 감옥 같은 관저에 들어갈까 보냐. 분명 바늘 끝만 한 여유조차 사라지게 될 거다.

"한 서너 달만 사무실 근처 오피스텔, 월세로 얻을게요. 제 일이 워낙 그래요. 출퇴근 불규칙한 거 아시잖아요. 관저는 드나들기 너무 힘들다구요. 이목도 많고."

"하긴 그렇다. 네 뜻을 존중해 줄게."

잠시 세영은 유립이 사는 오피스텔이 어딘가 생각했다. 그 남자 앞집에다 방을 얻으면 어떨까? 모두 다 뒤집어질까? 정말 재미있을 거야. 그렇게 되면 도둑고양이처럼 살금살금 만나는 것이 좀 더 쉬워질지 모르겠다.

"아버지 임기가 내후년이면 끝나네요. 집 잘 고쳐서 편안하게 쉬시도록 해야겠어요."

"글쎄, 그게 말이지, 그럴지 안 그럴지 잘 모르겠구나."

"네에? 왜요? 재출마 생각 있으시대요?"

세영은 깜짝 놀라 부르짖었다. 아버지의 임기가 끝나고 야인野人으로 물러나면 사람들의 이목이 다소간 사라질 것이다. 그즈음 해서, 유립과의 관계를 터뜨리고 고집을 피워볼 염두를 짜고 있었다. 현 대통령의 아내가 예전에 결혼했던 남자와 사돈을 맺는다는 망신스런 스캔들을 최소한으로 피할 수 있을 테니까.

그런데 아버지가 재출마한다면 그녀의 계획은 엉망이 되고 만다. 그들의 사이는 열매도 맺지 못하고 영원히 설익은 슬픔의 비밀이 되어버릴 수도 있었다.

영부인이 고개를 흔들었다.

"그냥 내 짐작이야. 아직은 가타부타 말씀이 없으시다. 일단 아버지를 모시는 분들이 계속 그렇게 일을 밀고 나가는 것 같아."

현재 민국당에는 아버지를 대신할 큰 후보가 아직은 등장하지 않았다. 그것이 가장 큰 문제였다. 당직자들이 정 대통령의 재출마를 강력히 주장하는 이유이기도 했다. 민국당의 홍보를 담당하고 있는 세영으로서는 언론이나 시민들의 냉정한 평가를 제일 먼저 들을 수밖에 없다. 정 대통령의 나이도 비교적 젊다. 큰 실책은 아직 발견되지 않았고 대내외적으로 제법 많은 업적을 쌓았다고 평가받고 있다. 아버지의 능력과 야망에다 권력에의 욕심까지 감안하자면 적어도 정 대통령은 3선三選까지 확실하다는 게 기획홍보팀의 분석이었다. 그 보고가 올라간 모양이다.

영부인이 딸을 바라보았다.

"기획실이나 홍보팀 생각은 어떠니?"

"개인적으로 너무 힘드신 거 아니까 재출마를 반대하지만, 나라를 생각하면 나가시라 권하고 싶어요. 어느 쪽을 택하실까요?"

"글쎄, 신중하신 분이니까 쉽사리 마음을 내보이지 않으시는구

나. 아직은 어떤 결정을 내리지 않은 듯싶어. 하지만 어떤 결정을 하시든 우리는 지지해 드리고 응원해 드려야지."

"솔직하게 말씀해 보세요. 어머니 생각은요?"

"난, 음……. 정말로 내 마음을 말하라면, 이제 그만하셨으면 싶어."

"왜요?"

"너무 큰 책임감에 짓눌려 계셔. 나름대로 목표하신 것, 다 얻으신 거나 다름없잖니? 쉴 때도 되지 않았을까? 지금껏 인생을 계속 쉬지 않고 달려만 온 것 같아. 진정한 휴식도 진정한 쉼도 없었던 것 같아. 늘 노심초사하시는 아버지를 보고 있으면 대견한 마음보다는 인제는 안쓰러워."

"어머니는 어떠세요?"

"……나도 힘들어."

영부인이 찻잔을 놓았다. 잠시 망설였으나 이내 솔직담백하게 대답했다.

"정치하는 남자의 안사람이 되면 어떤 생활을 해야 하는지 모르는 바 아냐. 나름대로 열심히 내조했다고 자부해. 하지만 이제는 힘들어."

"아버지께 그런 말씀을 해보시지 그러셨어요?"

영부인이 고개를 흔들었다.

"내가 아버지의 앞길을 가로막을 순 없지 않니? 조만간 결정을 내리실 테니 그때 말씀드려도 될 테고. 아버지 나름대로 고집도 있고, 신념도 있고, 바라는 바도 있으시지. 그런데 나로 인해 아버지의 뜻을 꺾게 할 수는 없지. 원하시는 바를 이루게 도와드려야 그게 도리인 거지."

"하지만 그만큼 어머니가 희생하시는 거잖아요."

"희생이라. 음, 그렇다고 할 수 있을까?"

영부인은 곰곰이 생각하다가 이내 고개를 흔들었다.

"희생이라고는 말 못해. 참 힘들었지만 힘들지 않았거든."

"에이, 그건 말이 안 되는 대답이에요."

백자찻잔처럼 맑고 온화한 얼굴에 미소가 어렸다. 잔잔하고 평화로운 미소가 아침 햇살처럼 피어올랐다.

"매일매일 살얼음 걷듯이 조심해야 하지. 빡빡한 공식적 일과를 좇아가다 보면, 제일 소중한 너희들에게 제대로 신경 한 번도 쓰지 못할 때 많아. 생각 한 번 제대로 챙길 여유가 없을 때도 있어. 이게 뭣하는 짓인가 회의가 들다가도, 아버지만 보면 그 마음이 풀려 버려. 늘 힘들어하시는 거, 그래도 내가 있어 위로받으시고 의논 상대 되어드리니까. 그래서 조금이나마 편안해하시는 것 보면 참 좋아. 나까지 힘들다 하면 더 힘드실 분이니까. 어차피 결혼해서 부부로 같이 살면, 좋은 것도 행복한 것도 같이하지만 힘든 것, 괴로운 것, 짐도 나누어 져야만 하니까."

"그래서 아버지께서 어머니께 늘 고마워하시죠."

영부인이 빙긋이 웃었다. 잘 익은 포도주 향기 같은 웃음이었다.

"부부가 되어 같이 사는 건 그런 거 아닐까? 삶의 모든 것들을 함께 나누려고 손을 잡은 사이니까. 서로 노력하고 감사해하고, 받은 사랑을 더 크게 돌려주려고 노력하고……. 네 아버지가 그것을 가르쳐 주었단다."

"전 두 분을 보면 늘 행복해요. 저도 그렇게 살고 싶어요."

세영은 진심을 다해 말했다.

사랑하는 남자와 결혼해서 평생 두 분 부모님처럼 살고 싶다. 정말 갖고 싶고 탐나는 그 남자와 더불어 평생 함께하고 늙어갈 수 있다면. 늘그막 어느 날, 오직 당신으로 인해 행복하였노라고 진심을 담아 말할 수 있었으면.

"네가 그렇게 봐주니 내가 고맙지. 그래, 내내 행복했어. 살아오는 동안 풍파도 없고, 어려움도 없었다고는 말 못하지만, 돌이켜보면 대부분 행복했어. 네 아버지가 그렇게 만들어주셨지. 그러니까 나도 아버지를 행복하게 해드리려고 최선을 다해야지. 우리 딸도 그런 남자 만났으면 좋겠다."

"만날 거예요. 때가 되면……."

아니, 이미 만났어요. 세영은 식어버린 차를 한 모금 삼켰다.

30여 년 전, 엄마의 남편이었던 남자의 아들이에요. 그를 사랑해요. 늘 불행한 눈을 한 그를 행복하게 만들어주고 싶어요. 진심으로 웃게 해주고 싶어. 저도 같이 행복해지고 싶어요.

"그래야지. 엄마보다 훨씬 더 행복하게 잘살아야지. 그러니까 신중하게 골라야 해. 정직한 네 마음이 가리키는 그 사람을 만나 아주 조심스럽게 가꾸어야만 해."

"명심할게요. 사랑을 알게 하고 사랑을 줄 수 있게 키워주셨잖아요. 두 분 같은 사랑을 할게요."

이런 말을 하면서도 세영 자신은 신뢰와 사랑을 주신 어머니께 너무 큰 배신을 행하고 있다.

참을 수 없는 죄책감 아래로 새어 나오는 것은 아릿한 슬픔이었다. 단지 사랑에 빠진 것뿐인데, 왜 이리도 아프고 죄송한 건지 알 수 없었다. 감출 수밖에 없는 남자를 사랑하게 된 죄였다. 그들의 기쁨은 부모님의 아픔일 수밖에 없다. 왜 한쪽의 행복은 다른 쪽의 불행을 딛고 생기는 것인지 알 수가 없다.

"그래서 말인데, 아버지가 나더러 너 데리고 나가서 선 한 번 더 보이라고 하시더라."

"엄마!"

영부인이 깔깔거렸다. 사색이 된 채 손사래를 젓는 딸을 바라보며 짓궂게 웃었다.

"왜? 싫으니?"

"제가 시집 못 가서 안달 난 노처녀인 줄 아세요?"

"안달이 났는지 안 났는지는 모르지만, 무르익어 가는 처녀인 건 확실해."

"저 이제 겨우 서른 지났습니다."

"겨우? 농담하니?"

"엄마, 시대착오적인 발언을 하고 계신 거 아시죠? 현대 여성의 과반수가 우아한 독신 지향이라구요."

"너도 독신으로 살 작정인 거니?"

걱정스러운 기색이 역력했다. 지난번 대통령이 소개한 상대를 일언지하에 거절했다. 더 이상은 귀찮게 하지 말라고 두 분께 엄포를 놓은 이후였다.

"네 결심이 굳다면 반대는 안 하겠지만, 인생은 사랑하는 두 사람이 함께 걸어가는 게 더 풍요롭고 자연스럽다고 믿고 있단다."

"독신을 고집하는 건 아니에요. 하지만 현재로서는 결혼 생각이 없어요. 생각해 보세요. 경호원들 주렁주렁 매달고 데이트를 한다는 건 난센스 아닌가요? 그리고 저처럼 기가 센 여자는 결혼시장에서 전혀 인기가 없다구요."

"마음만 먹으면 세상에서 가장 애교 많고 부드러울 수 있는 내 딸이거든. 믿어요. 네가 고집 피워도 만나러 나가야 할 것 같아. 아버지가 굉장히 호감 가진 상대인 것 같거든."

"누군데요? 이번에도 물리학 교수라면 아버지에게 과학사전을 던져 버릴 겁니다."

"이번에는 법조계 쪽 사람이라지 아마? 외숙부가 소개한 것으로 알고 있다. 엄마도 그 집안 잘 알고 있는데, 좋은 집안이야. 어른들도 점잖으시고."

우회적으로 말하자면 어머니도 밀고 있는 상대라는 뜻이다. 교활하게 빠져나가기에는 힘든 시련이 닥쳤다. 조용하고 온화하시지만, 한 번 마음먹은 다음에야 반드시 이루고야 마는 어머니의 성격이다. 이 며칠 내로 아마 어머니에게 이끌려 유럽을 배신하는 일을 저지르게 될 것임을 예감했다. 세영은 한숨을 내쉬며 이미 식은 찻물을 다시 마셨다. 몹시 시고 떫었다.

"오랜만이다."

"새삼스레 무슨 오랜만?"

"입 발린 인사도 하기 싫다는 거냐?"

"찌질이 따위하고 노는 습관은 없거든."

"여전히 재수만땅? 이유립다워."

유립은 앞자리에 와 앉으며 깐죽대는 정욱을 노려보았다. 한 번만 더 시비 걸면 가만두지 않으리라. 유립은 슬그머니 주먹을 움켜쥐었다. 그와는 지난번 카리브해 리조트에서의 빚이 고스란히 남아 있었다.

꼴같잖은 고등학교 동창회였다. 평상시 같으면 바라보지도 않았을 테지만 거기에 세영이 끼어 있다면 문제가 다르다. 정욱의 파트너 명목으로 잠시 들르겠다고 했다. 밀회의 약속이다. 열흘이나 보지 못했다.

수화기에서 들리는 목소리 말고, 기껏 문자일 뿐인 인터넷상의 대화 말고 실체를 보고 싶다. 따스하고 포근한 몸을 으스러져라 안고 싶다. 꽃 같은 하얀 가슴 사이에 얼굴을 묻고 눈을 감고 싶다. 규칙적인 심장 소리를 듣고 푹 쉬고 싶었다. 이즈음 맛보지 못한 안식의 잠을 잘 수 있을 거다. 그래서 멍청이처럼 꾸역꾸역 나온 길이다.

유립이 이런 데에 참석한 것은 처음이기에, 동창들 대부분은 꽤나 놀란 표정이었다. 힐끗힐끗 바라보는 눈동자에는 호기심이 어려 있었다. 정욱이 맥주캔을 집어 들며 시들하게 물었다.

"연애질 잘하고 있냐?"

"신경 꺼, 인마."

"무섭지 않냐?"

"뭐야?"

"내가 입만 열면 상당히 시끄러워질 텐데?"

"공식적으로 대답을 회피하겠어. 대체 네가 아는 게 뭐냐?"

"오호, 상당히 영리하군. 끝까지 오리발?"

그가 맥주캔을 입으로 가져가며 실실거렸다. 지켜질지도 모르는 미래의 스포츠카에 눈이 어두워 교활한 덫에 걸리고 말았다. 꼼짝 못하고 둘의 죄 많은 연애질에 원군으로 동참하게 된 신세이다. 그는 오늘 유립을 괴롭히는 것으로 스트레스를 풀 작정인 모양이다.

못 들은 척, 손에 든 위스키잔을 흔들었다. 호박 빛 액체 속에 담긴 얼음이 잘그락 소리를 냈다. 간간이 다가오는 사람들. 기억도 나지 않는 친구란 것들에게 그냥 미소 한 번. 그것으로 인사는 끝이다.

"내 파트너 기다리는 거지?"

"노코멘트."

"늦을 거다. 아니면 못 올 수도 있고."

"이유는?"

"글쎄, 스페셜 비즈니스라고 알고 있어."

유립이 입을 꾹 다물고 응대하지 않자 정욱은 상당히 밸이 꼴리는 얼굴이었다.

"네 여자 스페셜 비즈니스가 뭔지 궁금하지 않아?"

"네버."

"자신만만?"

"내가 알아야 할 이야기라면 본인이 직접 할 테니까."

"그러셔?"

"내가 안 들어도 될 이야기니까 안 한 거고, 몰라도 될 일 따위는 알고 싶지 않아. 괜히 골만 복잡하거든."

"이게 바로 이유립 스타일인가?"

유립은 술 한 모금을 입안으로 굴렸다. 씩 웃으며 그를 노려보았다.

"아예 대놓고 이기적이라고 해라."

"본인이 이기적이라는 건 부인하지 않으시는군."

"본색을 감출 필요 뭐 있어?"

"강적이 나타났다는 것을 알아도 계속 그렇게 재수없이 굴 거야?"

"강적?"

"그것도 아주 센 놈이라고 알고 있어."

유립은 픽 웃었다. 9시 반. 아직도 그녀는 나타나지 않았다. 나른하게 의자 등받이에 몸을 기댔다. 여유작작하게 비웃어주었다.

"관심없어. 그 정도도 처리하지 못할 만큼 멍청한 여자가 아니거든."

"그렇게 여유 부리고 있을 때가 아닐 텐데? 고모님과 고모부님 두 분이 동시에 강력히 밀고 있는 상대거든."

"뭐?"

저절로 등을 곧추세우고 있었다. 온몸이 귀가 되었다. 정욱이 픽 웃었다. 제길, 긴장한 기색을 너무 드러냈나 보다. 입맛이 썼다.

"나도 귀동냥해서 들은 이야기인데 말이야, 우리 고모님께서 어머니더러 말씀하셨다지. 이놈 말고도 조만간 한 놈이 또 나타나실 건데, 네 애인을 낚아챌 만반의 준비를 하고 오는 놈이라는군."

"정확한 정보냐?"

"그럼."

"나에게 이런 정보를 주는 이유는?"

"나의 스포츠카가 무사하기를 바라는 마음에서지."

"스포츠카?"

정욱이 실눈을 뜨고 유립을 바라보았다.

"어째 안팎으로 반응이 다른걸? 세영이한테서 못 들었냐?"

"조건? 무슨 조건?"

시침부터 딱 뗐다. 해줄 때는 해주더라도 마지막 순간까지는 모르는 척하고 뒤로 빼야 하는 법이다. 협상이란 원래 그런 것이지.

"중신아비 접대하는 예절 몰라? 잘되면 술 석 잔 대신 벤츠 스포츠카가 날아온다기에 내가 이런 미친 짓을 하고 있거든."

"미쳤어? 영양가 하나 없는 너 따위에게 그런 뇌물을 안기게?"

"지금껏 네 녀석들이 경호실에 포착되지 않고 무사히 밀회할 수 있었던 게 누구 덕분이라고 생각하니?"

정욱이 거만하게 웃어 보였다. 잘난 척은 무지 한다. 빌어먹을 놈.

"비 오는 날 우산 없으면 비를 맞는 게 인지상정. 온몸 젖어 낭패보기 전에 미리미리 잘해라."

한 대 치려다가 말았다. 가만히 생각하고 계산해 보니 지금은 그가 불리하다. 이놈을 한동안 더 이용해 먹어야 한다는 것이었다. 적이라도 이용할 수 있으면 이용해야지. 있는 대로 단물을 빨아주고 엉덩이를 걷어차는 건 아주 즐거운 일이다.

"재수없다. 가라. 응?"

그러거나 말거나 정욱은 여전히 실실거리며 그의 염장을 질렀다. 둘이 함께 아는 친구 한 놈이 맥주병을 안고 나타난 것은 그때였다. 별 희한한 꼴을 다 보겠다는 묘한 표정이었다. 의심이 가득한 눈으로, 둘을 번갈아 바라보았다.

"너네 둘, 이렇게 마주 앉아 반가운 척할 정도로 예전에 친했었어?"

"설마."

"천만에."

동시에 부인했다. 서로를 아니꼽게 노려보았다.

"서로 유일무이한 숙적 관계였던 것으로 기억하는데?"

"누가 숙적이라는 거야? 내가 이런 재수만땅을 상대할 것 같아?"

"나도 너 같은 찌질이를 친구로 둔 적 없다."

둘 다 재빨리 탁자에 놓인 맥주병을 움켜쥐었다. 적의에 가득 찬 눈동자로 노려보며 서로의 머리통을 내려칠 자세를 취했다. 친구가 재빨리 한 발 물러나 몸을 사렸다. 굉장히 한심스럽다는 표정을 감추지 않으며 되물었다.

"이렇게 살벌한데 왜 같이 노냐?"

"마땅히 갈굴 놈이 없거든."

"자— 알 한다. 십여 년 만에 만나가지고 한다는 짓이 서로 못 잡아먹어서 으르렁거리기나 하고. 이봐, 들. 둘 다 철 좀 들지? 그보다 소식 들었냐?"

"뭐?"

"아, 짜증 나. 이번에도 진성에게 박살났대."

"뭐얏?"

정욱이 버럭 고함을 쳤다. 서울외고의 숙적 진성외고에게 올해 체육대항전에서도 박살이 났다는 말이었다. 학생회장으로 전설적인 10연승을 일구어낸 후, 우승컵을 영구보관하게 된 찬란한 과거의 주역이 그였다. 이글이글 타오르는 분노의 눈동자가 그야말로 하늘을 태울 듯했다.

"이런 빌어먹을 일이 있나? 이것들이 군기 빠져서는."

"현재 5연패의 수렁에 빠졌다는 한숨 나오는 소식이시다."

"젠장, 우리의 경이적인 10연승의 전통을 감히 깨뜨렸어? 이것들을 패 죽여!"

흥분해서는 마구 화를 내던 정욱이 고개를 돌렸다. 남 일처럼 앉아서 듣고만 있는 유립을 노려보았다. 정색하고 따졌다.

"넌 이런 이야기를 들었는데 신경질도 안 나냐?"

"화를 내야 하는 거야?"

"그럼! 그게 정상이지."

"내가 왜?"

"모교가 라이벌한테 만날 패한다는 이야기를 들었는데도 분노하지도 않는다? 내부에 너같이 빌어먹을 놈이 있으니까 우리가 연전연패하는 거다!"

"내가 져라 져라 고사 지낸 것도 아닌데 왜 핏대지? 어차피 실력

차이 아닌가? 실력이 없으니 진 것이고. 모교의 패배를 나의 탓으로 돌리는 너의 분노가 합리적인 반응이라고 생각해?"

너무나 냉정하고 방관자적인 유립의 말에 정욱이 한탄했다. 나지막이 욕설을 내뱉었다.

"망할 자식."

이러니 재수만땅이라는 말을 듣는 거다. 아무리 좋아하려고 노력해도 도대체 좋아하게 되지 않는다. 어쩌다가 이런 놈하고 다시 얽혀서 속 터져 죽어야 하는 것일까? 혼자 똑똑한 척은 다 하더니 말이야. 세영이, 이 자식은 눈이 멀었나 보다. 이런 빌어먹을 놈 어디가 좋아서 목매달고는 좋다, 사랑한다 난리 치는 것일까? 사랑하려면 사랑할 만한 구석이 손톱만큼이라도 있어야지.

"눈이 삐었지, 눈이 삐었어."

"설마 날 두고 하는 말은 아니겠지?"

그때 유립의 호주머니에서 휴대전화가 움직였다. 화면에 문자가 떴다.

〈미안. 힘들 것 같아. 다음에 만나.〉

세영이 나타나지 않는다면 더 이상 이런 곳에서 빌빌대며 시간 낭비할 필요가 없다. 처음 나타난 그에게 말을 한번 걸어볼까 말까, 여자동창들이 곁눈질하는 것도 모른 척하고 훌쩍 일어났다. 미련없이 몸을 돌렸다.

"어디 가?"

"집에."

"안 만나고?"

"안 오신단다."

"제 목적만 달성하면 미련없이 사라진다. 정말 재수없어, 이유립."

그러거나 말거나 유립은 뒷손을 흔들어 바이바이 해주었다. 운전석에 올라타 시동을 걸었다. 손가락 끝으로 넥타이를 풀었다. 한숨이 절로 흘러나왔다.

이게 뭐 하는 짓인가. 금쪽같은 시간을 말짱하게 허공에 날려 버리고 말았다. 이유립의 인생에 기약없이 누군가를 기다린다는 건 있을 수 없다. 바람 맞는 일, 죽어도 못하는 짓이다. 그런데도 이런 짓을 하고 있다. 망할!

화가 나기보다는 기운이 축 빠지고 늘어졌다. 세영인들 일부러 그랬겠는가? 사정이 여의치 않으니 못 나온 것이겠지. 이 정도로 기운 빠지면 어떻게 남들 전부 질색하는 도둑 연애질을 하겠는가? 그럼에도 소금에 푹 절여진 배추처럼 처량 맞았다. 낙망하고 풀죽은 표정을 남에게 보일 수는 없었다. 그래서 더 힘들었다.

아아, 정세영. 정말 연애하기 힘든 여자다.

"재수도 없지."

저절로 한탄의 혼잣말이 터져 나왔다. 어쩌다가 세영을 원하게 되어가지고는 이런 생고생을 하는지 모를 일이었다. 철든 이후, 자신에게 한 번도 허락하지 않았던 마음고생을 스스로 짊어지고 자신을 갉아대고 있었다.

보이지 않지만 훨씬 더 치명적인 마음고생, 다시는 하지 않을 거라고 맹세했는데. 억지로 닫아둔 마음의 상처들이 뻘겋게 일어나는 기분이었다. 굳은 심장의 실핏줄들이 낱낱이 터져 피가 흐르는 그런 이물감이었다.

'제길, 집에 돌아가서 술이나 더 퍼마시고 잠이나 자야겠군.'

밤늦게라도 좋으니 세영이 와주면 좋겠다. 아주 잠시라도 꼭 안고 나란히 누워 있으면 좋겠다. 가난한 소망이 쓸쓸한 가로등처럼 이어졌다. 물론 이루어지지 않는 기적일 테지.

분명 봄날 같은 연애를 하고 있다. 한데 어째서 매일매일 순간순간이 살얼음 내려딛듯 조심스럽고 간이 졸아드는지. 서늘한 고드름 한 개가 심장에 다시 푹 박히는 기분이었다.

아, 정말 스트레스 쌓여 미칠 것 같다. 아무래도 정신과를 다시 찾아가야 하려나 보다. 두어 시간 실컷 떠들고 와야 할 것 같다. 그러고 보니 세영을 만난 이후로 한 번도 정신과를 찾아가지 않았다.

결국은 그녀가 가장 강력한 진통제였던 거다. 벌써 이런데 만약 둘이 헤어질 일이라도 생기면 어떻게 될까? 상상만으로도 너무 끔찍했다. 유립은 다시 한 번 중얼거렸다.

"정말 미치겠네……."

〈엄마 시내 나갈 건데, 점심 같이 먹을 수 있니?〉

"지금?"

〈왜, 안 돼?〉

유립은 콧등에서 미끄러지는 안경을 끌어 올렸다. 모니터를 오래

들여다본다고 세영이 맞춰준 시력 보호용 안경이다. 별것 아닌 것 같았는데 의외로 괜찮은 물건이다. 눈 시림이나 뒷골 당기는 것이 훨씬 줄어들었다. 유립은 복합기가 토해놓는 두툼한 보고서를 간추렸다. 제대로 나왔나, 손가락으로 주르르 쓸어내리며 확인했다. 건성으로 대꾸했다.

“오후에 회의 들어가야 해. 점심 먹을 시간은커녕 죽을 틈도 없어요.”

〈그래서 밥도 못 먹어? 엄마 외롭다구. 허구한 날 혼자 밥 먹으니까 맛없어, 얘.〉

죽을 틈도 없다고 말했다. 척하니 알아듣고 전화를 끊어주셔야지. 최 여사의 징징거림이 바닥에 붙은 껌처럼 질겼다. 잠시의 시간이라도 나면 세영이랑 논다고 좀 소홀했다. 그사이 삐친 거다. 어제도 동창회 참석한다고 같이 놀자는 어명을 거부했다. 여사님께서 열받으실 만도 했다. 유립은 한숨을 내쉬었다. 말귀 못 알아듣는 여자, 정말 최악이다.

어지간하면 놀아줄 테지만, 오후의 회의는 중요했다. 자칫하면 작살난다. 계열사들 사장단들이 다 모이는 확대간부회의였다. 이런 날에 실수했다가는 그동안 쌓아놓았던 점수, 한꺼번에 까불어서 털어먹는 짓이다.

“엄마, 엄마? 이보세요, 최 여사.”

〈왜?〉

“나 바쁘거든. 저녁때나 시간 나. 좀 끊어줘요, 엉?”

〈저녁때는 시간 나? 그럼 엄마가 시간 맞춰서 회사 아래에서 기

다려? 일곱 시까지 갈까?〉

"저녁에는 회식이야. 사장단들 다 모였다고요. 영감님들 뒷바라지, 기획실에서 하는 거 몰라? 엄마, 좀 참으세요. 다른 날 합시다."

〈휴일에도 시간 없다고 그러고, 주말에는 코빼기도 보기 힘들고, 뭔 사무가 그리 바빠? 평일에도 밥 한 번 못 먹어. 그럼 난 아들 얼굴 언제 보니? 너, 내 아들 맞아?〉

"어제까지는 엄마 아들 '최유립' 맞는데, 오늘은 '이유립' 이거든. 끊어. 나중에 전화해요."

일방적으로 수화기를 놓아버렸다. 두 손으로 머리카락을 벅벅 긁었다. 지금까지 훑어보던 서류가 어떤 장인지 그만 잊어버렸다. 분명 오타 서너 개를 본 것 같았는데. 처음부터 다시 넘겨야 하게 생겼다. 유립은 짜증스레 미간의 주름살을 모았다.

'정말 일생에 도움이 안 된다니까.'

점심 시간. 직원들은 다들 식사를 하러 떠나고 그만 남았다. 계속해서 서류를 들여다보고 있으니 활자들이 바퀴벌레처럼 기어나와 그를 삼키려 하고 있었다. 입에서 쉰내가 났다. 커피라도 한 잔 마시면 기분이 나아지려나.

"택배 왔습니다."

돌아서서 커피메이커에 물을 채우는데 문 바깥에서 노크 소리가 들려왔다. 노란 캡을 쓴 퀵라이더가 나타났다. 상자를 들고 있었다.

"이유립 씨."

"접니다만?"

"여기 사인 좀 해주십쇼."

이건 또 무슨 짓이지? 유립은 책상에 놓인 스티로폼상자를 노려보았다. 보낸 사람은 세영이었다. 나이프를 들고 밀봉된 테이프를 막 뜯는데 전화가 왔다.

〈받았어?〉

"이거 뭐냐?"

〈열어봐.〉

"뭐냐니깐.

〈지금 내가 먹는 것.〉

"뭐?"

〈나와서 점심 먹는데, 이게 너무 맛있잖아. 혼자 먹기 좀 미안해서 말이야. 맛있게 먹어. 먹고 기운내서 일하라는 거야. 마이 달링, 열심히 일하자! 아자!〉

무어라고 대꾸할 사이도 없이 먼저 전화가 끊겼다. 아직도 김이 오르고 있는 그릇 앞에서 유립은 잠시 멍청해져 버렸다. 환장하겠다. 샌드위치, 피자나 초밥도시락을 배달시켜 준 사람은 있었어도 설설 끓는 뚝배기를 통째로 배달시켜 준 인간은 처음이었다. '명가 보신탕' 이라는 포장지를 내려다보며 잠시 고민했다. 휴대전화를 눌렀다. 피아노 선율 같은 경쾌한 목소리가 대답했다.

〈왜?〉

"삼계탕으로 바꿔 보내."

〈보신탕 안 먹어?〉

"사랑스런 강아지는 예뻐하는 거지, 먹어치우는 게 아니다."

〈이건 사랑스러운 강아지를 끓인 게 아니고 '먹음직스러운' 토종

누렁이를 끓인 거거든. 맛있어. 먹어봐. 새로운 맛의 세계가 열릴 거야.〉

말이나 못하면 밉지나 않지. 유립은 목소리를 깔았다.

"세영아?"

〈왜?〉

"난 말이야, 사랑스러운 강아지 인형을 세 마리나 데리고 자는 사람이야. 네 연인의 취향을 지나치게 무시한 행위라고 생각하지 않냐?"

〈정력에 좋대.〉

사내를 작은 손에 쥐고 장난감처럼 갖고 놀고 있다. 꼬마 마녀처럼 킬킬거리는 웃음소리가 들려왔다. 활활 타는 불길 위에 화르륵 기름을 붓고 있었다. 결국 버럭 고함을 치고 말았다.

"넘쳐서 미치겠는데 여기서 더 하면 어쩌라고? 너 못 만난 지 열흘이나 되는데, 어디 가서 풀란 말이냐? 차고 넘쳐서 환장하겠구먼!"

〈어찌하든 오늘은 짬을 내볼게. 그러니깐 보신탕 잘 퍼먹고 몸 간수하면서 기다리란 말이야.〉

"오늘도 바람맞히면 바로 네 집 대문 차고 쳐들어간다."

협박 따위가 아니다. 진심이었다. 세영의 목소리가 은밀해졌다.

〈난 자기가 이런 식으로 허세 부리며 협박할 때, 진짜 섹시하더라.〉

"야, 야 이……! 허세라구? 너 진짜 맞을래?"

까딱했으면 펄펄 끓는 보신탕 그릇을 막 들어오는 과장 얼굴에다 내던질 뻔했다. 세영이 더할 나위 없이 유혹적으로 킬킬거렸다.

〈자기에게 맞아보고 싶어. SM 플레이, 짜릿하잖아? 나 많이 바빠. 전화 오래 못해. 밤에 보자고, 자기. 굿바이.〉

새틴처럼 부드럽고 늪처럼 깊은 목소리. 지켜질지 안 지켜질지도 모르는 밀회에의 유혹은 오래도록 귓속에 잔영으로 남아 있었다. 오후 내내 지루한 회의에 배석해 있으면서도, 시간은 꿀처럼 뚝뚝 떨어져 내렸다. 갑자기 인생이 살 만해졌다.

회의가 끝난 건 오후 6시 반이었다. 다행히 크게 깨지거나 질책받을 만한 일은 생기지 않았다. 오히려 지나치게 순조로웠다. 심지어 입 꾹 다물고 내내 지켜만 보던 이 회장조차 유립 이하 정보실 팀원들에게 '상당히 정확한 분석이야' 라고 하늘이 무너질 칭찬을 하지 않았던가?

영감님들이 줄줄이 일어나 회사를 떠났다. 유립은 노인네들이 미리 잡아놓은 회식장소로 이동하는 것을 바라보다가 몸을 돌렸다. 회의실을 정리하라고 지시하고 사무실로 돌아왔다.

내일 회장실에 올릴 보고서를 작성해야 했다. 똑같은 장소에 앉아 자기 귀로 직접 들었으면서도 말이다, 유립더러 다시 보고서를 작성해서 제출하라는 심술은 왜 부리는지 모를 일이다. 영감태기, 여하튼 아들 하나 있는 거 못 잡아먹어서 별 심술스런 짓도 잘한다.

"아, 짜증나는구먼."

저절로 한탄이 터져 나왔다. 점심때 먹었던 보신탕 힘으로 마지막까지 고생해야 할 모양이었다. 한번 개겨봐? 하다가 고개를 설레설레 저었다. 까불다간 경영정보팀 전부 다 작살날 것이다. 어쩔 수 없다.

혼자면 어떻게든 버텨보겠는데, 그가 잘못하면 대신 실장이 깨지니 그것도 못할 일이다. 실장은 마흔 넘어 오십이 다 되어가는 가련한 중늙은이다. 새파란 어린놈, 그것도 낙하산으로 하늘에서 뚝 떨어진 회장 아들의 게으름과 나태함 때문에 대신 매 맞는 꼴은 인정상 도저히 볼 수 없는 일이다. 세영의 전화가 올 때까지 꼼짝없이 또 야근이다.

유립은 컴퓨터에 설치해 두었던 동영상을 불러냈다. 기억을 더듬고, 동영상에 촬영된 이야기들을 간추리고 손가락 가는 대로 마구 두드려 댔던 노트북의 메모들을 기초 삼아 보고서를 작성하기 시작했다.

그때, 주머니에서 휴대폰이 움직였다. 세영? 이건 좀 곤란하다. 연애질도 좋지만, 아직 일이 덜 끝났다. 예고도 없이 너무 빨리 도착한 연인이 꼭 좋은 것만은 아니다. 눈은 컴퓨터 모니터에, 한 손가락은 키보드에, 그리고 남은 다른 손이 휴대폰 화면을 밀었다. 그가 대답하기도 전에 들뜬 최 여사 목소리가 머리통을 후려갈겼다.

〈엄마야, 로비거든. 언제 내려올래?〉

아이고, 맙소사. 키보드를 누르던 손가락이 우뚝 멎었다. 유립은 안경을 벗고 눈을 비볐다. 불청객이 나타나셨다. 짜증 섞인 목소리로 성의없이 내뱉었다.

"무진장 바쁘다고 그랬잖아. 일하는 중이라고."

〈저녁도 안 먹고 일해? 그러다 몸 상해, 얘! 내려와. 식사하고 일해! 너, 안 내려오면 엄마가 올라가.〉

자동적으로 회장실이 있는 34층으로 고개가 돌아갔다. 아까 사장단들과 함께 회식장소로 이동하는 것을 제 눈으로 보았으면서도 저절로 자라목이 되는 것은 어쩔 수 없다.

이 회장이 가장 질색하는 일 중 하나가 바로 집안의 여자들이 회사에 기웃대는 것이다. 그러거나 말거나 유립이 귀국해서 회사에 들어온 이후 최 여사는 마냥 신이 났다.

"누가 당신 만나러 가는 건 줄 알아요? 내 아들 보러 가는 거네."

누가 필요하댔나? 속옷 가져다준다, 와이셔츠 갈아입어라 하면서 뻔질나게 드나드니 사단이 아니 날 수가 없었다. 결국 부부는 대판 싸움을 벌였다. 이 꼴 저 꼴 보기 싫어 유립은 그다음 주로 가출, 아니다. 우아하게 독립이라고 하자. 회사 근처에 오피스텔을 얻어 분가해 버렸다.

그렇게 난리를 쳤음에도 불구하고 최 여사가 다시 회사 로비에까지 나타났다. 노인이 알면 다시 한 번 틀림없이 불호령이 떨어질 것을 알고 있었다. 직원들 사이에 '회장 사모님' 께서 왕림하셨더라는 소문이 나기 전에 빨리 수습해야 할 것 같다.

"젠장, 알았어요. 기다려요. 5분 내로 내려갈게."

유립은 고개를 절레절레 흔들며 일어났다. 책상 위를 주섬주섬 정리했다. 하늘이 두 쪽 나도 단단히 삐친 최 여사하고 잠시 놀아줘야 할 모양이었다. 전화도 않고 무작정 로비에 와 있다고 통보하는 최 여사를 외면했다가는 며칠 내내 눈물타령 안에서 익사해야 한다.

며칠 전 새로 장만한 샤넬 신제품을 자랑하러 오셨구먼. 로비 소파에 앉아 있는 어머니를 바라보며 한숨을 내쉬었다. 비싼 옷과 핸드백을 장만하셨는데 자랑질을 할 데는 없지, 아들과의 데이트를 빙자하여 거리에 나서보려는 속셈인 거다.

"야근이라고. 바빠서 죽을 틈도 없다구."

짜증부터 부리는 아들 앞에서 최 여사도 지지 않고 팩 하니 골을 냈다.

"일주일에 야근이 서너 번이라니. 이게 말이나 돼? 어떻게 된 게 귀국해서 내 아들 얼굴을 보는 게 더 힘이 드는 거야?"

"나도 모르겠네. 아버지에게 물어보슈."

"사람을 아주 말려 죽이려고 작정했어. 하나뿐인 아들, 어째 그리도 못 잡아먹어서 안달인지, 원. 이것 봐? 일에 치여 얼굴이 반쪽이 됐어, 너."

나이 서른에, 회사 로비에 멀대처럼 서서 까치발을 한 어머니 손길에 얼굴을 내맡기는 망신이라니. 약 3초간 어머니의 응석을 받아주었다. 여기에서 서투르게 손길을 거부했다간 최 여사 반드시 울고 말 거다. 아들에게조차 버림받았다며 하루 종일 푸념질일 거다.

흘깃거리는 직원들의 시선을 등으로 가로막으며 유립은 무조건 팔을 끌고 문을 나섰다. 근처의 식당에서 적당하게 해결하고 어찌하든 빨리 내쫓아야 한다. 그러나 최 여사가 용을 쓰며 고집스레 버티고 섰다. 로비 앞에는 그녀의 승용차가 서 있었다.

"나 시시한 데 안 가, 얘. '한강' 가서 정식 먹을 거야, 뭐."

한강변에 있는 유명한 한정식집 이름 앞에서 유립은 한숨을 쉬었다. 나직하게 사정했다.

“엄마, 거긴 왕복으로 한 시간이나 걸려. 아들 불쌍하지도 않어? 밥 먹고 또 들어와서 일해야 한다고. 그런데 꼭 거기까지 가야 해?”

“그래도 거기 가서 먹을 거얏! 모처럼 너랑 밥 먹는데 분식집 가서 김밥 먹을까?”

“엄마, 밥이 중요해? 나랑 같이 있는 게 중요해?”

“둘 다 중요해!”

아아아. 어쩔 수 없다. 어린애 떼쓰듯이 최 여사가 고집 부리기 시작하면 이건 어쩔 수 없다. 유립은 한숨을 쉬었다. 마지못해 어머니와 함께 뒷좌석에 탔다. 꼼짝없이 체포를 당한 기분이었다. 퇴근 시간이라 도로는 어지간히 붐볐다. 가는 길만 해도 한 시간은 너끈히 잡아먹을 것 같다. 환장할!

더 환장할 일은 그다음이었다. 기다리던 전화가 온 것이다. 그녀의 목소리도 오랜만의 만남에 기대로 들뜬 것이었다.

〈나 지금 일 끝났거든. 한 시간 후면 도착할 거야. 고모님 화실에 가 있어. 거기로 갈게. 밤늦게까지 같이 있을 수 있어.〉

“알았습니다. 곧 가겠습니다.”

유립은 전화를 끊고 고개를 들었다. 저만치 택시 승차장이 보였다. 기사에게 짧게 명령했다.

“차 세워요.”

최 여사가 소스라치게 놀란 얼굴을 했다. 비명을 질렀다.

“왜? 너, 왜 그러는데?”

“엄마, 오늘은 그냥 집에 들어가요. 회사 돌아가야 해.”

"나랑 저녁 같이 먹는다고 약속했잖아."

"갑자기 급한 일 생겼다니까. 전화 온 거 봤잖아? 택시 타고 들어갈게. 식사는 다음에 합시다."

"야— 아! 안 돼! 약속해 놨단 말이야! 너 안 가면 절대로 안 돼. 얘!"

최 여사가 새된 목소리로 소리쳤다. 필사적인 얼굴이었다. 문을 열고 내리려는 아들의 옷자락을 꽉 움켜쥐고 놓지 않았다. 문득 심상찮은 예감이 들었다. 유립은 몸을 돌이켜 어머니의 얼굴을 똑바로 노려보았다.

"약속? 무슨 약속? 그냥 나랑 엄마랑 같이 밥 먹는 거 아니었어요?"

아들의 험상궂은 표정에 금세 최 여사의 표정도 따라서 파랗게 질렸다. 어지간해서는 화를 내지 않지만, 한 번 화를 내면 누구도 말리지 못하는 유립의 못돼먹은 성질머리를 그녀만큼 잘 알고 있는 사람이 있을까?

"아니, 그게……."

"엄마, 나 모르게 뭔 짓 저질렀어?"

"아니야, 얘."

강력 부인했다. 그런데도 목소리는 벌써 파들거리고 있었다. 눈을 이리저리 굴리면서 유립의 시선을 피하려고 했다.

"내가 거기에 왜 꼭 가야 하는데? 바른대로 말 안 해요?"

"나는 너 좋으라고, 나이도 그만한데…… 아버지도 그랬잖아. 너 장가보낸다구. 그래서 내가 말이야……."

"횡설수설하지 말고 본론만 해요. 딱 잘라 요점정리, 일절만 하라구."

캐묻는 아들 앞에서 최 여사가 우물쭈물 입속으로 무어라 중얼거렸다. 결론은 오늘 저녁, '한강' 에서 그와 '참한 처녀' 를 선보이려고 한다는 것이다. 하늘이 두 쪽 나도 10분 후에 그 여자를 만나야 한다는 것이었다. 기가 차서 귀에서 김이 날 지경이었다. 유립은 그만 고함을 꽥 질러 버렸다.

"내가 그런 짓 싫댔지!"

"그럼 홀아비로 늙어 죽을 거야? 엄마 속 타는 거 안 보여?"

"왜 내 결혼을 엄마 마음대로 하는데?"

"내 마음대로 하지, 그럼 누구 맘대로 해? 너, 내가 낳았잖아. 내 아들 혼사 내 마음대로 한다는데, 왜? 잘못된 것 있어? 너두 엄마가 시키는 대로 한다고 약속했잖아!"

이제는 무지막지한 떼쓰기로 돌입했다. 어느새 눈물이 글썽글썽. 최 여사가 얼굴까지 붉혀가며 바락바락 아들을 향해 골을 피워댔다.

거의 항상 상냥하고 말 잘 듣던 아들이 갑자기 뻣뻣한 고래 심줄로 변했다. 마음대로 되지 않는 아들 때문에 그녀 역시 미칠 지경이었다. 명가의 혼사는 주르르 꿰고 있다지, 전설적인 마담 뚜 압구정 '황 여사님' 이 고르고 골라 내민 처녀. 마음에 쏙 들고 눈에 콕 박힌 처녀를 간신히 점지했다. 어렵사리 약속을 정해 아들만 그 자리에 끌고 가면 되는 일이다. 만사 오케이였다.

그런데 이 녀석이 갑자기 버티고 서서 버럭버럭 화를 내니 그녀도 마주 화가 났다. 다 저를 위해 한 일인데. 저 잘돼라, 좋은 일이라고 고생한 일인데 그런 수고를 하나도 몰라주고 있었다. 아주 죄인 취급하고 있었다. 지금껏 한 일이 다 헛수고라, 섭섭한 만큼 신경질이 더 났다. 그래서 바락바락 고함을 질러댔다.

가만히 어미 하는 꼴을 바라보고 있던 유립이 목소리를 낮추었다.

"지금 팔자 고칠 일 있어?"

"무슨 소리야, 그게?"

"이런 짓 안 해도 경산그룹 사모님으로 잘 먹고 잘살고 있잖아? 그런데 지금 또 아들 팔아 뭐할 건데? 망신스럽게 결혼시장에 날 내놓아서 대체 뭘 하려느냐고!"

"팔긴 뭘 팔아? 너 좋은 데 결혼시키려는 거잖아! 너 좋으라고 하는 일이잖아!"

"내가 뭐가 모자라서 그런 데에 나가야 하는데? 내가 하는 결혼, 왜 엄마 마음대로 해? 내가 데리고 살 마누라를 왜 엄마가 고르는데? 다시 한 번만 이런 일 해봐요! 그냥 확 뒤집어 엎어버릴 거야!"

애당초 강하게 눌러놓아야 다시 이런 짓을 하지 않지. 더 이상 말도 못하게 최 여사의 기를 콱 눌러 버렸다. 눈을 부라리며 엄포를 놓았다. 미련없이 문을 열고 내려 버렸다. 마침 다가오는 택시에 올라탔다. 정신없이 손짓하는 등 뒤의 최 여사를 외면하고 그 자리를 떠났다.

세영을 만났다.

둘은 원색이 가득한 꽃그림의 캔버스가 가득 쌓인 거기, 세상의 많은 꽃들이 조용히 들여다보는 작은 침실에서 질리도록 부둥켜안고 사랑을 나누었다. 그리고 침묵. 좁은 간이침대에 누워 서로 같은 방향을 보고 꼭 끌어안고 있기만 했다.

두 개의 몸이 꼭 붙었다. 평화로운 숨소리가 하나인 양 들렸다. 그 사이로 들려오는 건 나지막한 피아노 소리. 마치 축복의 선물처럼 주어진 이 시간. 그녀의 가슴에 놓아진 손, 그의 손에 겹쳐진 그녀의 손, 평온함과 따뜻함이 전부인 이것. 만나기만 하면 이라터 마니아인 양 서로를 미친 듯이 탐닉하기에 바빴다. 하나이고 싶어, 함께이고 싶어, 오감五感으로 느껴지는 서로의 존재를 소유하고 싶어. 이렇게 뜨겁고 행복한 것을.

"아까워."

"음?"

"안달복달하면서 눈치 보고 억지로 시간 빼야 해. 이렇게 살금살금 만나서 겨우 같이 손잡고 누워 있는 거라니."

유립은 눈을 감은 채 혼잣말하듯이 중얼거렸다. 세영이 돌아누웠다. 턱 아래 자리를 잡았다. 두 팔로 그의 몸을 꼭 껴안았다.

"만나면 시간이 아주 빨리 가는데, 이렇게 같이 있는 순간만큼은 또 아주 천천히 흘러. 이상하지? 너무 느긋해. 좋다, 많이."

"으음, 나도 충분해. 그래서 더 약 올라."

"어떻게 해주랴?"

"필요없어. 아무것도 안 해도 돼. 다 가졌어."

침대에 함께 누워 같이 잠드는 시간으로도 이미 충분한 것. 충족

된걸. 이것이 우리 둘만의 세상. 지독히도 아름답고 안타까운 너, 그리고 나. 우리.

언젠가 모르지만…… 억지로든, 둘의 의지로든 끝나게 되면…… 뭐, 어떻게든 살아갈 수 있겠지. 될 대로 되라지, 뭐.

유립은 세영의 머리카락 사이로 입술을 내렸다.

"오늘 좀 이상해. 왜 그렇게 시무룩한 얼굴을 하고 있는 거야?"

마음껏 중독된 그녀를 마셨는데도 이상하다. 기분은 쉽사리 나아지지 않았다. 세영 또한 유립의 께름칙한 기분을 느꼈나 보다. 가느다란 손가락으로 그의 턱을 만지작거리면서 물었다.

"좀 힘들어서 그렇다."

"회사 일? 아님 사생활?"

"둘 다."

"일당백인 능력있는 남자인 줄 알았더니."

"내가 슈퍼맨이냐?"

"슈퍼맨인 척하면서."

"아닌 놈이 '척' 하려니까 힘든 거지."

유립은 몸을 일으켰다.

"배고프다. 도시락이나 주문해. 난 샤워할 테니까."

잠시 후, 허리에 수건을 감고 돌아오니 벌써 옷을 갈아입은 세영이 탁자에 배달된 음식을 차리고 있었다. 축 늘어져 병든 노인처럼 음식을 깨작거리는 그를 노려보았다.

"보신탕 먹인 보람이 없어요."

"애견인더러 보신탕 먹여놓고? 잘하는 짓이다."

"강아지인형을 데리고 자면서 스스로 애견인이라고 자처하는 남자는 처음 보네."

"살아 있는 놈이나 헝겊으로 만든 놈이나 강아지는 강아지지. 그런데 대낮부터 보신탕을 누구랑 먹었냐?"

전혀 아무렇지도 않은 얼굴로 세영이 폭탄을 터뜨렸다. 단번에 유립의 배알을 뒤집었다.

"남자. 선봤거든. 부모님이 강력히 밀고 있는 상대."

"뭐라고?"

동화처럼 행복한 왕자와 공주의 세상이 파사삭 날려 먼지로 사라졌다. 불화와 다툼과 분노와 고함질과 전쟁의 시간이 달려들었다. 세영이 눈을 동그랗게 떴다. 뻔뻔하게 되물었다. 아까 그의 턱 아래 누워 달콤하게 속삭이던 정감 어린 표정은 싹 사라지고 없다.

"왜 놀라?"

"너, 지금 제정신으로 하는 이야기냐?"

"응."

"빌어먹을! 너어!"

세영이 새치름하게 눈을 흘겼다. 전혀 죄책감 따위는 없어 보였다. 씩씩대는 남자를 바라보며 아무렇지도 않게 내뱉었다.

"밥만 먹고 사니?"

"뭐얏?"

"반찬도 먹고 자장면도 먹어야지. 시간 맞춰 간식도 먹고."

"인마! 밥 배불리 먹고 있잖앗! 간식이 왜 먹혀?"

"남자 만났다고 했지, 먹었다고는 말 아직 안 했네."

똑같은 상황, 서로 다른 반응. 아아, 그만이 손해를 보았다. 그 역시도 까딱했으면 다른 여자 만나러 끌려갈 뻔했다. 어머니의 눈물과 앙탈을 뒤로하고 과감하게 탈출했다. 세영 역시 그러해야 하는 것 아닌가? 적어도 그와 연애질을 하는 동안에는 지조를 지켜야지.

그런데 이 계집애, 그의 눈을 피해 등 뒤에서 잘도 바람피우고 있었다. 딴 녀석과 시시덕거렸다고 자랑스레 말하고 있는 것이다. 슬슬 거칠어져 가는 유립의 표정도 모르는 척 나불나불 잘도 떠들고 있다.

"며칠 전에 만났는데, 샤프하고 느낌 괜찮았어. 서울지검 검사. 같이 놀기는 나쁘지 않더라고. 그리고 말이야, 꼭꼭 감추고 싶은 것이 있을 때는 더 요란스레 다른 스캔들을 터뜨려야 하는 거야. 아직도 몰라? 내가 그 남자를 왜 만났겠어? 자기 정체를 감추려면 그럴듯한 방패가 필요하다구. 인제 정욱이로는 역부족이야. 알아? 왜 화를 내고 그러는데?"

졸지에 별일 아닌 것에 지랄발광하는 사이코가 되고 말았다. 아무리 너그러운 척 참으려 해도, 쿨한 척 넘어가려 해도 이왕 상한 기분은 나아지지 않았다. 저녁때 최 여사로 인해 한 번 뒤집혀진 속이었다. 위로해 줘도 시원찮을 텐데, 세영으로 인해 완전히 퍼질러져 버렸다.

"너!"

"두 번째 만나는 자리에서 보신탕도 먹고 더럽게 트림도 끅끅 했어. 보기 싫게 이도 후볐는데, 눈 하나 깜짝하지 않는 거 있지? 쓸 만한 배짱이더라구."

유립은 세영 앞에 놓인 도시락을 잡아챘다. 열받은 김에 냅다 쓰레기통에 처넣어 버렸다.

"너, 가라."

"뭐야?"

"꼴 보기 싫으니까 가!"

"새삼스레 왜 이러는데?"

"양다리 걸치는 게 취미냐? 이 바람둥이야!"

"당신이 하던 일 나도 하는 거다. 왜? 촌스럽게 질투하는 거야? 열부烈夫 표창 주리?"

"정세영이, 나 지금 무진장 환장하겠거든? 돌아버리겠거든? 좋은 말 할 때 가라. 응? 열받아 진짜 다 뒤집어엎기 전에."

"이유립답지 않게 왜 이래? 내가 이런 거, 다 알면서 시작한 거 아니었어?"

"너에게 애틋함이니 순정이니 기대하지 않았지만, 분명히 기본 원칙은 지키라고 그랬다. 원타임, 원러브. 먼저 배신 때린 건 너니까 내가 지랄 맞게 굴어도 너 할 말 없어. 가!"

세영이 입을 삐죽이며 훌훌 핸드백을 들었다. 얄미운 이 계집애. 끝까지 사람 속을 긁았다. 저만 당하지는 않겠다는 뜻이었다. 턱 밑에 서서 아주 짜증나게 그를 말끄러미 노려보았다.

"자기나 나나 그렇게 살아오지 않았는데 무슨 애틋함? 무슨 순정? 바랄 것 바라라, 흥. 난 당신같이 구겨진 거 정말 싫거든. 무슨 말을 못해요. 냅다 신경질만 부리잖아."

"내 구겨진 것에 너 보태준 것 있어?"

"목숨 걸고 하는 연애질, 상대인 이 남정네, 성질머리가 이렇게 더러우니 내가 딴생각을 하지. 요만한 것도 못 참고 이해 못하고 제 성질만 부려대는 거, 어떻게 참아? 난들 좋아서 다른 자식 만나는 줄 아니? 우리 둘, 몰래 숨어 도둑 연애질하는 주제 아냐? 터뜨릴 용기도 없잖아. 어찌하든 이어보겠다는데, 그 노력도 이해 못해줘? 당신 한 번 만나러 오는 것도 얼마나 신경 쓰고 교활하게 굴어야 가능한지 알아? 나도 미치겠다!"

"잡소리 까지 말고 가라. 응? 바람피운 핑계랍시고 잘도 읊어대는군. 까불지 마, 이 계집애야!"

"사흘도 못 가서 내 발치에 엎드릴 거면서 너무 큰소리치는 거 아냐? 후회할 말은 안 하는 게 좋을 텐데?"

세영의 입술 꼬리가 실쭉 올라갔다. 자신만만 내뱉었다.

유립은 이를 갈았다. 그녀의 말이 사실이기에 더 분노가 치밀었다. 이렇듯이 강하게 증오하고 갈망하고 동시에 미워하고 사랑하는 일이 가능할까? 부러져 바닥에 뒹구는 자신의 자존심을 노려보며 그는 분노로 몸을 떨었다. 정세영이란 여자에 대하여 속수무책이고 불가항력인 스스로를 확인하는 일. 결코 달콤하지만은 않았다. 초콜릿처럼 씁쓸하고 지독하게 달았다. 혀가 아릴 정도로 진한 맛이었다.

문 앞에 선 세영이 고개를 돌렸다. 혀를 날름 내밀었다. 그리고는 미련없이 문을 나가서는 쾅 소리나게 닫았다. 그 위로 유립이 내던진 물감통이 날아가 부딪쳤다. 홀로 남은 남자가 주먹을 움켜쥐고 이를 갈았다. 이날의 부서진 자존심, 반드시 돌려주겠다, 정세영이.

“두 마음, 피차 마찬가지라며?”

지민이 씩씩대는 유립을 바라보며 비아냥거렸다. 뿌루퉁해서 입이 만 발은 튀어나와 찾아왔다. 안팎으로 속이 허해 보이는 조카를 데리고 야참을 먹으러 나온 참이었다. 안 그래도 뒤집어진 속을 득득 긁어댔다.

“그런 줄 알았지.”

조개탕을 퍼먹으며 유립은 시무룩이 대꾸했다. 대비도 없이 따귀를 대차게 후려 맞은 기분이랄까? 아직도 정신이 얼얼했다.

“그런데 혼자 노는 춤판이었다는 것을 확인했단 말이지?”

“그런 셈이지.”

“그만저만, 이쯤에서 관두는 게 어떠냐?”

둘이 뜨거워 죽고 못 살아도 될까 말까 하는 판이다. 그런데 찬찬히 이야기를 듣자 하니, 영판 엇길이었다. 사내놈 한쪽만 구들장 아랫목처럼 절절 끓고 있고, 여자 쪽은 뜨뜻미지근한 냉골 윗목이라 한다. 이건 좀…… 아니지, 아주 많이 곤란했다.

지민이 아주 진지하게 충고했다. 유립이 눈을 치떴다. 그답지 않게 울컥 신경질을 부렸다.

“그냥 죽어라 하셔.”

“너 하나만이 아니라잖아. 이 녀석, 저 녀석 집적이고 제멋대로 논다잖아. 그런 애한테 너 혼자 애달아서 뭣하는데? 자존심도 없냐? 너하고 다른 녀석 두 손에 들고 견주고 앉았는데.”

남자 애간장을 잘잘 끓게 하고 있는 게 분명했다. 죄었다 풀었다

줄 듯 안 줄 듯, 잡았다 싶으면 빈손이고 놓았다 싶으면 어느새 돌아와 살랑거리는 꽃송이라. 남자 하나 아주 바보 만들어놓고 생글거리는 것이 보였다.

겉보기로도 영리하다 싶었더니 하는 짓도 불여우 저리 가란 모양이었다. 우직하리만큼 곧고 순수한 감정으로 움직이던 제 어미하고는 사뭇 다른 성격인 모양이었다. 천생 정치가라는 제 아비 핏줄이 섞여 그런가.

연애놀음. 죄고 당기고 풀고 후리는 그 맛인 줄 알고 있으나, 계집이 그만해야 어지간한 저놈 후려잡아 살지 싶으면서도 그러나.

"무진장 기분 나빠! 인마."

지민은 고함을 꽥 지르고 말았다. 나이 칠십이라도 여자는 여자였다. 그녀 또한 사내놈 잡을 작정을 야무지게 하였다면 분명 세영이 저리 가라 할 터이지만. 불안하고 허허로운 상황. 될까 말까 망설이는 상대를 두고 연애를 하는 판이니. 조심스럽고 이리저리 견주어보는 세영의 처신이 당연하다는 것을 알면서도…….

그러나 가재는 게 편이라 마구마구 억장이 꼬였다. 안으로 굽는 팔은 어쩔 수 없었다.

지가 뭔데 감히 내 조카를 물 먹이는 것이야? 이놈이 뭐가 어때서? 어디 하나 빠진 데 없어, 안팎으로 골고루 갖춰, 충분하다 못해 넘치는구먼.

고슴도치 고모 아니랄까 봐 지민은 아끼는 조카를 두고 자신이 먼저 씩씩거렸다. 확 파토 놓아버릴까 보다. 버럭버럭 골을 내버렸다. 이렇게 지민 쪽이 부르르 난리 치니 유립 쪽이 제풀에 잦아졌다. 숟가락을 놓고 한숨을 푹 쉬었다. 바닥이 꺼져라 청승을 떨었다.

"뭐, 그 녀석이라면 충분히 그럴 권리 있다 싶기도 하고."

"야, 이 배알도 없는 놈아!"

"고모, 연애질에 배알이 왜 필요한데?"

이 대목에서 지민의 숨이 한층 더 넘어갔다. 상사병에 걸렸다더니, 인제 보니 내장이 홀딱 빠진 무無 창자증이 아닌가.

"야, 이 천하에 팔불출 같은 놈. 잘나다 못해 천상천하 유아독존이던 그 이유립이 맞아? 인간이 이렇게 변해도 되는 거냐? 엉?"

"자존심은 부릴 데 부리는 거라고. 아무 때나 갖다 쓰는 하찮은 껌딱지인 줄 알아요? 내 여자 앞에 두고 웬 자존심? 잘난 남자는 제 여자 앞에서 그런 것 없어도 돼."

"이, 이이! 아이고, 속 탄다."

지민이 기가 차서 냉수를 청해 벌컥벌컥 마셨다. 자신만만 그런 말을 해놓고도 유립 역시 내내 울적한 얼굴이다. 휙 잔을 들더니 냅다 소주 한 잔을 다 마셨다.

"고모."

"나 부르지 마, 인마. 징그러워. 시작했으면 제대로 해얄 것 아냐? 지금이 몇 달째인데 아직까지 후려잡지도 못하고 질질 끌려다니고 있냐? 너, 평생 그러고 살 거야?"

"그렇지? 내가 너무 풀어준 거지?"

"잘 아네."

"더 많이 사랑하는 사람이 손해라더니 말이야, 진짜 밑지는 장사하고 있는 것 같아.”

“콱 집어치우라고! 쌍수 들고 말리는 사이 아냐? 영양가도 없는 거 왜 계속해?”

바락거리는 지민의 말을 듣고 있지도 않다. 지절지절 제 생각에 제 할 말만 하고 앉았다. 유립이 탁 하고 소주잔을 놓았다. 지그시 이를 악물었다.

“생각하고 생각해도 이 자식 하는 짓이 너무 건방지단 말이야. 도저히 용서를 못하겠어. 아무리 내가 배알 다 빼고 시작했다 해도 이건 너무한 거지. 내가 버릇을 정말 잘못 들인 것 같아.”

“이미 끝난 게임인데 뭘 그래? 평생 질질 끌려다니며 살 팔자로구먼. 늦었어, 인마.”

유립이 발랑 의자 위에 책상다리를 하고 앉았다. 팔짱을 끼고 심각하게 침묵했다.

지민은 힐끗 그를 노려보았다.

“너, 지금 무슨 생각하고 있냐?”

“왜요?”

“어째 심상찮은걸. 으스스하게 굴지 마, 자식아. 너, 그러고 앉아 있으면 진짜 섬뜩해, 알아?”

“섬뜩해요, 내가?”

“안 그런 줄 알았냐?”

“내가 사실은 섬뜩한 놈인 걸 그 자식은 알까 몰라.”

사내자식 성깔 못돼먹은 거 드러내면 고생이다. 그러나 때로는 지랄 맞은 본성을 드러내야 조심도 할 줄 알지. 지나치게 관대했더니 기어오르려고 하는 거다. 이즈음에서 유립은 세영에게 쓴맛 한 번을 보여주기로 작정했다.

도도한 여자는 부드럽게 감질나게 녹이기도 해야지만 때로는 단번에 커다란 도끼질로 박살 낼 필요도 있다. 정세영이란 얼음공주, 요리조리 그를 달뜨게 하고 애만 태우는 간교한 잔꾀 덩어리는 미약한 촛불 몇 개로 녹일 수 있는 상대가 아니다. 유립은 씩 웃었다.

지민이 그 모양을 보고 몸서리를 쳤다.

"너, 사고 칠 작정인 거지?"

"아닌데요."

"그런데 왜 심장 벌렁거리게 그따위 음흉한 웃음을 짓고 난리야?"

"정세영이 멱살 잡아서 확 낚아채 버리고, 사흘 밤낮 꼼짝도 못하게 엎어줄까 해. 아무래도 제 번지수를 정확히 알게 해줘야 할 것 같아서."

"아서라."

그러거나 말거나 유립은 다시 소주 한 잔을 들이켰다. 일도양단一刀兩斷. 정세영이, 너도 정말 나하고 살고 싶고 나를 얻으려면 잔머리 굴리지 마. 안 통해. 어떻게 잡았는데, 선택했는데 빼앗길까 보냐. 맞불 붙어보자, 어디. 너도 나만큼 당해야 분이 풀리지. 이대로는 못 참아. 유립은 호주머니에서 휴대전화를 꺼냈다.

"엄마. 주무셔? 유립입니다."

〈왜?〉

목소리에는 칼날이 서 있었다. 아고고, 우리 최 여사, 진짜 삐치

셨네. 유립은 한숨을 쉬며 소주를 또 홀짝 마셨다. 상냥하게 어르고 달래기 시작했다.

"어젠 미안했어요. 이제 일이 끝났네. 식사하셨어요?"

〈전화 끊어! 엄마 망신을 그리 톡톡히 시켜놓고 왜 또 전화질이야?〉

"미안하게 되었다고 전화하는 거잖아. 내가 일부러 그런 거야? 갑자기 회사에 일 생겨서 들어간 건데. 그 정도도 이해 못해주는 여자, 만나도 골치 아파."

〈흥. 잘도 병 주고 약 주는구나. 너 진짜 내 아들 맞아? 내가 누구 보고 사는지 다 알면서, 너 그러는 거 아냐, 얘!〉

그럼에도 유립이 먼저 전화를 한 것만으로도 노염은 반 풀렸다. 목소리가 아까보다 훨씬 부드러워졌다. 징징대는 코맹맹이 소리가 시작되었다. 레퍼토리 넘버 4. '너 섭섭하게 하면 엄마 죽어' 시리즈였다. 이 대목에서 적당하게 끊지 않으면 오늘도 최 여사의 전화질은 한 시간을 넘길 거다.

유립은 나긋나긋 달래가며 어머니의 징징거림을 그쯤에서 잘라 버렸다.

"그래서 전화한 거지. 엄마 체면 내가 안 살려주고 누가 세워줘? 내일 약속 정해요. 하늘이 두 쪽 나도 엄마 시키는 대로 선볼게. 보면 될 거 아냐."

〈어머어머, 진짜? 진짜지?〉

화색이 돌다 못해 꽃이 만발하고 있었다. 역시 그날도 최 여사 무진장 열을 내리라 다짐했지만 그만 또 아들 앞에서 아욱장아찌가 되고 말았다.

"그럼요. 내가 엄마 소원 들어줘야지. 다시 약속 정해서 나한테 전화해요. 기다릴게. 아니다, 엄마. 지금 내가 가회동 집에 갈까? 좋아하시는 손만두 사가지고 갈게."

〈손만두 싫어. 얘, 강남이면 '미소미슈' 애플파이랑 머핀 사가지고 와.〉

"알았어요. 내가 30분 만에 번개같이 달려갈게. 같이 차 마십시다. 주무시지 말고 기다려요. 응?"

지민이 눈을 흘겼다. 이놈의 조카 녀석, 제 어미를 상대로 휘어잡고 능갈치는 솜씨에 혀를 내둘렀다. 감탄하다 못해 징그러워서 몸서리쳤다.

"자알 한다, 이 자식. 제 어미 갖고 노는 솜씨가 거의 신의 경지에 도달했구나."

"그럼, 이 짓도 삼십 년인데, 고모."

"아이고, 같은 피 타고났을 텐데, 이런 것을 보면 아들하고 아비가 어찌 이리 다를까? 네 애비가 네 짓거리 반의반이라도 좀 배웠으면, 그나마 둘 같이 사는 게 덜 고달팠을 거다."

"내 말이……. 두 양반 잘살았으면 나도 이런 짓 안 할 거 아니냐고! 그냥 콱 터뜨리고 그 자식 잡아다가 꿇어앉혀 단번에 결혼한다고 작살냈을 텐데. 제기랄!"

"참말, 하는 생각이며 말이 어찌 그리 전부 다 요로코롬 이기적이냐? 세상만사 다 제 편안하고 불편한 것으로만 따져, 그냥!"

얄밉다 못해 걷어차 주고 싶었다. 일어서는 조카의 등짝을 지민은 한 대 모질게 후려 패고 말았다.

하루 종일 당하기만 한 팔자, 성질머리 꾹 참고 웃어넘기려니 그 역시 무진장 스트레스받았다. 유립은 그만 흔치 않은 짜증을 발칵 부리고 말았다.

"고모도 어디 한번 태어나지 말라는 자식으로 태어나 보슈. 눈치 살피고 내 살길 내가 알아 풀려고 아등바등하게 되지 않나. 이건 이기적이라고 하는 게 아니고 자기 보존 본능이라고 말하는 겁니다."

"됐거든!"

말을 말지. 동정표를 받을 데 가서 짜증도 부리는 거지, 돌아온 것은 위로가 아니라 또 한 번의 모진 발길질이었다.

part 08

일도 양단一刀兩斷

일주일 후, 금요일 오후 6시 반. 신라 호텔.

현 여당인 민국당의 공식 후원회가 열리는 밤이었다. 이날의 큰 행사로 인해 도로가 미어터질 정도로 붐비고 있었다. 행사장에 동원된 호텔 주차요원과 아르바이트생 말고도 교통경찰까지 10여 명 넘게 나서서 수습하려 해도 정체된 도로는 풀릴 기미가 보이지 않았다.

"붐비네요."

"뭐니뭐니 해도 거물 실세들의 모임이니까요."

"그런가 봐요."

"한국에서 한다하는 인간들은 다 나타났을걸요? 입장하는 데까지 시간이 좀 걸릴 것 같습니다. 음악이라도 틀어드릴까요, 윤 과장님?"

유립은 상냥하게 대꾸했다. 같은 사무실의 동료직원에게 파티의 동반을 부탁했다. 뭐, 미모도 되고, 키도 되고, 능력도 된다는 서른 둘의 독신녀 윤 과장이다. 어머니 최 여사의 소원대로 일주일 전 결혼시장의 상품으로 곱게 포장되어 진열대 앞에 섰다. 처음에는 그 때 만난 상대를 동반할까 하다가 관두었다. 어머니 성격에 그 일이 알려지면 '당장 날 잡아!' 하고 난리 칠 것 같았기 때문이다.

차라리 사업적 관계가 낫지. 윤 과장을 고른 것은 지나치게 뒤끝 없고 쿨하다는 소문이 안팎에 퍼져 있었기 때문이다. 뭐, 밤 모임에 가면서도 차가운 '아이스 플라워'를 뿌리는 여자라면 대충 짐작할 만하지 않은가? 소문대로 설마 레즈비언은 아니겠지.

"그나저나 이 팀장님 선보셨다면서요?"

"어, 소문이 벌써 났어요?"

"아시잖아요? 민 상무님 수다빨."

우리는 다 알고 있다네. 윤 과장의 미소에 유립은 흐음 하고 헛웃음을 쳤다.

직속상관 민 상무, 그 인간 딸내미가 아마 스물여섯인가, 일곱인가 그렇다 들었다. 서울 근교 어디 삼류대학 회화과 출신이고, 개인전 할 실력은 못 되니 돈 처발라 그룹전 두어 번 한 경력. 그것도 자랑이라고 그 아비, 틈만 나면 유립이 들어라 하듯이 우리 딸 작품이며 화풍이 특이하고 어쩌고저쩌고 하고 떠들어댔다.

"이 팀장 고모님 되시는 이 교수님도 화가이시니 말이야, 우리 딸하고 만나면 대화가 잘 통할 거야. 암. 뭐니뭐니 해도 가족끼리는 대화가 잘 통해야 좋은 거지."

가족? 누가 가족이라는 건가? 얼굴 한 번 보지도 않은 그 딸내미, 아비와 5분 이야기를 나누는 중에 어느새 그의 가족이 되어 있었다.

유립은 민 상무가 언제고 그 딸을 발가벗겨 그의 침대로 밀어 넣지 않을까 그것을 걱정하고 있는 중이었다. 은근히 욕심 사나워 자기 딸년을 회장 며느리로 만들 야심을 가지고 있었던 것은 알지만, 이렇게 호시탐탐 그의 동정까지 살피고 있는 줄은 몰랐다. 울컥 역겨웠다.

그러나 겉으로는 꾹 눌러 참았다. 마음속 동요를 타인인 윤 과장에게 들킬 이유는 없다. 전혀 아무 일도 아니라는 듯 쾌활하게 대답했다.

"선봤죠."

"어때요?"

"글쎄요, 내게 너무 새침한 그대라고나 할까?"

"대단한 집안의 따님이라고 들었는데."

"이름만 대면 알아주는 모모 병원장 따님이시더군요."

그것도 나긋나긋한 스물넷, 내장이 다 드러나 보일 정도로 착하고 순진한 아가씨였다. 고등학교 졸업하자마자 제 어미 손에 잡혀서 제 아비가 경영하는 성형외과로 끌려들어갔을 거다. 예쁘지도 않은 눈, 쌍꺼풀 해봐야 거기서 거기. 차라리 맛이나 보기 좋게 가슴수술이나 하지 말이야. 돈 들여 찢어보았자 겨우 새우 눈밖에 되지 않는 걸 눈이라고 달고 다니나. 열심히 인조 속눈썹 붙인 눈꺼풀을 떴다 감았다 하면서 예쁜 척은 엄청 했다.

단정하고 점잖은 신사의 가면을 쓴 남자를 올려다보며 황홀해서 거의 어쩔 줄 몰라 하는 표정이었다. 별로 고생하지 않고 대어를 낚았다, 이거지. 하룻밤 내내 여자들이 홀딱 속아 넘어가는 우아한 미소를 지어 보인다고 어찌나 노력했는지. 나중엔 안면근육이 굳어져서 아파 죽을 지경이 되었다.

"이 팀장님도 이제 결혼할 나이죠."

"그렇죠? 게다가 전 외아들이니까요. 우리 윤 과장님처럼 멋진 여자만 나타나면 당장 낚아채서 장가갈 겁니다. 핫하하!"

그때 호주머니에서 딩동 소리가 났다. 메시지가 전송되었다는 신호였다. 모른 척 씹었다. 누구인지는 뻔했다.

'정세영이, 내 앞에서 잘못 까불었다간 되로 주고 말로 받는다는 것을 좀 더 배울 필요가 있다.'

일주일 내내 전화도 받지 않고 메시지도 무시하고 이메일도 무조건 완전 삭제를 눌러 버렸다. 성질 더러운 것으로 치자면 그도 남 못지않았다. 예쁘다 싶어 몇 번 봐주었더니, 당장 기어오르려는 요 건방진 녀석은 지그시 밟아주고 조용히 무시해 주는 것도 필요한 법이다. 장군 멍군, 애가 달아 뭐 마려운 강아지 심정이 되어봐야지. 그래야 지난날 그의 마음을 이해할 테지.

거의 7시 반이 넘어서야 차는 호텔 앞에 도착했다. 키를 도어맨에게 넘기고 로비로 들어섰다. 망설이지 않고 안내 카운터로 다가갔다. 그는 지금 밀림의 밤을 소리 없이 질주하는 유연한 흑표범이다. 손아귀에서 요리조리 잘도 빠져나가는 약삭빠른 사냥감을 처치하러 나온 참이다. 카운터 앞에 서 있던 세영과 정통으로 눈이 마주쳤다.

'이번에는 네 차례야. 어디 한번 까불어봐.'

소리 없이 히죽 웃었다. 비수 같은 그 미소가 허공을 날아 정확하게 여자의 미간 사이로 꽂히는 것을 보았다.

그날 밤, 그가 쫓아내기 전까지만 해도 세영은 흠뻑 물기를 머금어 활짝 피어난 붉은 양귀비꽃이었다. 그의 향기에 젖어 녹신하게 빨아 마시는 생크림이었다. 땀에 젖은 분홍빛 피부를 건들면 무르녹은 향기가 손가락에 뚝뚝 흘러내렸다. 농밀한 유혹. 존재 전부가 보드랍고 촉촉하고 치명적이었다. 나른한 팔을 들어 그의 키스를 끌어당기던 여자가 지금 여기 서 있다.

이 밤에 세영은 빈틈 하나 없는 검정색 투피스 차림이었다. 단정하게 묶은 머리카락은 한 올도 흐트러짐이 없다. 정리정돈 잘된 서랍 같았다. 피가 흐르지 않는 얼음인형처럼 가식적이고 박제된 미소를 짓고 있었다.

유립과 마주친 시선이 이내 옆으로 움직였다. 시키지도 않았는데 그의 어깨 너머 다소곳이 선 여자를 훑어 내렸다. 남들이 보면 마치 연인처럼 보일 것이다. 보란 듯이 유립은 한 팔을 윤 과장의 허리에 둘렀다. 그렇게 보이라고 외모빨, 얼굴빨 되는 이 여자를 동반자로 낙점했다.

상냥하나 덧그려진 그림처럼 사무적이던 세영의 눈빛이 푸른 번개처럼 변해 버렸다. 빠지직 불꽃이 튀었다. 그러나 이내 다시 고개를 돌려 단아한 미소를 짓는다. 고요함과 담담함이 전부였다.

"어서 오십시오. 성함이……."

"이유립입니다. 가친을 대신해서 제가 참석하게 되었습니다."

초대장을 탁자에 내놓았다. 모르는 척 최대한 정중하고 격식을 갖추어 인사했다.

"아, 경산그룹 이지헌 회장님의……? 민국당 홍보팀을 맡고 있는 정세영이라고 합니다. 처음 뵙겠습니다."

세영이 두 손을 모으고 가볍게 허리를 굽혀 우아한 동작으로 살포시 인사를 차렸다.

역시 영리하고 교활했다. 매끄럽게 유립의 어퍼컷을 피해 지나갔다. 바위를 스쳐 흘러가는 물처럼 아무렇지도 않게 세련된 오르랑의 '엘로이즈' 향기를 풍기며, 그보다 더 독한 자신만의 독특한 체취로 유립을 홀리면서 상냥하게 웃었다.

"참석해 주셔서 정말 감사합니다. 평소 경산그룹의 도움을 많이 받고 있습니다. 즐거운 시간 되십시오."

돌아서는 뒤통수가 따끔거렸다. 저 계집과 끝까지 '즐거운 시간'이기만 해봐. 뼈까지 갈아먹을 거야! 뒤통수로 날아오는 시선은 그런 경고를 담고 있었다.

'피장파장. 속 좀 타보라고.'

유립은 소리 없이 웃어버렸다. 등 뒤의 시선을 태연히 무시해 주었다. 그리고는 서두르지 않고 천천히 행사장으로 걸어 들어갔다.

손에 들어오지 않는 여자를 갈구하며 구걸하는 비참함이 어떤 것인지 너도 알아야 할 것 아냐? 보란 듯이 여자의 허리에 감은 팔에 힘을 주어 곁으로 끌어당겼다. 공주님을 모시듯이 정중하게 에스코트했다. 보란 듯이 시위示威했다.

'나도 사실은 만만치 않아, 이 얄미운 살쾡이야.'

공식적인 행사는 언제나 그렇듯이 지루하고 하품이 났다. 지독히도 가식적이었고 짜증스러웠다. 그럼에도 참을 수 있었던 것은 행사장 곳곳에 출몰하는 세영의 모습을 눈으로 좇으면서 감상하는 즐거움 때문이었다.

세영이 바로 거창하고 화려하고 복잡한 이 행사를 준비한 실무자가 분명했다. 이어폰을 귀에 꽂고 손바닥에 쏙 들어오는 무전기를 입에 대고 지시하는 눈빛이 냉철하고 예리했다.

유립은 그의 연인이 우아한 무용수처럼 카오스의 중심인 행사장을 유연하게 흘러 다니면서 무전기 하나로 바로잡고 고치고 수습하는 것을 지켜보았다. 소란하고 무질서하고 문제가 생긴 그 어떤 곳이든 세영이 나타나면 질서정연한 발레 공연처럼 정리되곤 했다. 실죽 던지는 차가운 미소, 자신만만하고 도전적인 눈빛이 따라왔다. 렉스, 이게 나야. 그는 냉혹하고 확실하게 일처리를 하는 연인의 프로다운 기질에 실죽 미소 지었다. 침대 위에서만 화끈한 줄 알았더니 일터에서도 화끈하고 끝내주는 여자라니까.

'미치겠군.'

감질나 죽겠다. 잡을 수 없고 잡히지 않아 환장하겠다. 잡으려 하면 도망가고, 그가 물러나면 저렇듯 얄밉게 맴돌이를 하는 저 녀석. 벌써 일주일째 허세를 부리고 먼저 토라졌지만, 세영만 보면 발정 나는 본능을 어찌할 수 없다. 갖고 싶어 견딜 수 없는 이 소유욕과 욕망을 달랠 수 없다. 이 세상 어떤 여자로도 달래지지 않는 이 허기와 굶주림이라니. 정말 미쳐도 단단히 미쳤다.

"저 여자분, 대통령 따님인 것 아시죠?"

"어, 정말인가요?"

윤 과장 이 여자, 아는 것도 많았다. 제가 정말 유립의 연인이라도 되는 양 곁에 찰싹 달라붙어 조잘조잘 잘도 떠들었다. 은근슬쩍 몸까지 부딪치는 수작까지 부린다. 대체 이 여자더러 얼음처럼 차갑고 칼같이 능률적일 뿐 여자가 아니라고 말한 인간은 누구냐.

"이 팀장님은 한국에 들어오신 지 얼마 되지 않아 잘 모르실 텐데요, 정동욱 현 대통령의 딸이에요. 지난 대선 때 아버지를 보좌하면서 활약이 대단했죠. 들리는 소문에 따르자면, 저분 역시 정계로 진출할 모양이더군요."

"그렇군요."

"아직 미혼인데, 이리저리 들리는 소문은 좀 있어요. 곧 결혼한다는 이야기도 있고."

아랫배가 긴장으로 당겨졌다.

"대통령 따님하고 결혼할 상대라. 대단한 남자겠군요."

"그렇겠죠? 홋호호. 대통령의 따님이래서가 아니라 원래 저분 집안이 유서 깊은 명가죠. 아마 이 팀장님 댁하고 거의 맞먹을 정도일 거예요."

그때였다.

"아이고, 이게 누구신가? 경산의 이 이사 아니신가?"

언젠가 한 번 이 회장과 함께 골프장에 갔을 때 얼굴도장을 찍은 적 있다. 4선의 중진 의원으로, 민국당 사무총장을 맡고 있는 하진

석 의원이 다가와 먼저 알은 척을 했다. 앞으로 정동욱 대통령 뒤를 이어 대권을 준비하는 잠룡潛龍 중 한 명이라는 평을 듣고 있는 거물이다. 세영이 직접적으로 모시는 사람이기도 했다.

유립은 흠잡을 데 없이 세련되고 점잖은 동작으로 먼저 허리를 굽혔다.

"안녕하십니까? 아버지께서 분주하신 터라 대신 어린 제가 참석하게 되어 결례인 듯싶습니다."

"무슨 소리! 이런 데 와주신 것만으로도 감사할 일이지. 춘부장께서 건강이 좋지 않다는 이야기는 이미 들었네. 자네가 고생이겠네."

부친이 병치레라……? 이 회장의 건강을 걱정하는 하 의원의 너스레 앞에서 유립은 그저 미소만 지어 보였다.

번잡한 이런 자리를 피하는 핑계로다가 있지도 않은 병을 들먹이다니. 하긴 오라 가라 말 많은 이 동네에서 구설수를 피하려면 별수가 없다. 어디든 모습을 드러내지 않는 것이 제일 편하고, 그것의 핑계로다가 지병을 들먹이는 것은 나름대로 현명한 방법일 테지.

"한데 이쪽은? 헛허허. 조만간 좋은 소식을 들을 수 있을까?"

하 의원의 눈길이 유립의 곁에 껌처럼 찰싹 붙어 있는 윤 과장에게로 향했다. 수줍게 미소 지으며 몸을 꼬는 자태라니. 이것으로 자타 공인 경산 황태자의 파트너로서 행세하게 되었다는 기쁨이 넘쳐흘렀다.

아아, 한심해. 여자들 허영이란. 유립은 씩 웃고 말았다. 똑똑하고 능력있는 사람으로 보았는데, 역시 이 여자도 신데렐라의 꿈을 가지고 있었던 건가? 뭐, 그의 마음에 들면 신데렐라로도 백설공주로도 만들어줄 수 있지만, 이 여자는 유립의 스타일이 아니다.

그렇다고 해서 굳이 오해를 하고 있는 하 의원에게 회사직원이라고 구구절절 설명할 필요는 없다. 적당하게 둘러댔다.

"민망합니다. 제가 못나서 아직 적당한 사람을 만나지 못했습니다. 그래서 실례를 무릅쓰고 이 친구에게 힘든 일을 부탁했지요. 원래 오늘 어머니와 함께 오기로 되었는데, 아버지 시중드시느라……. 좋은 일이 생기면 제일 먼저 하 의원님께 귀띔해 드리겠습니다."

"핫하하! 좋아, 좋아. 우리 이 이사는 언제 보아도 시원시원하거든."

언제 그리 친해졌다고 그새 '우리 이 이사' 인가? 유립은 속으로 냉소를 삼켰다. 미안하지만 그는 '이사' 가 아니라 '과장 대우' 일 뿐이다. 영감이 죽기 전까지는 '이사' 는커녕 실장 자리도 힘들 거다.

그때 검은 양복을 입은 하 의원 비서가 다가와 무어라고 귓속말을 했다. 하 의원이 고개를 끄덕이더니 유립을 바라보았다. 양해를 구했다.

"나를 찾는 데가 있는 것 같구먼. 저쪽으로 가보아야겠어. 나중에 술 한잔함세."

"그러시지요. 다음에 뵙겠습니다."

하 의원이 떠나고 채 몇 초도 지나지 않아 다시 또 다가오는 인간들의 물결. 이름도 얼굴도 욕망도 다 비슷비슷한 거기. 저마다 기름진 손을 내밀어 악수를 청하고 자기소개를 하고 지나갔다. 유립 또

한 그곳에 모인 모든 사람들과 똑같이 그 물결 중 한 자락이 되었다. 만면에 적당한 미소를 머금고 적당하게 대꾸하고 적당하게 인사하고 적당하게 헤어졌다.

이름은 거창하게 후원회의 밤이다. 솔직히 말하자면 돈 많이 가진 놈 호주머니 훑으려는 거다. 칼만 들지 않았다 뿐이지 강도떼나 다름없다. 권력이라는 비수를 등 뒤에 감추고 돈을 든 놈들과 맞교환하려는 것 아닌가?

민국당 국회의원들이 이리저리 웃음을 지으며 사람들 사이를 누비고 있었다. 저 인간들, 손바닥의 지문들이 다 닳아 없어졌을 것이다. 서로서로에게 눈도장이라도 찍고 싶어 안달 난 인간들을 바라보며 유립은 그저 초연하게 서 있었을 뿐이다. 겉으로는 친한 척, 서로 돕는 척하면서도 어떻게 하면 서로 이용해 주고 멋지게 등을 쳐줄까 머리들을 굴리고 있다. 아무리 참으려 해도 냉소적인 미소를 어찌할 수가 없었다. 그의 눈길을 한 번이라도 더 얻고자, 비위를 맞추려고 별의별 애교와 아양을 부리는 파트너의 수다에 예의상 고개를 끄덕여 주었다.

"목이 마른데 음료수 한잔 어때요?"

"네, 그렇게 해요."

"제가 가져오죠."

유립은 음식이 차려진 테이블 앞으로 다가갔다. 신사답게 동반자를 위해 순한 칵테일잔을 집어 들었다. 열다섯 걸음 걸어가는 그 사이에 세 명에게 인사하고 일곱 명을 소개받았다.

'빙고.'

우연인 듯, 일부러인 듯 세영이 그의 앞을 가로막았다. 더없이 냉랭하게 옆을 스쳐 지나가며 아주 오만하게 어깨를 팩 밀어붙였다. 유립의 손에 들려 있던 칵테일잔이 출렁거렸다.

"어머, 실례했습니다."

"아, 괜찮습니다."

두 사람은 점잖게 서로 사과했다. 정중하게 고개까지 숙였다. 엉키어 마주쳤다가 이내 다시 엇갈린 시선들, 목을 졸라매는 올무 같았다. 말 없는 시선을 통해 작으나마 치열한 전쟁이 벌어졌다.

"당신, 죽었어."

"눈에는 눈, 이에는 이. 너도 하는 짓, 나도 하련다. 왜?"

"웃기네."

미련없이 등을 돌려 걸어가 버리는 세영의 등이 딱딱하게 굳어 있다. 빠드득 이를 가는 소리가 들리는 듯했다.

유립은 싱긋 웃었다. 약이 바싹 오른 그의 연인은 발정 난 고양이 같은 눈매를 하고 있었다. 건드리기만 해도 터져 버릴 것 같은 색기. 억누르고 가라앉혀 감추어 버린 유혹의 향기가 그를 미치게 만들었다.

하지만 유립은 지난번처럼 그녀를 쫓아가지 않았다. 끌로 새긴 듯이 뚜렷한 목적을 가지고 시작한 일이다. 절대로 끝까지 이성을 잃을 수는 없다. 눈앞이 캄캄해지는 충격과 온몸이 부서지는 쾌락의 신호를 보았다 하더라도 목적을 잊을 수는 없다. 다른 사람은 몰라도 그는 한 번 정한 목표는 절대로 잊어버리지 않는 남자였다.

'네가 와. 네가 항복해.'

길들여지지 않은 여자. 더 이상은 그를 지배하고 제멋대로 까불게 내버려 두지는 않을 거다.

'정세영. 내가 널 그리워하고 열망하는 만큼 너도 그래야 공평하지. 안 그래?'

아무런 감정도 느껴지지 않는 낯선 타인인 여자에게 칵테일잔을 건네주었다. 그리고는 너무나 사랑스럽다는 듯 귀 아래로 흘러내린 머리카락까지 넘겨주었다. 마치 사랑을 약속한 연인처럼 얼굴을 가까이 가져가 속삭였다.

"피곤하면 저쪽으로 가서 잠시 쉴래요?"

10여 미터 앞에 세영이 서 있다는 것을 알고 계산한 동작이다. 유립은 윤 과장의 팔을 잡고 에스코트했다. 푸른빛의 얼음마녀가 된 연인을 향해 상냥하게 웃어주었다. 오만하게 턱을 치켜들었다.

"해보자는 거야?"

"그래. 우리를 여기까지 오게 한 그것의 이름. 정직한 열정과 원시적인 소유욕에 굴복하라고. 우리를 휩쓸어 단번에 부수고 새로운 존재로 만든 사랑이라는 것에 완전히 항복하라고."

두 사람은 구석진 자리로 다가갔다. 이어 나직한 목소리로 내일 보고회에서 발표할 사안들에 대해 의견을 나누었다. 하지만 멀리서 보면 그들은 서로에게 미쳐 어찌할 바를 몰라 하는 사랑스런 연인의 모습일 것이다.

등 뒤에서 사람들도 수군대고 있었다. 내일 정도면 이리저리 스캔들이 퍼지겠지. 기사의 제목도 달 수 있다.

'경산의 황태자, 묘령의 여성을 동반하고 파티에 참석하다. 두 사람은 몹시 친밀한 사이로 보였다. 조만간 혼사가……?'

저만치 서서 그들 쪽을 노려보고 있는 정세영 분노 게이지는 적어도 78% 상승일 테지.

얼마 지나지 않아서였다. 갑자기 음악이 뚝 멈추었다. 웅성이던 사람들이 단상을 돌아보았다. 하진석 의원이 마이크를 잡고 서 있었다.

"내빈 여러분, 잠시 안내말씀 있겠습니다."

무슨 긴요한 일이 생긴 것인지 불빛 아래 얼굴이 상기되어 있었다.

"지금 대통령님께서 이 자리에 참석하시기 위해 올라오고 계신다는 전갈입니다. 당직자 여러분의 노고를 치하하고 격려하기 위해 바쁜 일정을 무릅쓰고 방문해 주신 것입니다. 여러분 모두 커다란 박수로 환영하도록 합시다."

그 말이 채 끝나기도 전에 문이 열렸다. 우레와 같은 박수 소리를 환영인사 삼아 수행원들을 뒤로하고 자신만만한 걸음걸이로 들어오는 사람은 정동욱 대통령이었다.

간편한 점퍼 차림이었다. 항상 그렇듯이 일일이 고개를 끄덕이고 손을 내미는 사람들과 악수하고 손을 들어 좌중들의 인사에 답했다. 만면에 미소를 지은 채 단상에 올랐다. 마이크를 건네주는 하

의원과 악수를 나누고 돌아섰다. 그리고는 다시 한 번 단상 아래 모인 사람들에게 활짝 웃어 보였다.

타고난 카리스마, 모든 것이 만들어진 능수능란함이겠지만 동시에 아주 진실한 듯이 보이는 모순의 웃음이다. 천생 정치가였다.

유립은 벽에 등을 기댄 채 단상에 선 정 대통령을 관찰했다.

멀리서 바라본 대통령은 진중하고 소탈한 인상이었다. 기본적으로 온화하고 신뢰감을 준다는 평을 받고 있다. 그러나 그것은 표면적인 것일 뿐, 그런 것만 가지고는 저 자리에 서지 못했을 테지. 딸인 세영과 분위기가 몹시 비슷했다. 무척 자신만만하고 능률적이면서도 동시에 겸손하면서 평온하고 밝다. 매력적인 남자였다.

'대통령으로 태어났단 말이 거짓이 아니었군.'

인정할 수밖에 없었다. 단상의 대통령이 구석 한쪽 벽 앞에 선 유립을 노려본 것도 아니다. 직접 시선을 마주친 것도 아니다. 그럼에도 숨이 막히는 듯한 존재감에 다리가 휘청할 정도였다.

'대단해. 정말 대단해.'

관계자들을 치하하고, 앞으로의 대선을 위하여 당의 총력을 모으자는 짤막한 연설을 끝냈다. 대통령이 단상에서 내려왔다. 소탈하게 사람들 사이를 이리저리 옮겨가며 악수하고 격려하고 손을 잡은 채 호탕하게 웃음을 터뜨리기도 했다. 아주 자연스럽게 손짓을 해서 딸 세영을 곁에 불렀다. 똑 닮은 부녀는 연회장을 함께 옮겨가며 거대한 물결을 스스로 만들었다.

의도한 것은 아니다. 가능하면 몸을 감추고 그 시선에서 벗어나고자 했었다. 그러나 어쩔 수 없다. 운명이란 그렇듯이 심술궂은 것이다. 하진석 의원을 비롯한 당내 중진들과 웃으며 걸어오던 대통령이 우연스레 고개를 돌렸다. 유립과 딱 시선이 마주치고 말았다.

어르신의 눈빛을 따라가던 하 의원이 귓전에다 무어라고 속삭였다. 아주 짧은 시간이기는 했으나, 대통령이 흠칫 놀라는 표정을 짓는 것을 읽어낼 수 있었다. 그의 어깨 너머 선 세영도 몹시 긴장한 얼굴이었다. 일단 유립이 아버지 눈에 띄었다는 것 자체가 무척 부담스러운 듯했다.

아주 자연스럽게 대통령이 계속 앞으로 움직였다. 세영도 따라올 수밖에 없었다. 몇 분 후 정 대통령은 유립 앞에 서 있었다.

제길, 속으로 욕을 하면서도 유립은 먼저 고개를 숙였다. 어쨌든 대통령이고 나이 든 사람이다. 세영의 아버지이다. 조만간 장인이 되실 분인데 첫인상부터 나쁘게 찍히고 싶지 않았다.

"처음 뵙겠습니다. 이유립입니다."

"경산그룹 이지헌 회장의 아드님입니다. 부친을 대신해서 참석한 것으로 알고 있습니다."

중간에 선 하 의원이 소개했다.

"이지헌 회장의……. 그렇군."

대통령이 먼저 손을 내밀어 악수를 청했다. 크고 따뜻하고 두툼한 손이었다. 그럼에도 젊은 사람 못지않게 힘찼다. 내심을 읽어낼 수 없는 깊은 눈동자가 은빛 안경 뒤에서 번쩍이고 있었다. 단 한 번의 시선으로도 사람의 내장 속까지 훑어 내리는 날카로운 눈빛이었다. 정 대통령이 먼저 이 회장의 안부를 물었다.

"그래, 춘부장의 건강은 어떠신지? 인사를 한번 한다고 하면서도 그만 넘어가 버렸구먼."

"그만하십니다. 걱정해 주시더란 말씀은 꼭 전하겠습니다."

"만나서 반갑네. 자네를 보니 절로 춘부장의 젊은 날이 생각나는군. 자당께서도 건강하신가?"

"건강하십니다."

"그래그래."

정 대통령이 뒤에 선 세영을 돌아보았다. 쾌활한 미소를 지으며 말을 이었다.

"젊은이들은 끼리끼리 어울려야 재미있지. 나이도 비슷하니 서로 안면을 터두는 것도 나쁘지 않을 거야. 이쪽은 내 딸아이일세. 당내 홍보팀을 이끌고 있다네. 오늘의 이 행사도 이 아이 작품이라지? 핫하. 나도 이렇게 팔불출 아비일세. 세영아?"

유립은 아까처럼 먼저 고개를 숙였다. 모든 것을 꿰뚫을 것 같은 대통령의 날카로운 시선이 그들을 지켜보고 있다. 주먹 쥔 손에서 저절로 진땀이 배어 나왔다.

"영애를 뵙게 되어서 영광입니다. 이유립입니다."

"안녕하세요. 정세영입니다."

세영과 유립은 대통령을 사이에 두고 인사를 나누었다. 난생처음 본 사람처럼 그럴듯한 표정을 만들며 깊이 고개를 숙였다.

"서로 많이 도와주게나. 그럼 다음에."

"만나뵙게 되어서 영광입니다."

"뭐, 영광씩이나. 어쨌든 모른 척할 수는 없는 사이니까 말이야. 핫하하. 그럼."

정 대통령이 몸을 돌렸다. 어떻게든 그와 눈도장을 한 번 찍어보려는 사람들에게로 돌아갔다. 세영도 무표정하게 대통령의 발길을 따라 등을 돌렸다. 그에게서 떠나 버렸다.

"아, 좋아라. 저 저분 팬이잖아요. 대통령님을 직접 뵙게 되다니, 정말 영광이에요."

옆에 선 여자가 무어라고 떠들고 있었다. 그러거나 말거나 한마디도 귀에 들어오지 않았다. 유립은 자신도 모르게 긴장된 숨을 천천히 토해냈다. 사람 앞에서 저절로 위압감을 느끼게 되었거나 기가 질리는 기분은 부친인 이 회장 말고는 정 대통령이 처음이었다.

잔잔한 바다 같지만 언제든지 해일을 일으킬 수 있는 강단을 지니고 있다. 이겨내기란 쉽지 않은 상대였다. 절대로 호락호락하지 않다. 심연같이 검고 유리알처럼 맑은 눈빛이 곧게 그를 향해 다가올 때 본능적으로 느꼈다. 대통령이라서가 아니라 한 사람의 사내로서나 아버지로서 쉽사리 넘어갈 수 있는 벽이 아니었다.

저 남자의 눈을 피해 사랑을 나누고, 무사히 그의 딸을 훔쳐 내올 수 있을까?

어림없다, 이 녀석아. 그를 응시하는 깊은 눈동자가 그렇게 말하고 있는 듯했다.

'서툴게 굴다가는 국물도 없겠는걸?'

너무 쉽게 생각했다. 지나치게 오만을 부린 것은 아닌지, 유립은 지그시 입술을 깨물었다. 그들의 연애질을 방해하는 진정한 적은 바로 저 사람이었다. 잡히지 않는 세영의 앙탈이나 바람 같은 마음이 아니었다. 정 대통령을 직접 보고 난 후, 세영이 더 멀어지는 듯

한 기묘한 절망감에 욱신, 심장이 아프게 뛰었다. 불길한 심장박동을 참아내느라 몇 번이고 심호흡을 해야만 했다.

한편, 정 대통령은 돌아서 걸어가며 곁에 따라오는 비서실장에게 나직하게 확인했다.

"경산의 젊은 친구, 이름이 뭐라고 했지?"

"이유립이라고 들었습니다."

"아, 그래. 이유립."

정 대통령은 눈치채이지 않게 고개를 돌렸다. 새삼스런 눈동자로 유립 쪽을 다시 돌아보았다.

'낯익다 했더니 역시 그 인간 아들이었어. 그때 그 꼬마였군.'

찰나이기는 했지만, 유립을 대면한 순간 동욱은 갑자기 훌쩍 세월을 뛰어넘어 과거로 돌아가고 있었다. 현수를 사이에 두고 이지헌과 날카롭게 대적하던 그때, 혈기로 넘치던 젊은 날이 생생하게 떠올랐다.

주마등처럼 스쳐 지나가는 회상들이 바로 어제 일인 양 뚜렷했다. 그렇듯이 부자父子는 빼닮았다. 어렴풋한 기억들, 시간의 파동 속에서 흔적조차 희미해진 광경이 떠오르고 있다.

30년 전인가, 25년 전이던가? 독일에서 돌아온 그해였던 것 같다. 현수와 결혼한 이후, 한 송년파티에서 지헌 내외와 우연히 조우했다. 나비넥타이를 매고 있었지. 제 아비 지헌을 너무 닮아 섬뜩할 정도였다. 이리저리 헤집으며 제 어미를 어지간히도 괴롭히던 작은 폭군이었다. 속으로 제 아비 닮아 저놈 성질도 어지간히 더럽군, 하고 혀를 찼었다.

“내 아들이었다면 엉덩이를 패주었을 거예요. 하지 말라는 짓은 다 하고 다녀.”

“그렇게 버릇이 없어?”

“아유, 말도 말아요. 얼마나 부잡스럽던지 원. 우리 세영이를 졸졸 따라다니며 어찌나 괴롭히던지. 속상해서 혼났어. 남의 아들 꾸짖기도 뭣하고……. 걔 엄마는 왜 가만히 내버려 둔대? 짜증나, 정말.”

돌아오는 차 안에서 아내 현수가 푸념을 할 정도였던 것으로 기억한다. 딸아이가 선물로 받았던 과자를 다 빼앗겼다고 투덜대던 것도 생생했다.

그런 악동이 놀랄 정도로 의젓하고 훤칠한 청년이 되어 다시 나타났다. 어느새 동욱의 키조차 넘어섰다. 악수를 나누었을 때 기분이 아주 묘했다. 역시 씨도둑은 못하는 법인가 보다. 잘난 제 아비 어미 좋은 점만 닮은 듯싶었다. 수려하고 단정했다. 고집스런 턱과 오만하게 뻗친 눈썹일랑은 젊었을 때 이지헌의 판박이였지만.

“경산의 이 회장님께서 후계자는 잘 키워놓았다는 중평입니다.”

비서실장이 나직하게 말했다. 대통령은 고개를 끄덕였다. 뭐, 그 정도면 나쁘지 않았다. 요즈음 젊은 녀석들답지 않게 눈빛이 살아 있었다. 자세도 곧았고, 어른 앞에서 공손하나 당당했다.

“나쁘지 않아. 기백도 있어 보이고 점잖아 보이더군.”

“젊은 친구들 사이에서도 평이 좋습니다. 캐나다와 미국에서 공부를 하고 돌아온 지 이제 겨우 두 해 정도라고 들었습니다. 아마 그래서 이런 곳에 처음 얼굴을 보인 듯싶습니다만."

"그렇군."

대통령은 침묵한 채 그를 따라오는 딸아이를 돌아보았다. 미처 하지 못한 칭찬을 해주었다.

"고생했다. 성황이구나."

"제 일인걸요. 아버지께서 와주셔서 기뻐요. 사실은 오시지 못할 거라고 생각했거든요."

"깜짝쇼도 나쁘진 않아. 참, 저 친구, 이유립이라고 했나?"

기분 탓인가? 딸애의 얼굴이 흠칫 굳어지는 듯싶었다. 하지만 이내 별 관심 없다는 듯 심드렁한 어조로 대꾸했다.

"그렇게 들었어요. 경산그룹 이 회장님 대신 참석했다더군요."

"인상이 어떠냐?"

"본 사람 다들 평이 좋네요."

"네 눈을 말하는 거다."

"저 나이에 저 정도 존재감이나 관록은 힘들죠."

"역시 호랑이 새끼란 건가? 명가의 자손이라 몸가짐이 다른가 보다."

"너무 잘난 척하는 것 같아서 전 싫어요. 처음 보는 처지, 아버지 앞에서도 지나치게 자신만만해 보였다구요."

툴툴거리는 세영의 말에 대통령이 소리 내어 웃었다.

"잘난 척이 아니라 잘난 것 같구나. 그리고 네 말은 틀렸어. 너희들은 처음 본 사이가 아냐."

"네?"

세영이 소스라치게 놀란 얼굴을 했다. 두려움마저 스며 있는 듯했다. 평상시 같으면 왜 그러나 캐물었을 것이다. 다가와 인사를 하는 야당 총재와 잠시 대화를 하느라 잊어버리고 말았다. 이에 어찌할 바를 몰라 하는 딸의 기묘한 반응을 무심코 흘려버렸다. 대통령은 약간 감상에 젖어 말해주었다.

“한 이십오 년 전쯤인가 보다. 확실해, 네가 대여섯 살 때일 거다. 파티에서 한 번 만난 적이 있어. 저 녀석. 지금은 저렇게 의젓하게 보여도 그땐 아주 못돼먹은 꼬맹이였지. 아, 저런, 이런 우연이 있나? 그때 파티도 바로 이곳에서 열렸어.”

“아, 그래요? 전 기억에 없어요.”

“여하튼 너희 둘 다 무척 어렸으니까. 그 꼬마가 저렇게 장성해서 늠름한 사내가 되어 나타나니 기분이 묘해. 갑자기 내가 팍 늙은 기분이 드는구나.”

대통령은 다시 한 번 지헌의 아들 쪽으로 시선을 돌렸다. 이유립이라? 늠름하고 훤칠해. 아들 농사를 잘 지었어.

‘그 양반, 그래도 아들을 저 정도 키웠으니 말년에 복이로군.’

은근히 아까웠다. 괜스레 심술도 났다. 그 인간들, 안팎으로 저런 복을 누릴 자격이 있었던가? 그만큼 탐났다. 저 가문에 저 얼굴에 저 정도 똘똘한 녀석이라면, 우리 세영이하고 그럭저럭 맞출 만도 한데…….

‘이런, 내가 무슨 생각을 하는 거야?’

그는 머리를 흔들었다. 저 녀석, 누가 뭐래도 이지헌의 아들이었다. 너무 어이없어 쓴웃음을 짓고 말았다.

'내가 노망이 들었나? 무슨 말도 되지 않는 생각인가?'

절대로 가능하지도 않거니와 일어나서도 안 되고, 일어날 수도 없는 일이다. 이혼한 부부가 따로 결혼해서 낳은 그 아들과 딸이 인연을 맺는다? 망신 중의 상망신이다. 절대로 넘어갈 수 없고 기함하고 경악할 일이다. 설익은 과거의 감상이 이상한 쪽으로 생각을 가게 만들었을 뿐이다.

"떠나실 시간입니다."

비서실장이 나직하게 주의를 환기시켰다. 이내 동욱은 뇌리 속에서 그런 잡스러운 생각 따위를 접어버렸다. 불가능한 일은 오래 뇌리에 담아둘 필요도 없다. 그는 다가와 고개를 숙이는 전경련 회장에게 친근한 미소를 지어 보였다. 찰나의 터무니없는 감상 따위야 금세 잊어버렸다.

대통령 일행은 한 30여 분쯤 머무르다가 그 자리를 떠났다. 세영도 따라 사라졌다. 아마도 배웅하러 간 것이겠지.

잠시 후 2부 순서가 시작되었다. 만찬이 준비되었고, 무대에는 한참 유럽에서 활약 중이라는 두 명의 팝페라 가수가 나왔다. 잘난 사람들이 식사하는 소란한 공간에서 천상의 목소리를 굴욕적으로 판매하기 시작했다. 그럭저럭 접시를 비운 유립은 슬쩍 몸을 일으켰다.

손가락 사이에 담배를 끼워 입술에 대는 동작을 취해 보였다. 윤과장은 아무 소리도 하지 않았다. 허락의 의미로 고개를 까딱했다. 멀미가 나는 소란함과 밝음 속에서 남자가 잠시 담배 한 대의 휴식을 취하고 싶은 것이라고 이해한 듯했다.

계단을 한 층 걸어 내려가 비상구를 열었다. 이 호텔의 위치라면 훤하다. 미국으로 떠나기 전까지 일요일 아침에는 늘 이 호텔에서 가족들이 식사를 했으니까. 고모와 부친은 이곳의 빵을 무척이나 좋아했었다. 긴 복도를 걸어 끝의 문을 열었다. 비상구 계단과 이어진 좁은 로비. 용도는 확실하지 않다. 아마 파티룸을 이용하는 손님들의 흡연실 정도로 이용되는 곳인 듯했다. 어릴 적 기억이 정확하다면 바로 이곳이었다. 10여 년이 훌쩍 넘어 다시 와 섰다.

마음속에 비워둔 작은 정원. 기억할 때마다 꽃이 피듯이 저절로 행복해지는 추억을 묻어둔 장소이다.

'오랜만이군.'

아주 오래된 기억, 소중하게 간직한 추억이다. 몇 살 때였던가? 덥고 소란하고 짜증났었다. 귀찮을 정도로 따라다니는 어머니의 눈을 피해서 몰래 숨어들어 왔던 이곳, 모퉁이. 계단에 앉아 주머니에 몰래 넣어온 로봇을 조립할 작정이었다.

"이야, 잘한다. 발카스지?"

그때 인기 최고였던 만화영화에 등장한 주인공이었다. 등 뒤로 호기심 어린 천진난만한 목소리가 들렸다. 고개를 돌렸다. 분홍색 원피스를 입은 계집아이가 쭈뼛쭈뼛 다가왔다. 동그랗게 뜬 눈망울 안에는 순수한 감탄과 선망의 빛이 가득했다.

그러거나 말거나 무시하고 로봇만 조립했다. 어린 자신은 남과 어울리지 못하고 오히려 뭐든지 짜증스러워하던 괴팍한 성격이었다. 팩하니 신경질을 내면 대개 친구들은 알아서 사라져 주곤 했다. 그러나 그 아이는 달랐다. 아무런 경계심도 없이 다가와 당실하니 옆에 앉았다. 로봇을 조립하는 손놀림에 연신 감탄해하고 칭찬했다.

계집아이의 볼에는 복숭앗빛 물이 들어 있었다. 다 만든 로봇을 불쑥 내밀었다. 잘한다, 멋지다 칭찬받았다. 저절로 어깨가 으쓱해졌다. 거만하게 고개를 치켜들고 커다란 선심을 썼다.

"한번 해볼래?"

"응!"

함박웃음을 짓던 동그란 얼굴. 지금까지도 기억하는 건 한쪽 볼에 생기던 귀여운 보조개였다. 유립이 건네주던 로봇조각을 치맛자락 위에 받아 들고 계집애는 꼭 쥐고 있던 손을 펼쳐 내밀었다. 고사리 손에는 쿠키 두 개가 놓여 있었다.

"과자 한 개 먹을래?"

환청幻聽.

유립은 어린 시절의 추억을 응시했다. 둘이 앉아 놀았던 계단을 물끄러미 바라보며 서 있었다. 갑자기 들려온 그리운 목소리에 깜짝 놀라 고개를 돌렸다. 문 앞에 선 세영이 손가락 사이에 낀 초코칩 쿠키 하나를 흔들었다.

"과자 먹을 거야?"

"뭐야, 너?"

"발카스 엑스. 한 개만 먹는다고 해놓고 두 개 다 먹었잖아."

"……그랬지. 배가 고팠거든. 심술부리느라 일부러 저녁밥을 안

먹었었어."

유립은 어깨를 들썩이며 핫하 웃었다. 삽시간에 그 시절로 돌아갔다.

"맞아, 너였어."

기억은 정확하지. 그래, 바로 너였다, 정세영. 기억의 단층 속에 화석으로 남아 있던 아름다운 존재가 순식간에 세월의 굳은 더께를 걷어차고 온전한 모습을 드러냈다. 그래서 처음 본 순간 그렇게 이끌리고 마침내 짝을 찾아낸 기쁨으로 전율했었나 보다.

세영이 다가와 유립의 옆에 섰다. 검은 유리창이 사진틀 같다. 둘만 찍은 기념사진처럼 나란히 선 얼굴 둘이 박혀 있었다. 감회 같은 것이 그녀의 얼굴에도 서려 있었다.

"그때 내가 만난 애가 바로 당신이었어."

"뽀뽀해도 돼?"

유리창 안에서 세영이 눈썹을 치켜 올렸다. 맹랑한 인간 같으니라고. 꾸짖고 싶다는 눈초리였다. 유립은 한 팔을 들어 옆에 선 가녀린 어깨를 감싸 안았다.

"그 말을 하고 싶었는데 어른들이 우리를 찾으러 왔었지."

"조숙하셨군, 그 어린 나이에."

"작고 귀엽고 사랑스러운 것에 대해서 무엇이든 뽀뽀하는 버릇이 있었거든."

어머니에게 무척이나 혼이 났다. 말없이 사라졌다고, 못된 계집애랑 같이 놀았다고 처음으로 머리통을 쥐어 박혔다. 그 애가 어째서 못된 애인 줄은 몰랐지만, 다시는 만나지 못할 것이라는 생각이

어렴풋이 들었다. 그 애를 엄마가 무척이나 싫어한다는 생각이 들었다. 엄마가 하지 말라면 하지 말아야겠지. 그래도 그 애를 다시 보지 못한다 생각하니 어쩐지 기분이 상하고 풀이 죽었다. 초콜릿 과자 맛이 나는 작은 입술에다 뽀뽀하고 싶었는데…….

세영이 유립의 옷깃을 잡고 자신 쪽으로 끌어당겼다. 약간 불만스러운 표정으로 입술을 내밀었다.

"뽀뽀만 할 거야?"

"이제 우린 어린애가 아니잖아."

25년 만에 묻어둔 키스를 했다.

원시의 수컷이 제 것인 암컷에게 하듯이, 두 개로 갈라진 천을 하나의 옷으로 바느질하듯이. 그녀의 안에 든 자신의 모습을 찾아내고 그의 속에 든 세영의 기억을 건네주었다. 공감한 것들. 함께 나눈 그 순간의 친밀함과 그리움을 빨아 삼켰다. 마침내 그의 운명을 다시 찾아냈다. 너였어, 정세영. 오래도록 찾았다구. 작은 손을 꼭 잡고 내내 함께 놀고 싶었어.

갈수록 질척해지는 키스의 아름다운 맛에 취했다. 강렬하다 못해 숨이 넘어갈 것만 같은 서로의 존재에 대한 애착과 갈증에 목이 말랐다. 지난 일주일 동안 으르렁대고 싸움질하고 자존심 싸움에 고집 피워대던 것들이 단숨에 사라져 버렸다.

그러나 지금 이 순간, 그들에게 허락된 것은 이것뿐이다. 끝없이 끝없이 계속되기만을 바라는 키스가 전부였다. 성급하게 서로의 몸을 더듬어대는 손길과 딱 달라붙어 나눠지는 체온 그 이상은 아니다. 아무리 그들이 뻔뻔하다 해도, 열정의 불길에 몸부림치며 어리

섞어진다 해도 하나의 문을 사이에 두고 그들의 존재와 관계를 뻔히 아는 사람 수백 명이 오가는 이곳에서 더 이상 할 수 있는 일이라고는 없었다. 그렇기에 안타까움은 더했고 치열해지는 욕망의 굶주림은 더 강렬했다. 여자의 모든 것을 빨아들이려는 듯 격정적이고 능수능란한 남자의 입술 아래서 여자의 몸이 하프처럼 높은 소리를 내며 튕겨 올랐다.

바로 그 순간, 얼굴을 든 유립은 냉혹하게 세영을 밀어냈다. 움켜쥔 어깨를 뒤로 돌려 한 발 떠밀었다.

"그만. 가봐."

"뭐야? 다, 당신."

세영의 얼굴에 당황한 빛이 역력했다. 따뜻한 집에서 갑자기 비오는 바깥으로 쫓겨난 얼굴을 하고 있었다. 한없이 농밀하고 더없이 다정하던 연인에게서 갑자기 걷어차인 충격에서 아직도 벗어나지 못한 듯했다. 유립은 턱짓을 했다.

"사람들이 찾고 있잖아. 문 두드리는 소리가 난리도 아니다."

"아……!"

정신이 번쩍 든 얼굴이었다. 얄밉다는 듯이 입술을 삐죽였다. 역시 프로. 도도하고 냉철한 얼굴로 돌아간 세영이 재빨리 거울을 꺼내 화장을 고쳤다. 번져 버린 립스틱을 다시 바르며 흥 하고 코웃음을 쳤다. 유립 역시 입술 주변에 묻은 립스틱자국을 손등으로 문질렀다.

"우리 언제 다시 만날까?"

유립은 들은 체 만 체했다. 세영의 볼을 쓰다듬고 머리카락을 정돈해 주고, 긴 손가락으로 입술을 건드렸다 살그머니 깨물어대는 작은 통증의 신호. 이건 검붉은 유혹. 활활 타는 질투와 못다 한 욕망. 지난 시절의 무르익은 추억이 그녀를 펄펄 끓는 용암으로 만든 것이 분명했다.

'웃기지 마, 정세영. 건방지게!'

이깟 정감 어린 추억 한 번으로 그를 낚았다고 생각한다면 정세영은 어리석은 바보다. 유립은 시답잖다는 듯이 되물었다. 밀회의 약속 대신 잠자리 날개 같은 키스를 던졌다. 그녀를 더 달뜨게 만들었다. 아무리 귀엽고 소중한 존재라 해도 허무하게 무너지진 않을 거다. 다시 한 번 유립을 제 손아귀에 넣었다 생각한 이 작은 악마를 반드시 쪼개고 말 거다.

"다시?"

"음, 다시. 언제?"

맛난 것을 칭얼대는 어린애처럼 세영이 방자하게 물었다.

"날 다시 만나고 싶다는 거냐?"

유립은 나직하게 코웃음을 쳤다. 놀리듯 말꼬리를 잡고 늘어지기만 했다. 결코 그녀가 원하는 대답을 해주지 않는 남자 앞에 세영의 눈 안에서 잠시 초조한 빛이 어렸다. 발칵 신경질을 냈다.

"장난치지 말고. 대답 안 해? 그래야 내가 미리 스케줄을 빼지."

"장난이라. 내가 묻고 싶은 말이야. 날 두고 너 감히 장난치는 거 그만두지 못하겠어?"

유립은 세영의 목줄을 한 손으로 틀어쥐었다. 말끄러미 그를 올려다보는 검고 영활한 눈동자를 들여다보며 속삭였다. 잔혹하게 오금 박았다.

"까불지 말고 잘 들어. 날 다시 보고 싶다면, 나랑 재미난 이 짓거리 계속하고 싶다면 말이야, 선택해."

앞뒤 사정 보지 않고 시퍼런 칼날을 날렸다.

"다음, 우리가 다시 만나는 날은 우리들 부모가 상견례를 하는 자리가 될 거야. All or Nothing. 결혼서약서를 가지고 와!"

part 09

뜨거운 일탈逸脫

딩동딩동!

엎드려 누워 바닥에 깔린 모니터를 누르며 일하고 있었다. 요란스레 울리는 초인종 소리가 귀를 아프게 했다. 유립은 턱 아래 괸 쿠션을 더 아래로 바짝 끌어당겼다.

새벽 1시 반. 어지간히 열받으셨단 뜻이다. 손가락 끝으로 문밖의 인터폰과 연결된 화면을 눌렀다. 도어 오픈을 누른 다음, 모른 척하고 모니터의 다음 페이지를 넘겼다.

철커덕 하고 문이 닫혔다. 고개를 돌려 굳이 보지 않아도 세영의 몸에서 이글거리는 분노와 황당함의 기운이 몰려들었다.

"어서 와."

절대로 패배당했다는 것을 인정할 수 없는 건방진 내 여자. 정말 골치라니까. 감히 그를 상대로 실컷 놀다가 홀라당 찜 쪄먹고 디 엔드. 뒤도 돌아보지 않고 바이바이 하시겠다? 그러면 발병나지, 정세영.

세영이 털썩 바닥에 앉았다. 지금 유립이 작업 중인 모니터 위에 뻔뻔하게 자리 잡았다.

"젠장."

채 저장을 누르기도 전에 세영의 손이 유립의 손가락을 움켜잡았다. 얄미워 어쩔 줄 모르겠다는 얼굴이었다. 입으로 가져가더니 이빨자국이 나도록 꽉 깨물었다. 그것으로도 모자란 듯 열 손가락을 치켜들고 유립의 머리카락을 잡아 뜯었다. 유립은 무저항으로 뜯겨주면서도 비명을 질렀다. 정말 인정사정없었다, 이 계집애.

"그만해라! 아프다, 자식아."

"감히 지금 일할 마음이 나?"

"망할! 사흘이나 작업한 건데……. 하나라도 엉망되면 죽었어!"

머리카락 밑에서, 손가락 끝에서 전해지는 저릿저릿한 아픔. 그만큼 확실한 고민의 존재, 세영. 그의 인생에 박힌 커다란 낚싯바늘. 그럼에도 불구하고 도망칠 수 없는, 아니, 도망가기 싫은 치명적인 운명, 바로 너.

유립은 끝까지 머리털을 휘어감아 당기는 세영의 손가락을 뜯어내고 인정사정없이 확 밀어냈다. 설마 그가 힘으로 그녀를 밀어낼까? 방심한 세영이 모니터가 깔린 거실 바닥에서 저쪽으로 밀려나갔다. 자료는 무사했다. 다행히 자동저장 타임을 5초로 만들어 놓았기에 망정이지, 안 그랬으면 큰일 날 뻔했다. 사납게 눈을 부라렸다.

"날 죽일 셈이야? 며칠이나 잠도 못 자고 만든 건데. 내일 새벽, 아니, 오늘 아침에 들고 나가야 하는 자료라고."

"어쩌자는 거야?"

끝까지 기 하나 죽지 않고 떽떽거린다. 유립은 바닥에 펼쳐 놓은 모니터를 접어 가방에 쑤셔 넣고 몸을 일으켰다. 바닥에 앉은 세영의 눈과 서 있는 유립의 눈이 마주쳤다.

아마도 운동하러 간다고 거짓말을 하고 나온 것이 아닐까? 저녁 때만 하더라도 단정하게 틀어 올린 헤어스타일에 검정색 비즈니스 슈트 차림이던 그녀가 소녀처럼 머리를 풀어헤치고 있다. 하얀 반팔티셔츠에 트레이닝바지 차림이었다. 귓불을 빨았을 때 입안에서 구르던 진주귀고리 대신 강아지 모양의 나무귀고리가 달랑달랑 흔들리고 있었다. 유립은 아무것도 모른다는 듯 되물었다.

"뭘?"

"미쳤지?"

"무엇을 말하는 것인지 정확히 말해."

"결혼서약서라니! 결혼서약서라니! 당신, 지금 뭘 착각하는 거 아냐? 머리를 무엇에 쓰려고 달고 다녀? 엉? 지금 자기랑 나 사이에 그런 빌어먹을 관계 맺음이 어울린다고 생각해?"

"못할 것도 없지."

"미쳤구나!"

유립은 불꽃이 튀는 당돌한 눈동자를 들여다보다가 싱긋 웃었다. 내 공주님은 지금 열 좀 식혀야겠군. 찬물 한 바가지가 필요하겠어.

유립은 세영의 코를 아프게 비틀었다 놓아주었다.

"거참, 열나게도 삐약거리는군, 그만해라. 응?"

"삐약거려? 이 남자가 정말! 내가 병아리냐? 삐약거리게?"

"영계면 맛이나 있지, 너 같은 노계老鷄는 질겨서 맛없어."

자존심이 엄청 상한 듯했다. 세영이 다시 덤벼들었다. 망설이지 않고 어깻죽지를 아프게 깨물어 버렸다. 불을 뿜는 눈을 들이대고 앙앙거렸다.

"정말 노계 맛 좀 볼래? 늙은 그 닭 좋다고 난리 친 늑대는 그럼 누구야?"

"여기 있잖아. 그래서 평생 물어뜯으며 같이 살아보자 청혼했다. 그런데 청천벽력이라도 떨어진 듯 느닷없이 달려들어 물어뜯고 꼬집고 발광한 사람은 너라고, 내가 아니라. 대체 뭐가 불만이냐?"

"기가 차서! 기가 차서! 이봐, 이유립 씨! 지금 당신 사춘기 철부지야? 지금 우리가 결혼 운운하며 만날 사이라고 생각해? 당신, 바보야? 죽었다 깨어나도 결혼은 못하는 것 몰라?"

세영이 빽빽 고함을 지르든지 말든지 유립은 일거리를 갈무리해 놓고 몸을 돌려 주방 쪽으로 갔다. 전기주전자에 물을 받으며 돌아보았다.

"커피 마실 거야?"

"생수."

"찬물 마셔도 네 속의 열불은 식지 않을 텐데 왜 그래?"

주전자 스위치를 올리며 심드렁하게 대꾸했다. 말 안 통하는 이 남자, 답답해 미치겠다. 세영이 다시 버럭 고함쳤다.

"왜 불가능한 것에 집착해? 당신, 그렇게 어리석어?"

"음, 난 어리석어. 너처럼 영리하지 못해서 한 번에 오직 하나만 보지."

"아무리 그래도 우린 안 돼. 우리가 세 살짜리 어린애야? 뻔히 지옥의 불구덩이에 몸이 타버리는 짓을 왜 하자는 건데? 난 못해. 그 정도로 뻔뻔하지 않거니와, 용기도 없어. 우리 아버지, 봤잖아! 진짜 무서운 분이라구."

유립은 보그르르 끓어오르는 주전자의 물을 응시했다. 나직하게 그리운 이름을 불러보았다.

"세영아."

"왜?"

"난 말야, 아주 오래전부터 잃어버린 소중한 기억을 찾고 있었어. 다시는 찾을 수 없을 거라 생각하고 단념하고 있었거든."

"그런데?"

"이십 년이 훌쩍 넘어서 그것이 갑자기 나에게 돌아온 거야. 너라면 어떻게 하겠냐?"

"절대로 잃지 않으려 소중하게 간직하겠지."

유립은 돌아섰다. 입꼬리를 위로 치켜 올리며 모든 여자들이 녹아나는 섹시한 미소를 던졌다.

"그게 너야. 알잖아."

"기가 차서! 치사해! 미남계 쓰지 말란 말이야!"

세영이 몸서리치며 부르짖었다. 그러거나 말거나 유립은 사신死神이라도 녹일 수 있을 만큼 매력적인 미소를 함빡 흘렸다. 남자의 페로몬을 질리도록 훌훌 뿌려댔다.

"세영아, 냉정하게 생각해. 너는 여자, 나는 남자. 우리 둘 다 심신 건강한 청춘. 결혼한 적 없는 미혼. 마음 맞아, 같이 있으면 편안해. 속궁합 맞추어보니 이보다 더 좋을 수는 없어. 완벽하잖아?"

"정말 미쳤어! 왜 일을 이런 식으로 복잡하게 만들려고 그래?"

"복잡? 도대체 말을 못 알아듣겠군."

혼잣말처럼 유립은 능청을 떨었다. 커다랗고 하얀 머그잔 두 개를 식탁에 놓고 그 위에 드리퍼를 얹었다. 어젯밤 갈아두었던 원두가루를 두 스푼씩 올려놓았다. 끓는 물이 다소 식기를 기다려 서두르지 않고 천천히 물을 흘려냈다. 뜸을 들이는 동안 커피가루는 동그란 컵케이크처럼 살짝 부풀어 오르면서 향기를 뿜어냈다.

다시 주전자를 기울이자 투명한 물이 여과지를 타고 흐르며 짙은 갈색의 향기를 토해냈다.

"이리 와."

유립은 세영을 불러 주전자를 건네주었다.

"아주 천천히, 원두가 놓인 중심부터 물을 따르는 거야."

"내가 촌뜨기인 줄 알아?"

세영이 입술을 삐죽였다. 내가 커피 한 잔도 제대로 만들지 못할 것 같으냐는 거만한 대꾸였다. 유립은 그녀의 몸을 자신의 앞에 세우고 두 팔로 어깨를 아듬었다. 그녀의 팔을 잡고는 잔에 물을 따르는 속도를 조절했다.

"천천히. 물을 붓는 속도 따라 향기가 달라져. 물의 온도가 미묘하게 다르거든."

세영이 조심스럽게 유립이 시키는 대로 둥글게 물을 부었다. 잔으로 떨어지는 커피 향기가 두 사람에게로 다가왔다. 그렇게 한 잔의 커피가 완성되었다. 식탁에 놓인 두 개의 잔. 갓 만든 커피 향기. 서로의 체온 속에 안주한 서로의 존재를 분명히 확인한다. 레몬 향기가 풍기는 연인의 머리카락에 얼굴을 묻었다.

"이렇게 살고 싶다."

"누가 뭐래?"

세영의 목소리에 빳빳이 먹여졌던 풀기가 꺼졌다. 비로소 날카롭게 세웠던 가시가 뭉툭해지고 오만과 허세가 죽었다. 물 뿌린 빨래처럼 축축해지고 느슨해졌다. 손을 뻗쳐 잔 하나를 세영의 손에 들려주었다. 그녀가 한 모금 마셨다. 고개를 숙인 채 유립 또한 세영이 대어주는 잔에 입술을 가져갔다. 자그마한 분홍빛 립스틱자국 위로 남자의 입술이 다가갔다. 한 모금. 한 잔의 커피를 두 연인이 선 채로 나누어 마신다. 향기처럼 서로의 온기와 존재를 나누어 가진다. 행복하다. 아아, 행복하다. 향기로운 머리카락 속에 얼굴을 묻은 채 속삭였다. 나직하나 더없는 확신을 갖고 설득했다.

"이렇게 같이 살자는 거야."

"난 아직, 준비 안 됐단 말이야. 자기 이름 한 번 벙긋 못했어. 그길로 죽어! 당신도 죽는 꼴 난단 말이야."

"네 아버지, 실각시켜 버릴까?"

혼잣말 같은, 농담 같은 유립의 중얼거림에 세영이 흠칫했다. 농담 같은 진실. 그렇게라도 해서 널 갖고 싶다는 완강한 의지를 깨달은 터이리라.

"진짜?"

"네 아버지가 대통령만 아니라면 말이야, 문제는 훨씬 쉬울 거야. 아아, 지겨운 굴레. 네 아버지가 무능한 대통령으로 낙인찍혀 하야라도 하면 좋을 텐데."

"결혼 못해. 절대로 못할 거야."

세영이 조그만 목소리로 중얼거렸다. 당당하고 자신만만한 껍질 속에 숨은 어린 소녀. 유립은 두려움에 떠는 작은 여자를 의자에 앉혔다. 한 무릎을 꿇고 올려다보았다.

"너에게 올인했다고 그랬지? 끝까지 가기로 약속했잖아?"

조용한 목소리로 지적했다. 차마 눈을 맞추지 못하는 연인의 시선을 끝까지 따라갔다.

"한입 가지고 두말할 거냐?"

"당신 집에서도 절대로 날 받아들이지 못해."

"내 부모랑 살 거야?"

냉정한 유립의 지적에 세영이 고개를 흔들었다.

"그건 아니지만……."

"난 네 부모랑 살 것이 아니라서 이런 일을 해. 너, 바로 정세영, 너하고 살고 싶어서 이런다고. 내 인생에 있어 최고이고 진짜인 여자를 만났는데, 우리 죄가 아닌 것들로 인해 그것을 놓칠 수가 없지. 잔꾀 부리지 말고 정공正攻으로 나가. 정세영이. 그렇게 시시하지 않잖아."

"……날 사랑해?"

사랑? 하핫, 웃어버렸다. 파란 불길이 너울거리는 연인의 눈을 정시했다.

"사랑이 도대체 뭔데?"

"바로 당신이 나에게 하는 짓의 이유 전부."

망설이지 않고 세영이 당당하고 확실하게 대답했다.

유립은 고개를 흔들었다.

"아니, 그건 사랑 같은 게 아니지."

"뭐라고?"

"우리가 서로에게 가진 감정, 욕망, 끌림, 아직 사랑은 아니라고. 이건 발정기 짐승들이 상대를 부르는 광기이자 미친 정욕, 끔찍한 욕망이라고 부르는 거야."

그는 가차없이 짓뭉갰다. 무엇인가 입을 달싹여 말을 하려는 여자의 입을 손가락 끝으로 막았다.

"무조건 미쳐 날뛰는 맹목적인 끌림 말고, 다디단 육체를 탐하는 욕정 말고 다른 것. 달짝지근한 케이크의 크림 같은 이런 것 다 걷어내고 마지막으로 너와 나에게 남은 것. 그게 사랑이야. 우린 아직 그것까지는 나눈 적 없어. 알아들어?"

"갑자기 철학자 됐니? 역겨워!"

세영이 입을 삐죽 내밀고 투덜거렸다.

유립은 몸을 일으키며 큰 소리로 다시 웃었다.

"사랑을 이유로 삼십 년 동안 지치지도 않는지 줄기차게 불화하고 싸우는 부모 밑에서 자라봐. 사랑은 말로 쉽게 할 수 있는 게 아니라는 것을 알 테니까. 그나저나 밥 먹었어?"

"당신이 터뜨린 폭탄 때문에 굶었어. 내가 밥 먹을 정신이 있었을 것 같아? 우리 둘이 처음 만난 게 아니라는 아버지 말에 내가 얼마나 놀랐는데? 간이 졸아 붙었어. 남은 게 없다구!"

너희들이 처음 만난 사이가 아니라는 말을 들었을 때, 제일 먼저 든 생각은 '들켰구나' 하는 것이었다. 눈앞이 캄캄했다. 적어도 한국에서는 아무리 작은 일이라도 아버지 눈을 피할 방도가 없구나. 입 꾹 다물고 그저 지켜만 보시다가 단번에 결정적인 순간에 경고하는 것이라고 생각했다. 이제 끝장이구나 싶었다. 제대로 서 있을 수 없을 정도로 긴장했고 두려움에 떨었다. 까딱했으면 그녀가 먼저 '아빠, 용서해 주세요' 하고 발치에 엎드려 싹싹 빌 뻔했었다.

"어디 한번 보자."

유립이 손을 짝 펴서는 세영의 가슴에 가져다 댔다. 작은 새의 두근거림 같은 심장의 파동이 고스란히 흘러들어 와 그에게로 전해졌다. 그와의 관계가 매사 자신만만한 그녀에게조차도 결코 쉽지 않은 일이라는 것을 그대로 드러내고 있었다.

"많이 놀랐네."

"응."

"미안하다."

"새삼스레 왜 그런 말을 해?"

"누구에게도 축복받지 못하는 연애를 하게 만들어서."

"……그러니까 렉스, 우리 적당히 하자. 응? 결혼 말고, 우리의 열정이 끝날 때까지 연애만 하자."

가냘픈 애원에 등을 돌렸다. 미쳤어? 유립의 입술 꼬리가 심술맞게 위로 치켜 올라갔다. 아무런 결과도 없고 영양가 하나 없는 짓을 하려고 인생을 걸은 줄 알아? 게다가 세영이 25년 전의 작은 계집애라는 것을 알아버렸다. 한 송이 꽃처럼 가슴 깊이 담아두고 신선한 호흡으로 그리워했던 존재를 다시 찾았는데 놓칠까 보냐. 그녀의 애원을 듣지 못한 것처럼 아무렇지도 않게 웃으며 바라보았다.

"김치볶음밥 먹을래?"

"해줄 거야?"

대답 대신 싱크대로 다가가 프라이팬을 꺼냈다. 김치와 햄을 잘게 썰고 감자도 깍둑썰기를 해서 같이 버터로 볶기 시작했다. 프라이팬 안의 것들이 지글거리는 것을 바라보며 조용히 통보했다.

"네가 그렇게 우리 관계에 대해 자신이 없고 확신이 없다면, 시간을 좀 갖자."

"시간?"

"그래, 시간. 아니, 기회인가? 우리 둘, 어차피 지금 일시로 헤어진 상태 아니었나? 당분간 이대로 헤어져 다른 사람 좀 만나 보자는 거다."

"맙소사! 날 놓아두고 지금 당신, 다른 여자와 날 비교해서 재보겠다는 거야?"

세영이 믿을 수 없다는 듯이 새된 목소리로 되물었다. 보지 않아도 하늘을 치솟아오른 자존심에 금이 쩍 가는 소리가 들렸다. 저는 제멋대로 딴 놈 만나고 마음껏 바람을 피우면서도 그는 절대로 안 된단다. 이런 이기주의 악녀 같으니라고! 등을 돌리고 선 유립은 이를 갈았다.

'그래, 단 한 번도 이런 말을 남자에게서 들은 적이 없을 거야. 그래서 네 건방이 이렇게 목까지 치밀어 오른 거겠지, 정세영이. 하지만 내 앞에서까지 까불진 말란 말이다.'

익숙한 솜씨로 밥을 덜어 프라이팬 안의 걸쭉한 김치볶음과 섞었다. 소금을 뿌리고 파와 달걀을 넣고 강한 불에 다시 볶았다. 볶음밥은 불의 조절이 중요하다. 강약 조절. 너라는 여자를 볶으려면 이렇게 불 조절을 해야 하는 거다. 가끔씩 이렇게 얼음물도 좀 퍼붓고 말이야. 그래야 고슬고슬, 간간하니 맛난 볶음밥이 되는 거라고. 내 입맛에 딱 맞는 여자가 되는 거란 말이지.

"우리 서로 바람을 피우자는 이야기야. 공평하잖아."

유립은 냉정한 어조로 그게 뭐가 어때서? 하고 되받았다. 식욕이 절로 돋는 고소한 냄새를 풍기는 볶음밥을 접시에 덜어 세영 앞에 놓았다.

"당분간 탐색기를 갖자는 말이다. 뭐, 약간의 냉각기라고나 할까? 서로에 대한 마음을 점검하는 시간을 좀 갖자는 건데 불만 있어? 너랑 나랑은 말이야, 이렇게 만나기만 하면 이성을 잃어서 도대체가 안 돼. 서로 거리를 두고 한번 진지하게 결혼을 생각하며 냉각기를 가져 보자고."

"기가 차서. 당신 말이야, 도대체 종잡을 수 없다구. 명확하게 한 가지만 해! 올인하기로 했다면서 나더러 바람피우라고 먼저 종용하는 이 짓거리는 뭐고, 죽어도 결혼하자면서 냉각기를 갖자는 건 또 뭔데?"

세영이 꽥 고함쳤다. 유립은 냉수 한 잔을 따라서는 앞자리에 앉았다.

"시험해 보자는 거다."

"시험? 무슨 시험? 지금 대학입시 준비해?"

"우리 둘의 감정이 정말 특별한 것인지. 내가 너에게만 느끼는 이런 느낌이나 감정, 네가 나에 대하여 가지는 그것들을 다른 사람에게도 느낄 수 있는지."

"만약 가능하다면?"

"그 길로 바이바이 해줄게."

"뭐?"

"깨끗하게 없던 일로 하자. 나 보기보단 쿨한 남자거든. 네 말처럼 폼나게 연애질하다가 마음 식은 거니까 조용히 서로의 인생에서 사라져 주자고. 그게 안 된다면, 결혼하는 거고."

"자신 있어?"

"뭐가?"

세영이 숟가락으로 듬뿍 볶음밥을 떠서 입으로 가져갔다. 온몸과 얼굴 표정으로 '맛있어'를 연발하며 아주 새침하게 말했다.

"나한테 안 떨려 나갈 자신. 다른 남자랑 내가 바람피워도 눈 하나 깜짝 않을 자신."

"네 걱정이나 해라!"

유립은 흥 하고 비웃음을 날렸다. 숟가락을 이로 깨물며 세영이 눈을 있는 대로 흘겼다.

"그만 안 둘래?"

조용하게 경고했다. 이 교활하고 얄미운 고양이. 끝까지 유혹의 잔꾀를 부리려 한다. 작은 발이 슬금슬금 다가와 사타구니를 건드리고 있었던 것이다. 세영이 배시시 웃었다. 허벅지 사이를 간질대던 발이 슬며시 사라졌다.

"장난."

"까불다 혼난다고 그랬지?"

"칫!"

그녀가 김치볶음밥을 떠서 그의 입술 앞으로 내밀었다. 자신의 솜씨이지만 먹을 만했다. 뭐, 몇 가지이긴 했지만, 요리에는 자신이 있었다. 공부하다 머리가 엉키면 요리를 했다. 삶이 개운해지는 취미였다. 유립은 어린애처럼 볼에 밥알을 붙인 세영의 얼굴을 가만히 어루만졌다. 목석도 넘어갈 만큼 섹시한 웃음으로 먼저 유혹했다.

"자고 갈 거지?"

세영 또한 새침하게 눈을 흘겼다. 색기 어린 웃음이 붉은 입술 사이로 흐르고 있었다.

"알면서……!"

그녀가 떠나려 한다. 아주 잠시 머물다가 가는 바람. 어둠에 묻혀 날아와 그의 품에서 몇 시간을 보낸 작은 꽃이 다시 어둠과 함께 사라지려 한다. 어둠 속에 어슴푸레 하얀 몸이 움직이고 있었다. 잠이 든 남자를 깨우지 않으려는 듯 무척 조심스런 동작이었다. 미풍 같은 기척에도 그만 유립은 잠을 깨고 말았다. 팔 안에 담겼던 따뜻한 온기를 잃어버린 탓이다. 허전한 냉기를 마셔 버린 탓이다.

"벌써 가려고?"

"어, 깼어?"

부스스 침대에서 일어나 앉았다. 파랗게 빛나고 있는 시계의 시침은 4시 30분. 둘이 함께 마음껏 엉켜 뒹굴다가 잠이 든 건 3시쯤이었나? 겨우 한 시간 남짓 자고 괜찮을까 싶어 마음이 쓰였다. 적절한 온도로 맞추어진 실내였지만, 새벽인지라 어쩐지 서늘함이 느껴졌다. 옷을 챙겨 입은 세영이 그의 옆에 다가와 앉았다. 생글거리는 애교가 눈에 담겨 있다.

"키스해 줄까?"

"모닝키스야? 작별키스야?"

"누가 이기나 어디 한번 붙어보자는 파이팅의 키스지."

세영이 목에 팔을 감고 감미롭게 대답했다. 피식 웃음기가 씹혔다. 아아, 어쩔 수 없는 내 여자. 곧 죽어도 패배는 인정하지 못한다. 모든 일은 다 제 맘대로 끌고 가야 직성이 풀리는 건방진 여자. 정말 한번 큰코다치고 싶은 거야, 정세영? 유럽은 한 팔을 들어 세영의 목을 휘감아 가볍게 졸랐다.

"까불지 말라 그랬지?"

"칫. 내가 말만 하면 까불지 말래. 가야 해. 벌써 4시 반이야."

샤워를 한 모양인지 머리카락이 젖어 있었다. 싱그러운 물 냄새가 난다. 그가 쓰는 상큼한 그린우드 향기. 선반에 놓인 그의 입욕제를 썼나 보다. 아무것도 아닌 일이지만, 갑자기 기분이 좋아지기 시작한다. 사소하고 작은 것이지만, 무엇인가 함께 나누고 있다는 느낌.

'내 여자.'

가만히 중얼거려 보았다. 자신과 똑같은 향기를 풍기며 곁에 앉아 있는 세영. 아아, 이 순간이 날마다의 일상이라면 얼마나 좋을까?

"샤워했어?"

"온몸이 땀투성인데 그럼? 명색이 아직은 법적 처녀 아니겠어? 딸이 남자 냄새 폴폴 풍기며 새벽에 들어가 봐. 반듯하신 우리 부모님, 뒤로 넘어가."

"나도 6시에는 출근해야 해. 같이 나가자. 적당한 데서 떨궈줄 테니 바이바이 하자고. 커피 한 잔 뽑아줘. 샤워하고 나올게."

"칫, 일당을 주어도 시원찮을 판에 모닝커피까지 대령하라? 너무한 것 아냐?"

"그래서 대신 몸으로 노력 봉사 열나게 해줬잖아?"

유립은 능청맞게 미소 지으며 야들한 볼을 건드렸다. 풍만하게 하늘로 솟은 젖가슴을 움켜잡으며 당당하게 소유권을 확인했다. 말랑말랑하고 탱탱한 피부. 손 아래서 힘없이 찢어지는 종이처럼 힘이 풀려 쓰러지는 이 여자를 열망한다. 본능, 광기 혹은 운명으로 바느질된 짝의 부름. 꽉 깨물면 상큼하고 달콤한 과즙이 흐르는 입술과 다홍빛 샘의 주름들. 그곳에선 남자를 미치게 하는 관능적인 마녀의 젖과 피가 흘러나오지. 영원을 살게 하는 소마의 즙을 먹게 해주지. 그래서 미치고 집착하고 열광하는 거지.

세영이 어이없다는 듯이 당당하게 되받았다. 눈썹이 치켜 올라가 있었다.

"노력 봉사? 그럼 나는 공짜로 놀았니? 왜 이래? 솔직히 말하자면 위에서 힘쓴 건 자기가 한 번, 나도 한 번이야."

쿡쿡, 어쩔 수 없이 웃음이 터졌다. 하긴, 그랬다. 거실 소파에서 한 번. 풍만하고 묵직한 가슴을 흔들며 깔깔거리는 세영을 안고 침실까지 달려갔지. 침대에 내던지자마자 탁구공처럼 달려들어 타고 오르던 세이렌. 그의 몸 위에서 사랑스럽게 말을 달린 건 그녀였다.

세영과 툭탁거리는 의미없는 말장난이 점점 더 좋아지기 시작했다. 탱탱볼이 튀어 오르는 것 같다. 절대로 지지 않고, 한마디도 양보하지 않고 받아치는 말다툼은 섹스 못지않게 짜릿한 오르가즘을 느끼게 했다. 짐짓 놀리듯이 긁었다. 히죽히죽 느물거렸다.

"정말 기막히네. 제길! 이봐, 올라타면 무조건 힘을 쓴 거냐?"

"깔려봐서 알 거 아냐? 어떤 게 더 힘든지. 증명하고 싶으면 한 번 더 올라타 보지, 그래? 아님 깔려보든지."

단단하고 건장한 가슴을 손으로 쓸며 세영이 초롱초롱 눈을 빛냈다. 여차하면 언제든지 그를 타고 오르겠다는 충만한 의지가 담긴 얼굴이었다. 이 여자랑 살면 절대로 심심해지지는 않겠지. 유립은 결국 크핫하하 하고 이마를 치며 웃었다.

"그래, 네가 더 힘들었지. 인정해."

"어떻게 그럴 수가 있어? 사랑을 바라고 달려온 연인에게 새벽까지 일이나 시키다니!"

세영이 입을 삐죽였다. 볶음밥을 먹고 유립은 일을 했다. 아침에 벌어질 전략회의에서 발표할 프레젠테이션 자료들이었다. 능력 많고 능수능란한 일꾼을 옆에 두고 그냥 놀릴 수는 없지. 자료 정리와 연설문 작성을 도와달라고 던져 주었다.

대가? 끝내주는 섹스 한 번.

유립은 세영이 예일에서 홍보학과 매스미디어학을 전공했다는 것을 알고 있었다. 올 에이플러스 학점 못지않게 밤이면 능숙한 남자 사냥꾼으로 돌변했다는 것도.

미국에서의 5년 동안 정세영이 잡아먹은 놈들은 과연 몇 명이나 될까? 취향도 정말 고급이시지. 과거 애인 놈들은 하나같이 쟁쟁하고 끝내주는 녀석들뿐이었다. 매끄럽고 자지러지는 침실에서의 테크닉은 타고난 것이 아니란 말이었다. 물론 일솜씨도 기가 찼다. 유립이 세 시간이나 끙끙대며 쓴 보고서 초안을 단 40분 만에 완벽한 명문장으로 바꾸어놓았다.

에스프레소 석 잔. 바나나 한 개. 아이스크림 한 통. 유립은 히죽 웃었다. 연인의 연분홍 유두에 묻은 하얀 바닐라아이스크림 맛은 정말 근사했다.

"내 비서로 와라. 일 하나는 기차게 하던데. 특A 대우해 줄 테니."

"내 일솜씨를 칭찬하는 말?"

"물론이지."

나쁘진 않나 보다. 자신을 칭찬하는 말을 들으며 세영은 생글거렸다. 자신의 능력을 자신하는 그러나 결코 교만하지 않는 당당함. 멋쟁이, 다시 한 번 반해 버렸다.

"말은 고마운데 사양할게. 왜냐면 말이야, 내가 당신 비서가 되면……."

"되면?"

"우리 둘 다 일 하나도 못할 것은 뻔하잖아. 우린 눈만 마주쳐도 이렇게 될걸?"

가늘고 하얀 손가락이 유립의 얼굴선을 타고 흐르다가 까칠한 수염이 돋은 턱을 지분거렸다. 갑자기 남자의 작은 젖꼭지를 잡고는 살짝 꼬집었다. 짜릿한 자극. 지금껏 다른 여자와의 섹스에서는 결코 알지 못했던 스스로의 몸. 세영의 입술과 손이 닿은 몸 곳곳은 전부 다 불덩이가 된다. 민감하고 예민한 성감대가 자르릉 악기의 줄처럼 울렸다. 가까이 다가온 관능에 다시 중독되고 말았다. 슬쩍 공을 던졌다. 유혹의 그물을 펼쳤다.

"펠라 해줄래? 그럼 올라타게 해주지."

"으음. 해줄 수는 있지만 쉽게 끝이 안 날 것 같아서 못하겠어."

말로는 그러하면서 작은 손은 점점 아래로 내려가고 있었다. 성적인 긴장감으로 단단해진 근육이 뭉친 아랫배를 지나 움푹한 배꼽을 거쳐 시트에 감긴 허리를 지났다. 얇은 천 아래 가려진 바로 거기. 언제든지 마음만 먹으면 그를 비명 지르게 만드는 뻔뻔한 유혹. 세영이 고개를 들었다. 슬며시 눈을 감고 아래에서 전해지는 쾌감을 가볍게 즐기는 남자를 바라보았다. 옅게 배인 이마의 소금기를 핥으며 사악하게 웃었다.

"오홋, 총각, 끝내주는데?"

"새벽에 일어서지 않는 사내하고는 사업 같이 하지 말라며?"

"그래, 잘났다! 시도 때도 없이 벌떡거리는 인간하고도 사업 같이 하지 말랬어. 왜 이래? 남자는 말이야, 모름지기 세 뿌리를 조심해야 하는 법이야."

"네 말이 맞기는 한데, 그렇다고 제 여자 놓아두고 조심한다고 풀죽은 놈은 더 심각하지. 아아, 좋아. 계속해."

"난 자기가 이렇게 내 아래서 자지러지는 신음 소리 낼 때가 정말 좋더라."

다시 고개를 숙여 나른하게 그의 것을 혀로 적시며 세영이 흐뭇하게 종알거렸다. 그렇게 해서 세영은 두 번째로 유립을 올라탔다.

5시 50분. 젠장. 지각이었다. 하필이면 오늘은 영종도 신도시 국제센터로 출근하는 날이었다.

"샤워하는 데는 따라 들어오지 말랬잖아!"

짐짓 짜증스럽게 투덜거렸다. 세영이 백치처럼 히힝 웃었다. 물에 젖어 미끈거리는 몸에서 뿜어지는 열기는 찬물로도 식힐 수가 없었다. 샤워부스 안에서 올라탄 사람은 공평하게 유립이었다.

"땀 냄새 씻느라 그런 거야. 내가 뭔 죄를 지었어? 헷헤. 자기도 좋았으면서!"

"말을 말지, 말을! 너 색정광이지?"

"내가 하고 싶은 말이야! 어떻게 남자가 그렇게 하고도 지치지를 않니?"

"그래서 불만이란 말이냐?"

"불만은! 황공하지. 단, 이렇게 죽이는 당신을 잠시나마 딴 계집에게 빌려주는 것이 아까워서 그렇지. 당신, 조심해. 나랑 하듯이 그 여자도 후릴라 치면 목숨이 위험해질 거야."

"너나 잘해라."

결혼하자, 너뿐이다 난리 쳐도 잘만 빠져나가지. 온갖 사내놈 집적이며 바람피우는 주제에, 조강지처인 양 그를 단속하려 들었다. 이런 짓 말고 결혼해 줄게, 한마디만 해주면 될 것을. 이 고집쟁이. 딱딱한 심줄처럼 쇠고집이다. 끝내 말랑말랑해지지 않으려 했다. 무조건 그를 이기려 들고 모든 관계를 제멋대로 주물러 대려고만 한다.

유립은 옷장에 걸린 새 와이셔츠를 꺼내 몸에 걸쳤다. 넥타이를 찾아 목에 감으며 침대에 앉은 세영을 돌아보았다. 트레이닝바지를 입고 발을 까닥이며 휴대전화의 메시지를 확인하고 있었다.

"너도 옷 갈아입고 출근해야 하잖아?"

"그럼. 오전 중에 잠시 사무실 나가야 해."

노트북 가방을 메고 문을 닫았다. 엘리베이터에 올라타 지하주차장 버튼을 눌렀다.

"차 몰고 왔어?"

"아니."

"데려다 줄게. 어디다 내려주랴?"

"여기."

세영이 손을 뻗어 12층 버튼을 눌렀다. 반짝반짝 빛나는 눈동자 속에 즐거운 빛이 가득했다. 어안이 벙벙해서 그녀를 빤히 노려보는 유립에게 윙크를 던졌다.

"사흘 전에 이사 왔거든."

"뭐라고?"

"연희동 집 리모델링해, 집이 없어졌어. 석 달 동안 여기서 살 거야. 후원회 행사 준비하느라 아직 짐도 못 풀었지만 말이야. 나 내일부터 휴가거든. 짐 정리하고 집들이할게. 휴지랑 세제 사가지고 와."

"너, 정말!"

"공식적으로 인제 같은 동네 사람이야. 언제 어느 때든 마음 내키면 자기를 만날 수 있다는 뜻이지. 잘 부탁드립니다아!"

세영이 간드러진 목소리로 가증스럽게 인사했다. 유립은 손을 들어 종알거리는 입술을 찰싹 쳤다. 25층에서 내려온 엘리베이터가 12층에서 멈추었다.

"즐거웠어! 자기."

바깥에서 세영이 손을 들어 착하게 바이바이 했다.

너무나 세련된 두 사람이기에 피차간에 '다음에' 라든지, '또 만나' 하는 거짓말은 하지 않았다. 그런 말을 하지 않아도 오늘 밤이면 또 만나게 될 거다. 이제는 문만 열면, 엘리베이터를 타고 몇 층만 내려가면 볼 수 있고 만질 수 있는데. 참는 건 바보들이나 하는 짓이다.

버릇처럼 뮤직 플레이버튼을 눌렀다. 그의 'She'. 영종도까지 가려면 적어도 한 시간. 잘못하면 회의에 늦을 것도 같다. 졸렸다. 차가 영종도까지 직행하는 제2 고속화도로에 진입하자마자 자동운행장치를 실행했다. 목적지를 설정하고 시속을 정한 다음, 편안하게 운전석을 뒤로 넘겼다. 잠시 눈을 붙이기에는 충분했다. 밤새 나누는 사랑은 즐겁기는 하지만, 역시 피곤하다. 어쩔 수 없다.

'하지만 뭐, 나쁘지 않아.'

안개처럼 흐려지는 시야 안에서 유립은 홀로 미소 지었다. 불붙는 폭탄은 세영에게 넘겼다. 서로를 갖고 싶다면 어쩔 수 없다. 싫든 좋든 앞으로 나갈 수밖에 없다. 승부에는 강하다. 반드시 이길 거다.

3주 후, 제주도 탐라골프장. 오후 6시. 14번 홀.

"그러니까 뭐야? 네가 그물을 펼쳤는데도 감히 그 자식이 또 겁도 없이 미꾸라지처럼 빠져나갔단 말이야? 쳇, 정세영이 전성시대는 다 갔군."

"매 맞은 데 소금 치냐?"

툴툴거리며 세영은 클럽을 쥐고 두어 번 폼을 잡았다. 힘차게 스윙을 했다. 감이 좋았다. 딱 하고 중심에 맞은 공이 포물선을 그리며 허공을 날아갔다. 금세라도 바다에 빠질 듯이 하염없이 날아가다가 중간쯤 해서 낙하했다. 치기 좋게 홀 컵에서 한 5미터 정도 떨어진 곳에 얌전하게 내려앉았다. 잘하면 이글이었다.

"굿 샷."

"당케."

두 여자는 가방을 멘 캐디 뒤를 따라 천천히 걷기 시작했다. 기상 상황에 관한 한 변덕이 심한 제주도였다. 시작할 무렵에만 하더라도 무청처럼 퍼렇더니, 그런 하늘이 겨우 두 시간 남짓 지난 지금, 비라도 한줄기 하려는지 은빛으로 가라앉고 있었다. 홀을 표시하는 깃발이 사납게 흩날리고 있었다. 바람도 점점 더 거세지고 있었다.

'몸도 무겁고, 하는 것 없이 심심한데 오랜만에 몸이나 풀러 가자. 물 좋은 아기들을 데리고 기분전환이나 하지, 뭐.' 이러면서 소영이 전화를 해온 것은 어젯밤이었다.

단짝이자 영원한 라이벌이다. 성도 똑같고 이름도 비슷한 소영과는 초등학교 내내 같은 반이었다. 제일그룹의 상속녀인 그녀는 국제변호사이기도 했다. 이 근래 연애하던 연하의 풋내기 변호사와 깨진 후, 새로운 장난감으로 실연의 상처를 달래려는 모양이었다. 폼나게 한턱 쏜다고 했다.

"스페셜 코스야?"

"당연하지. 마담에게 플러스 A급으로 물색해 놓으라고 그랬다."

거절할 이유가 없었다. 공짜가 아닌가. 게다가 건방지고 딱딱하고 도도한 이유립의 염장을 뒤집을 아주 좋은 기회인데, 덤으로 짜릿하게 멋진 사내들을 풀코스로 포식할 기회인데 왜 마다해야 한단 말인가?

골프 초대를 받았다고 말하고 허락을 받았다. 강 실장만을 대동하고 비행기를 탔다. 늦여름의 바다는 푸른 에메랄드와 사파이어를 박은 거울같이 잔잔했다.

슬슬 11월의 선거를 대비해야 할 때다. 전략회의, 홍보 계획. 바람을 일으킬 참신하고 강렬한 이벤트들을 준비하는 중이었다. 날마다 홍보팀이 모여 스케줄을 짜고 회의를 거듭했다.

제주도에 도착한 것은 이슥한 밤 무렵, 온몸이 녹신하게 녹아나는 스파 프로그램이 피곤에 찌든 그녀를 기다리고 있었다.

연꽃이 떠 있는 따끈한 온천물 안에서 수중 요가를 곁들인 프로

그램을 끝내고 발 마사지를 받았다. 그럼에도 뇌리에 뭉쳐진 두통은 사라지지 않았다. 그 남자 때문이었다.

그야말로 물 만난 고기. 보란 듯이 딴 짓도 잘한다. 별의별 미인과 잘도 노닥거린다. 건방이 하늘을 뻗친 그 남자를 어떻게 길들일까? 머릿속이 못에 찔린 듯 지끈거렸다.

내려오기 전날, 오피스텔 30층에 마련된 스쿼시룸에서 같이 스쿼시를 쳤다.

3주일이나 만나지 못한 처지였다. 세영이 휴가일 때 유립은 해외출장을 다녀왔고, 유립이 한가해지자 이제 세영이 바빠졌다. 보고 싶어 죽을 지경이었지만, 그렇다고 먼저 엎드릴 수는 없는 법. 시답잖은 듯이 꾹 참고 보아주기는 했지만, 속에서 천불이 나 참기가 힘들었다. 감히 그녀를 두고서도 보란 듯이 딴 년을 건드리며 침을 삼키고 집적대는 남자는 그가 처음이었다.

"결혼시장에서 제법 잘 팔리고 있나 보지?"

"아마 그럴 거다. 내가 초우량주잖아. 우리 어머니가 날마다 바쁘시지."

하도 얄미운 김에 일부러 스쿼시 공으로 머리통을 맞혀주며 따져 물었다. 여차하면 라켓으로 후려 패고 물어뜯을 만반의 준비를 갖춘 상태였다. 한참 잘나가는 탤런트와 하룻밤 놀아났다는 말을 들은 후 일주일도 되지 않았다. 유명한 피아니스트와 데이트를 했다더니 어제는 난다 긴다 하는 집안의 상속녀와 맞선 보았단다. 인생 아주 즐겁다는 얼굴에 노골적으로 밸이 꼬였다.

“내가 또 ‘미스터 매너’ 잖아. 공식 코스에 맞추어 백제 호텔 커피숍에서 차를 마셨고 연극 관람을 했지. 우아한 프랑스 식당에서 저녁 식사를 같이한 후에 좋아한다는 카사블랑카 꽃다발도 사주었다.”

“완벽하군.”

“그렇지? 황금 같은 토요일 오후를 전부 다 투자하고도 모자라서 저녁 늦게까지 봉사했으면 된 거지.”

“촌스럽지 않아? 당신이라면 좀 창의적인 짓을 할 줄 알았는데.”

“정세영, 설마 내가 너의 질투심을 불러일으키려 선보러 나간 것으로 착각한 것은 아니지?”

뻔히 아는 사실을 뻔뻔하게 부인하는 작태라니. 주먹을 흔들어주었다.

“부인하지 마. 눈에 빤히 보이는데 왜 그래?”

“네 속 뒤집을 작정이었다면 그런 촌스런 짓 말고도 할 짓은 수십 가지가 넘어. 인마, 난 진지모드야. 너같이 약삭빠르고 교활하고 못돼먹고 뻔뻔하고 보채는 여자 말고, 좀 더 말랑말랑하고 말 잘 듣고 착한 여자와 친해보려고 노력하는 중이라고. 나도 방해하지 않으니까 너도 방해하지 마.”

“이런 식으로 발악해 보았자 내 그물에서 빠져나갈 수 없어, 렉스. 고집 피우지 말고 운명에 항복해. 한 번은 용서해 줄게.”

“너야말로 그만 까불어라, 정세영. 날 두고 속살 홀라당 빼먹고 빈껍데기만 남길 작정이잖아? 야금야금 파먹고 한순간에 걷어찰 작정이었지? 뼈도 못 추리고 너에게 당해서 튕겨져 나오느니 차라리 딴 계집하고 잘해보는 게 낫지. 가능하면 많이많이. 다다익선多多益善. 선 많이 볼 작정이다. 열 계집 마다하는 남자 본 적 있냐?"

수건을 집어 들어 땀을 닦으며 세영은 눈을 흘겼다. 유립을 향해 마구 비웃음을 날렸다.

"열 계집이 아니라 천 계집을 만나도 나 같은 여자는 쉽지 않지, 렉스."

"자만심이냐, 자신감이냐?"

"자신감이지."

"나, 이유립 평생에 쓰다 버릴 정부情夫 노릇을 한다는 계획은 없어. 정세영이, 까불지 말고 결혼서약서 가져오라고 그랬지?"

눈 하나 꿈쩍하지 않았다. 오히려 건방진 소리 한다고 빈 맥주캔으로 머리통까지 한 대 얻어맞았다.

"뻔히 나락인 것 아는데, 미쳤어? 내가 그 지옥에 뛰어들게? 우리가 이렇게 만나는 것만 알려져도 우린 그 자리에서 죽어, 이 남자야."

"그런데 왜 불만이야? 네가 하기 싫은 결혼 해주겠다는 여자, 내가 찾는다는데 네가 왜 짜증 내느냐고. 화 풀어. 늙는다. 주름살 생겨."

그도 수건을 들어 땀방울을 훔쳤다. 피할 사이도 없이 팔을 내밀어 끌어당겨 안아주었다. 쪽 하고 이마에 키스를 해주었다. 달큰하고 비릿하고 섹시한 체취를 풍기는 이 남자. 환상에서 걸어나온 섹시한 키스를 거부할 여자란 과연 몇 명이나 될까? 이런 주제에 잘도 딴 년을 후리고 다닌다고? 세영은 척 하니 팔을 허리에 걸쳤다. 유립을 노려보며 턱 아래서 뻔뻔하게 삿대질을 했다.

"허락도 없이 딴 계집애들 후리는 꼴을 내가 그냥 볼 것 같아?"

"정세영, 내가 너 아닌 정말 근사한 여자 만나게 될 가능성은 오십 퍼센트야. 너 역시도 마찬가지고. 우리 서로에게 공평한 게임을 두고 왜 자꾸 삐약거려? 내가 이러는 짓이 싫으면 항복해. 결혼하자고."

"싫어!"

"게임 오버."

무섭도록 냉혹한 얼굴이 되어버렸다. 그럴 때 솔직히 무서웠다. 더 이상은 말도 붙이지 못하게 잘라 버렸다. 무어라 더 종알대려는 세영의 입술을 집게손가락으로 비틀어 버렸다.

"앙앙거리지 마. 내 요구 조건에 대하여 협상을 거절한 건 너야. 이의 없지?"

"이렇게 까불다가 당신 정말 나한테 맞는다!"

"그건 내 멘트인 것 같은데? 정세영이."

유립이 샤워실 문으로 들어가며 고개를 돌려 윙크했다.

"이십 분 후에 우리 집에서 만나자고. 죽여주는 아침의 섹스. 식사 전에 한판 어때?"

"정말…… 건방지게! 야, 이유립! 바람피우고 나서 깨끗하게 청소나 잘해."

그는 뒤도 돌아보지 않고 손만 흔들었다. 무정하게 샤워실 문을 탁 닫아버렸다.

꺅 소리도 못하고 말짱하게 당한 어제 아침의 일을 생각하니 또 다시 분통이 터졌다.

'나쁜 자식.'

저절로 욕이 새어 나왔다. 더 달라 칭얼대고 같이 미치자고 유혹할 거라 생각했다. 정말 결혼하고 싶으면 제 몸, 마음 전부 불살라 발치 아래 놓아도 해줄까 말까 하는 판이다.

잔꾀 따위로 그녀를 얻을 수 있을까 보냐. 결혼서약서를 가져오라고 했을 때 그만 또 반해 버렸다. 어라, 이 인간 보기보단 강단이 있구나. 잘하면 청와대 문을 차고 들어와 아버지랑 담판 짓겠다고 하겠는걸? 그래, 이 정도는 되어야지. 당당하게 정공으로 붙을 수 있어야지 나를 얻지.

그런데 완전 예상을 벗어났다. 이렇게 어려운 관계를 그만둘 수 있는지 시험해 보게 서로 바람을 피워보자 말하던 사내놈은 처음이었다. 믿을 놈 하나 없다더니 말이다. 완전히 눈 뜨고서 뒤통수를 맞고 말았다.

끝없이 달뜨게 하고 천국의 물을 마시게 해주는가 싶다가도 한순간에 잘라내고 냉혹하게 밀어냈다. 뒤도 돌아보지 않고 제 할 일만 한다. 아무리 건들고 흠집 내고 할퀴어도 덤덤하다. 물어뜯고 유혹해도 피식 웃고 만다. 같이 나락에 떨어졌다. 끔찍할 정도로 황홀하고 열정적인 순간이 끝나면 다시 차가운 얼음물. 비비고 아양 떨어도 눈 하나 끔뻑하지 않았다.

강적 중의 강적. 아무리 아우성 치고 달구어놓으려 해도 도무지 말을 들어먹지 않는 고집 센 수컷. 그녀의 연인. 지독한 독감 렉스.

어머니의 전남편 아들. 그 남자 이유립. 당신을 어쩌면 좋을까? 어떻게 하면 당신을 항복시킬 수 있을까?

그를 잃는다는 것은 단 한 번도 생각해 보지 않았다. 그녀는 이미 결정하고 말았다. 그를 길들일 거다. 남편으로, 운명의 상대로, 그녀만의 남자로 중독시켜 버릴 거다. 이런 식으로 도망가고 잔머리 굴리고 사랑조차 달성해야 할 승부로 생각하는 썩어빠진 근성을 싹 고쳐 주고야 말 거다. 쉽지는 않겠지만 반드시 이기고야 말 거다. 이를 악물었다.

그런데 쉽지 않다. 술래잡기를 하듯이 서로를 탐색하며 약 올리며 빙빙 돌았다. 팽팽한 끈을 누가 먼저 잡아당겨 쓰러지는지 기다리고 있었을 뿐이다. 선수 중의 선수, 어떤 남자를 만나도 눈 하나 까딱하지 않는 초절정 프로 세영조차도 이번 게임에서는 밀리고 있는 중이었다. 정말 돌아버릴 것 같았다.

붉으락푸르락하며 그동안의 억울한 심사와 분한 이야기를 쏟아냈다. 듣고 있던 소영이 사내처럼 휘파람을 불었다.

"멋쟁이. 진짜 멋쟁이."

"뭐얏?"

"천하의 정세영을 두고 그렇게 잘난 척하는 녀석은 이유립이가 처음이란 말이잖아. 대단해, 대단해. 나도 반할 것 같아."

만나서부터 지금까지 오직 이유립 이야기뿐이다. 친구의 구질구질한 연애사를 들어주다 지친 소영이 비판적인 눈빛으로 바라보았다.

"역시 천적이란 게 존재하는 모양이군. 너, 전신성형이라도 해야 하는 게 아닐까? 네 매력이 남자에게 떨어졌다는 증거잖아.”

“맞을래? 정소영? 상대는 이유립이라고! 네가 상대했던 풋내기들하고 수준이 다르단 말이야.”

세영은 바락 고함치고 말았다. 저는 아쉬울 것 없다 이거다. 실연당했다고 징징대던 것이 언제이지? 세인트 벤 에플렉을 닮은 젊은 녀석 하나를 달고 느지막이 나타났다. 한잠도 자지 못했다며 연신 하품을 하는 얼굴이 화사하게 피어 있었다. 망할 계집애. 밤 내내 몹시도 즐거웠단 뜻이다. 순조롭지 못한 연애사로 인하여 심란한 친구의 염장을 아주 달달 긁고 있었다.

마음이 혼란한 상태에서 공을 치고 있으니 제대로 될 리가 없다. 공은 아슬아슬하게 홀 컵을 벗어나고 말았다. 이글을 바랐지만 보기였다. 소영은 이글을 잡았다. 홀 컵에서 공을 주워 들며 세영을 돌아보았다.

“그 자식 대단한 건 인정한다만. 너, 이유립이 별명이 개지랄인 것 알아?”

“개지랄?”

“소문 못 들었냐? 꼴에 그 낯짝 반반하다고 이 바닥에서 콧대 치켜들고 사는 SR의 임유선이 알지?”

결혼한 지 3개월 만에 젊은 총수였던 남편을 잡아먹었다지. 그 많은 재산 홀라당 다 상속한 후 화려한 과부생활을 즐기는 여자 이름을 댔다. 별명이 암거미라고 하던가? 이 바닥에서 알 만한 사내놈은 다 해치웠다는 전설의 팜므파탈이다. 뭐, 실상으로 따지자면야 세영의 능력도 그 여자 못지않지만, 대통령 따님으로서의 체면이란

게 있다. 소리 나지 않게 처신해야 할 의무가 있는 법이다. 하지만 과부이자 거리낄 것이 없는 그 여자라면 문제가 다르다. 그런 여자가 유립을 찍었다는 거다.

"대놓고 호언장담. 그 자식을 먹어주겠다고 자신했어. 기세 좋게 찾아가서 벌거벗고 덤벼들었대. 그런데 그 자리에서 밟히고 쫓겨났다."

"진짜?"

"그럼. 보란 듯이 실실 웃으면서 그 계집애 옷을 25층에서 하나씩 하나씩 아래로 던져 주었다는데? 브래지어에 팬티까지. 썩을 놈, 인정사정이 없어요. 임유선이 정말 평생 잊지 못할 개망신을 당했지. 진짜 말 그대로 발가벗고 쫓겨났어. 다시 자기를 건드리면 아주 작살내 주겠다고 개지랄을 떨었대. 그다음부터 이유립이한테는 어떤 여자도 접근 금지."

"마음에 드네."

"미친 것. 완전 맛이 갔구먼."

그래도 제 애인이다, 이거지. 흐뭇하게 미소 짓는 세영을 바라보며 소영이 혀를 찼다.

"이유립이 그 새끼, 심증은 있는데 물증이 없어. 지가 뭔 도덕군자야? 분명 엄청 뒷구멍 까고 더티하게 노는 냄새는 나는데, 눈에는 보이지 않는단 말이지. 선수인 너를 단번에 후린 것 보아도 알 쪼 아냐?"

누가 험한 바닥에서 노는 변호사(변태, 호러, 사기꾼의 준말) 아니랄까 봐. 시장에서 악다구니하는 아줌마 말투로 걸쭉하게 쏟아냈다. 소영의 말이 아니라도 이미 제 눈으로 보고 듣고 있는 사실이었다.

"그 자식, 노리는 년들 엄청 많을 거다. 썩을 놈이 포장은 그럴듯해서 말이야. 차기의 경산 황제잖아. 외아들에 적통이다, 이 말이지. 줄 대려는 치도 제법 많을걸? 그래서 건방진 거야."

세영은 새파란 눈빛으로 소영을 노려보았다. 마치 그녀가 유립을 노리는 하이에나인 양 이를 갈았다.

"내 거야. 건드리면 목줄을 따버린다고 그래."

"미친 것, 정말 눈이 뒤집혀졌구나. 사내놈들이란 발가락 때만도 못하게 여기던 그 정세영이 맞냐?"

잔디를 클럽으로 퍽퍽 치며 골을 부리는 세영을 향해 소영이 혀를 찼다. 나름대로 고민해서 진중하게 충고했다.

"야, 어지간히 해라, 응? 말 안 듣는다며? 그놈 팍 차버리고 말랑말랑하고 착한 놈 알아보는 게 좋지 않을까? 생각하고 머리 굴려보아도 몽땅 걸리는 것 투성인데 말이야. 설사 양가의 허락을 받아낸다 하더라도, 아, 물론 절대로 불가능하겠지만 말이야. 법률적으로도 너흰 혼인신고조차 할 수 없을지도 몰라."

"아, 그래?"

"인척, 혹은 인척이었던 자의 사촌 이내는 혼인할 수 없다. 민법에 명시되어 있지. 남남이기는 하지만, 한 번 혼인한 부부가 이혼하여 서로 재혼해서 낳은 자식끼리도 따지자면 그 항목에 걸릴 수 있잖아?"

"상관없어. 그 남자 캐나디언이야."

"흐흠? 그렇구먼."

캐디가 건네주는 클럽을 받으며 소영이 고개를 끄덕였다.

"그럼 캐나다로 날아가서 결혼하고 증명서를 받아버려. 국제법상 그 결혼, 국내에서도 유효해. 물론 너희 아버지는 널 때려죽이겠지만. 현직 대통령의 딸이 부모의 허락도 없이 몰래 결혼식을 했다. 그것도 어머니의 전남편의 아들과 말이다. 그것으로도 모자라서 한국국적을 포기하고 캐나디언이 되었다. 해외토픽감이지, 아마?"

"맞아 죽을 때는 죽더라도 원하는 것은 가져야 살아. 내 남자를 딴 계집에게 넘겨주고는 못살지. 그 남자가 며칠 전에 내 눈앞에서 딴 계집하고 키스하는데 눈알 튀어나오는 줄 알았어. 머리털 확 뜯어놓고 자빠뜨려 후려 패주었지만 성에 안 차. 감히 어떻게 날 두고 지가 그렇게 까불 수가 있단 말이야?"

"이유립이라면 충분히 그러고도 남지. 아쉬운 것 없는 새끼잖아. 그냥 살만 파먹고 적당한 다른 놈 만나. 내가 아무리 생각해도 너 아주 힘든 놈 만난 거야. 알지?"

"넘겨줄 때는 넘겨주더라도 원없이 소유하고 난 다음이야. 지금은 건방진 그 남자를 어떻게 하면 후릴까 그 생각만 하고 있어."

"그냥 이만해서 단념하고 딴 년에게 넘겨줄 의향은 없니? 나도 잘난 그놈 맛 좀 보자."

"죽을래? 내 꺼랬지? 그 사람 손가락 하나라도 건드리기만 해봐. 이십 년 우정이 처참하게 박살 날 테니!"

바싹 독이 올라 신경질을 부리는 세영더러 소영이 쯧쯧 혀를 찼다.

“이유립이 난놈은 난놈이로군. 사내놈을 발톱에 낀 때처럼 여기고 사는 정세영이를 이렇게 달아오르게 만들다니. 대체 그 자식 매력이 뭐야? 네가 그놈에게 흠뻑 빠진 이유나 알자고.”

“제멋대로고 거칠잖아. 사냥감이 거칠수록 사냥하는 맛이 더 큰 법이지. 스릴있고 짜릿하거든”

세영은 바람에 나부끼는 머리카락을 간추려 모자 속에 다시 집어넣었다. 은밀하게 웃었다. 그를 생각만 해도 뜨겁게 달아오르는 이 느낌. 말 그대로 허리케인처럼 다가와 그녀를 망가뜨리고 박살을 낸 그 남자 유립.

세영에게 있어 그는 붉고 미친 용암이다. 아뜩한 미로이고 짜릿한 번지점프이고 부드러운 카페오레다. 싱싱한 날생선이고 딱딱한 말뚝이고 포근한 솜이고 손 안에 굴리는 먹지 못할 호두알이다. 절대로 버릴 수 없는 귀한 모든 것. 반드시 가져야만 하는 절체절명의 운명이요, 업業이다.

“끔찍하게 멋져. 환장하게 만들어주거든. 딱딱한데 부드러워. 벗겨도 벗겨도 싫증이 나지 않을 것 같아. 안에 또 무엇인가 있는 것 같아. 같이 있으면 정말 근사해.”

“미쳤구나. 아주 미쳤어, 정세영. 정말 임자 만났다니까!”

저렇게 미치면 약도 없지, 아마? 소영이 혀를 쯧쯧 찼다. 기어코 비가 내릴 모양이었다. 세영이 엉뚱한 곳으로 굴러간 자신의 볼을 찾아냈을 즈음에 똑똑똑 한 방울, 두 방울 비꽃이 떨어지기 시작했다.

“라운딩을 계속하시겠습니까?”

대답을 할 사이도 없었다. 그 말이 채 끝나기도 전에 우우우 소리를 내며 바람 소리와 함께 검은 하늘이 폭우를 담고 몰아치기 시작했다. 두 사람은 캐디가 건네주는 우산을 펴고 골프카로 뛰어갔다. 그늘집에 도착했을 때 둘은 완전히 비 맞은 생쥐가 되어 있었다.

"일단 호텔로 돌아가자. 옷 갈아입고 로비에서 만나. 주 마담더러 차 보내라고 했으니까 시간 지켜."

샤워를 하기 위해 옷을 벗고 있는데 휴대전화가 울렸다. 작은 화면에 그의 모습이 나타났다.

〈어디야?〉

"제주도."

힐끗 그가 벽면의 시계를 보는 듯 시선을 돌렸다. 사무실인지 소매를 걷은 와이셔츠 차림이었다. 그가 툴툴거렸다. 짜증스럽게 눈썹을 찌푸린 것조차 가슴 떨릴 정도로 매력적이었다.

〈대체 거기까진 왜 간 거야? 잠시 짬이 나서 네 집에 들르려고 했더니만.〉

"골프 초대받았어. 나도 쉬어야 살 것 아냐!"

〈생리하냐?〉

뭐야? 하고 노려보는 세영을 향해 화면 속의 유립이 히죽 웃었다.

〈아님 말고. 이유도 없이 툴툴거려서 말이야. 여자들 그때엔 다 그렇다며?〉

"욕구불만이야. 그래서 그래."

〈올라와. 먹혀줄게.〉

세영은 새침하게 슬립을 벗었다. 젖어서 가슴에 달라붙은 브래지어를 살갗에서 떼어냈다. 그가 화면 안에서 바라보든지 말든지, 애가 타서 침을 삼키며 딱딱한 것을 제 손으로 끌어 잡고 위로하든지 말든지 돌아서서 마지막 천을 풍만한 엉덩이에서 끌어 내렸다.

"미안하지만 사양할게. 싱싱하고 맛난 풀코스 정찬이 기다리는데 내가 왜? 당신처럼 건방지고 날것인 남자 먹었다간 배탈나."

〈너, 거기 바람피우러 간 거냐?〉

"두말하면 잔소리. 물 좋은 애들이 무지 많이 나왔다더군. 맘에 드는 놈 있으면 내 하렘에 넣어줄까 생각하고 있어."

〈배고프다고 불량식품 마구 먹다간 배탈난다.〉

"당신 걱정이나 하셔, 이 남자야. 내가 가는 가게는 깨끗한 애들만 관리하기로 정평이 나 있어. 게다가 콘돔은 일제만 쓴다고. 그게 제일 맛있거든."

유립이 가소롭다는 듯 푸하핫하 실소를 터뜨렸다. 한 손으로 턱을 괸 채 '까불고 있네' 하고 이죽거렸다.

〈일제 콘돔이 맞는 놈하고만 상대한단 말이야? 그 사이즈가 양에 차겠어?〉

"모름지기 크기가 문제가 아니라 테크닉 아니겠어? 먹어보고 비교해 주지. 그 애들이 촌스러우면 당신에게도 기회를 줄게. 굿바이, 렉스."

더운물에 발갛게 익은 몸을 욕조에서 일으켰다. 드라이어로 머리카락을 말리고 윤기가 날 때까지 브러쉬질을 계속했다. 화장을 마치고 은빛이 찰랑이는 다홍빛 민소매원피스를 몸에 꿴 후 다홍빛 립스틱을 발랐다. 입술의 윤곽은 짙은 장밋빛으로 덧그렸다. 당장 달려올까? 아니면 팔짱 끼고 내가 어떻게 하나 지켜만 볼 거야? 날아와, 당장 날아와. 당신, 안 그럼 심장을 뜯어버리겠어, 이유립.

은빛으로 패티큐어를 한 발을 샌들에 밀어 넣었다. 까슬한 여름용 파시미나를 어깨에 걸치고 핸드백을 들었다. 잠시 망설이다가 휴대전화를 핸드백 속에 밀어 넣었다. 마지막으로 딥레드Deep Red 한 방울을 뿌렸다.

끈끈하고 유혹적인 관능이 막 시작되는 밤이었다. 그들을 환락의 장소로 데려가기 위한 마이바흐가 도착했다. 차에 막 올라타는데 핸드백에서 다시 또 전화음이 울렸다. 그러려니 했던 대로 유립의 얼굴이 떠올라 있었다. 한쪽 눈썹이 신경질적으로 치켜 올라가 있었다.

〈어디냐?〉

"알아서 무엇하게?"

한 손으로 어깨를 가린 파시미나를 끌어 내리며 도도하게 되받아쳤다. 보란 듯이 하얀 어깨가 그대로 드러난 옷차림을 보여주며 그를 도발했다. 이 정도에서 벌써 얼굴이 하얗게 질리는 주제에 감히 날더러 바람피우라고 허세를 부려?

〈말 안 해?〉

"하면 어쩔 건데?"

〈공항이다.〉

"알아서 재주껏 찾아와. 당신이 하잔 대로, 당신 아닌 딴 놈하고 바람 좀 피워보겠다는데 왜 이래? 당신, 나더러 서로 시간을 갖고 딴 상대를 만나보자 당당하게 자신만만한 말은 왜 한 거야?"

〈맞는다, 정세영.〉

"흥. 웃기는구먼. 꺼져요, 밴댕이 소갈딱지 아저씨야."

약을 올리듯이 스마트폰의 전원을 꺼버렸다. 바깥으로 드러내지는 않아도 속으로만 길길이 날뛰고 있을 유립의 표정이 보이는 듯했다.

'당신도 내가 그랬던 것처럼 어디 한번 엿 먹어봐. 내가 당신 입맛대로 말랑말랑할 거라고는 당신도 믿지 않지? 당신 손끝 하나라도 욕심내고 건드리는 계집들을 내가 찔러 죽여 버릴 것처럼 당신 역시 그럴 거잖아. 그러면서 감히 날더러 다른 남자를 만나라? 사랑이 아니니 시간을 갖고 냉정을 식혀보자고? 웃기지 마, 이유립. 내가 당신이라고 했으면 그게 운명인 거야. 내가 선택했으면 그게 사랑이라고. 그런데 감히 반항해?'

소영은 우마 쇼우먼의 탱크탑과 미니스커트로 치장하고 있다. 멋진 이방인은 하룻밤 상대였나 보다. 두 사람이 탄 하얀색 마이바흐가 도착한 곳은 제주도 어디서나 흔히 볼 수 있는 5층짜리 오피스 빌딩이었다. 두 사람이 들어간 곳은 카페인 양 몇 개의 탁자가 놓여 있고 술들이 진열된 바가 있는 한 가게였다. 어지간히도 장사가 되지 않는 듯 손님은 한 명도 보이지 않았다. 두 사람은 망설이지 않고, 바 옆에 마련된 문을 열었다. 길게 이어진 복도는 희미한 빛이 흐르고 있었고, 정적을 뿌린 듯이 조용했다. 발목을 덮을 듯 두터운 카펫이 깔린 터라 발자국 소리조차 나지 않았다.

복도 끝에 또다시 두터운 흑단으로 만들어진 고급스런 출입문이 나타났다. 모니터로 보고 있었던 듯 그들이 문 앞으로 다가가자마자 안에서부터 먼저 문이 열렸다. 명품으로 치장하고 세련된 화장으로 나이를 감춘 마담이 반가이 그녀들을 접대했다. 초고급 호텔의 로비보다 더 호사스럽게 꾸며진 실내는 그곳이 제주도에서뿐만 아니라 국내, 나아가서는 동북아시아 쪽에서도 손꼽히는 최고급 호스트바임을 여실하게 증명해 주고 있었다.

“어서 오세요. 아까부터 기다리고 있었습니다.”

티 한 점 없는 검은 양복을 말끔하게 차려입은 멋진 미남들이 호위병처럼 두 여자를 에스코트해 가장 오른쪽의 룸으로 모셨다. 이곳을 드나드는 것이 취미생활인 소영이 마담을 돌아보았다. 하루 이틀 보는 사이도 아니니 마담과 나누는 농담도 허물없고 질탕했다.

“오우, 마담, 실내장식 바꾸었구나? 분위기 좋은데?”

“어머, 감사해요. 홋호호. 돈 좀 발랐어요.”

“애들이 돈깨나 벌어주나 보지?”

“아이, 그러지 마세요. 요즈음 불경기라 매상이 그전만 못해요. 쓸 만한 애들 구하기도 힘들고요.”

“제주도 바닷물이 말라도 마담 지갑은 안 마른다는 소문이 있지?”

“시시하게 시간 끌지 말자.”

둘 사이 길어지는 수다를 가로막으며 세영은 심드렁하게 내뱉었다. 안내를 맡은 두 사내가 무릎을 꿇고 두 여자의 신발을 벗겨주었다.

"자리를 잡으실까요?"

몸이 녹아내릴 것 같다. 푹신한 소파와 나지막한 탁자 사이 바닥에는 물이 흐르고 있었다. 자리에 앉으면 청량한 느낌이 드는 물속에 발목이 잠기게 되어 있었다. 맨발을 타고 졸졸 흐르는 물이 벗은 발등과 발목을 애무했다. 예민하고 은밀한 성감대를 자극하는 멋진 장치였다. 발바닥을 자극하는 기분 좋은 상쾌함을 즐기며 세영은 편안하게 소파 등받이에 몸을 기댔다. 소영이 시중을 드는 웨이터를 바라보았다.

"늘 마시던 걸로 하자."

"알겠습니다."

또 한 사람의 웨이터가 접시에 받쳐 올리는 물수건으로 손을 닦으며 세영은 턱짓을 했다.

"저 그림 좋은데?"

"섹시하군."

소영도 고개를 끄덕였다. 아마도 일본 온천장의 아취雅趣를 표현하려고 했나 보다. 그들이 앉은 방은 호수 안의 정자처럼 꾸며져 있었다. 푸른 비단을 바른 벽에는 일본 본토에서도 구하기 어려운 고급스럽고 격조 높은 우끼요에 두 점이 걸려 있었다. 한 폭은 하얀 두 다리를 치켜든 붉은 기모노의 게이샤가 남자를 받아들이는 것이었고, 또 한 폭은 황실 여인의 복장을 한, 기품 어린 미녀가 반라의 흐트러진 모습으로 남자의 허벅지 위에 올라타 목을 뒤로 젖힌 채 붉은 볼을 반짝이는 그림이었다. 당장에라도 미녀가 들이쉬는 관능적인 교성이 들려올 듯 생생한 화폭이었다.

그러나 두 점의 그림 다 이름난 화가의 명작인지 천박하고 노골적이기보다는 아름답고 뼈끝이 저려올 정도로 생생한 열정의 불길을 불러일으키고 있었다.

"그 시대의 싸구려 판화가 아니라 후대에 다시 원화原畵로 그린 진품이야."

"오늘 나올 애들도 진품이면 좋겠군."

세영은 나른하게 웃으며 간단하게 피력했다. 출입문 반대편 오른쪽에는 침실로 연결된 문이 있었고, 반대편 문은 욕실이었다. 마담은 이번에 단장한 욕실에다가 최신식 마사지 풀이며 아로마테라피 스파까지 완비했다고 호들갑스럽게 자랑을 늘어놓았다.

똑똑똑. 노크 소리가 났다. 하얀 요리장 모자를 쓴 세 명의 주방장이 각각 음식이 담긴 접시가 가득 올려진 트레이를 끌고 들어왔다. 테이블 위에 호사스러운 정찬을 가득 올려주었다. 웨이터가 하얀 냅킨으로 감싼 술병을 들고 들어왔다.

막 채워진 술잔을 입으로 가져가는데 마치 그것을 기다리기라도 한 듯 문이 열렸다. 마담이 생글 웃으며 깊이 허리를 굽혔다.

"초이스Choice 들어가겠습니다."

"오늘 모시고 온 이 아가씨가 기분이 좀 그래. 상사병에 걸렸거든. 이루어질 수 없는 사랑이라고나 할까? 여하튼 청승을 떨고 있으니 이 언니, 다 잊고 기분 좀 업Up시키게 아래 떨거지들 빼고 진짜로만 시작하지."

소영이 손가락 끝으로 수표 한 장을 웨이터 앞의 접시에 내동댕

다. 마담이 홋호 하고 입을 가리며 요염하게 웃었다. 남자라지만, 여느 여자 뺨치게 호리 낭창한 허리를 비틀며 애교를 부렸다.

"실망하시진 않을 거예요. 우리 애들 수준은 이미 아시잖아요?"

"아다라시로만 뽑아. 이 바닥 닳은 놈들은 말고. 딴 년들이 마구 입댄 놈들은 상했잖아."

"걱정 마세요. 그럼 우리 왕자님들, 멋진 초이스 부탁드릴게요."

제일 먼저 명품 정장으로만 빼 입은 세 명이 들어왔다. 떨거지 빼고 곧바로 일급만 뽑자는 요구에 마담이 나름대로 성의를 보여준 것이 분명했다. 아까 소영이 던져 준 수표의 금액이 흡족했다는 말에 다름 아니었다.

"앤디예요."

"팀입니다."

"준성입니다."

키 180 이상. 몸매는 미스터 골든 보이. 마스크는 어지간한 영화배우 뺨치는 보석들만 모아놓았다. 은근히 풍기는 매력들을 보자하니 중후하고 세련된 품이 제법 신선했다. 다시 문이 열리고 캐주얼한 복장을 한 꽃미남들이 한꺼번에 들어왔다. 이번에는 귀여움과 발랄함으로 승부하려는 듯 하나같이 애교가 줄줄 흐르고 사근사근한 눈웃음을 던지는 영계들 앞에서 오랜만에 실컷 눈보신을 했다.

"저 왼쪽 애, 쓸 만하다, 얘."

소영의 선택을 받은 사내는 이제 겨우 스물 남짓. 깨물어주고 싶도록 귀여운 눈웃음을 지었지만, 슬쩍 지퍼를 내려 엿보이는 가슴이 단단하고 섹시했다. 세영은 고개를 흔들었다.

"풋내 나. 좀 더 섹시한 놈 없니?"

"이유립이과?"

"그럼. 그 남자과로, 더 섹시하고 위험하고 강렬한 녀석."

"취향도 정말 고급이시군, 망할 정세영이."

소영이 혀를 찼다. 강렬한 남성미를 자랑하며 절대 수준의 페로몬을 발산하는 사내들이 들어선 것은 다섯 번째 초이스를 들어갔을 때였다. 아까 들어온 녀석들에 비해서 한층 더 높은 수준을 가진 놈들이었다. 비로소 세영은 입맛을 다셨다. 이 정도는 되어야 그 남자도 기분 나쁘지 않을걸?

"탐나는 놈들인데?"

"다 끼고 놀든지."

"제일그룹 말아먹을 수는 없지. 얘들아, 춤 한번 춰봐라."

세영은 두 팔을 소파 등받이에 기대고 빙글거렸다. 그가 올까 말까. 찾아낼까 말까? 당신이라면 이건 껌 씹는 일보다 쉬울 거야. 그렇지, 렉스?

"가무음주라, 제일 섹시하게 노는 녀석을 점지할란다. 스트립쇼 구경 좀 하자."

소영이 호기롭게 하얀 수표 한 장을 다시 꺼내 옆에 선 웨이터에게 퉁겼다.

"저 오빠들 중에 제일 예쁜 놈, 이 언니가 초이스 때린단다. 이 언니 애인이 만만찮거든. 이 언니 유혹해서 점지받아 하룻밤 수청 들면 그 자식이 누구건 간에 이 수표 주인이다."

흔들리는 몸뚱어리들. 매끈하고 단단하고 섹시한 수컷 노예들이 질탕하고 화려한 밤을 간택받기 위하여 여왕님들 앞에서 음란한 구애의 춤을 춘다.

은은하고 고급스럽지만 어딘지 음탕하고 관능적인 선율 안에서 젊디젊고 기운찬 사내들의 체취가 자욱하게 피어올랐다. 쉬지 않고 발목과 발등을 간지럽게 하는 물소리와 섞인 시선의 간음姦淫. 매끈한 가슴에 걸린 목걸이에서 번쩍이는 비치는 불빛이 호흡을 거칠게 만든다. 사내들의 꺼풀이 하나씩 벗겨질 때마다, 단단하고 섹시한 직선의 몸뚱어리를 감싼 옷자락이 바닥에 하나둘씩 쌓일 때, 세영은 정수리까지 후끈 달아오르는 취기醉氣를 느꼈다.

세영은 각진 턱을 가진, 어깨의 선이 아름답고 눈매가 매서운, 어딘지 모르게 유립을 연상시키는 사내를 삼킬 듯이 탐욕스럽게 노려보았다. 시선이 마주쳤다. 유혹이 날아왔다. 손에 집히는 딸기 한 알을 던져 그를 선택한다. 콧노래처럼 낮고 자욱하게 깔린 육욕의 공기를 뚫어버릴 듯이 거대하게 우뚝 솟은 사내의 딱딱한 것을 응시했다.

칼로 자른 듯이 반듯한 저 콧날을 혀로 핥아 내리면 기분이 어떨까? 그와 함께 잘 때처럼 달짝지근하고 사향 맛이 날까? 저 섬세하면서도 섹시하고 굵은 손가락이 내 어깨를 만지고, 렉스, 당신이 사랑하여 깨물고 굴리고 지분거리던 분홍빛 젖꼭지를 건드리면 난 천국에 갈 수 있을까?

"실하군."

"죽이는데?"

"맛있어 보이지?"

“날로 삼켜도 비린내 하나 안 날 것 같다.”

세영의 대꾸에 소영이 쯧쯧 혀를 찼다.

“중증이다, 중증이야. 정세영, 골라도 하필이면 그 빌어먹을 놈을 닮은 놈을 골라요. 왜, 원판이 맘대로 움직여지지 않으니 복사판이라도 가지고 하룻밤 회포를 풀겠다는 거냐?”

“저 자식이 더 잘해주면 파트너가 아예 바뀌는 수도 있지, 아마?”

“어련히 그러시겠다? 그럼 재로 들어갈래?”

돈에 팔린 가련한 사내들이 여왕님들의 선택을 받기 위하여 마지막 최선을 다하고 있었다. 두 여자의 눈앞에서 음란하고 관능적으로 허리를 비틀었다. 암컷의 페로몬을 자극하는 시선과 땀방울로 육욕의 허물을 벗어던지려고 하고 있었다. 이성 안에 숨은 짐승의 붉은 것들을 끄집어내는 원초적인 호흡 소리와 땀 냄새와 열기들이 가득히 방 안에 서렸다. 발목을 간질이는 차가운 물로도 식힐 수 없는 호흡곤란증. 익어가는 열기와 이루어질 수 없는 욕망과 갈증. 당신 어디 있어? 렉스, 정말 날 육욕에 미쳐 가짜를 탐닉하는 싸구려로 만들 거야?

벌컥 문이 열린 건 그때였다.

넥타이 매듭이 반쯤 풀어헤쳐져 너풀거리고 있다. 어쩔 줄 몰라 하며 마담이 등 뒤에 손을 비비며 서 있었다. 유립은 당황하고 경악해 마지않는 나신의 세 사내를 노려보았다. 모든 사람들이 입을 쩍 벌린 채 불시에 침입한 불청객을 응시하고 있었다.

경악스런 침묵이 가득찬 실내, 가게가 문을 연 이래로 영업 중에 방해를 받은 건 아마 처음이리라. 유일하게 침착한 사람은 세영뿐이었다. 유립이 흥미로운 듯이 팔짱을 끼고 문에 비스듬히 기대섰다. 한가롭게 논평했다.

"취향은 제법 고급이군."

"내가 당신처럼 싸구려인 줄 알아? 어때, 중간 저 애? 제일 쓸 만하지 않아?"

가볍게 희롱하는 세영의 도발에 앞에 선 사내들의 아랫도리에 유립의 시선이 가 닿았다. 아직도 발기한 채 숨이 죽지 않은 외설적인 것을 바라보며 가볍게 혀를 찼다.

"일회용치고는 쓸 만하다. 비켜주랴?"

"마음도 너그러우셔라. 비켜줄 거면 여긴 왜 왔는데!"

뾰족하게 가시가 돋아 앙칼지게 소리치는 세영을 향하여 유립이 하하 낮게 비웃었다. 고개를 절레절레 흔들었다. 다가와 한 손으로 탁자의 접시를 확 쓸어버리고 그 위에 걸터앉아 이죽거렸다.

"네가 혹시 불량식품 함부로 먹다 체할까 봐."

"당신같이 맛없고 뻣뻣한 것 먹다가 체하느니 차라리 불량식품이 낫지?"

"내가 맛이 없었어? 어제 아침만 하더라도 아주 다른 평가를 하셨지, 아마? 출근하는 차 안에서까지 해달라고 칭얼댄 게 너 아니었냐?"

"기껏해야 팔십팔 점인 주제에 큰소리는? 딴 년 집적대고 향수 냄새 묻혀온 남자, 거세해야 한다고 주장하는 나야!"

"이보세요, 이보세요, 지금 무엇하시는 겁니까?"

서로 한마디도 지지 않는다. 팽팽한 테니스공처럼 왔다 갔다 하는 말싸움을 듣고 있던 소영이 한숨을 푹 내쉬었다. 짜증스러운 얼굴이 되어 집게손가락으로 탁자를 똑똑 두들겼다.

"남의 집 영업 방해도 유분수이지. 이보세요, 이유립 씨. 왜 쓸쓸한 싱글 처자의 조그만 즐거움을 이런 식으로 방해합니까? 그렇지 않아도 슬픈 솔로, 염장 지르는 겁니까? 사랑싸움. 둘 사이엔 귀여워도 보고 있는 사람은 지겨운 겁니다. 나가요! 나가서 둘이서 해결해요!"

"네가 나가."

"뭐야? 이게 정말?"

소영이 인상을 쓰며 둘을 노려보았다. 세영은 해죽 웃으며 손가락으로 유립의 이마를 점찍었다.

"저 앞에 선 떨거지들 다 쓸어서 네가 나가라고. 난 잘난 척하는 요 바퀴벌레를 초이스했거든."

"미친 계집애, 이러니 저 자식이 잘난 척 별 지랄을 다하지. 알았다. 내가 나가마. 나가 주마! 더러워서, 원!"

정세영이 미쳐 날뛰는 것 못지않게 천하의 이유립 역시 세영이 저년에게 홀딱 미쳐 눈앞에 아무것도 보이지 않는 게 분명했다.

'저러다가 정말 사고 치고 말지, 두 인간.'

천지개벽이 일어나더라도 저 두 사람이 함께 살게 될 것이라는 데 전 재산을 걸 수도 있었다. 소영이 나가다가 실내를 돌아보았다. 짓궂은 웃음을 입가에 걸고 지분거렸다. 사실 천하의 이유립을 건드리고 놀려먹을 수 있는 기회는 자주 있는 게 아니지 않는가?

"총각, 제법 그쪽으로 쓸 만하다며? 얼마면 될까? 얼마면 하룻밤 수청 들래?"

"까불지 마! 정소영. 후벼 파버린다!"

"으흠. 정말 중증이로군. 네 남자 보는 것도 아깝다는 뜻? 미친년, 그러면서 딴 놈하고 바람은 왜 피울 생각을 해?"

소영이 전혀 세영답지 않은 반응에 혀를 차며 문을 닫았다.

유립이 신경질적으로 목줄 아래서 너풀거리는 넥타이를 풀어 내던졌다. 그녀를 노려보는 눈이 활활 타고 있었다.

세영은 말간 얼음이 뜬 술을 단숨에 들이켰다. 망설이지 않고 빈 잔을 유립 쪽으로 내던지며 꽥 고함쳤다.

"바람피우라며?!"

"……잘못했다."

"다른 남자 만나보라며? 서로를 시험하고 당신 아니면 안 되는지 테스트해 보라며? 그래서 그렇게 하는데 왜 달려와? 왜 질투해? 유치하게스리!"

"제기랄. 내가 잘못했다!"

이 감정의 전부가 욕망이라면 어떤 암컷을 앞에 두든 공평하게 일어나리라 생각했다. 그렇다면 세영이 그가 아닌 다른 사내를 만나 무슨 짓을 하든지 똑같은 것이 아닐까?

그런데 아니었다. 그가 아닌 다른 사내를 맛보겠다고 세영이 선언한 순간, 화르르 돋아나던 검은 그늘. 그의 욕정과 열망이 오직 정세영이라는 존재에 고정된 것처럼 그녀의 손가락 끝 하나라도 다른 사내와 나눌 수가 없었다. 지독한 독점욕과 집착과 무서운 질투가 그에게도 숨어 있었다. 최영혜 여사의 전매특허품. 그녀의 인생을 불쌍하게 망쳐 버린 그 몹쓸 것이 그에게도 해일처럼 몰려들었다. 아니, 애초부터 숨어 있던 것이 바깥으로 드러난 것이겠지. 역시 그는 최영혜 여사의 아들이었다.

이토록 검고 감당할 수 없는 뜨거운 것이 사랑이라는 것의 그늘이라면, 그는 정말 사랑에 빠진 것이 분명했다. 지독한 사랑. 끔찍한 집착. 어느새 그 계집이 그를 이렇게 타락시키고야 말았다. 언제든지 발을 뺄 수 있을 거야, 했던 예상이 빗나가고 말았다. 그는 이미 머리끝까지 검붉은 늪에 빠져들어 있었다. 이성으로 제어될 수 없는 감정의 격풍 안에서 어느새 정신을 차려보니 비행기 안에 있었다. 세영을 만나면 목줄을 눌러 버리리라 수없이 다짐하며 검고 깊은 제주도의 바다를 노려보았었다.

"키스해."

생각에서 벗어난 유립의 턱 앞에 어느새 세영이 다가와 있었다. 당당하고 오만하고 교만한 내 여자. 여왕이 어울리는 정세영. 유립은 쓴웃음을 머금으며 건방진 키스를 요구하는 연인의 콧잔등을 살짝 물어버렸다.

작은 손이 와이셔츠 자락을 바지단 안에서 끄집어냈다. 뚫고 들어와 축축한 맨살을 어루만졌다. 단지 그것뿐인데도 고통스러울 정도로 다리 사이가 뜨겁게 굳어갔다.

유립은 두 팔로 세영의 허리를 끌어안고 다홍빛 입술을 피가 배이도록 아프게 빨았다. 자근자근 아랫입술을 씹다가 보드라운 턱을 깨물고 목선을 타고 흘렀다. 이로 그녀의 달콤한 나신과 천을 연결하는 어깨의 실끈을 끌어 내렸다. 겨드랑이의 그늘을 탐하다가 부푼 융기 쪽으로 혀를 가져갔다.

"가자."

억지로 냉정을 되찾았다. 더 이상 계속하다가는 소중한 내 여자를 천박한 이 자리에서 바로 눕히고 타고 오를 것 같았기 때문이다.

하지만 싫었다. 다른 사내를 앞에 두고 그와 견주며 방탕한 상상을 즐겼을 곳에서, 혹은 그들의 은밀한 장면을 감시하는 카메라가 있을지도 모르는 곳에서 연인의 속살을 내보이거나 정사情事의 장면을 공개할 수는 없지 않는가 이 말이다.

세영을 데려온 마이바흐가 주차장에서 그들을 기다리고 있었다.

"△△리."

그리고 운전석과 좌석을 차단하는 가리개를 내려 버렸다.

제주시에서 별장이 있는 그곳까지 한 시간이 넘게 걸린다. 밀폐된 공간에 단둘이 되는 순간, 억지로 참아낸 인내가 툭 하고 끊어졌다. 움직이기 시작하는 차 안에서 유립은 격렬하게 세영을 안았다. 벽에 걸린 우끼요에의 장면처럼 반라가 된 세영이 방탕한 두 다리를 그의 어깨에 걸쳤다. 여자가 망설임도 없이 뜨겁게 그의 입술과 애무를 받아들였다. 이윽고 고개를 든 유립은 하얀 두 다리 사이 그늘진 숲, 촉촉하게 수축하는 주름진 동굴 안으로 끊어질 듯 경직한 분신을 밀어 넣었다. 비릿하고 끈끈한 숨소리가 하나로 섞였다. 아우성치는 충동에, 쾌락에 굴복한 두 개의 육체가 격렬하게 맞부딪치며 리드미컬하게 흔들렸다. 더 큰 육욕의 황홀함으로 파동 쳤다.

죽을 것 같아! 세영이 절정의 순간에서 쥐어짜듯이 소리친 한마다. 유립 역시 마찬가지였다.

죽을 것 같았다. 너무 좋아서, 너무 짜릿해서.

죽고 싶었다. 편안하게 사랑할 수 없는 그들의 현실 때문에, 앞이 보이지 않는 안개 같은 미래 때문에. 그는 마음속으로 절규했다.

'대체 우린 어떻게 해야 하는 거냐?'

세영의 몸을 단단한 가슴 위로 끌어 올렸다. 매끈하고 부드러운 연인의 나신은 두 사람의 체액과 땀에 젖어 축축하고 끈끈했다. 그를 취하게 하는 독하고 붉은 꽃. 세영의 얼굴을 어깨에 묻고 유립은 간절하게 애원했다. 허세 따윈, 냉소와 건방 따윈 다 버렸다. 마침내 연인의 발치에 완전히 굴복했다.

"결혼하자, 세영아. 우리 둘이 캐나다로 도망가서 결혼하자, 제발."

『연애의 조건』 2권에서 계속…